U0036911

元華文創
頂尖文庫 EA014

南北朝樂府詩闡論

周誠明 著

自 序

　　中華民族是一偉大之民族，不論遭遇如何之苦難，都以仁厚包容之心，與異族融合為一。在數千年曲折之歷史洪流中，南北朝是一個重要之關鍵朝代，在民族融合上，有五胡亂華、南北分治；在政治上，朝代更替頻繁、戰亂連年不斷；在文學上，齊永明重聲律、梁宮體詩盛行。其他如梁武帝信佛捨身、陳後主荒淫作樂、木蘭代父從軍等，有許多值得大力抒寫之事。

　　本書之出版，是因五十年代時，曾寫數篇有關南北朝樂府詩之專文，至今年過七十，回首五十年前之作品，想寫一本較為完整之樂府詩研究之書，但想到必須閱讀許多文本、史籍，以及相關之書籍，雖覺汗牛充棟，仍勉力為之。將南北朝樂府詩從源流、產生、分類、體制、作品、作者、特色、價值等，作多方面之探討。

　　在典籍方面，以郭茂倩《樂府詩集》為基本文本，配合徐陵《玉臺新詠》、劉勰《文心雕龍》、鍾嶸《詩品》先做閱讀、整理；其次在史籍方面，有關南北朝部分，有《南史》、《北史》、《魏書》、《北齊書》、《周書》、《宋書》、《南齊史》、《梁書》、《陳書》、《資治通鑑》、《十通分類總纂》、《南北朝史》、《歷代會要》等，這些史籍中，有許多關於南北朝之音樂志、地理志、本紀、列傳，都是與樂府詩相關之重要史料；再次是閱讀南北朝詩人之文集、歷代詩話、文選，都有助於對南北朝樂府詩做深入之探討。再次是將敘述南北朝樂府詩之文學史、文學批評史、文學理論史、樂府文學史、樂府詩通論、詩歌史、詩歌流變史等，將前人之研究成果，有所了解。其次，編列南北朝樂府詩之編年簡表，使敘述時，不會在時間上有所錯置。再次是閱讀類書，如《藝

文類聚》、《太平御覽》、《古詩類苑》、《古今圖書集成》、《中國大百科》等，尋找相關資料。其他，必須具備之工具書也很多，如《十三經注疏》、《漢魏六朝百三家集》、《全漢魏三國南北朝文》、《全唐文》、《全唐詩》、《昭明文選》、《十通分類總纂》、《四庫全書總目提要》。單說參考書籍，已數百餘本之多。

　　將如此眾多之資料，單在文本閱讀上，就需耗費龐大之時間和精力，由於年過七十，眼力、體力已大不如前。回想一九六九年，在臺北陽明山文大攻讀文學碩士時，必須在兩年內修完學分，撰寫一部碩士論文，又要兼課賺取生活費，經常夜以繼日，熬過那一段艱苦之歲月。幸好，當時同住一寢室之戴瑞坤教授、林慶勳教授，時時互勉，方能順利畢業。如今過退休生活，時間充裕，天天都是禮拜天，工作效率卻不如年輕之時。所以年輕學者，必須把握年輕歲月，十分重要。

　　現今年輕之學者，最大之苦惱是買書，須耗費大量之金錢，不論經史子集，文史哲書籍，可謂無量無數。在撰寫論文時，常感書籍或資料不足，須勤跑各大圖書館。但圖書館不見得能找到自己需要之書，苦惱之至。自己在就業之後，經濟稍微寬裕，買書成為唯一樂趣，如今家中置書萬卷，卻發現書已成裝飾品，面對巍峨書牆，只能望書興歎。想來想去，中年時，為維持家計，時間都耗費在教書、與其他事務中。現在唯有趁老年閒暇之時光，多寫幾部書，才能攪動這些書了。

　　近年以來，許多年輕學者在寫論文時，先自己訂妥題目，再找資料。資料不足，就更換題目。或者有題目、有資料，卻眼高手低，下手不得。所以一直在更換論文題目中打轉。其實，這不是寫論文之方法。寫論文必須先有研究方向。如經學、諸子、玄學、理學、漢賦、唐詩、宋詞、元曲、佛學等，先找到自己研究之方向。其次閱讀相關文本，閱讀時應同時撰寫心得與想法，待文本閱畢，再參閱相關之著作及期刊論文。同時，找這方面有研究之學者，彼此討論請教，一定會找出有價值之論文題目。如此下手撰寫，比盲目撰述有效得多。

　　讀書應精博兼顧。就筆者來說，近年以來，研究領域由經學、先秦諸子、魏晉玄學、宋明理學、清代經學、唐代文學，以及今年撰寫南北朝樂府詩，可以說是將各代學術，通通輪轉一遍。自己之感受，就是在觸類旁通下，眼界漸寬，視野漸擴，不再局限於一人一詩，而想從各朝代之文學、哲學、經學、文化，各方面同時接觸，就能做跨領域、跨朝代之研究。否則，一生只研究一本《紅樓夢》，雖然熟讀此書，談論之時，如數家珍，滔滔不絕。卻忽略浩瀚無邊之學海，未免可惜。雖然有些學者一生只愛一人一書。但可以嘗試一下，涉獵其他領域之學術，將有無邊美好之風景，呈現眼前，足以快慰平生。

　　年老昏耄，寫序之時，就是閒話過多。有些是自悔年輕時虛耗許多光陰，年老時又生出許多讀書計畫，徒增自己之煩惱，尚待自己放下虛妄，面對真實人生。此書之完成，尚望海內學者，不吝指教是盼。

周誠明

書於台中思源齋寓所

2018.05.28

目 次

自 序

第一章　緒論

　　西晉末年，五胡蠭起，割據中原，建立兩趙、三秦、五梁及漢、夏等十六國，互相攻伐，兵燹不熄。故一時名士，莫不渡江南遷。江左一隅，遂成為人文萃集之所。其初，豪傑之士尚有擊楫渡江，誓復中原之志；逮劉裕以功高而受晉禪，蕭道成以國亂弒君，蕭衍受齊禪為梁，陳霸先又代蕭立國，二百年間，君臣弒奪，國祚屢更。士人多無遠志，漸復溺志文學，如顏延之、鮑照、謝朓、謝靈運等人，皆以文名，漪歟稱盛。

　　由於南朝偏安江左，朝野耽於逸樂，以文相誇，遂產生華奢靡麗之金粉文學。文尚駢儷，詩重排偶。矜屬對之奇，審生律之美。造成中古文學史上，詩歌絢爛，爭妍鬥巧之黃金時代。推其原因，在國勢上，由於政治之紊亂，促成文風之激變；在地理上，金陵本為帝王之都，佳麗之地。荊、楚一帶，亦山明水秀，天府之國；養成南方活潑浪漫，溫柔婉約之民性；在社會上，一般君臣士族，皆崇尚清談，雅好佛老，建築類天竺之伽藍[1]，雕刻具立體之塑像，繪畫多雅秀之山水，更益以字母四聲之發明，君主之提倡，孕育成中國文壇特異之風格。

　　南朝之樂府詩，以雅樂和俗樂為主。雅樂雖代有因革，但南朝戰亂頻仍，樂官、樂律、樂器等，大抵沿襲魏、晉。雖風俗民性，每因時地而異，無完備之樂工、樂器、歌章、舞曲可資繼承，故多吸收漢、魏以來舊曲。樂府曲辭大多出自楚聲，或北狄、西域之新聲；而盛行於魏、晉之相和歌辭，則屬

---

[1] 伽藍為僧伽藍摩的簡稱，指僧眾共住的園林，即寺院。寺院中通常有塔、佛殿、講堂、鐘樓、藏經樓、僧房、齋堂等建築。如陽衒之所著《洛陽伽藍記》即在敘述洛陽地區寺院之情形。

民間歌謠，南朝一併採用。

南朝俗樂，以《清商曲辭》為主。《清商曲辭》遠承《國風》餘緒，由漢《相和歌曲》蛻變而來。《相和歌曲》本漢舊曲，絲竹更相和，執節者之歌，流行於街陌里巷。魏明帝時，分為二部，晉荀勗採用舊辭，有平調、清調、瑟調，謂之清商三調。《樂府詩集》《相和歌曲》一，序引《唐書‧樂志》云：

> 平調、清調、瑟調，皆周房中之遺聲，《漢志》謂之三調。又有楚調、側調。楚調者，漢房中樂也。高帝樂楚聲，故房中樂皆楚聲也。側調者，生於楚調，與前三調，總謂之相和調。[2]

魏、晉以來，相承用之。永嘉之亂時，五都淪覆，遺聲舊制，散落江左。苻堅滅涼，得之，傳於前後二秦。宋武帝定關中，流入南方，與南方歌謠融合，產生《清商曲》。後魏孝文帝用師淮、漢；宣武帝定壽春，收其聲伎，得江左所傳中原舊曲，〈明君〉、〈聖主〉、〈公莫〉、〈白鳩〉之屬，及江南《吳聲歌曲》，荊、楚《西曲歌》，總謂之《清商曲辭》。殿庭饗宴，亦兼奏之。又梁武帝天監中，改《西曲歌》，製〈江南弄〉七曲，均總列《清商》焉。

《清商曲辭》歌辭簡短，風格綺麗，不事雕縟，而情感真摯。其中有清新自然，天真熱烈之描寫；亦有侈逸浮華，纏綿婉膩之作品。此類作品經南朝顏延之、謝朓、鮑照、沈約、江總等人之擬作，成就極為可觀。

北朝樂府詩則始於北魏，《舊唐書‧音樂志》曰：

> 自永嘉之後，咸、洛為墟，禮壞樂崩，典章殆盡。江左掇其遺散，尚有治世之音。而元魏、宇文，代雄朔漠，地不傳於清樂，人各習其舊風。雖得兩京工胥，亦置四廂金奏。殊非入耳之玩，空有作樂

之名。[3]

　　可見北歌歷北魏、北齊、北周三世，其禮樂制度，器物名號，多因循南朝。如北魏孝文、宣武之世，漢化最盛，故其雅樂多承魏、晉，兼收宋、齊。《北史·魏本紀》記載太祖道武帝拓跋珪本紀道武帝拓跋珪於皇始二年（397）五月，平中山。[4]次年，徙山東六州人吏，及徙高麗雜夷三十六署，百工伎巧十餘萬口，以充京師。當時不僅獲致晉代散亡於中山之樂人，且收得官懸古樂。《魏書·樂志》云：

　　自始祖內和魏晉二代，更致音伎，穆帝為代王，愍帝又進以樂物、金石之器，雖有未周，而弦管具矣。逮太祖定中山，獲其樂縣，既初撥亂，未遑創改，因時所行而用之。世歷分崩，頗有遺失。[5]

　　郭茂倩《樂府詩集》錄梁鼓角橫吹曲六十六曲，大都為北魏樂章，其二十五曲並亡，唯〈企喻〉、〈瑯琊王〉、〈鉅鹿公主〉、〈紫騮馬〉、〈黃淡思〉、〈地驅樂〉、〈雀勞利〉、〈慕容垂〉、〈隴頭流水〉九曲有詞；又樂府胡舊曲十四篇，其十篇並亡，唯〈淳于王〉、〈東平劉生〉、〈捉搦〉三篇有詞；又有〈隔谷〉、〈折楊柳〉、〈幽州馬客吟〉、〈慕容家自魯企籙谷歌〉、〈隴頭〉、〈高陽王樂人〉等歌，均列於橫吹。內容蓋敘述北地苦寒，放馬塞外之景象，頗能到盡北國兒女豪情，可謂民間樂府詩之上品。至於文士擬作之樂府詩，除庾信、魏收，溫子昇等人外，無甚可觀。

　　本文之作，先述述南北朝樂府詩之淵源，再論其產生之原因，概分時代、社會、地理、文學潮流四項敘之：知其源流背景後，再論其體製，依性質，

---

[3] 《舊唐書》，卷28，頁1039。

[4] 《北史》，卷1，頁16。

[5] 《魏書》，卷109，頁2825。

可分為題名、聲節、樂器、句式四部分言之；體製既明，再將民間樂府詩逐首考證，以明其作者、時代、真偽、篇目等問題；再次，對南北朝擬樂府詩作者加以評介，凡擇錄南北朝樂府詩作者，計宋五人，齊三人，梁十六人，陳五人，北魏一人，北齊一人，北周二人，依次敘述生平事略及其樂府詩之創作，雖人數不多，亦屬犖犖可觀者；其後，論南北朝樂府詩之特色與價值，此章為本文研究之重心，若言特色，依次論述雅胡樂音之糅雜，民間文學之描敘，南朝商市生活之反映等；至於價值，則不僅促進宮體詩之興盛，並為隋唐胡樂之前導，唐詩宋詞之先驅；由此，南北朝樂府詩之梗概，炳焉大明。

第二章　南北朝樂府詩之源流

　　樂府之興，源於歌謠，故長言詠歎，寖有謳詠，《尚書‧堯典第一》云：

詩言志，歌永言，聲依永，律如聲。八音克諧，無相奪倫。神人以
和。[1]

　　此言詩在敘說心志，並將其導之歌詠，以申其義。宜長言以表達情意。以宮商角徵羽五聲分清濁，以六律：黃鐘、太簇、姑洗、蕤賓、夷則、無射為陰律；以六呂：大呂、應鐘、南呂、林鐘、仲呂、夾鐘為陽律。以此十二律呂，配合十二月之音氣，以宣陰陽之氣。聲律使金、石、絲、竹、匏、土、革、木八種材料所作之樂器，都能和諧相應，聲氣不會錯亂相奪，人神都能相和。

　　《毛詩‧大序》云：

詩也者，志之所之也。在心為志，發言為詩。情動於中而形於言，言之不足，故嗟歎之，嗟歎之不足，故永歌之，永歌之不足，不知手之舞之、足之蹈之也。……治世之音，安以樂，其政和。亂世之音，怨以怒，其政乖。亡國之音，哀以思，其民困。故正得失，動天地，感鬼神，莫近於詩。先王以是經夫婦，成孝敬，厚人倫，美

---

[1] 《尚書》，卷3，頁45。

教化，移風俗。[2]

　　詩之所以言志也，感物而動，則形於言，言之不盡，則發為咨嗟詠歎，此詩之所由作也。詩歌在治世，因政教和順。人民安樂，故詩歌呈現安樂之音；在亂世，因政教乖戾，民心怨怒，故詩歌多亡國之音。故詩有正得失，動天地，感鬼神之功能。先王重視詩歌，將詩作為經夫婦，成孝敬，厚人倫，美教化，移風俗之重要政策。《荀子‧樂論》云：

　　夫樂者，樂也。人情之所必不免也。故人不能無樂；樂則必發於聲音，形於動靜；而人之道，聲音、動靜、性術之變，盡是矣。故人不能不樂，樂則不能無形，形而不為道，則不能無亂。先王惡其亂也，故制《雅》、《頌》之聲以道之，使其聲足以樂而不流，使其文足以辨而不諰，使其曲直、繁省、廉肉、節奏，足以感動人之善心，使夫邪汙之氣無由得接焉。是先王立樂之方也。[3]

班固《漢書‧藝文志》亦闡述其義云：

　　《書》曰：「詩言志，歌詠言。」故哀樂之心感，而歌詠之聲發。誦其言謂之詩，詠其聲謂之歌。故古有采詩之官，王者所以觀風俗，知得失，自考正也。[4]

　　先民抒發情志時，皆感於哀樂。故喜則笑啞，憂則唏歔，樂則舞蹈，怒則叱咄，如黃帝作〈咸池〉，少昊作〈大淵〉，顓頊作〈五莖〉，帝嚳作〈六英〉，

---

[2] 《毛詩》，卷1，頁1。

[3] 《荀子集解》，卷14，頁252。

[4] 《漢書》，卷30，頁1708。

帝堯作〈大章〉，帝舜作〈簫韶〉，夏禹作〈大夏〉，殷湯作〈護〉，武王作〈武〉，周公作〈勺〉，以及〈風〉、〈雅〉、〈頌〉之作，皆起於此。

　　然歌謠非一時一地一人之作，故分散各地，由於時代緜久，地域懸隔，語言窒塞，頗有湮沒。周時有采詩之官，道人以木鐸循於路，採集各地代語、童謠、歌戲，使王者聽風謠而知得失，正風俗。《左傳》襄公十四年引《夏書》云：

　　道人以木鐸徇於路，官師相規，工執藝事以諫。[5]

　　每歲孟春，朝廷宣令行人之官，持金口木舌之木鐸，於民間道路上，採訪詢問歌謠，獻於太師，以知各地民風。大夫亦互相規勸。百工亦獻藝以為諷諫。

　　《漢書‧藝文志》云：

　　古有采詩之官，王者所以觀風俗，知得失，自考正也。[6]

　　《漢書‧食貨志》亦云：

　　孟冬之月，羣居者將散，行人振鐸徇於路，以采詩，獻之太師，比其音律，以聞於天子。[7]

　　古之王者，欲知民俗之美惡，政治之得失，必採集民間詩歌，以資考正。然因地域遼闊，政府設官專司，採集歌謠，調以音律，獻諸天子，故民間歌

---

[5]　《左傳》，卷32，頁563。

[6]　《漢書》，卷30，頁1708。

[7]　《漢書》，卷24，頁1123。

謠，皆可入樂矣。

春秋時代，天下紛擾，禮樂壞崩，雅頌失所。孔子感於時世，於周敬王二十六年正樂，去其重，取可施於禮義，三百五篇，皆弦歌之，以求合韶武雅頌之音。《史記・孔子世家》云：

> 古者詩三千餘篇，及至孔子去其重，取可施於禮義，上采契后稷，中述殷周之盛，至幽厲之缺……三百五篇，孔子皆弦歌之，以求合韶武雅頌之音。[8]

《論語・子罕》亦謂孔子自衛反魯，然後樂正，則三百篇亦入樂矣。

漢遭秦火之餘，樂譜亡佚，歌法失傳。然因去周未遠，猶可探索。其內容率以宗廟樂章為主。《漢書・禮樂志》云：

> 高祖時，叔孫通因秦樂人制宗廟樂，大祝迎神于廟門，奏嘉至，猶古降神之樂也。

又云：

> 高祖廟奏武德、文始、五行之舞；孝文廟奏昭德、文始、四時、五行之舞；孝武廟奏盛德、文始、四時、五行之舞。[9]

此類宗廟樂章，皆沿承秦樂而來。孝惠二年（BC210）使樂府令夏侯寬備其簫管，即在保存此類舊曲。故漢初所製之樂舞歌詩，大都因周秦之舊，而用之於宗廟祭祀。如漢房中祠樂本周之房中樂及秦之壽人，文始舞本舜招

---

[8] 《史記》，卷47，頁1940。

[9] 《漢書》，卷22，頁1044。

舞，五行舞本周舞即是。至於孝高后時，班壹輸人北方之鼓吹，僅祇為貴族之點綴而已。

漢武帝時，成立樂府官署。《文心雕龍・樂府篇》云：

武帝崇禮，始立樂府。[10]

《漢書・藝文志》云：

自孝武立樂府而采歌謠，於是有代趙之謳，秦楚之風，皆感於哀樂，緣事而發，亦可觀風俗，之厚薄云。[11]

《漢書・禮樂志》亦云：

至武帝定郊祀之禮……乃立樂府，采詩夜誦，有趙、代、秦、楚之謳，以李延年為協律都尉，多舉司馬相如等數十人造為詩賦，略論律呂，以合八音之調，作十九章之歌。[12]

此時除原有樂章外，多注意民間作品。考《漢書・藝文志》錄歌詩二十八家，三百十四篇，皆為其時樂府官署收集民歌之成果。

武帝太初元年（BC104），擴大樂府組織，樂府丞由一人增為三人，大量製作郊廟樂，採集民間歌謠；同時張騫從西域傳入〈摩訶兜勒〉一曲，李延年改製新聲二十八解，樂府詩遂盛極一時。成帝時，樂府倡伎，多至千人。鄭聲俗樂，頗為蕃盛。哀帝即位後，不好聲色，下令丞相孔光、大司空何武，

---

[10] 《文心雕龍》，卷7，頁25。

[11] 《漢書》，卷30，頁1756。

[12] 《漢書》，卷22，頁1044。

罷撤樂府官署，將樂府員工八百二十九人，減為三百八十八人，改屬大樂令，掌管郊廟宴饗之樂章。此並未阻遏樂府詩之發展，民間歌謠，仍續有製作，故《漢書‧禮樂志》：「然百姓漸漬日久，又不制雅樂，有以相變，豪富吏民，湛沔自若。」[13]陵夷至於王莽。

東漢明帝修復舊典，永平三年（A.D. 60），奏〈文始〉、〈五行〉、〈武德〉之舞；八年，定大武之舞。章帝即位，議顯宗廟樂，作〈武德〉之舞；建初五年（A.D. 80），行十二月〈迎氣樂〉等，制作備明。然經東京之亂，雅樂式微，樂章缺失，樂師亦流散各地，如西園鼓吹李堅流離關西，雅樂郎杜夔附荊州牧劉表等，獻帝建安十三年（A.D. 211），曹操征荊州，始獲杜夔，以為軍謀祭酒，使參加太樂事，創製雅樂；又有散騎侍郎鄧靜、尹齊善詠雅樂，歌師尹朝能唱宗廟郊祀之樂章；舞師馮肅、服養曉知先代諸舞曲，夔悉領之。遠考經籍，近擱故事。依當時尺度，製作樂器。令銅工柴玉鑄鐘，始得軒懸鐘磬，教羽講肄，逐漸恢復古代宮庭雅樂。如〈鹿鳴〉、〈騶虞〉、〈伐檀〉、〈文王〉四曲，即用於正旦大會行禮之時。

魏文帝黃初中（A.D. 220～226），夔為協律都尉，其弟子邵登、張泰、桑馥等均至大樂丞，影響當日之雅樂極大；至於俗樂，則並漢世街陌謳謠，有〈江南可采蓮〉、〈烏生十五子〉、〈白頭吟〉之屬。自東漢建安至魏初，無論雅俗樂音，並盛極一時，再加以三祖陳王之大力倡作，繁欽、阮瑀、陳琳、繆襲、左延年等人之紛抽藻思，樂府詩稱美於當時。

明帝太和元年（A.D. 227），詔議廟樂，改樂官為大樂，令繆襲就漢短簫鐃歌之樂，改作魏鼓吹曲〈朱鷺〉等十二曲，頌其功德；而左延年又改杜夔所傳之〈騶虞〉、〈伐檀〉、〈文王〉三曲，另作聲節，和古調不同。景初元年，左延年又作〈武始〉、〈咸熙〉、〈章斌〉三舞，皆執羽籥，用於朝廷及圓丘；明帝又分漢相和歌十七曲為二部，更遞〈夜宿〉、〈朱生〉、〈宋識〉、〈列和〉等，復合之為十三曲，其中〈氣出唱〉、〈精列〉、〈度關山〉、〈薤露〉、〈蒿里〉、

---

[13] 《漢書》，卷22，頁1045。

〈對酒〉等為曹操亂；十五為曹丕辭；〈江南〉、〈東光〉、〈雞鳴〉、〈烏生〉、〈平陵東〉、〈陌上桑〉為漢古詞，後荀勗採舊詞施用於世，謂之清商三調。

　　吳景帝永安中（A.D. 235～264），使韋昭作鼓吹曲〈炎精缺〉等十二曲，用述孫權功業。晉承帝祚，草創制度，於武帝泰始二年，詔郊祀、明堂之禮樂，仍暫用魏儀；又命傅玄改作祭天地五帝之〈郊祀歌〉、〈宗廟歌〉，並改漢短簫鐃歌，製晉鼓吹〈曲靈之祥〉等二十二篇；改漢〈鼙鼓舞〉，製晉〈鼙鼓舞歌〉、〈洪業〉等五篇，以歌頌晉帝之盛德功烈；又傅玄作〈矛俞〉、〈劍俞〉、〈弩俞〉、〈安臺行亂歌〉詩四篇，是為宣武舞歌；又作〈羽籥舞歌〉，〈羽鐸舞歌〉，是為宣文舞歌，用於郊廟。

　　至於宴樂嘉賓，行禮食舉等樂，晉初用〈鹿鳴〉古曲。晉武帝泰始五年（A.D. 269），使太僕傅玄，中書監荀勗，黃門侍郎張華，中書侍郎成公綏等，各作〈正旦大會成禮〉、〈王公上壽酒〉、〈食舉東西廂〉等樂歌，取代魏曲。而當時樂府詩作者傅玄、張華、陸機、石崇、劉琨等，另作有燕射、相和、雜曲、雜歌等歌辭，內容甚廣。

　　泰始九年（A.D. 273），光祿大夫荀勗典知樂事，以杜夔所製樂器，律呂乖錯，乃依古尺作律呂，以調聲韻；次年（A.D. 274），並奏毀在魏代所製之笛律，另作律笛十二枚，並令太樂郎劉秀、鄧昊等作大呂笛，郝生鼓箏，宋同吹笛，以為雜引相和諸曲；荀勗並使郭夏、宋識等造〈正德〉、〈大豫〉二舞；又改魏〈昭武舞〉曰〈宣武舞〉，〈羽籥舞〉曰〈宣文舞〉。咸寧元年，命傅玄改漢鼓吹鐃歌，還為二十曲，述功德，代魏鼓角橫吹曲。荀勗更修正鐘磬，未竟而卒。

　　晉惠帝元康三年（A.D. 293），詔勗子蕃復訂金石，以施於郊廟。尋值八王之亂起，遺聲舊制，莫有紀者。懷帝永嘉五年（A.D. 311）六月，匈奴攻破晉京洛陽，擄帝北去，中原淪亡，成為「五朝亂華，建國十六。」之時代。江南由司馬睿建都建康，是為東晉元帝。當時中州人士，避亂江淮，衣冠文物，多所萃止。然而禮樂方面，卻因伶工樂器，悉沒戎虜，音韻曲折，無人省識，南奔伶人，未能存撫。故東晉初建，省大樂并鼓吹令，是後頗得登歌

食舉之樂，猶有未備。明帝太寧三年（A.D. 325），詔阮孚等損益之。

成帝咸和中（A.D. 321～342），復置大樂官，以戴綏為令，主持其事，鳩集遺逸，而尚未有金石也。庾亮為荊州，與謝尚共思修復雅樂，未行，亮卒。庾翼、桓溫執政，惟事軍旅，樂器在庫，多至朽壞焉。

穆帝永和八年（A.D. 352），前燕慕容儁平冉魏石閔，中原兵戈紛亂，鄴下樂人，頗有南來者；十一年（A.D. 355），謝尚鎮壽陽，採拾樂人，以備大樂，并製石磬，雅樂頗具。廢帝太和五年（A.D. 370），前秦將王猛平燕，前燕慕容氏所得前趙樂器，又入苻秦。

孝武帝太元八年（A.D. 383），淝水之役，謝玄大破苻秦，獲其樂工楊昴等，閑習舊樂，於是四廂金石始備。帝又使曹毗、王珣等增造宗廟歌詩，然郊祀終未嘗設樂。

東晉雅樂，吸收孫吳時之宮庭樂舞，及吳地流行之民歌俗曲，發展極慢。如〈拂舞〉舊云〈吳舞〉，舞於殿庭：其中〈白紵舞〉起於孫吳；〈白鳩舞〉乃吳人患孫皓虐政，思屬晉也；〈濟濟〉、〈獨祿〉二篇，則江南人之舞曲、至於吳聲歌曲，皆出於江南民間，始乃徒歌，繼而被之管絃，舊樂器有篪、箜篌、琵琶，後增加笙、箏，內容多歌詠男女情愛之思，婉麗清新。〈神弦歌〉、〈宿阿〉等十一曲，則為三國孫吳以來，江南民間之祀神歌。東晉詩人張駿、謝尚、梅陶、楊方、陶潛等人，亦有樂府詩作品。魏晉各地尚有許多童謠，用寄民情，諷刺時事，頗為可取。

北方自後燕慕容垂破慕容永於長子，盡獲苻氏舊樂。垂為魏所敗，其鐘律令李佛等將大樂細伎奔慕容德於鄴。德遷都廣固，子超嗣立，其母先沒姚興，超以大樂伎一百二十人詣興贖母。及宋武入關，悉收南渡。可見苻秦保存晉樂甚多。東晉太元中，破苻堅，獲其樂工楊蜀等，閑習舊樂，始備四廂金石，尤可為證。

魏高祖孝文皇帝太和初，垂心雅古，務正音聲。於時卒無洞曉聲律者，樂部不能立，其事彌缺。然方樂之制及四夷歌舞，稍增列於太樂。金石羽旄之飾，壯麗於往時矣。

魏高祖討淮、漢，世宗定壽春，收其聲伎。江左所傳中原舊曲，明君、聖主、公莫、白鳩之屬，及江南吳歌、荊楚四聲，總謂清商。至於殿庭饗宴兼奏之。其圓丘、方澤、上辛、地祇、五郊、四時拜廟、三元、冬至、社稷、馬射、籍田、樂人之數，各有差等焉。高宗、顯祖無所改作。諸帝意在經營，不以聲律為務。古樂音制，罕復傳習。舊工更盡，聲曲多亡。

太和初，高祖垂心雅古，務正音聲。時司樂上書，典章有闕，求集中祕臺官議定其事，并訪吏民，有能體解古樂者，與之修廣器數，甄立名品，以諧八音。詔「可」。雖經眾議，卒無洞曉聲律者。樂部不能立，其事彌缺。然方樂之制及四夷歌舞，稍增列於太樂。金石羽旄之飾，壯麗於往時矣。[14]

至於俗樂，則有《梁鼓角橫吹曲》，其始多出於北狄諸國之鮮卑歌，謂之「代歌」；又或為雜西涼所傳天竺諸國之樂，謂之「簸邏迴」。《樂府詩集》《梁鼓角橫吹曲》〈企喻歌辭〉序引《唐書·樂志》曰：

> 北狄樂其可知者，鮮卑、吐谷渾、部落稽三國，皆馬上樂也。後魏樂府始有北歌，即所謂《真人代歌》是也。大都時，命掖庭宮女晨夕歌之。周、隋世與西涼樂雜奏，今存者五十三章，其名可解者六章，〈慕容可汗〉、〈吐谷渾〉、〈部落稽〉、〈鉅鹿公主〉、〈白淨皇太子〉、〈企喻〉也。其不可解者，咸多「可汗」之辭。北虜之俗呼主為可汗。吐谷渾又慕容別種，知此歌是燕、魏之際鮮卑歌也。其詞虜音，竟不可曉。梁胡吹又有《大白淨皇太子》、《小白淨皇太子》、《企喻》等曲。隋鼓吹有《白淨皇太子曲》，與北歌校之，其音皆異。[15]

此流傳於北魏之歌曲，在五胡亂華，南北通使時獲之。晉破苻堅，獲其

樂工，於是四廂金石始備。《清商樂》自晉朝播遷，其音分散，苻堅滅涼，得之，傳於前後二秦；劉裕平關中，因而入南，輸入齊、梁。梁聚其眾曲，謂之《梁鼓角橫吹曲》。

第三章　南北朝樂府詩之產生

　　南北朝樂府詩，雖傳承魏晉樂府詩而來，然南北朝有其特殊之時代背景、社會因素、地理環境、文學潮流，所孕育之樂府詩，自然與前代不同，茲依序論之。

一、時代背景

　　自胡戎交侵，永嘉喪亂，晉室偏安江左。中原衣冠文物，亦隨之南移。劉宋承祚，其勢未歇，故南方益形蕃盛。《宋書・沈曇慶傳》論曰：

> 江南之為國盛矣，雖南包象浦，西括邛山……自義熙十一年，馬休之外奔，至于元嘉末，三十有九載，兵車勿用，民不外勞，役寬務簡，氓庶繁息，至餘糧栖畝，戶不夜扃，蓋東西之極盛也。[1]

　　南朝歷年二百，文物稱盛，然國祚屢更。《南史・齊高帝諸子傳論》云：「自宋受晉終，馬氏遂為廢姓。齊受宋禪，劉宋盡見誅夷。」[2]擁軍拼鬥，骨肉誅夷之事，在南朝屢見不鮮。如宋孝武帝殘殺文帝子孫，明帝又殺戮孝武帝之子孫，凶狠慘暴，惟恐不盡。至於文士大臣，一時遭誅弒，如宋・謝靈

1　《宋書》，卷 54，頁 1539。
2　《南史》，卷 42，頁 1059。

運、鮑照、齊・謝朓、王融等人，皆橫受不測。《南史・宋・劉之遴傳》云：

> （之遴）尋避難還鄉，湘東王繹嘗嫉其才學，聞其西上至夏口，乃
> 密送藥殺之。[3]

此時文士逃避現實，沉迷酒色；士大夫追求奢逸，注意享樂，人生觀頹廢而消極。即使有才學，亦不敢顯露，以免遭到不測。《南史・宋・鮑照傳》云：

> 上好文章，自謂人莫能及，照悟其旨，為文章多鄙言累句，咸謂照
> 才盡，實不然也。[4]

《南史・齊，王僧虔傳》云：

> 僧虔弱冠，雅善隸書……孝武欲擅書名，僧虔不敢顯迹大明，世常
> 用拙筆書，以此見容。[5]

《南史・梁・羊侃傳》亦云：

> （侃）性豪侈，善音律，自造〈采蓮〉、〈棹歌〉兩曲，甚有新致。
> 姬妾列侍，窮極奢靡……初赴衡州，於兩艖䑩起三間通梁水齋，元
> 塘傍水，觀者填咽。[6]

---

[3] 《南史》，卷50，頁1252。

[4] 《南史》，卷13，頁360。

[5] 《南史》，卷22，頁400。

[6] 《南史》，卷63，頁1543。

南朝衰頹之風，雖是在朝君王，亦無法倖免。《南齊書‧王儉傳》云：

> 上曲宴羣臣數人，各使効伎藝，褚淵彈琵琶，王僧虔彈琴，沈文季歌〈子夜〉，張敬兒舞，王敬則拍張。儉曰：「臣無所解，唯知誦書。」[7]

《南齊書‧蕭惠基傳》云：

> 自宋大明以來，聲伎所尚，多鄭衛淫俗，雅樂正聲，鮮有好者。[8]

　　王公貴族，嗜愛逸樂。朝野上下，綺豔成風。《梁書‧賀琛傳》云：「宴醑所費，既破數家之產；歌謠之具，必俟千金之資。」徵歌遂舞，吟風弄月之事浸盛矣。梁‧羊侃是貴族奢靡淫亂之代表。《梁書‧羊侃傳》云：

> 侃性豪侈，善音律，自造〈採蓮〉、〈棹歌〉兩曲，甚有新致。姬妾侍列，窮極奢靡。……初赴衡州，於兩艖䒀符，起三間通梁水齋，飾以珠玉，加之錦繢，盛設帷屏，陳列女樂，乘潮解纜，臨波置酒，緣塘傍水，觀者填咽。……有詔令侃延斐同宴。賓客三百餘人，器皆金玉雜寶，奏三部女樂，至夕，侍婢百餘人，俱執金花燭。[9]

　　梁朝君臣上下，競相豪侈揮霍。《太平御覽》引《梁‧裴子野‧宋略》云：

> 及周道衰微，日失其序，亂俗先之以怨怒，國亡從之以哀思。擾雅

---

[7] 《南齊書》，卷23，頁433。

[8] 《南齊書》，卷46，頁84。

[9] 《梁書》，卷39，頁561。

> 子女，蕩樂淫志。充庭廣奏，則以魚龍靡漫為瓌瑋；會同享覲，則
> 以吳趨楚舞為妖妍。纖羅霧縠侈其衣，踈金鏤玉砥其器，在上班賜
> 寵臣，羣下亦從風而靡。王侯將相，歌伎填室，鴻商富賈，舞女成
> 群，競相誇大，互有爭奪，如恐不及，莫有禁令，傷物敗俗，莫不
> 在此。[10]

南朝之時代背景，既如前述，則男女戀情，千金買笑，享樂奢逸之歌謠。
遂應運而生。

北朝時期，則因晉室南渡之際，中原豪貴，紛紛南徙，人才遂集中江左。
而北朝之後魏、北周為鮮卑族，北齊為同化於鮮卑族之漢人，其文學差遜南
朝。更益以君臣之間，崇尚淫靡，故北朝樂府詩缺少高格之曲。《隋書‧音樂
志》敘述北齊雜樂之情形云：

> 吹笛、彈琵琶、五絃、及歌舞之伎，自文襄以來，皆所愛好。至河
> 清以後，傳習尤盛。後主唯賞胡戎樂，耽愛無已。於是繁手淫聲，
> 爭新哀怨，故曹妙達，安未弱，安馬駒之徒，至有封王開府者，遂
> 服簪纓而為伶人之事。後王亦自能度曲，親執樂器，悅翫無倦，倚
> 絃而歌，別採新聲，為無愁曲，音韻窈窕，極於哀思。[11]

北朝在臣庶風靡，競相侈艷之風氣下，庾信、王褒、魏收、溫子昇等人
之詩，亦講求綺麗華美。此外，南朝文士在南北通好之際，紛紛北上，將唯
美文學傳入北朝，使北朝亦染上綺麗之風，亦是一因。

---

[10] 《太平御覽》，卷569，頁2704。
[11] 《隋書》，卷14，頁331。

二、社會因素

　　南朝社會，民安物阜。然因官吏貪斂，世家豪門，亦侈靡成風，揮霍無度。造成經濟繁榮，貴賤懸殊之現象。《梁書‧賀琛傳》云：

> 為吏牧民者，競為剝削，雖致貲巨億，罷歸之日，不支數年，便已消散。……所費事等丘山，為歡止在俄頃。乃更追恨向所取之少，今所費之多。……其餘淫侈，著之凡百，習以成俗，日見滋甚，欲使人守廉隅，吏尚清白，安可得邪！[12]

《梁書‧武帝紀下》亦云：

> 州牧多非良才，守宰虎而傳翼。楊阜是故憂憤，賈誼所以流涕。至於民間，誅求萬端。或供廚帳，或供廄車，或遣使命，或待賓客，皆無自費，取給於民。又復多遣遊軍，稱為過防，姦盜不止，暴掠繁多。或求供設，或責腳步，又行劫縱，更相枉逼，良人命盡，富室財殫，此為怨酷，非止一事。[13]

　　《陳書‧宣帝紀》亦云：「（太建十一年）至今貴里豪家，金舖玉舄。」[14]當時豪貴之家，可以坐致卿相；至於庶民，則飽受劫難，且不慮夕，成為一畸形社會。如宋‧沈勃奢淫過度，妓女數十，聲酣放縱，無復際限；梁‧羊侃姬妾侍列，窮極奢靡，可知貴族生活之奢侈貪鄙。
　　至於民間之情形，亦令人扼腕嘆息。在宋代之時，《宋書‧文帝紀》云：

---

[12] 《梁書》，卷38，頁544。

[13] 《梁書》，卷3，頁86。

[14] 《陳書》，卷5，頁95。

自頃在所貧罄，家無宿積。賦役暫偏，則人懷愁墊；歲或不稔，則病乏比室。[15]

南齊之時，《梁書‧良吏傳》序云：

齊末昏亂，政移羣小，賦調雲起，徭役無度，守宰多倚附權門，互長貪虐，掊克聚歛，侵愁細民。天下搖動，無所厝其手足。[16]

梁代之時，《梁書‧庾蓽傳》云：

（武帝時）承凋弊之後，百姓凶荒，所在穀貴，米至數千，民多流散。[17]

陳代之時，《陳書‧高祖紀》云：

吳州、縉州去歲蝗旱，郢田雖呪，鄭渠終涸，室靡盈積之望，家有填壑之嗟。[18]

《陳書‧世祖紀》亦云：

自喪亂以來，十有餘載，編戶凋亡，萬不遺一，中原泯庶，蓋云無幾。頃者寇難仍接，箅歛繁多，且興師已來，千金日費，府藏虛竭，

---

[15] 《宋書》，卷5，頁91。

[16] 《梁書》，卷53，頁767。

[17] 《梁書》，卷53，頁466。

[18] 《陳書》，卷2，頁39。

杼軸歲空。[19]

其時社會之貧窮，官吏之貪虐，人民之離散。人心之絕望，由上可見。

在此風氣之下，文士貴族皆養尊處優，習於清談。一時莊老風行，佛道大盛。加之南朝行門閥制度，也造成許多仰賴家族，遊手好閒之子弟，生活靡爛，貪享遊樂。如湯惠休〈白紵歌〉云：

少年窈窕舞君前，容華豔豔將欲然。為君嬌凝復遷延，流目送笑不敢言。長袖拂面以自煎，願君流光及少年。[20]

陳後主〈玉樹後庭花〉云：

麗宇芳林對高閣，新妝豔質本傾城。映戶凝嬌乍不進，出帷含態笑相迎。妖姬臉似花含露，玉樹流光照後庭。[21]

南朝樂府詩即在這種奢麗唯美，注重遊樂之社會因素下產生。

北朝社會，由於受南方之影響，頗為相似。一般貴族皆擁妾作樂，豪侈無已。《魏書・韓麒麟傳》云：

土木被錦綺，僮妾豔梁肉。[22]

《北齊書・文宣紀》云：

---

[19] 《陳書》，卷3，頁49。

[20] 《樂府詩集》，卷55，頁801。

[21] 《樂府詩集》，卷47，頁680。

[22] 《魏書》，卷60，1331。

家有吉凶，務求勝異。婚姻喪葬之費，車服飲食之華。動竭歲資，
以營日富。又奴僕帶金玉，婢妾衣羅綺，始以創出為奇，後以過前
為麗。[23]

如楊衒之《洛陽伽藍記》載魏高王寺，即高陽王雍之宅也。雍為爾朱榮
所害，遂捨宅以為寺。並敘曰：

正光中，雍為丞相，給羽葆鼓吹，虎賁班劍百人。雍有妓女五百。……
僕童六千，妓女五百。隨珠照日，羅衣從風；自漢晉以來，諸王豪
侈，未之有也。[24]

其時北朝之君主，亦淫亂虛浮，一如南朝。如《北齊書‧幼主紀》云：

（後主）又於華林園立貧窮村舍，帝自弊衣為乞食兒。又為窮兒之
市，躬自交易。[25]

《北史‧齊本紀》亦云：

（北齊文宣帝）流連耽湎，肆行淫暴。或躬自鼓舞，歌謳不息，從
旦通宵，以夜繼晝。或袒露形體，塗傅粉黛，散髮胡服，雜衣錦綵，
拔刀張弓，遊於市肆……或盛暑炎赫，隆冬酷寒，或日中暴身，去
衣馳走……徵集淫嫗，分付從官，朝夕臨視，以為娛樂。……沈酗

---

[23] 《北齊書》，卷4，頁51。

[24] 《洛陽伽藍記》，卷3，頁155。

[25] 《北齊書》，卷8，頁113。

既久，彌以狂惑。[26]

　　至於民間百姓，則貧弱窘困，疲於徭役。再加上兵革不息，死喪離曠，一如後魏之時。《魏書・盧昶傳》云：

自比年以來，兵革屢動。荊揚二州，屯戍不息；鍾離、義陽，師旅相繼。兼荊蠻凶狡，王師薄伐，暴露原野，經秋淹夏。汝潁之地，率戶從戎；河冀之境，連丁轉運。又戰不必勝，加之退負，死喪離曠，十室而九。細役煩徭，日月滋甚；苛兵酷吏，因逞威福。至使通原遙畛，田蕪罕耘；連村接閈，竈飢莫食。而監司因公以貪求，豪強恃私而逼掠。遂令鬻褴褐以益千金之資，制口腹而充一朝之急。此皆由牧守令長多失其人。[27]

《北史・高謙之傳》云：

且頻年以來，多有徵發。人不堪命，動致流離。苟保妻子，競逃王役。不復顧其桑井，憚此刑書。[28]

北齊之時，《北史・齊本紀》下云：

賦斂日重，徭役日繁，人力既殫，帑藏空褐。[29]

---

[26] 《北齊書》，卷4，頁68。

[27] 《魏書》，卷47，頁1060。

[28] 《北史》，卷50，頁1831。

[29] 《北史》，卷8，頁301。

《北史‧房謨傳》云：

時軍國未寧，徵發煩速，致有數使同徵一物，公私勞擾。[30]

北周之時，《周書‧武帝紀上》云：

為政欲靜，靜在寧民；為治欲安，安在息役。興造無度，徵發不已，
加以頻歲師旅，農畝廢業。去秋災蝗，年穀不登，民有散亡，家空
杼軸。[31]

《北史‧王羆傳》云：

時關中大饑，徵稅人間穀食，以供軍費，或隱匿者，令遞相告，多
被箠捶，以是人有逃散。[32]

　　北朝亦非清平盛世，朝廷徵發無度，賦斂繁重。徭役不斷，民眾無人耕
作。田野荒廢，苦不堪言。在這種社會氛圍下，樂府詩除《梁鼓角橫吹曲》
尚具有北方豪放剛毅之本色外，其餘作品，多承襲南朝之舊。

三、地理環境

　　南朝地處江南，山川秀麗，景物宜人，有三江五湖之利，鹽鐵魚米之富，

---

[30] 《北史》，卷 55，頁 1992。

[31] 《周書》，卷 5，頁 80。

[32] 《北史》，卷 62，頁 2203。

五風十雨，土肥物豐，水運便利，商業勃興，養成活潑熱烈之民性，優美柔婉之風格。如長江上游、江漢兩水間之西曲歌，與長江下游、三吳一帶之吳聲歌曲，皆產生於南方。

然因長江發源於西部高原，由千山萬壑，急流而下。出三峽後，流勢趨緩。經迂迴曲折之中流，始至和緩之下游，中間縣長數千里。故西曲歌亢爽熱情，吳聲歌曲委婉溫柔。

北方則有異於南方，其地寒冷多山。民性崇尚勇敢，個性堅實。故《北史‧文苑傳》序云：

> 江左宮商發越，貴於清綺；河朔詞義貞剛，重乎氣質。氣質則理勝其詞，清綺則文過其意。理深者便於時用，文華者宜於詠歌。此其南北詞人得失之大較也。[33]

山川風土，會影響人之氣質習性，《左傳‧襄公二十一年》曰：

> 初，叔向之母妒叔虎之母美而不使，其子皆諫其母，其母曰：「深山大澤，實生龍蛇。彼美，余懼其生龍蛇以禍女，女敝族也。國多大寵，不仁者諫之，不亦難乎？」[34]

此言叔向之母，畏懼叔虎之母美而生美女。一如非常之地，多生非常之物。一如深邃之山野，廣闊之湖澤，會生龍蛇等怪物。暗示美女會有禍國之虞。

李白〈春于姑熟送趙四流炎方序〉云：「鄒魯多鴻儒，燕趙饒壯士，蓋風

---

[33] 《北史》，卷 83，頁 2775。

[34] 《左傳》，卷 34，頁 592。

土之使然乎。」[35]鄒魯一帶，為孔、孟之故居，其地之人，沐浴孔、孟教化之遺澤，故多博學鴻儒；燕、趙在河北、山西一帶，其地為黃土高原，民眾多躍馬奔馳於高地草原，故養成直爽豪邁之民風。北朝樂府詩之激越悲涼，即在於此。

此外，南朝樂府詩又受商市之影響，當時金陵、襄陽、揚州、江陵、雍州等地，經濟繁榮，水運頻仍，故在商客重利，商婦多情之情景下，詩中亦不斷洋溢此種情懷。

四、文學潮流

南朝承繼魏晉之浪漫文學，而不能有所興革。故唯美之風，盛行一時。不僅求作品之華美豔麗，且致力其形式與聲律。郭茂倩《樂府詩集》云：

> 自晉遷江左，下逮隋、唐，德澤寖微，風化不競，去聖逾遠，繁音日滋，豔曲興於南朝，胡音生於北俗，哀淫靡漫之辭，迭作並起，流而忘返，以至陵夷。原其所由，蓋不能制雅樂以相變，大抵多溺於鄭、衛，由是新聲熾而雅音廢矣。[36]

由於文士之舖采擒文，刻意求美。南朝多興豔曲，北朝則多胡音。故《南齊書·文學傳》云：

---

[35] 《李白集校注》，卷27，頁1564。

[36] 《樂府詩集》，卷61，頁883。

（史臣曰）發唱驚挺，操調險急。雕藻淫豔，傾炫心魂。[37]

　　此言南朝文人，多追求豔麗而罔顧內容；忠於藝術而忽略載道。如蕭繹《金樓子·立言篇》云：

　　吟詠風謠，流連哀思者謂之文。……至如文者，惟須綺縠紛披，宮徵靡曼，脣吻遒會，情靈搖蕩。[38]

　　劉宋一代，國祚雖短，文風鼎盛。崇尚縟麗，顏、謝騰聲。開南朝唯美詩風之先聲。謝靈運興會標舉，顏延年體裁明密。故《文心雕龍·明詩第六》云：

　　宋初文詠，體有因革。莊老告退，而山水方滋。儷采百字之偶，爭價一句之奇。情必極貌以寫物，辭必窮力而追新。[39]

　　當時君主、王族，及才學之士眾多，如宋文帝、孝武帝、臨川王劉義慶、江夏王劉義恭等，建平王弘，盧陵王愛真等，並愛文義。才學富贍，詩文繁富；文士有顏延之、謝靈運、謝惠連、湯惠休、袁淑、鮑照、謝莊、范曄、王僧達等人，詩文著述，冠絕一時。《文心雕龍·時序第四十五》云：

　　自宋武愛文，文帝彬雅；秉文之德，孝武多才，英採雲構。自明帝以下，文理替矣。爾其縉紳之林，霞蔚而飆起：王、袁聯宗以龍章，

[37] 《南齊書》，卷52，頁908。

[38] 《齊梁文壇與四蕭研究·蕭繹評傳》，頁192。

[39] 《文心雕龍》，卷2，頁2。

顏、謝重葉以鳳采；何、范、張、沈之徒，亦不可勝也。[40]

《南史‧臨川王義慶傳》云：「（宋文帝）上好文章，自謂人莫能及。」[41]
《南史‧孝武帝紀》云：「（宋孝武帝）讀書七行俱下，才藻甚美。」[42]《南史‧
王儉傳》云：「先是宋孝武好文章，天下咸以文采相尚，莫以專經為尚。」[43]梁‧
裴子野（469～530）《雕蟲論》序云：

> 宋明帝博好文章，才思朗捷，常讀書奏，號稱七行俱下，每有禎禎
> 祥，及行幸讌集，輒陳詩展義，且以命朝臣……於是天下向風，人
> 自藻飾，雕蟲之藝，盛於時矣。

帝王若好才藻文彩，則天下向風。南朝藻麗之風，與君主之倡導，關係
甚大。裴子野提出儒家之文學觀，對劉宋至齊、梁詩，專為吟詠情性，注重
藻飾之頹廢文風，表示不滿。故又云：

> 古者四始六藝，總而為詩。既形四方之氣，既形四方之風，且彰君
> 子之志。勸美懲惡，王化本焉。後之作者，思存枝葉，繁華蘊藻，
> 用以自通。……宋初迄於元嘉，多為經史。大明之代，實好斯文，
> 高才逸韻，頗謝前哲，波流相尚，滋有篤焉。自是閭閻年少，貴遊
> 總角，罔不擯落六藝，吟詠情性，學者以博依為急務，謂章句為專
> 魯，淫文破典，斐爾為功。無被於管弦，非止乎禮義，深心主卉木，
> 遠致極風雲，其興浮，其志弱，巧而不要，隱而不深，討其宗途，

---

[40] 《文心雕龍‧時序篇》，卷9，頁25。

[41] 《南史》，卷13，頁360。

[42] 《南史》，卷2，頁55。

[43] 《南史》，卷22，頁595。

亦有宋之風也。[44]

　　若就文士之文學成就而言，謝靈運、顏延之、鮑照三人，時稱元嘉三大家。謝靈運擅長摹寫山水，其清詞麗句，一掃當時玄風盛行之詩作。能觀察自然，刻畫自然界靈動之美景；顏延之詩不及靈運，文則過之。體裁明密，情韻淵永。足以垂範後世；鮑照才思奇絕，文辭俊逸，如騎駿馬，馳驟於平岡之上。此外，范曄著《後漢書》，體大思精，能駢肩史、漢，為四史之一。亦為劉宋文壇之大事也。

　　蕭齊之時，承繼宋代文風，詩文學者，漪歟稱盛。就君主王族而言，雖昏庸無德，卻能愛好文學，禮遇文士，使齊代文學，超越前代。《文心雕龍·時序第四十五》云：

　　暨皇齊馭寶，運集休明。太祖以聖武膺籙，高祖以睿文纂業，文帝以貳離含章，中宗以上哲興運：並文明自天，緝遐景祚。今聖歷方興，文思光被；海岳降神，才英秀發；馭飛龍於天衢，駕騏驥於萬里。經典禮章，跨周轢漢；唐虞之文，其鼎盛乎！[45]

　　齊代在武帝永明年間，文風最盛。齊諸子如鄱陽王鏘、江夏王鋒、竟陵王子良、衡陽王鈞、隋王子隆、文惠太子等，均愛好文學。招集文士，人文蔚起。其中尤以竟陵王蕭子良有禮接文學之士，一時才學之士，多集其門下。其中最著名者，有蕭衍、沈約、謝朓、王融、蕭琛、范雲、任昉、陸倕等八人，號曰「竟陵八友」。八友中，謝朓長於詩，能運用聲律，描寫山林之緻，清麗高遠。尤以「餘霞散成綺，澄江靜如練。」最為人稱道。任昉工於筆，擅長表、奏、書、啟等文體，文格壯麗。沈約則重聲律，以宮商協律為高。

---

[44] 《全上古三代秦漢三國六朝文·雕蟲論》，卷53，頁3262。

[45] 《文心雕龍·時序篇》，卷9，頁25。

當時周顒作《四聲切韻》，沈約撰《四聲譜》，王斌著《四聲論》，言平仄聲律
之說。《南齊書‧陸厥傳》云：

> 永明末，盛為文章，吳興沈約、陳郡謝朓、琅琊王融，以氣類相推
> 轂，汝南周顒，善識聲韵，約等文皆用宮商，以平上去入為四聲。
> 以此制韻，不可增減。世呼為永明體。[46]

沈約既以四聲作詩，遂倡八病（平頭、上尾、蜂腰、鶴膝、大韻、小韻、
旁紐、正紐），以求詩律之和諧。此後浮巧之語，體製漸多。對句駢辭，亦彌
為靡麗矣。

梁以下，藻麗之風未歇。高帝愛文，故《南齊書‧高帝紀》云：「（高帝）
博涉經史，善屬文。」[47]武帝亦好崇文學。繼則簡文帝、元帝，並以文學著聞。
文士中、江淹、任昉，並以文章妙絕當時；江淹才高學博，情辭兼富。所作
恨賦、別賦，爭誦一時。又有徐摛、劉溉、劉孝綽、劉孝威、丘遲、王僧孺、
吳均、王筠、庾肩吾、張率、費昶等，皆為後起之秀。其中丘遲作書致陳伯
之，使悍將幡然來歸，鶯飛草長之語，尤為後人稱頌。庾肩吾之詩雯，彌尚
靡麗，踰於往時，可謂齊、梁宮體文學之代表。

此外，劉勰作《文心雕龍》，為中國文學批評之鉅著。鍾嶸作《詩品》，
亦識見超卓，學者視為詩學批評之圭臬。

陳代雖經梁季之亂，文學漸衰。然世祖以來，漸崇文學。後主在東宮，
汲引文學之士，如恐不及。及踐帝位，尤尚文章。故《陳書‧文學傳》云：「後
主嗣業，雅尚文詞，傍求學藝，煥乎俱集。」[48]

一時君臣風靡，競逞才華。陳時之后妃宗室，莫不競為文詞，極一時之

---

[46] 《南齊書》，卷 52，頁 898。

[47] 《南齊書》，卷 2，頁 38。

[48] 《陳書》，卷 28，頁 1761。

盛。

　　著名之學者，如徐陵、江總、顧野王、張正見、沈炯、殷鏗等，皆一時之選。徐陵由梁入陳後，有陳創業之文檄詔策，皆陵所製。與庾信齊名，時稱徐庾體。所編《玉臺新詠》，選錄豔歌，為晚唐香奩詩家所取法。江總工五七言詩，以纖巧為尚，尤精駢體。殷鏗善五言詩，才情洋溢，為李白所推重。

　　南朝經在上者之倡導，爭豔炫奇，舖文飾藻。造成齊、梁以來唯美之風格，綺麗之樂府詩，由是稱盛。故《南史・文學傳》序云：

　　　蓋由時主儒雅，篤好文章。故才秀之士，煥乎俱集。

　　北朝樂府，成立於魏道武帝開國之世，發達於魏太武帝統一北朝，逮孝文帝時，崇尚儒雅，華風，文學稍盛。《隋書・文學傳》序云：

　　　暨永明、天監之際，太和、天保之間，洛陽、江左，文雅尤盛。于時作者，濟陽江淹、吳郡沈約、樂安任昉、濟陰溫子昇、河間邢子才、鉅鹿魏伯起等，並學窮書圃，思極人文，縟綵鬱於雲霞，逸響振於金石，英華秀發，波瀾浩蕩，筆有餘力，詞無絕源。[49]

《北史・文苑傳序》亦云：

　　　及太和在運，銳情文學，固以頡頏漢徹，跨躡曹丕，氣韻高遠，艷藻獨構。衣冠仰止，咸慕新風。……樂安孫彥舉、濟陰溫子昇，並自孤寒，鬱然特起。咸能綜採繁縟，興屬清華。比於建安之徐、陳、應、劉，元元之潘、張、左、束，各一時也。有齊自霸業云啟，廣延髦俊，開四門以賓之，頓八紘以掩之。鄴都之下，煙霏霧集。河

---

[49] 《隋書》，卷76，頁1729、1730。

間邢子才、鉅鹿魏伯起、范陽盧元明、鉅鹿魏季景、清河崔長儒、
河間邢子明、范陽祖孝徵、中山杜輔玄、北平陽子烈，並其流
也。……其關涉軍國文翰，多是魏收作之。及在武平，李若、荀士
遜、李德林、薛道衡並為中書侍郎，典司綸綍。……周氏創業，運
屬陵夷，纂遺文於既喪，聘奇士如弗及。是以蘇亮、蘇綽、盧柔、
唐瑾、元偉、李昶之徒，咸奮鱗翼，自致青紫。[50]

上言將北魏、北齊、北周時期之文士，一併羅列述之。但北魏時期，溫
子昇較有文名，文采繁豔，氣韻鏗鏘。北齊時期，魏收、顏之推、邢邵負有
盛名。魏收碩學天才，好聲樂，善胡舞，以文章顯世。北齊受禪詔冊，皆其
手筆。《北史‧魏收傳》謂：「與濟陰溫子昇，河間邢子才齊譽，世號三才。」
又與邢子才有「大邢小魏」之譽。顏之推，文辭典麗，嘗著《家訓》二十篇，
詳論立身治家之道，旁及字畫、音訓、典故，極富文學價值。北周時期，庾
信、王褒皆負文才。身逢亂離，屈事北周，雖位望通顯，常有鄉關之思。嘗
作〈哀江南賦〉以致其意。

北朝之樂府詩，可分漢歌與虜歌兩時期，虜歌時期約當燕代之際，五胡
十六國混雜交糅，胡風甚盛，故多用虜音詠唱，如魏道武帝所用之樂章即是。
漢歌時期則當後魏、北齊、北周統一與分治之時，其樂府詩依虜歌譯為華言，
或直接用漢文，作品大部尚存，《樂府詩集》所載《梁鼓角橫吹曲》即是。

北朝漢歌，內容充實，文辭質樸，有剛健之氣，與南朝唯美之風格不同，
然因北朝文士，頗受南朝之影響，作品浮泛豔靡，惟樂府詩能呈現北方剛健
之氣。

---

[50] 《北史》，卷83，頁2782。

第四章　南北朝樂府詩之分類

　　樂府詩之類，始自《詩經》，詩有六義：風、雅、頌、賦、比、興。風、雅、頌為詩之體裁，賦、比、興為詩之作法也。《詩經・大序》云：

> 上以風化下，下以風刺上，主文而譎諫，言之者無罪，聞之者足以戒，故曰《風》。至於王道衰，禮義廢，政教失，國異政，家殊俗，而變風變雅作矣。國史明乎得失之跡，傷人倫之廢，哀刑政之苛，吟詠情性，以風其上，達於事變而懷其舊俗者也，故變風發乎情，止乎禮義。發乎情，民之性也；止乎禮義，先王之澤也。是以一國之事，繫一人之本，謂之「風」。言天下之事，形四方之風，謂之「雅」。「雅」者，正也，言王政之所由廢興也。政有小大，故有《小雅》焉，有《大雅》焉。《頌》者，美盛德之形容，以其成功告於神明者也。[1]

　　由上可知，漢魏以後，用之於宗廟、郊祀天地、山川、五方、鬼神、祖考之樂歌，以及部分之雅舞等，皆頌之遺也；其施於朝廷、燕饗以述功德，如魏晉時之愷樂，以及部分之雅舞等，皆雅之遺也；其起於民間、被之管絃，如橫吹曲辭、相和曲辭、清商曲辭，部分雜舞等，皆風之遺也。後世詩篇龐雜，所用亦廣，其分類，在西漢時代，並無聞焉。《隋書・音樂志》云：

---

[1] 《毛詩》，卷1，頁2。

漢高祖時，叔孫通爰定篇章，用祀宗廟。唐山夫人能楚聲，又造房中之樂。武帝裁音律之響，定郊丘之祭，頗雜謳謠，非全雅什。[2]

樂府詩開始分類，始自東漢明帝永平三年。《隋書・音樂志》云：

樂有四品。一曰《大予樂》，郊廟上陵之所用焉，則《易》所謂：「先王作樂崇德，殷薦於上帝，以配祖考之謂也。」二曰雅頌樂，辟雍饗射之所用焉，則《孝經》所謂：「移風易俗，莫善於樂。」三曰黃門鼓吹樂，天子宴群臣之所用焉。則《詩》所謂：「坎坎鼓我，蹲蹲儛我」者也。其四曰短簫鐃歌樂，軍中之所用焉。[3]

東漢蔡邕論敘漢樂有四類：一、郊廟神靈；二、天子享宴；三、大射辟雍；四、短簫鐃歌。[4]

南朝梁・沈約《宋書・樂志》，並無明確分類，究所錄詩樂之次序而言，可分六類：一、郊廟；二、燕射；三、相合；四、清商；五、舞曲；六、鼓吹。

唐・房玄齡編《晉書・樂志》，記漢樂有六類：一、五方之樂；二、宗廟之樂；三、社稷之樂；四、辟雍之樂；五、黃門之樂；六、短簫之樂。

宋・郭茂倩《樂府詩集》將前代之分類，加以綜合，將樂府詩分為十二類：一、郊廟歌辭；二、燕射歌辭；三、鼓吹曲辭；四、橫吹曲辭；五、相和曲辭；六、清商曲辭；七、舞曲歌辭；八、琴曲歌辭；九、雜曲歌詞；十、近代曲辭；十一雜歌謠辭；十二新樂府曲辭。

明・吳訥《文章辨體》分為六類：一、郊廟歌；二、愷樂歌；三、燕饗

---

[2] 《隋書・音樂志上》，卷13，頁286。

[3] 《隋書・音樂志上》，卷13，頁286。

[4] 《宋書・樂志二》，卷20，頁565。

歌；四，琴曲；五、相和歌；六、清商曲。

明·徐詩曾《文體明辨》分為九類：一、祭祀；二、王禮；三、鼓吹；四、樂舞；五、琴曲；六、相和；七、清商；八、雜曲；九、新曲。

以上幾種分類，為漢代至隋唐以來之樂府詩，分法各有優劣，漢代樂府，大致有四類詩歌，郊祀歌、房中歌、相合歌、鐃歌等四類，其中又有朝廷之樂與民間歌曲之分。東漢明帝永平三年所訂之樂，與蔡邕所論之漢樂，欠缺民間樂歌。沈約《宋書·樂志》中所分之種類，大致妥當，欠缺軍中所用之鐃歌。房玄齡編《晉書·樂志》中之分類，是承襲東漢明帝與蔡邕而來，且有所說明。其云：

> 其有五方之樂者，其有五方之樂者，則所謂「大樂九變，天神可得而禮」也。其有宗廟之樂者，則所謂「肅雍和鳴，先祖是聽」者也。其有社稷之樂者，則所謂「琴瑟擊鼓，以迓田祖」者也。其有辟雍之樂者，則所謂「移風易俗，莫善於樂」者也。其有黃門之樂者，則所謂「宴樂群臣，蹲蹲舞我」者也。其有短簫之樂者，則所謂「王師大捷，令軍中凱歌」者也。

上說只述及宗廟、社稷、辟雍、鐃歌，欠缺舞曲、琴曲、相和、清商部分。

吳訥《文章辨體》中之愷樂歌，似欲合併橫吹曲與鼓吹曲，然二者本有不同。鼓吹、鐃歌屬漢樂，橫吹曲源自西域，黃門之樂用於燕饗，橫吹用於軍中，不可強行分合。舞曲中，雅舞用於郊廟，雜舞用於燕饗，兩者應自列一類，吳氏未列。徐詩曾《詩體明辨》之分類，鼓吹應包含燕射、鼓吹、橫吹、短簫鐃歌，及宋代之警嚴曲。王禮，即為鼓吹之曲。不如郭茂倩分燕射歌辭、鼓吹歌辭、橫吹歌辭為三，較為妥當。

郭茂倩《樂府詩集》分十二類中，雜曲歌辭與相合歌辭、清商歌辭，橫吹曲辭相近，可併入各類中。近代曲辭多隋唐諸部樂，依時代區分，亦無不

可。雜歌謠辭，皆古歌謠諺，或童謠兒歌，與樂府其他各類不同，附於其中，亦無不可。新樂府為新題樂府，因事名篇，而未被之管絃，屬新創之辭，另分一類，以與古辭區分，亦無不可。

　　上述各種分類之外，尚有近代梁啟超、黃季剛、陸侃如、羅根澤、王運熙、王易、朱建新等人之分類，雖各有特色，但不及郭茂倩分類之清楚完備。惟其中新樂府辭，為唐世之新歌；近代曲辭為隋、唐之新曲，故不予論列。其他十類，與南北朝時期有關之樂府詩，依次闡述，以明各類歌辭之意涵及內容。

一、郊廟歌辭

《樂府詩集》《郊廟歌辭》序云：

> 《易》所謂「先王以作樂崇德，殷薦上帝。」宗廟樂者，《虞書》所謂「琴瑟以詠，祖考來格。」《詩》云：「肅雝和鳴，先祖是聽」也。二曰雅頌樂，典六宗社稷之樂。社稷樂者，《詩》所謂「琴瑟擊鼓，以御田祖。」《禮記》曰：「樂施於金石，越於音聲，用乎宗廟社稷，事乎山川鬼神」是也。

　　郭茂倩引用五經之言，謂古代以樂殷薦上帝，宗廟樂用以敬事祖考。雅頌樂則用以敬祀山川鬼神。可見古之王者，重視郊廟之禮。

　　《樂府詩集》又云：

> 自黃帝已後，至於三代，千有餘年，而其禮樂之備，可以考而知者，唯周而也已。《周頌・昊天有成命》，郊祀天地之樂歌也，〈清廟〉，祀太廟之樂歌也，〈我將〉，祀明堂之樂歌也，〈載芟〉、〈良耜〉，藉

田樂歌也。然則祭樂之有歌，其來尚矣。[5]

　　郭茂倩以為古代禮樂之制，周代始可考知。《詩經》中，《周頌》三十一篇，皆郊廟之樂章也。包括郊祀天地之〈昊天有成命〉，祀四嶽河海之〈般〉，祀太廟之〈清廟〉，祀明堂之〈我將〉，祭藉田社稷之〈載芟〉、〈良耜〉等，皆知周代宗廟樂歌之情形。西漢郊樂，惟《郊祀歌》十九章，廟樂惟《安世房中歌》十七章而已。辭句奧衍詰屈，典雅莊嚴、

　　南北朝時期，承襲漢魏以來之郊廟樂歌。宋武帝永初元年（A.D. 420），廟祀設雅樂，太常鄭鮮之等各撰新歌。惟王韶之所撰合用。文帝元嘉中（A.D. 424～453），南郊始設登歌，廟舞猶闕。乃詔顏延之造〈天地郊登歌〉三篇，大抵依仿晉曲。孝武大明初（A.D. 457），使謝莊造〈明堂歌〉，〈世祖廟歌〉。又使殷淡造〈章廟樂舞歌〉。明帝又自造〈昭太后、宣太后室歌〉。

　　南齊承襲劉宋，宗廟祭祀朝饗奏樂，咸用宋太宗元徽（A.D. 473～477）舊式。

　　惟增北郊之禮。又用褚淵〈太廟登歌〉，其餘則用謝超宗〈南郊樂歌〉、〈北郊樂歌〉、〈明堂夕牲〉等歌。武帝永明四年（A.D. 486），藉田，使江淹作樂歌。明帝建武二年（A.D. 495），雩祭，明堂，使謝朓作樂歌。

　　蕭梁之初、樂緣齊舊，武帝多所制作，定郊禮宗廟，及三朝之樂，以武舞為大壯舞，以文舞為大觀舞。國樂以「雅」為稱。使沈約作〈雅樂歌〉，皆以雅名篇。二郊、太廟、明堂、三朝奏〈俊雅〉；皇帝出入奏〈皇雅〉；皇太子出入，奏〈胤雅〉；王公出入奏〈寅雅〉；上壽酒，奏〈介雅〉；食舉，奏〈需雅〉；撤饌，奏〈雍雅〉；牲出入，奏〈滌雅〉；薦毛血，奏〈牷雅〉；皇帝飲福酒，奏〈獻雅〉；燎埋，奏〈禋雅〉；又作〈南郊北郊樂歌〉、〈明堂登歌〉、〈宗廟登歌〉、〈小廟樂歌〉等。其後臺城淪沒，簡文帝受制於侯景，樂府不修，風雅咸盡矣。及王僧辯破侯景，諸樂並送荆州，經亂，工器頗闕，元帝

---

[5] 《樂府詩集》，卷1，頁3。

詔有司補綴才備。

　　陳，沿襲梁樂，惟改〈太廟七室舞辭〉。

　　北魏道武帝拓跋珪天興初（A.D. 398），鄧彥海雖奏上廟樂，而樂章缺焉。宣武已後，雅好胡曲。郊廟之樂，徒有其名。雅樂欠闕。

　　北齊武成帝時，定四郊宗廟三朝之樂，始有樂辭。

　　北周初，欲復六代之樂，制歌舞以祀五帝、日月星辰、郊廟九州社稷、水旱雩禜、四望、四類、山川、宗廟，歲具齊文，竟未之行。及武帝天和初（A.D. 566），造〈山雲〉之舞，以備六代之樂。南北郊、雩壇、太廟、禘祫，具用之。建德二年（A.D. 573），樂成。於是正定雅音惟郊廟樂，命庾信作〈圓丘〉、〈方澤〉、〈五帝〉、〈宗廟〉、〈大祫〉等歌辭。雖襲六代雅名，實夾以胡聲也。

二、燕射歌辭

《樂府詩集》《燕射歌辭》序云：

> 《周禮・大宗伯》之職曰：「以飲食之禮親宗族兄弟，以賓射之禮親故舊朋友，以饗燕之禮親四方之賓客。」凡正饗，食則在廟，燕則在寢，所以仁賓客也。〈王制〉曰：「天子食，舉以樂。」〈大司樂〉：「王大食，三宥，皆令奏鍾鼓。」[6]

　　古代在食舉、燕饗、大射皆有樂也。漢明帝四品樂，其中《雅頌樂》、《黃門鼓吹》，皆燕射及宴羣臣時所用之樂。漢太樂有〈食舉十三曲〉，皆經亂亡缺。其後各代皆有制作，辭多誇飾。

---

[6] 《樂府詩集》，卷13，頁182。

　　南朝宋武帝時，王韶之作〈肆夏〉四章、〈行禮歌〉二章、〈上壽酒歌〉一章、〈殿前登歌〉三章、〈食舉歌〉十章。

　　北朝時期，北魏道武帝初，正月上日饗群臣，備列宮懸正樂，奏燕、趙、吳、楚之音，五方殊俗之曲，四時饗會亦用之。

　　北齊始定三朝之樂，凡二十一章，皆以「夏」名。

　　北周時，庾信作《五聲調曲》二十四章。辭多名理，氣韻典雅。

三、鼓吹曲辭

　　《樂府詩集》《鼓吹曲辭》序云：

　　鼓吹曲，一曰短簫鐃歌。劉瓛定軍禮云：「鼓吹未知其始也，漢班壹雄朔野而有之矣。鳴笳以和簫聲，非八音也。」蔡邕《禮樂志》曰：「漢樂四品，其四曰短簫鐃歌，軍樂也。」《周禮‧大司樂》曰：「王師大獻，則令奏愷樂。」〈大司馬〉曰：「師有功，則愷樂獻於社。」鄭康成云：「兵樂曰愷，獻功之樂也。」《司馬法》曰：「得意則愷樂、愷歌以示喜也。」《建初錄》云：『〈務成〉、〈黃爵〉、〈玄雲〉、〈遠期〉，皆騎吹曲，非鼓吹曲。』此則列於殿庭者名鼓吹，今之從行鼓吹為騎吹，二曲異也。[7]

　　郭茂倩以為鼓吹曲即短簫鐃歌，屬於軍樂，用於軍中。古稱愷樂，王師有功，奏愷樂以獻功於社也。故愷樂以述功德為主，然漢《鐃歌》中，僅〈上之回〉、〈遠如期〉等數章而已。具有情味者，如南齊謝朓所作之〈隨王鼓吹曲〉，則情韻雋永有味，以非漢歌之索然無味。愷樂與鼓吹都列於殿庭，與從

---

[7] 《樂府詩集》，卷16，頁225。

行之鼓吹不同。

南朝宋、齊並用漢曲。又《充庭十六曲》，梁高祖乃去其四，留其十二，更製新歌，合四時也。

齊武帝時，壽昌殿南閣置《白鷺》鼓吹二曲，以為宴樂。則鼓吹不限於軍中使用。

梁又有《鼓吹熊羆十二案》，其樂器有龍頭大鼓、中鼓、獨揭小鼓，亦隨品秩給賜焉。則鼓作為賜品制之用，與漢代之愷樂不同。

陳後主常遣宮女習北方簫鼓，謂之《代北》，酒酣則奏之，則鼓吹施於燕私矣。

北齊二十曲，皆改古名。其〈黃爵〉、〈釣竿〉，略而不用。

北周宣帝革前代鼓吹，制為十五曲，並述功德受命以相代，大抵多言戰陣之事，而非獻戰功於社焉。

四、橫吹曲辭

《樂府詩集》《橫吹曲辭》序云：

橫吹曲，其始亦謂之鼓吹，馬上奏之，蓋軍中之樂也。北狄諸國，皆馬上作樂，故自漢已來，北狄樂總歸鼓吹署。其後分為二部，有簫笳者為鼓吹，用之朝會、道路，亦以給賜。漢武帝時，南越七郡，皆給鼓吹是也。有鼓角者為橫吹，用之軍中，馬上所奏者是也。《晉書・樂志》曰：「橫吹有鼓角，又有胡角。……橫吹有雙角，即胡樂也。漢博望侯張騫入西域，傳其法於西京，唯得〈摩訶兜勒〉一曲。……《古今樂錄》有《梁鼓角橫吹曲》，多敘慕容垂及姚泓時戰陣之事，其曲有〈企喻〉等歌三十六曲，樂府胡吹舊曲又有〈隔

谷〉等歌三十曲，總六十六曲，未詳時用何篇也。」[8]

　　郭茂倩以為橫吹曲是軍中之樂，馬上奏之。北狄諸國，皆馬上作樂，漢武帝時，有鼓角橫吹，即胡樂。由此知之，橫吹出自西域，張騫入西域，得〈摩訶兜勒〉一曲。李延年因胡曲，更造新聲十八解。

　　南朝有鼓角橫吹曲，梁有〈企喻〉等歌三十六曲，又稱樂府胡吹，舊曲有《隔谷》等歌三十曲，總六十六曲。又《晉書‧樂志》曰：「橫吹有鼓角，又有胡角。」

　　其實橫吹即今之橫笛也。胡人騎馬，不便直吹，故橫吹也。又因笛音短而急促，故以行軍為宜。胡角，本為應胡笳之聲，後漸用橫吹，故胡角為胡樂。至於鼓角為古代鼓吹之遺，與胡角不同。

　　北朝時期，北魏之世，有《簸邏回歌》，其曲多可汗之辭，皆燕魏之際鮮卑歌，歌辭虜音，不可曉解，蓋大角曲也。《樂府詩集》《雜曲歌辭》中，北魏溫子昇之〈安定侯曲〉、〈燉煌樂〉；北齊魏收之〈永世樂〉；北周王褒之〈高句麗〉，無名氏之〈阿那瓌〉、〈燉煌樂〉、〈摩多樓子〉等，似皆橫吹曲之遺。

五、相和歌辭

　　《樂府詩集》《相和歌辭》序云：

　　《宋書‧樂志》曰：「相和，漢舊曲也，絲竹更相和，執節者歌。本一部，魏明帝分為二，更遞夜宿。本十七曲，朱生、宋識、列和等復合之為十三曲。」其後晉荀勗又采舊辭施用於世，謂之清商三調歌詩，即沈約所謂「因弦管金石造歌以被之」者也。《唐書‧樂

---

[8] 《樂府詩集》，卷21，頁311。

志》曰:「平調、清調、瑟調,皆周房中曲之遺聲,漢世謂之三調。
又有楚調、側調。楚調者,漢房中樂也。高帝樂楚聲,故房中樂皆
楚聲也。側調者,生於楚調,與前三調總謂之相和調。」《晉書・
樂志》曰:「凡樂章古辭存者,並漢世街陌謳謠,〈江南可採蓮〉、〈烏
生十五子〉、〈白頭吟〉之屬。」其後漸被於弦管,即相和諸曲是也。
魏晉之世,相承用之。

郭茂倩以為《相和歌辭》為漢代舊曲。絲竹更相和,執節者歌。其中包
括清商三調,即平調、清調、瑟調,皆「周房中曲之遺聲,漢謂之三調。」
又有楚調、側調。楚調,漢房中樂之遺聲。側調生於楚調,與前三調總謂之
相和調。如,〈江南可採蓮〉、〈烏生十五子〉、〈白頭吟〉,皆漢世街陌謳謠,
後漸被於弦管,即相和諸曲。

《樂府詩集》《相和歌辭》序又云:

永嘉之亂,五都淪覆,中朝舊音,散落江左。後魏孝文宣武,用師
淮漢,收其所獲南音,謂之清商樂,相和諸曲,亦皆在焉。所謂清
商正聲,相和五調伎也。凡諸調歌詞,並以一章為一解。又諸調曲
皆有辭、有聲,而大曲又有豔,有趨、有亂。辭者其歌詩也,聲者
若羊吾夷、伊那何之類也,豔在曲之前,趨與亂在曲之後,亦猶吳
聲、西曲前有和,後有送也。又大曲十五曲,沈約並列於瑟調。今
依張永《元嘉正聲技錄》分於諸調,又別敘大曲於其後。唯〈滿歌
行〉一曲,諸調不載,故附見於大曲之下。[9]

郭茂倩又以為永嘉之亂後,中朝舊音,散落江左。後魏孝文宣武,用師
淮漢,收其所獲南音,謂之清商樂,相和諸曲,亦在其中。所謂清商正聲,

9 《樂府詩集》,卷 26,頁 377。

相和五調伎也。按《古今樂錄》記載，張永《元嘉正聲技錄》《大明三年宴樂
伎錄》序，相合歌曲有四引，十五曲；吟歎有四曲；四絃有一曲；平調有七
曲；清調有六曲；瑟釣友三十八曲；楚調有五曲。各類古曲，各有亡缺。《宋
書・樂志》序，大曲有十五曲，沈約並列於瑟調。

　　《相和歌辭》在南北朝時期，作者頗多，且多佳作。如鮑照、謝靈運、
蕭子顯、沈約、江淹、張正見、庾信、王褒等人，頗有可觀。至於不見於著
錄之相合歌辭，郭茂倩並收入《雜曲歌辭》中。

六、清商歌辭

　　《樂府詩集》《清商歌辭》序云：

清商樂，一曰清樂。清樂者，九代之遺聲。其始即相和三調是也，
並漢魏已來舊曲。其辭皆古調及魏三祖所作。自晉朝播遷，其音分
散，符堅滅涼得之，傳於前後二秦。及宋武定關中，因而入南，不
復存於內地。自時已後，南朝文物號為最盛。民謠國俗，亦世有新
聲。後魏孝文討淮漢，宣武定壽春，收其聲伎，得江左所傳中原舊
曲，〈明君〉、〈聖主〉、〈公莫〉、〈白鳩〉之屬，及江南吳歌、荊楚
西聲，總謂之清商樂。至於殿庭饗宴，則兼奏之。遭梁、陳亡亂，
存者蓋寡。[10]

　　郭茂倩以為清商曲辭為清樂知總稱，九代之遺聲。其始即漢魏已來舊曲。
相和三調是也。晉朝播遷，其音分散。及宋武定關中，因而入南，不復存於
內地。而南朝文物最盛。民謠國俗，亦世有新聲。後魏孝文討淮漢，宣武定

---

[10] 《樂府詩集》，卷 44，頁 639。

壽春，收其聲伎，得江左所傳中原舊曲，及江南吳歌、荊楚西聲，總謂之清
商樂。梁、陳亡亂，存者蓋寡。

今存清商曲辭，據《樂府詩集》所載，分為《吳聲歌曲》、《西曲歌》、《江
南弄》三種，《神弦歌》則附於《吳聲歌曲》中。其內容多述說男女情思之辭，
如〈子夜歌〉、〈讀曲歌〉、〈石城樂〉、〈襄陽樂〉等，皆冶豔纏綿，有類鄭、
衛桑濮之音，蓋與當時輕靡之社會風氣有關。又在《雜曲歌辭》、《雜歌謠辭》
中，體近吳聲、語屬吳地者甚多，以不見於著錄，而收入雜曲中。樂器則在
隋煬帝時，有鐘、磬、琴、瑟、擊琴、琵琶、箜篌、築、箏、節鼓、笙、笛、
簫、篪、壎等十五種。

七、舞曲歌辭

《樂府詩集》《舞曲歌辭》序云：

《通典》曰：「樂之在耳者曰聲，在目者曰容。聲應乎耳，可以聽
知，容藏於心，難以貌觀。故聖人假幹戚羽旄以表其容，發揚蹈厲
以見其意，聲容選和而後大樂備矣。……然樂心內發，感物而動，
不覺手之自運，歡之至也。此舞之所由起也。」……周有六舞：一
曰帗舞，二曰羽舞，三曰皇舞，四曰旄舞，五曰干舞，六曰人舞。
帗舞者，析五彩繒，若漢靈星舞子所持是也。羽舞者，析羽也。皇
舞者，雜五彩羽，如鳳皇色，持之以舞也。旄舞者，氂牛之尾也。
干舞者，兵舞持盾而舞也。人舞者，無所執，以手袖為威儀也。《周
官・舞師》：「掌教兵舞，帥而舞山川之祭祀。教帗舞，帥而舞社稷
之祭祀。教羽舞，帥而舞四方之祭祀。教皇舞，帥而舞旱暵之事。」
樂師亦掌教國子小舞。自漢以後，樂舞浸盛。故有雅舞，有雜舞。

雅舞用之郊廟、朝饗，雜舞用之宴會。[11]

　　郭茂倩以為樂由心發，感物而動，不覺手舞足蹈，以表歡愉之情。周有六舞，自漢以後，有雅舞，有雜舞。雅舞用之郊廟、朝饗，雜舞用之宴會。

　　有關雅舞：若祀於鬼神者，用之於宗廟、郊祀；而述功德者，則屬燕射歌辭。自秦以後，六代之樂，惟存〈韶〉、〈武〉。世以〈大韶〉屬文舞，舜以揖讓得天下也；〈大武〉屬武舞，為以武王以征誅得天下也。

　　晉武帝時，荀勗典知樂事，使郭瓊、宋識造〈正德〉、〈大豫〉二舞。南朝宋文帝改〈正德〉曰〈前舞〉，〈大豫〉曰〈後舞〉；孝武帝時，又改〈前舞〉曰〈凱容〉，〈後舞〉曰〈宣烈〉。尋改〈正德〉曰〈宣化〉，〈大豫〉曰〈興和〉。南齊時，武曲用〈凱容〉、〈宣烈〉。梁時，造〈大壯〉以為武舞，〈大觀〉以為文舞。陳文帝時，造〈七德〉、〈九敘〉之舞。

　　北朝時期，北魏初，制〈雲和〉、〈大武〉、〈皇始〉三舞。至文帝，更為〈大成〉之舞。北齊時，二郊用〈覆燾舞〉。太廟用〈恢祚〉、〈昭烈〉、〈宣政〉、〈光大〉四舞。朝饗用文武二舞。北周武帝初造〈山雲舞〉。又定〈雲門舞〉，包括〈大夏〉、〈大濩〉，〈正德〉、〈武德〉四舞，已備一代之樂。北魏、北齊之舞，皆摻以胡戎伎。

　　有關雜舞，即〈公莫〉、〈巴渝〉、〈槃舞〉、〈鞞舞〉、〈鐸舞〉、〈拂舞〉、〈白紵〉之類是也。其始皆出自方俗，後浸陳於殿庭。自周有縵樂、散樂。秦、漢因之增廣，宴會之中。率用雜舞。

　　南朝時期，宋武帝大明中，以鞞拂雜舞合之鐘石，施於廟堂。朝會用樂，則兼奏之。明帝時，有西傖姜胡雜舞。〈拂舞〉出自江左，陳於殿庭。宋‧鮑照作四篇。齊時，多刪舊曲，而因其曲名。〈槃舞〉，即七槃舞，晉辭首句曰「晉世寧」，至宋改為「宋世寧」，齊改為「齊世昌」。辭中多頌禱語，亦述功德之舞也。梁時，有〈鞞扇舞〉。鞞扇上舞作〈巴渝弄〉，至〈鞞舞〉竟。似

---

[11] 《樂府詩集》，卷 44，頁 753。

〈鞞舞〉即〈巴渝〉。〈白紵舞〉，辭多詠歎。郭茂倩收錄宋明帝一篇，鮑照四篇，梁武帝二篇，張率九篇。梁武帝又命沈約作〈四時白紵〉、〈夜白紵〉等五篇。

八、琴曲歌辭

《樂府詩集》《琴曲歌辭》序云：

琴者，先王所以修身、理性、禁邪、防淫者也，是故君子無故不去其身。《唐書・樂志》曰：「琴，禁也。夏至之音，陰氣初動，禁物之淫心也。」《世本》曰：「琴，神農所造。」《廣雅》曰：「伏羲造琴，長七尺二寸，而有五弦。」揚雄《琴清英》曰：「舜彈五弦之琴而天下化。」《琴操》曰：「琴長三尺六寸六分，象三百六十六日。廣六寸，象六合也。文上曰池，池，水也，言其平。下曰濱，濱，賓也，言其服也。前廣後狹，象尊卑也。上圓下方，法天地也。五弦，象五行也。文王、武王加二弦以合君臣之恩。」《古今樂錄》曰：「今稱二弦為文武弦是也。」應劭《風俗通》曰：「七弦，法七星也。」《三禮圖》曰：「琴第一弦為宮，次弦為商，次為角，次為羽，次為徵，次為少宮，次為少商。」桓譚《新論》曰：「今琴四尺五寸，法四時五行也。」崔豹《古今注》曰：「蔡邕益琴為九弦，二弦大，次三弦小，次四弦尤小。」梁元帝《纂要》曰：「而其曲有暢、有操、有引、有弄。」《琴論》曰：「和樂而作，命之曰暢，言達則兼濟天下而美暢其道也。憂愁而作，命之曰操，言窮則獨善其身而不失其操也。引者，進德修業，申達之名也。弄者，情性和暢，寬泰之名也。……若夫心意感發，聲調諧應，大弦寬和而溫，小弦清廉而不亂，攫之深，醳之愉，斯為盡善矣。古琴曲有五曲、

九引、十二操。」[12]

　　郭茂倩以為《琴曲歌辭》是雅樂，琴，禁也。琴是禁止於邪，以正人心者。古來君子，多所愛好，無故不去其身。琴，伏羲、神農皆造琴。舜彈五弦之琴，而化育天下。琴曲有暢、有操、有引、有弄。暢有和樂之意，操則憂愁而作，引在進德修業，弄，有情性和暢寬泰之名。若心意感發，則聲調諧應，大弦寬而溫，小弦廉而不亂。至於琴之體制，各有不同之論述，語多附會之處。

　　南北朝時，胡聲充溢，雅樂淪亡。樂府雖備琴瑟，時君厭聞琴音，故流傳不廣。世傳《琴操》一書，語多荒誕。有關琴曲知淵源，多不可考。郭茂倩所引琴曲，語多失信，而出於詠歎者，又非琴曲本意。今觀琴曲之作，應聽其聲，樂辭僅供參考而已。

九、雜曲歌辭

《樂府詩集》《雜曲歌辭》序云：

《宋書‧樂志》曰：「古者天子聽政，使公卿大夫獻詩，耆艾修之，而後王斟酌焉。然後被於聲，於是有采詩之官。周室下衰，官失其職。漢、魏之世，歌詠雜興，而詩之流乃有八名：曰行，曰引，曰歌，曰謠，曰吟，曰詠，曰怨，曰歎，皆詩人六義之餘也。至其協聲律，播金石，而總謂之曲。若夫與其風俗之薄厚。……自晉遷江左，下逮隋、唐，德澤浸微，風化不競，去聖逾遠，繁音日滋。豔曲興於南朝，胡音生於北俗。哀淫靡曼之辭，迭作並起，流而忘反，

---

[12] 《樂府詩集》，卷57，頁823。

以至陵夷。原其所由，蓋不能制雅樂以相變，大抵多溺於鄭、衛，由是新聲熾而雅音廢矣。……雜曲者，歷代有之，或心志之所存，或情思之所感，或宴遊歡樂之所發，或憂愁憤怨之所興，或敘離別悲傷之懷，或言征戰行役之苦，或緣於佛老，或出自夷虜。兼收備載，故總謂之雜曲。」

郭茂倩以為詩之種類繁多，如行、引、歌、謠、吟、詠、怨、歎，皆詩人六義之餘。而其中可以協聲律，播金石者，總謂之曲。至於均奏之高下，音節之緩急，文辭之多少，則與作者才思之淺深有關。南北朝時期，去聖逾遠，繁音日滋。豔曲興於南朝，胡音生於北俗。其因是溺於鄭、衛，而雅音廢矣。

雜曲之作，原因甚多，或心志之所存，或情思之所感，或宴樂之所發，或憂憤之所興，或敘離別悲傷之懷，或言征戰行役之苦，或緣於佛老，或出自夷虜。兼收備載，總稱雜曲。

十、雜歌謠辭

《樂府詩集》《雜歌謠辭》序云：

言者，心之聲也；歌者，聲之文也。情動於中而形於言，言之不足故嗟歎之，嗟歎之不足故永歌之。歌之為言也，長言之也。夫欲上如抗，下如墜，曲如折，止如槁木，倨中矩，句中鉤，累累乎端如貫珠，此歌之善也。《宋書・樂志》曰：「黃帝、帝堯之世，王化下洽，民樂無事，故因擊壤之歡，慶雲之瑞，民因以作歌。……《爾雅》曰：『徒歌謂之謠。』」《廣雅》曰：「聲比於琴瑟曰歌。」《韓詩章句》曰：「有章曲曰歌，無章曲曰謠。」梁元帝《纂要》曰：「齊

歌曰謳，吳歌曰歈，楚歌曰艷，浮歌曰哇，振旅而歌曰凱歌，堂上
奏樂而歌曰登歌，亦曰升歌。……又有長歌、短歌、雅歌、緩歌、
浩歌、放歌、怨歌、勞歌等行。漢世有相和歌，本出於街陌謳謠。
而吳歌雜曲，始亦徒歌，復有但歌四曲，亦出自漢世，無弦節作伎，
最先一人唱，三人和，魏武帝尤好之。時有宋容華者，清徹好聲，
善唱此曲，當時特妙。自晉已後不復傳，遂絕。凡歌有因地而作者，
《京兆》、《邯鄲歌》之類是也；有因人而作者，《孤子》、《才人歌》
之類是也；有傷時而作者，微子《麥秀歌》之類是也；有寓意而作
者，張衡《同聲歌》之類是也。甯戚以困而歌，項籍以窮而歌，屈
原以愁而歌，卞和以怨而歌，雖所遇不同，至於發乎其情則一也。
歷世已來，歌謳雜出。今並采錄，且以謠讖繫其末云。」[13]

　　郭茂倩以為歌有章曲，謠為徒歌。其實詩歌之種類繁多，作詩之原因益
多。有因人而作者、有傷時而作者、有寓意而作者，有困而歌者，有窮而歌
者，有愁而歌者，有怨而歌者，雖所遇不同，發乎其情則一也。故歷世已來，
歌謳雜出，一併采錄，其中產生於南北朝時期者亦多，故列之焉。

---

[13] 《樂府詩集》，卷83，頁1165。

第五章　南北朝樂府詩之體制

　　研究南北朝之樂府詩，必須明其體制。體制是樂府詩組成之重要部分。明體制，才能顯現樂府詩之特色。如情性、文體、聲律、氣韻等。如《南齊書‧文學傳論》云；

> 文章者，蓋情性之風標，神明之律呂也。蘊思含毫，游心內運，放言落紙，氣韻天成，莫不稟以生靈，遷乎愛嗜，機見殊門，賞悟紛雜。若子桓之品藻人才，仲治之區判文體，陸機辨於《文賦》，李充論於《翰林》，張眎摛句褒貶，顏延圖寫情興，各任懷抱，共為權衡。屬文之道，事出神思，感召無象，變化不窮。[1]

　　梁‧蕭子顯認為文章是標示情性，也是表現聲律之神妙。如曹丕品藻人才，張眎摛句褒貶，顏延年圖寫情興，都有觀察之門道。從作品思考，不失為好辦法。

　　《文心雕龍‧附會》說得更為清楚，其云：

> 夫才童學文，宜正體制：必以情志為神明，事義為骨髓，辭采為肌膚，宮商為聲氣；然後品藻玄黃，摛振金玉，獻可替否，以裁厥中：斯綴思之恆數也。

---

[1] 《南齊書》，卷52，頁907。

　　劉勰舉有才質之童子，要學習文章，應該先端正體制。在情志、事義、辭采、宮商四方面學習，就能對文章有整體之了解。至於南北朝樂府詩，則從題名、聲節、句式、樂器、聲韻、對句、雙關等方面，以便對南北朝樂府詩由題名定詩體，由樂器、聲節定音律，由聲韻、對句、雙關定辭采，將對南北朝樂府詩如何繼承漢、魏、晉之體制，以及下開隋、唐文樂府之推衍，會多所了悟。

一、題名

　　樂府詩音調，可被之絃管，故具備樂體，兼統樂名。然觀古詩，未聞有題。孔子刪詩，始以首言命篇。詩亡而樂府作，不僅有題名，且有主意。或因人命題，或緣事立義，其名可解。徐禎卿《談藝錄》云：

　　歌聲雜而無方，行體疏而不滯，吟以伸其鬱，曲以導其微，引以抽　　其臆，詩以言其情，故明因象昭。[2]

　　由此，後人沿用樂府題名者，當代其義而措辭，方不失擬作原旨，如〈公無渡河〉應作「妻止其夫」之辭。《苕溪漁隱叢話》引《蔡寬夫詩話》云：

　　齊梁以來，文士喜為樂府辭，然沿襲之久，往往失其命題本義，〈烏　　生八九子〉但詠烏，〈雉朝飛〉但詠雉，〈雞鳴高樹顛〉但詠雞，大　　抵類此，而甚有併其題失之者，如〈相府蓮〉為想夫憐，〈楊婆兒〉

---

[2] 《歷代詩話・談藝錄》，頁 767。

訛為〈楊叛兒〉之類是也。蓋辭人例用事，語言不復詳研考。[3]

　　今將南北朝樂府詩題名，依次陳述，俾免沿襲誤，引題失義焉。

（一）歌

　　歌者，詠言也，情揚辭達，音聲高暢。《說文》曰：「歌、詠也。」[4]《漢書·藝文志》曰：「故哀樂之心感，而歌詠之聲發。誦其言謂之詩，詠其聲謂之歌。」[5]吳訥《文章辨體》曰：「放情長言曰歌。」詠言即永言，永言即長言，故徐鍇《說文注》云：「歌者，長引其聲以誦之也。」長引其聲，必備曲度，故《禮記·樂記》曰：「歌之為言也，長言之也。說之故言之，言之不足，故長言之。」[6]徐師曾《詩體明辨》曰：「自琴取以外，其放情長言，雜而無方者曰歌。」[7]《毛傳》曰：「詠聲為歌。」又曰：「歌其聲謂之樂。」又曰：「音被之絃管，乃為樂。」[8]

　　漢高祖〈大風歌〉，〈鴻鵠歌〉為歌之古者。南北朝樂府詩以歌名者，不勝枚舉，《樂府詩集》中，《清商曲辭》之〈子夜歌〉、〈上聲歌〉、〈丁督護歌〉、〈讀曲歌〉、〈碧玉歌〉、〈三洲歌〉等；《橫吹曲辭》之〈企喻歌〉、〈瑯琊王歌〉、〈紫騮馬歌〉、〈折楊柳歌〉等屬之。

（二）行

　　行者，順言也。情順辭直，音聲瀏亮。宋·姜夔《白石道人詩說》云：「體

3　《苕溪漁隱叢話·前集》，卷1，頁5。

4　《說文》，八篇下，頁416。

5　《漢書》，卷30，頁1708。

6　《禮記》，卷39，頁702。

7　《樂府通論》，頁42。

8　《毛詩》，卷1，頁12、15。

如行書曰行。」[9]明‧徐師曾《詩體明辨》云:「步驟馳騁,疏而不滯者曰行。」[10]

漢馬援〈武溪深行〉為行之最古者。南北朝樂府詩以行名者,皆見於《樂府詩集》之《相合歌辭》及《雜曲歌辭》,如《相合歌辭》之〈羅敷行〉、〈日出東南隅行〉、〈猛虎行〉、〈君子行〉、〈苦寒行〉等;《雜曲歌辭》之〈蜨蝶行〉、〈出自薊北門行〉、〈悲哉行〉、〈升天行〉、〈齊謳行〉等屬之。茲舉梁‧簡文帝〈君子行〉一首為例:

> 君子懷琬琰,不使涅塵淄。從容子雲閣,寂寞仲舒帷。多謝悠悠子,
> 管窺良可悲。

《樂府詩集》〈君子行〉敘引《樂府解題》曰:「古辭云『君子防未然』,蓋言遠嫌疑也。又有《君子有所思行》,辭旨與此不同。」[11]

(三) 歌行

元稹《樂府古題》序列歌行為樂府題名之一。姜夔《白石道人詩說》云:「體如行書曰行,放情曰歌,兼之者曰歌行。」[12]徐師曾《詩體明辨》云:「自琴曲之外,其放情長之言,雜而無方者曰歌,步驟馳騁,疏而不滯者曰行,兼之曰歌行。」[13]

嚴羽《滄浪詩話》云:「古有〈鞠歌行〉,〈放歌行〉,〈長歌行〉,〈短歌行〉。」[14]南北朝樂府詩以歌行名者,皆為擬漢魏樂府歌行之作,見於《樂府

---

[9] 《歷代詩話‧白石詩說》,頁681。

[10] 《樂府通論》,頁42。

[11] 《樂府詩集》卷32,頁467。

[12] 《歷代詩話‧白石詩說》,頁681。

[13] 《樂府通論》,頁42。

[14] 《詩體釋例》,頁80。

詩集》之《相合歌辭》及《雜曲歌詞》，如《相合歌辭》之〈艷歌行〉、〈長歌行〉、〈短歌行〉、〈燕歌行〉、〈鞠歌行〉、〈放歌行〉、〈櫂歌行〉、〈怨歌行〉；《雜曲歌詞》之〈齊歌行〉、〈堂上歌行〉、〈緩歌行〉等屬之。茲舉梁‧元帝〈長歌行〉一首為例：

當壚擅旨酒，一卮堪十千。無勞蜀山鑄，扶授采金錢。人生行樂爾，何處不留連。朝為洛生詠，夕作據梧眠。忽茲忘物我，優游得自然。[15]

《樂府詩集》〈長歌行〉序云：

《樂府解題》曰：「古辭云『青青園中葵，朝露待日晞』，言芳華不久，當努力為樂，無至老大乃傷悲也。」崔豹《古今注》曰：「長歌、短歌，言人壽命長短，各有定分，不可妄求。」按古詩云「長歌正激烈」，魏文帝《燕歌行》云「短歌微吟不能長」，晉傅玄《艷歌行》云「咄來長歌續短歌」，然則歌聲有長短，非言壽命也。[16]

（四）曲

　　曲者，樂歌也，情密辭宛，音聲諧緟。姜夔《白石詩說》云：「委曲盡情曰曲。」[17]徐詩曾《詩體明辨》云：「高下長短，委曲盡情，以道其微者曰曲。」[18]宋‧張表臣《珊瑚鈎詩話》云：「音聲雜比，高下短長謂之曲。」[19]曲，

---

[15] 《樂府詩集》，卷30，頁444。

[16] 《樂府詩集》，卷30，頁442。

[17] 姜夔《白石詩說》，頁681。

[18] 《樂府通論》，頁42。

[19] 《珊瑚鈎詩話》，卷3，頁476。

乃指其音韻曲折之意。

　　劉宋《鼓吹鐃歌》中之〈上邪曲〉、〈晚之曲〉、〈艾如張曲〉、始以曲名。南北朝樂府詩以曲名者甚多,《樂府詩集》,《相和歌辭》中之〈江南曲〉、〈楚妃曲〉;《清商曲辭》中之〈歡好曲〉、〈黃生曲〉、〈黃鵠曲〉、〈烏棲曲〉、〈雍州曲〉、〈採蓮曲〉;《舞曲歌辭》中之〈白紵曲〉;《琴曲歌辭》之〈楚朝曲〉、〈楚明妃曲〉、〈淥水曲〉、〈胡笳曲〉;《雜曲歌辭》中之〈當爐曲〉、〈南征曲〉、〈安定侯曲〉、〈攜手曲〉、〈夜夜曲〉等屬之。茲舉陳・徐陵〈烏棲曲〉一首為例:

　　繡帳羅帷隱燈燭,一夜千年猶不足。唯憎無賴汝南雞,天河未落猶爭啼。[20]

（五）引

　　引者,引說也,情長辭蓄,音聲平永。姜夔《白石詩說》云:「載始末曰引。」[21]徐詩曾《詩體明辨》云:「述事本末,先後有續,以抽其臆者曰引。」[22]

　　又元稹《樂府古題序》云:「其在琴瑟者為操、為引。」[23]則引指琴曲。

　　南北朝樂府詩以引名者,《樂府詩集》中,《相和歌辭》有〈相和六引〉,《琴曲歌辭》有〈霹靂引〉、〈思歸引〉、〈貞女引〉、〈走馬引〉、〈天馬引〉、〈龍丘引〉等屬之。茲舉梁・劉孝威〈思歸引〉一首為例:

　　胡地憑良馬,懷驕負漢恩。甘泉烽火入,回中宮室燔。錦車勞遠駕,

---

[20] 《樂府詩集》,卷48,頁698。

[21] 《歷代詩話・白石詩說》,頁681。

[22] 《樂府通論》,頁42。

[23] 《詩體釋例》,頁83。

繡方疲屢奔。貳師已喪律，都尉亦銷魂。龍堆求援急，孤塞請先屯。
櫪下驅雙駿，腰邊帶兩鞬。乘障無期限，思歸安可論。[24]

《樂府詩集》〈思歸引〉敘其本事云：

晉石崇〈思歸引序〉曰：「崇少有大志，晚節更樂放逸。因覽樂篇
有〈思歸引〉，古曲有弦無歌，乃作樂辭。」但思歸河陽別業，與
琴操異也。《樂府解題》曰：「若梁劉孝威『胡地憑良馬』，備言思
歸之狀而已。」

（六）吟

　　吟者，歌詠也，情抑辭鬱，音聲沈細。徐詩曾《詩體明辨》云：「吁嗟嘅
歌，悲憂深思，以呻其鬱者曰吟。」[25]姜夔《白石詩說》云：「悲如蛩螿曰
吟。」[26]徐詩曾《詩體明辨》又云：「吁嗟，悲憂深思，以呻其鬱者曰吟。」[27]
　　南北朝樂府詩以吟名者，多見於《樂府詩集》之《相和歌辭》與《雜曲
歌辭》，如《相和歌辭》之〈楚王吟〉、〈楚妃吟〉、〈白頭吟〉、〈泰山吟〉、〈梁
甫吟〉；《雜曲歌辭》之〈北風吟・〉、〈夜作吟〉、〈遙夜吟〉、〈憂且吟〉、〈霜
婦吟〉等屬之。茲舉宋・鮑照〈白頭吟〉一首為例：

直如朱絲繩，清如玉壺冰。何慚宿昔意，猜恨坐相仍。人情賤恩舊，
世路逐衰興。毫髮一為瑕，丘山不可勝。食苗實碩鼠，點白信蒼蠅。
鳧鵠遠成美，薪芻前見凌。申黜褒女進，班去趙姬升。周王日淪惑，

---

[24] 《樂府詩集》，卷58，頁838。

[25] 《樂府通論》，頁42。

[26] 《歷代詩話・白石詩說》，頁681。

[27] 《詩體釋例》，頁82。

漢帝益嗟稱。心賞固難恃，貌恭豈易憑。古來共如此，非君獨撫膺。

《樂府詩集》〈白頭吟〉敘言其本事云：

《西京雜記》曰：「司馬相如將聘茂陵人女為妾，卓文君作〈白頭吟〉以自絕，相如乃止。」《樂府解題》曰：「古辭云『皚如山上雪，皎若雲間月。』又云：『願得一心人，白頭不相離。』始言良人有兩意，故來與之相決絕。次言別於溝水之上，敘其本情。終言男兒重意氣，何用於錢刀。若宋鮑照『直如朱絲繩』，陳張正見『平生懷直道』，唐虞世南『氣如幽徑蘭』，皆自傷清直芬馥，而遭鑠金玷玉之謗，君恩以薄，與古文近焉。」

（七）謠

謠者，徒歌也，情謠辭寓，音聲質俚。《說文》云：「謠，徒歌也。」[28]元稹《樂府古題序》云：「采民氓者為謳謠。」[29]姜夔《白石詩說》云：「通乎俚俗曰謠。」[30]謠乃流行於街陌里巷之徒歌。

《穆天子傳》〈白雲謠〉為謠之古者。南北朝樂府詩以謠名者，《樂府詩集》中，《雜歌謠辭》之〈山陰謠〉、〈曲堤謠〉、〈趙郡謠〉、〈獨酌謠〉等屬之。茲舉陳‧後主〈獨酌謠〉四首之一為例云：

獨酌謠，獨酌且獨謠。一酌豈陶暑，二酌斷風飆，三酌意不暢，四酌情無聊，五酌盃易覆，六酌歡欲調，七酌累心去，八酌高志超，九酌忘物我，十酌忽淩霄。淩霄異羽翼，任致得飄飄。寧學世人醉，

---

[28] 《說文》，篇3，頁94。

[29] 《歷代詩話‧白石詩說》，頁681。

[30] 《詩體釋例》，頁81。

揚波去我遙。爾非浮丘伯，安見王子喬。[31]

　　《樂府詩集》〈獨酌謠〉敘云：「陳後主序曰：『齊人淳於善為斗酒，偶效之作《獨酌謠》。』」今人亦如古人，無聊時，意不暢時，喜獨酌一番，陳・後主此詩，實深得我心。

（八）操

　　操，屬琴曲，蓋指立其操守也。梁元帝《纂要》謂琴曲有操，元稹《樂府古題》序謂其在琴瑟者曰操，引。劉向《別錄》云：

> 君子因雅琴以致思，其道閉塞，悲愁而作者，名其曲曰操。言寓災害，不失其操也。[32]

　　鄭樵《通志・樂一》引韓愈云：

> 善音之人，欲寫其幽懷隱思，而無所憑依，故取古之人悲幽不遇之事，而以命操。[33]

　　《樂府詩集》《琴曲歌辭》序云：

> 《琴論》曰：「和樂而作，命之曰暢，言達則兼濟天下而美暢其道也。憂愁而作，命之曰操，言窮則獨善其身而不失其操也。……趙飛燕亦善為〈歸風送遠之操〉，皆妙絕當時，見稱後世。若夫心意感發，聲調諧應，大弦寬和而溫，小弦清廉而不亂，攫之深，醳之

---

[31] 《樂府詩集》，卷87，葉1227。

[32] 《詩體釋例》，頁81。

[33] 《十通分類總纂・通志》，卷122，頁12-375。

愉，斯為盡善矣。古琴曲有……十二操：一曰〈將歸操〉，二曰〈猗
蘭操〉，三曰〈龜山操〉，四曰〈越裳操〉，五曰〈拘幽操〉，六曰〈岐
山操〉，七曰〈履霜操〉，八曰〈朝飛操〉，九曰〈別鶴操〉，十曰〈殘
形操〉，十一曰〈水仙操〉，十二曰〈襄陵操〉。[34]

嚴羽《滄浪詩話》云：「古有〈水德操〉……〈別鶴操〉。」[35]為操之古者。
南北朝樂府詩以操名者，《樂府詩集》中，《琴曲歌辭》中之〈別鶴操〉、〈雉
朝飛操〉等屬之。茲舉宋‧鮑照〈別鶴操〉一首為例：

雙鶴俱起時，徘徊滄海間。長弄若天漢，輕軀似雲懸。幽客時結
侶，提攜遊三山。青繳凌瑤台，丹蘿籠紫煙。海上疾風急，三山
多雲霧。散亂一相失，驚孤不得住。緬然日月馳，遠矣絕音儀。
有原而不遂，無怨以生離。鹿鳴在深草，蟬鳴隱高枝。心自有所
懷，旁人那得知。[36]

《樂府詩集》〈別鶴操〉敘引云：

崔豹《古今注》曰：「〈別鶴操〉，商陵牧子所作也。娶妻五年而無
子，父兄將為之改娶。妻聞之，中夜起，倚戶而悲嘯。牧子聞之，
愴然而悲，乃援琴而歌。後人因為樂章焉。」《琴譜》曰：「琴曲有
四大麴，〈別鶴操〉其一也。」將乖比翼兮隔天端，山川悠遠兮路
漫漫，攬衣不寐兮食忘餐。

---

[34] 《樂府詩集》，卷 57，頁 823。

[35] 《詩體釋例》，頁 81。

[36] 《樂府詩集》，卷 58，頁 845。

（九）辭（詞）

　　辭，猶詞也，情長辭雅，音聲平亮。徐師曾《詩體明辨》云：「因其立辭之意曰辭。」[37]《孟子》趙歧注云：「辭、詩人所歌詠之辭。」張表臣《珊瑚鉤詩話》云：「感觸事物，託于文章謂之辭。」

　　漢武帝〈秋風辭〉為辭之古者。南北朝樂府詩以辭名者，《樂府詩集》，《橫吹曲辭》之〈木蘭詞〉；《相合歌辭》之〈昭君詞〉、〈明君詞〉；《清商曲辭》之〈賈客辭〉；《雜曲歌辭》之〈步虛詞〉等屬之。茲舉北周‧庾信〈步虛詞〉一首為例：

> 道生乃太一，守靜即玄根。中和練九氣，甲子謝三元。居心受善水，教學重香園。鳧留報關吏，鶴去畫城門。更以欣無跡，還來寄絕言。[38]

　　《樂府詩集》〈步虛詞〉序引云：「《樂府解題》曰：『〈步虛詞〉，道家曲也，備言眾仙縹緲輕舉之美。』」今觀詩中太一、守靜、玄根、九氣、三元等，皆道家語，道家尋訪靈山聖地，煉丹、辟穀，以求修練成仙。此詞之作者，應對道學有深厚見解。

（十）詩

　　詩者，有聲韻而可歌詠之文為詩。元積《樂府古題》序、徐師曾《詩體明辨》皆列為樂府詩題名之一。

　　南北朝樂府詩以詩名者，《樂府詩集》中，《相合歌辭》之〈三婦豔詩〉、〈怨詩〉；《雜曲歌辭》之〈內殿賦新詩〉等屬之。茲舉梁‧王筠〈三婦豔詩〉一首為例：

---

[37] 《樂府通論》，頁 42。

[38] 《樂府詩集》，卷 78，頁 1099。

大婦留芳褥，中婦對華燭。小婦獨無事，當軒理清曲。丈人且安臥，
艷歌方斷續。

此詩皆以大婦、中婦、小婦，依序敘述，家中有三位妻妾，顯然小婦年
輕貌美，可以終日無事，只要妝扮嬌美，自然可以獲得丈夫憐愛。

（十一）篇

元稹《樂府古題序》序列為樂府詩題名為之一。徐師曾《詩體明辨》云：
「本其命篇之義曰篇。」[39]

南北朝樂府詩以篇名者，《樂府詩集》中，《鼓吹曲辭》之〈釣竿篇〉；《雜
曲歌辭》之〈美女篇〉、〈白馬篇〉、〈輕舉篇〉、〈神仙篇〉、〈輕薄篇〉、〈遊俠
篇〉等屬之。茲舉鮑照〈白馬篇〉一首為例：

白馬騂角弓，鳴鞭乘北風。要途問邊急，雜虜入雲中。閉壁自往夏，
清野逐還冬。僑裝多闕絕，旅服少裁縫。埋身守漢境，沉命對胡封。
薄暮塞雲起，飛沙被遠松。含悲望兩都，楚歌登四墉。丈夫設計誤，
懷恨逐邊戎。棄別中國愛，要冀胡馬功。去來今何道，單賤生所鍾。
但令塞上兒，知我獨為雄。

《樂府詩集》〈白馬篇〉序云：

白馬者，見乘白馬而為此曲。言人當立功立事，盡力為國，不可念
私也。《樂府解題》曰：「鮑照云：『白馬騂角弓。』沈約云：『白馬
紫金鞍。』皆言邊塞征戰之事。」

---

[39] 《樂府通論》，頁 42。

（十二）怨

　　怨者，哀愁也，情沈辭鬱，音聲淒斷。元稹《樂府古題序》列為樂府詩體之一。[40]徐師曾《詩體明辨》云：「憤而不怒曰怨。」[41]

　　南北朝樂府詩以怨名者，《樂府詩集》中，《相合歌辭》之〈長門怨〉、〈玉階怨〉；《琴曲歌辭》之〈昭君怨〉；《雜曲歌辭》之〈寒夜怨〉等屬之。茲舉謝朓〈玉階怨〉一首為例：

　　　　夕殿下珠簾，流螢飛復息。長夜縫羅衣，思君此何極。

　　此詩清新自然，毫不雕琢。以長夜縫羅衣，排遣思君之苦，為樂府本色。

（十三）歎

　　歎者，情有所悅，吟歎而歌詠也。情戚辭老，音長聲絕。徐師曾《詩體明辨》云：「感而發言曰歎。」[42]

　　南北朝樂府詩以歎名者，《樂府詩集》中，《相合歌辭》之〈昭君歎〉、〈楚妃歎〉等屬之。茲舉梁・簡文帝〈楚妃歎〉一首為例：

　　　　閨閑漏永永，漏長宵寂寂。草螢飛夜戶，絲蟲繞秋屋。薄笑未為欣，
　　　　微歎還成戚。金簪鬢下垂，玉箸衣前滴。

　　《樂府詩集》《相合歌辭》之〈楚妃歎〉序引云：

　　　　劉向《列女傳》曰：「楚姬，楚莊王夫人也。莊王好狩獵畢弋，樊

---

[40] 《詩體釋例》，頁89。

[41] 《樂府通論》，頁42。

[42] 《樂府通論》，頁42。

姬諫不止，乃不食禽獸之肉。王嘗與虞丘子語，以為賢。樊姬笑之，
王曰：『何笑也？』對曰：『虞丘子賢矣，未忠也。妾充後宮十一年，
而所進者九人，賢於妾者二人，與妾同列者七人。虞丘子相楚十年，
而所薦者非其子孫，則族昆弟，未聞進賢退不肖也。妾之笑不亦宜
乎？』王於是以孫叔敖為令尹，治楚三年而莊王以霸。」[43]

由上可知，〈楚妃歎〉本為楚莊王夫人勸諫楚莊王，任用賢才之事。梁・
簡文帝〈楚妃歎〉則敘述楚國妃嬪，常在深宮之歎。似與此詩原旨不合。

（十四）愁

愁者，憂慮悽慘也。徐詩曾《詩體明辨》列為樂府詩題名之一。
南北朝樂府詩以愁名者，《樂府詩集》中，《雜曲歌辭》之〈獨處愁〉即
是。茲舉梁・簡文帝〈獨處愁〉一首為例：

獨處恆多怨，開幕試臨風。彈棋鏡奩上，傅粉高樓中。自君征馬去，
音信不曾通。只恐金屏掩，明年已復空。[44]

《樂府詩集》〈獨處愁〉序云：

司馬相如〈美人賦〉曰：「芳香郁烈，黼帳高張。有女獨處，婉然
在床。乃歌曰：『獨處室兮廓無依，思佳人兮情傷悲。』」〈獨處愁〉
蓋取諸此。

---

[43] 《樂府詩集》，卷29，頁436。
[44] 《樂府詩集》，卷76，頁1074。

（十五）思

思者，心中計慮，氣多含蓄為思。徐師曾《詩體明辨》列為樂府詩題名之一。

南北朝樂府詩以思名者，《樂府詩集》中，《鼓吹曲辭》之〈有所思〉；《相合歌辭》之〈江南思〉；《雜曲歌辭》之〈長相思〉、〈君子有所思〉等屬之。茲舉陳‧徐陵〈長相思〉二首之一為例：

長相思，望歸難，傳聞奉詔戍皋蘭。龍城遠，雁門寒，愁來瘦轉劇，衣帶自然寬。念君今不見，誰為抱腰看。[45]

《樂府詩集》〈長相思〉序云：

古詩曰：「客從遠方來，遺我一書札。上言長相思，下言久離別。」李陵詩曰：「行人難久留，各言長相思。」蘇武詩曰：「生當復來歸，死當長相思。」長者久遠之辭，言行人久戍，寄書以遺所思也。古詩又曰：「客從遠方來，遺我一端綺。文彩雙鴛鴦，裁為合歡被。著以長相思，緣以結不解。」謂被中著綿以致相思綿綿之意，故曰長相思也。

郭茂倩之意，〈長相思〉之意為行人久戍，寄書以遺所思；或婦人思念良人，被中著綿，以致相思綿綿之意。觀徐陵之作，意同前者。

（十六）樂

樂者，歡樂之曲也。情和辭直，音聲舒緩。徐師曾《詩體明辨》列為樂府詩題名之一。

---

[45] 《樂府詩集》，卷69，頁992。

南北朝樂府詩以樂名者頗多，《樂府詩集》《郊廟歌辭》之〈昭夏樂〉；《相和歌辭》之〈今日樂相樂〉；《清商曲辭》之〈石城樂〉、〈莫愁樂〉、〈估客樂〉、〈襄陽樂〉、〈江陵樂〉；《雜曲歌辭》之〈荊州樂〉、〈永明樂〉、〈永世樂〉、〈還臺樂〉、〈燉煌樂〉、〈上雲樂〉等屬之。茲舉後魏・溫子昇〈燉煌樂〉一首為例：

> 客從遠方來，相隨歌且笑。自有敦煌樂，不減安陵調。[46]

《樂府詩集》〈燉煌樂〉序云：

> 《通典》曰：「敦煌古流沙地，黑水之所經焉。秦及漢初為月支、匈奴之境。武帝開其地，後分酒泉置敦煌郡。」

（十七）調

調者，調和也。徐詩曾《詩體明辨》云：「條理曰調。」[47]

南北朝樂府詩以調名者，《樂府詩集》中，《雜曲歌辭》之〈採荷調〉屬之。茲舉梁・江從簡〈採荷調〉一首為例：

> 欲持荷作柱，荷弱不勝梁。欲持荷作鏡，荷暗本無光。

《樂府詩集》〈採荷調〉序云：

> 《樂府廣題》曰：「梁太尉從事中郎江從簡，年十七，有才思。為〈採荷調〉以刺何敬容。敬容覽之，不覺嗟賞，愛其巧麗。敬容時

---

46 《樂府詩集》，卷 78，頁 1094。

47 《樂府通論》，頁 42。

為宰相。」

（十八）弄

弄者，小曲也。王褒〈洞簫賦〉：「時奏狡弄。」[48]梁元帝《纂要》謂琴曲有弄；徐詩曾《詩體明辨》云：「習弄曰弄。」[49]《後漢書》亦云：

> （蔡邕）志好琴道，以嘉平元年入清溪，訪鬼谷先生所居，山五曲，上有幽居靈跡，每一曲製一弄。三年曲成。出呈馬融，王元、董卓等異之。[50]

此即蔡邕著名之「蔡氏五弄」，弄有曲調之意。

南北朝樂府詩以弄名者，《樂府詩集》中，《清商曲辭》之〈江南弄〉屬之。茲舉梁武帝〈江南弄〉一首為例：

> 眾花雜色滿上林，舒芳耀綠垂輕陰。連手躞蹀舞春心。舞春心，臨歲腴，中人望，獨踟躕。

《樂府詩集》〈江南弄〉序云：

> 《古今樂錄》曰：「梁天監十一年冬，武帝改西曲，製《江南上雲樂》十四曲，《江南弄》七曲：一曰〈江南弄〉，二曰〈龍笛曲〉，三曰〈採蓮曲〉，四曰〈鳳笛曲〉，五曰〈採菱曲〉，六曰〈遊女曲〉，七曰〈朝雲曲〉。」

---

[48] 《漢魏六朝百三家集・王諫議集》，頁 216。

[49] 《樂府通論》，頁 42。

[50] 《太平御覽》，卷 577，頁 2736。

由上所述，〈江南弄〉係梁武帝改西曲，製《江南上雲樂》十四曲之一，全詩由整齊之七言四句，三言四句之長短句組成。或言為中唐以後，詞調之起源。

（十九）度

度者，按曲行歌也。張衡〈西京賦〉云：「度曲未終，雲起雪飛。初若飄飄，後遂霏霏。」[51]《漢書・元帝紀贊》云：「元帝多材藝，善史書，鼓琴瑟，吹洞簫，自度曲，被歌聲，分刌節度，窮極幼眇。」[52]此言元帝能自作新曲，並知曲調終了，更銜接次曲，如此，樂曲依曲譜行歌，有節次也。

南北成樂府詩以度名者，《樂府詩集》中，《清商曲辭》之〈採桑度〉、〈青陽度〉等屬之。茲舉無名氏〈青陽度〉一首為例：

> 青荷蓋綠水，芙蓉披紅鮮。下有並根藕，上生並目蓮。[53]

二、聲節

漢武帝立樂府官署，命李延年為協律督尉，略論律呂，以合八音之調。迄於曹魏，子建歎漢曲謳不可辨，故漢樂府詩之律譜歌調，已闕而不存。下逮六朝，夷樂日繁，古音微茫，樂府詩之聲節益不可考。而樂府是合樂之辭，聲調不能不顧。清・沈德潛《說詩晬語》云：

> 樂府之妙，全在繁音促節。其來于于，其去徐徐。往往於迴翔曲折

---

[51] 《漢魏六朝百三家集・張河間集》，頁 498。

[52] 《漢書》，卷 9，頁 299。

[53] 《樂府詩集》，卷 49，頁 710。

處感人。是即依永和聲之遺意也。[54]

　　聲節對樂府詩之重要性，就在聲節迴翔曲折處，感人肺腑。至今稽之，南北朝樂府詩之聲節，約略可知者。據《樂府詩集》有：泛、和、送、豔、趨、亂、解等詞。其中和、送、解常見；泛、豔、趨、亂可考，但未見援用之例。茲分敘於下：

（一）泛

　　樂府歌謠本乃徒歌，繼而被之管弦。然其歌辭未必全能入樂，樂工將不能入樂及不和諧之處，加諸泛聲，以補樂府聲辭與音調之不足。又因古時無標聲之樂譜，古樂府所用之樂譜亦已散佚，故此泛聲以字表示之。此代表樂府詩曲譜之聲或在篇首，或在篇中，或在篇末，如漢《鐃歌》之中，〈有所思〉之「妃呼豨」，〈上邪〉之「上邪」，〈臨高臺〉之「收中吾」等是。徐禎卿《談藝錄》云：

　　　樂府詩中有「妃呼豨」、「伊阿何」諸語，本自亡義，但補樂中之
　　　音。[55]

王世貞《藝苑巵言》云：

　　　聲者，「羊吾夷」、「伊阿何」之類也。[56]

《樂府詩集》《相合歌辭》引王僧虔啟云：

---

[54] 《樂府詩研究》，頁 175。

[55] 《樂府詩研究》，頁 165。

[56] 《樂府詩研究》，頁 165。

> 諸調曲皆有辭、有聲……辭者、其歌詩也，聲者，若「羊吾夷」、「伊
> 那何」之類也。[57]

由此可知，以字代表之泛聲，即為樂府詩中聲無辭之譜，在樂府詩中並
無意義，僅是樂府詩中無意義之散聲，在南北朝樂府詩中，泛聲未見使用。

（二）和聲

樂府詩有和聲，楊慎《詞品》謂和聲乃樂曲之引子。沈括《夢溪筆談‧
樂律》云：

> 詩之外，又有和聲，則所謂曲也。古樂府皆有聲有辭，連屬書之，
> 如曰「賀賀賀」，「何何何」之類，皆和聲也。[58]

《宋史‧樂十七》云：

> 竊疑古樂有唱有歎，唱者，發歌句也；和者，繼其聲也。詩詞之外，
> 應更有疊字散聲，以發歎其趣。[59]

由此，和樂曲前發歎其趣之引子或前奏，藉以援興正曲。而歎即為和聲
之意。

和聲常見於南朝樂府詩之《清商曲辭》。《樂府詩集》《相合歌辭》一引王
僧虔啟云：「吳聲、西曲前有和，後有宋也。」[60]

然據《樂府詩集》，吳聲歌曲未見和聲之例。《西曲歌》則如《舊唐書》

---

[57] 《樂府詩集》，卷26，頁377。

[58] 《夢溪筆談‧樂律一》，卷5。

[59] 《宋史》，卷142，頁3340。

[60] 《樂府詩集》，卷26，頁377。

云：「〈烏夜啼〉……其和云：『籠窻窻不開，烏夜啼，夜夜望郎來。』」[61]又云：「〈襄陽樂〉……和云：『襄陽來夜樂』。」[62]《西曲歌》引《古今樂錄》云：「〈三洲歌〉……歌和云：『三洲斷江口，水從窈窕河傍流，歡將樂，共來長相思。』」[63]又云：「〈襄陽蹋銅蹄〉……其和云：『襄陽白銅蹄，聖德應乾來。』」[64]又云：「〈那呵灘〉……其和云：『郎去何當還。』」[65]又云：「〈西烏夜飛〉……和云：『白日落西山，還來去。』」[66]

　　梁武帝作〈江南弄〉七首，亦有和聲。《樂府詩集》引《古今樂錄》云：「〈江南弄〉……和云：『陽春路娉婷，出綺羅。』」[67]又云「〈龍笛曲〉，和云：『江南音，一唱直千金。』」[68]又云：「〈採蓮曲〉，和云：『採蓮渚，窈窕舞佳人。』」[69]又云：「〈鳳笙曲〉，和云：『弦吹席，長袖喜留客。』」[70]又云：「〈採菱曲〉，和云：『菱歌女，解佩戲江陽。』」[71]又云：「〈遊女曲〉，和云：『當年少，歌舞承酒笑。』」[72]又云：「〈朝雲曲〉，和云：『徒倚折耀華。』」[73]

　　梁・蕭統作〈江南弄〉三首，《樂府詩集》亦著明和聲。又如梁簡文帝〈江南曲〉：「和云：『陽春路，時使佳人度。』」[74]〈龍笛曲〉：「和云：『江南弄；

---

[61] 《舊唐書》，卷29，頁1065。

[62] 《舊唐書》，卷29，頁1065。

[63] 《樂府詩集》，卷49，頁707。

[64] 《樂府詩集》，卷49，頁708。

[65] 《樂府詩集》，卷49，頁713。

[66] 《樂府詩集》，卷49，頁722。

[67] 《樂府詩集》，卷50，頁726。

[68] 《樂府詩集》，卷50，頁726。

[69] 《樂府詩集》，卷50，頁726。

[70] 《樂府詩集》，卷50，頁726。

[71] 《樂府詩集》，卷50，頁727。

[72] 《樂府詩集》，卷50，頁727。

[73] 《樂府詩集》，卷50，頁727。

[74] 《樂府詩集》，卷50，頁728。

真能下翔鳳。』」[75]〈採蓮曲〉:「和云:『採蓮歸,漾水好沾衣。」[76]等皆是。

(三) 送聲

　　樂府詩之樂歌,在一曲既終之時,更和以他辭,名曰送聲,有若今之尾聲。《樂府詩集》《子夜歌四十二首》解題引《古今樂錄》云:

　　　　凡歌曲終皆有送聲。[77]

　　又《樂府詩集》〈歡聞歌〉引《古今樂錄》云:

　　　　〈歡聞歌〉者,晉穆帝升平初歌,畢輒呼「歡聞不」,以為送聲,後因此為曲名。[78]

　　南北朝樂府詩吳聲歌曲及西曲歌,在每曲之後,皆有送聲。吳聲歌曲之送聲,如《樂府詩集》〈子夜變歌〉引《古今樂錄》所載:

　　　　〈子夜變歌〉前作「持子」送,後作「歡娛我」送。[79]

　　西曲歌詞之送聲,《樂府詩集》〈西烏夜飛〉引《古今樂錄》云:

　　　　〈西烏夜飛〉……送聲云:「折翅鳥,飛何處,被彈歸。」[80]

---

[75] 《樂府詩集》,卷50,頁726。

[76] 《樂府詩集》,卷50,頁726。

[77] 《樂府詩集》,卷44,頁641。

[78] 《樂府詩集》,卷45,頁656。

[79] 《樂府詩集》,卷44,頁655。

又云：

〈楊叛兒〉，送聲云：「叛兒教儂，不復相思。」[81]

《新唐書‧禮樂志》云：

古今奏正曲，復有送聲，君唱臣和之義，以群臣所和詩十六韻為送聲十六節。[82]

《舊唐書‧呂才傳》亦云：

古今樂府奏正曲之後，皆有送聲，君唱臣和，事彰前史。[83]

由上所述，送聲在民歌中，有如尾聲，以強化詩旨；而在朝廷，則於演奏正曲之後，加上送聲，有君臣唱和，讚頌助興之意矣。

（四）豔

《樂府詩集》謂大曲有豔。大曲乃是歌舞相兼之曲，而此豔當為大曲之引多在曲前。左思〈吳都賦〉云：「荊豔楚舞。」李善注云：「豔、楚歌也《漢書》曰：『四面楚歌。』」[84]故豔是在歌舞相兼之大曲前，先奏一段楚豔作引子，再奏正曲。

《樂府詩集》《相和歌辭》序云：

80　《樂府詩集》，卷49，頁722。

81　《樂府詩集》，卷49，頁720。

82　《舊唐書》，卷21，頁471、472。

83　《舊唐書》，卷79，頁2719。

84　《昭明文選》，卷5，頁95。

大曲又有豔、有趨、有亂⋯⋯豔在曲之前，趨與亂在曲之後，亦猶
吳聲、西曲有前有和，後有送也。[85]

又云：

大曲十五曲，沈約並列於瑟調，今依張永《元嘉正聲技錄》分於諸
調。又別敘大曲於其後，唯〈滿歌行〉一曲諸調不載，故附見於大
曲之下，其曲調先後亦準《技錄》為次云。[86]

今大曲散於《樂府詩集》《相和歌辭》各調內。據《樂府詩集》《相和歌
辭》十八引《宋書‧樂志》云：

大曲十五曲，一曰〈東門〉，二曰〈西山〉，三曰〈羅敷〉，四曰〈西
門〉，五曰〈默默〉，六曰〈園桃〉，七曰〈白鵠〉，八曰〈碣石〉，
九曰〈何嘗〉，十曰〈置酒〉，十一曰〈為樂〉，十二曰〈夏門〉，十
三曰〈王者布大化〉，十四曰〈洛陽令〉，十五曰〈白頭吟〉。

又曰：

其〈羅敷〉、〈何嘗〉、〈夏門〉三曲前有豔，後有趨。〈碣石〉一篇，
有豔。[87]

今觀《樂府詩集》，《相和歌辭》中之〈艷歌羅敷行〉、〈陌上桑〉、〈艷歌

---

[85]《樂府詩集》，卷26，頁376。

[86]《樂府詩集》，卷26，頁377。

[87]《樂府詩集》，卷43，頁635。

何嘗行〉、魏文帝〈何嘗篇〉，及魏武帝〈步出夏門行〉三曲皆著明前有豔。
並在魏武帝〈步出夏門行〉注「雲行至東海」，為豔。魏文帝〈步出夏門行〉
注「朝遊至嗟歸」，為豔。南北朝樂府詩中，豔已不可考。

（五）趨

《樂府詩集》謂大曲有趨，在曲之後，與吳聲曲之和，有若今之尾聲。《樂
府詩集》引《宋書・樂志》曰：

> 其〈羅敷〉、〈何嘗〉、〈夏門〉……後有趨……〈白鵠〉、〈為樂〉、〈王
> 者布大化〉三曲有趨。[88]

漢〈艷歌何嘗行〉古辭「念與」以下為趨；魏文帝〈艷歌何嘗行〉「少小」
以下為趨，南北朝樂府詩，「趨」已不可考。

（六）亂

《樂府詩集》謂「亂」在曲後，蓋指樂曲之終節。《論語・泰伯》云：

> 子曰「師摯之始，〈關雎〉之亂，洋洋乎盈耳哉！」[89]

此言魯太師師摯識〈關雎〉之聲，而首理其亂者，洋洋盈耳，聽而美之。
可見亂為整理樂章，如治絲之亂也。若再引伸為文辭之「辭」，則可見漢
賦之篇末，即多「亂」，其義為總撮其要，以發辭旨也。
　　樂府詩中亦有「亂」，《樂府詩集》《相和歌辭》十八引《宋書・樂志》曰：
「〈白頭吟〉一曲有亂。」[90]今傳〈白頭吟〉古辭無「亂」；而於〈婦病行〉、〈孤

---

[88] 《樂府詩集》，卷43，頁635。

[89] 《論語》，卷8，頁72。

[90] 《樂府詩集》，卷43，頁635。

兒行〉篇末有「亂曰」云云，或即為「亂」。南北朝樂府詩中，「亂」已不可見。

（七）變

變為曲調之變，亦即今之變調。南北朝樂府詩之吳聲歌曲有變歌，如〈子夜變歌〉為〈子夜歌〉之變曲；〈歡聞變歌〉為〈歡聞歌〉之變曲；又有〈長史變歌〉，但不見〈長史歌〉，或已亡佚。

《樂府詩集》《清商曲辭》二引《古今樂錄》曰：

〈子夜變歌〉，前作「持子」送，後作「歡娛我」送。

又曰：

〈子夜警歌〉無送聲，仍作變，故呼為「變頭」，謂六變之首也。[91]

《樂府詩集》卷四十四謂《吳聲歌辭》有六變，皆因事製歌。漢世已有來之。然今六變已不可考。今觀〈子夜變歌〉古辭中云：「人傳歡負情，我自未常見。三更開門去，始知子夜變。」詩中言歡子在子夜開門離去，則知子夜變為子夜發生情變之事。

又〈子夜警歌〉為六變之首，呼為變頭。《樂府詩集》注言為晉、宋辭。而〈子夜警歌〉中云：「鏤椀傳綠酒，雕爐薰紫煙。誰知苦寒調，共作白雪弦。」詩中之女子，雖與歡子飲酒薰煙，但懼離散後，只能彈奏苦寒調。

《樂府詩集》卷四十四《吳聲歌辭》一敍引《古今樂錄》，有遊曲六曲，並謂：「〈子夜四時歌〉、〈警歌〉、〈變歌〉，並十曲中間遊曲也。」遊曲，即吳聲十曲中間之插曲。

（八）解

　　解，即為章，《樂府詩集》《相和歌辭》序云：

　　凡諸調歌辭，並以一章為一解。《古今樂錄》曰：「倉歌以一句為一
　　解，中國以一章為一解。」[92]

《樂府詩集》《相和歌辭》敘引王僧虔啟曰：

　　古曰章，今曰解。解有多少，當是先詩而後聲，詩序事，聲成文。
　　必使志盡於詩，音盡於曲。是以作詩有豐約，制解有多少，猶《詩》：
　　「君子陽陽」兩解，「南山有臺」五解之類也。[93]

　　由上可知，「解」為樂府詩歌辭之段落，與《詩經》之章，詞、曲之疊，
性質相同。

　　又此解並非歌詩本身之段落，故本辭無「解」。如《樂府詩集》中之《相
和曲》未分解，而三調（平調、清調、瑟調）、楚調及大曲分解。

　　南北朝樂府詩中，北朝樂府詩皆以曲，解名之。如〈企喻歌〉云：「右四
曲，曲四解。」〈瑯琊王歌〉云：「右八曲，曲四解。」〈鉅鹿公主歌〉云：「右
三曲，曲四解。」南朝樂府則以首、曲名之。如〈子夜歌〉四十二首，〈上聲
歌〉八首，〈石城樂〉五曲，〈烏夜啼〉八曲，〈江南弄〉七曲等屬之。

---

[92] 《樂府詩集》，卷26，頁376。

[93] 《樂府詩集》，卷26，頁376、377。

三、句式

　　南北朝樂府詩承襲漢、魏，創以新聲，故詞句境界，較前開拓。若言其句式，則有定言、雜言之分。定言體每句限定字數，四言則為整首四言，五言則整首五言，其字句長短對稱，句法變化相同，首節整齊和諧；雜言體與定言體不同，句字數未限，長短錯綜，變化參差，而其音節活潑，表達自然，及似應用韻文形式之散文詩。又雜言體中尚有虛字或泛聲字，此蓋樂府詩撥諸管絃，每首長分為數解，以適應譜曲之節奏，或長短其詩句，以求合乎律呂聲節。因此，明・胡應麟《詩藪・內篇・古體上》認為樂府詩在句式上兼備眾體，其云：

> 世以樂府為詩之一體，余歷考漢魏六朝唐人詩，有三言、四言、五言、六言、七言、雜言、近體、排律、絕句，樂府皆備有之。〈練時日〉、〈雷震震〉等篇，三言也。〈笭篌引〉、〈善哉行〉等篇，四言也。〈雞鳴〉、〈隴西〉等篇，五言也。〈烏生〉、〈雁門〉等篇，雜言也。〈妾薄命〉等篇，六言也。〈燕歌行〉等篇，七言也。〈紫騮〉、〈枯魚〉等篇，五言絕也，皆漢魏作也。〈挾瑟歌〉等篇，七言絕也。〈折楊柳〉、〈梅花落〉等篇，五言律也，皆齊梁人作也。虞世南〈從軍行〉、耿湋〈出塞曲〉五言排律也。沈佺期〈盧家少婦〉、王摩詰〈居延城外〉，七言律也，皆唐人作也。五言長篇則〈孔雀東南飛〉，七言長篇則〈木蘭歌〉，是樂府諸體無不備有也。[94]

　　胡氏所言，確實如此。惟舉例時間，涵蓋漢魏至唐，而南北朝部分，亦包含定言之三言至九言，除缺八言外皆有。雜言體之例亦多，茲分述如下：

---

[94] 《詩藪》，卷1，頁12。

（一）定言體

　　南北朝定言樂府詩有三言、四言、五言、六言、七言、九言諸體，三、四言音節短促，宜表現質樸之情，多見於《郊廟歌辭》、《燕射歌辭》；五、七言音節舒緩，易抒寫跌宕之情，多見於《相和歌辭》、《清商曲辭》；六、九言詩作品甚少；八言詩僅零言片語，未見全篇，故不論。

1.三言

　　三言者，三字一句，多用於祭祀《郊廟歌辭》，贊頌《燕射歌辭》，其體裁出自西漢郊廟祀歌〈練時日〉、〈天馬〉、〈皇后〉等，南朝顏延之〈宋南郊登歌〉一首，謝莊〈宋明堂歌〉三首，謝朓〈齊雩祭歌〉四首，沈約〈梁雅樂歌〉兩首、〈梁南郊登歌〉兩首，庾信〈周祀圓丘歌〉三首、〈周祀五帝歌〉二首，沈約〈三朝雅樂歌〉一首等屬之。如《樂府詩集》《郊廟歌辭》二，謝莊〈宋明堂歌・歌青帝〉：

　　參映夕，駒照晨。靈乘震，司青春。雁將向，桐始蓁。柔風舞，暄光遲。萌動達，萬品新。潤無際，澤無垠。[95]

　　又如《樂府詩集》《郊廟歌辭》，庾信〈周祀五帝歌・青帝雲門舞〉

　　甲在日，鳥中星。禮東后，奠蒼靈。樹春旗，命青史。侯雁還，東風起。歌木德，舞震宮。泗濱石，龍門桐。孟子月，陽之天。億斯慶，兆斯年。[96]

　　至於三言之歌謠，通俗平易，簡短易解。如〈裴讓之歌〉：「能賦詩，裴

---

[95] 《樂府詩集》，卷2，頁16。
[96] 《樂府詩集》，卷4，頁49。

讓之。」〈跋扈謠〉:「易跋扈,付丁旰。」〈鄱陽歌〉:「陸君政,無怨家,鬭既罷,轞共車。」

又何承天〈將進酒〉一首,沈約〈木紀榭〉一首、〈賢首山〉一首,鮑照〈春日行〉一首,亦為三言作品。

2.四言

四言者,四字一句,簡質婉正,文約意廣,宜於歌功頌德,諷喻敘志,故均以四言為正體清音。《文心雕龍・章句第三十四》云:

> 至於詩頌大體,以四言為正。[97]

摰虞《文章流別論》云:

> 詩雖以情志為本,而以成聲為節。然則雅音之韻,四言為正。其餘雖被曲折之體,而非音之正也。[98]

南北朝盛行五七言體,四言體漸趨勢微,然郊廟明堂,祭祀宴饗中仍襲用之。如顏延之〈宋朝郊登歌〉二首,謝莊〈宋明堂歌〉二首,謝朓〈雩祭歌〉一首,王儉〈齊南郊樂歌〉一首,王韶之〈宋宗廟登歌〉八首,殷淡〈宋章廟樂舞歌〉九首,沈約〈梁三朝雅樂歌〉三首等,辭甚雅麗。如《樂府詩集》謝莊〈宋明堂歌・登歌〉:

> 雍臺辨朔,澤宮練服。潔火夕照,明水朝陳。六瑚貴室,八羽華庭。昭事先聖,懷禴上靈。肆夏戒敬,升歌發德。永固鴻基,以

---

[97] 《文心雕龍》,卷7,頁22。

[98] 《全上古三代秦漢三國六朝文・全晉文》,頁1905。

綏萬國。[99]

又如謝超宗〈齊南郊樂歌‧肅咸樂〉：

夤夜寶命，嚴恭帝緒。奄受敷錫，升中拓宇。亘地稱皇，馨天作
主。月域來賓，日祭奉土。開元首正，禮交樂舉。六典聯事，九
官列序。[100]

《樂府詩集》《舞曲歌辭》中多四言。文士言情敘志、詠物記事之作品中，
亦多四言。如謝靈運〈隴西行〉一首，謝惠連〈秋胡行〉二首、〈隴西行〉一
首，湯惠休〈楚明妃曲〉一首，梁武帝〈上雲樂〉七首，張率〈短歌行〉一
首，周捨〈上雲樂〉一首等，或模擬漢魏，或自創新辭，情辭可觀。如《相
合歌辭》十二，謝靈運〈隴西行〉：

昔在老子，至理成篇。柱小傾大，綆短絕泉。鳥之棲遊，林檀是閑。
韶樂牢膳，豈伊攸便。胡為乖枉，從表方圓。耿耿僚志，慊慊丘園。
善歌以詠，言理成篇。[101]

又如《相合歌辭》十一，謝惠連〈秋胡行〉：

春日遲遲，桑何萋萋。紅桃含妖，綠柳舒荑。邂逅粲者，游渚戲蹊。
華顏易改，良願難諧。[102]

---

[99] 《樂府詩集》，卷 2，頁 16。

[100] 《樂府詩集》，卷 2，頁 19。

[101] 《樂府詩集》，卷 37，頁 543。

[102] 《樂府詩集》，卷 36，頁 531。

民間樂府詩之四言者，僅《樂府詩集》《橫吹曲辭》《梁鼓角橫吹曲》中之〈地驅歌樂辭〉四曲，〈隴頭流水歌辭〉三曲，〈隴頭歌辭〉三曲，及《清商曲辭》《西曲歌》中〈安東平〉五曲等，如〈地驅歌樂辭〉之三：

　　側側力力，念君無極，枕郎左臂，隨郎轉側。[103]

又如無名氏〈安東平〉：

　　吳中細布，闊幅長度，我有一端，與郎作袴。[104]

此類民歌，樸實平易，以四言表達，轉折如意，自是佳作。

3.五言

五言者，五字一句，委婉靈活，較易表達現詩歌之風韻，作者之才思，及開拓之境界。胡應麟《詩藪・內篇》云：

　　四言簡質，短句而調未舒；七言浮靡，文繁而聲易雜。折繁簡之衷，
　　居文質之要，蓋莫尚於五言。[105]

又《文心雕龍・明詩第六》云：「五言流調，則清麗居宗。」[106]鍾嶸《詩品》云：「五言居文辭之要，是眾作之有滋味者也。」[107]劉勰與鍾嶸，皆以五言折繁簡之衷，居文質之要，必須抒寫清例，讀來才有滋味。

---

[103]《樂府詩集》，卷25，頁366。

[104]《樂府詩集》，卷49，頁712。

[105]《詩藪》，卷2，頁21。

[106]《文心雕龍》，卷2，頁3。

[107]《詩品序》，頁15。

　　南北朝時，三、四言多用於《郊廟歌辭》、《燕射歌辭》，已成漢魏餘緒；
七言體正醞釀成熟，未若五言之起於西漢，流行於東漢，擅場於南北朝也。

　　五言樂府詩亦有用於《郊廟歌辭》、《燕射歌辭》者，如謝莊〈宋明堂〉
一首，謝超宗〈齊明堂樂歌〉一首，謝朓〈齊雩祭歌〉一首，庾信〈周祀五
帝歌〉一首、〈周宗廟歌〉六首，蕭子雲〈梁三朝雅樂歌〉三首等。五言不若
四言之雍容方正。如《郊廟歌辭》二謝超宗〈齊明堂樂歌・皇帝歌〉云：

　　　履艮宅中宇，司繩總四方。裁化偏寒燠，布政司炎涼。至分乘經晷，
　　　闔啟集恒度。帝暉緝萬有，皇靈澄國步。[108]

　　又如《燕射歌辭》二，蕭子雲〈梁三朝雅樂歌〉〈介雅〉三首之一云：

　　　明君創洪業，大同登頌聲。開元洽登禮，來儀奏九成。申錫南山祚，
　　　赫赫復明明。[109]

　　至於民間樂府詩之五言作品，分散於《清商曲辭》之《吳聲歌曲》、《西
曲歌》、《橫吹曲辭》之《梁鼓角橫吹曲》，內容清新活潑，價值頗高。如《吳
聲歌曲》之〈子夜歌〉晉宋齊辭四十二首之三：

　　　宿昔不梳頭，絲屬披兩肩，婉伸郎膝上，何處不可憐。[110]

　　又如《西曲歌》無名氏〈石城樂〉五首之二：

---

[108]《詩藪》，卷2，頁21。

[109]《樂府詩集》，卷14，頁202。

[110]《樂府詩集》，卷44，頁641。

陽春百花生，摘插環髻前，椀指蹋忘愁，相與及盛年。[111]

又如《梁鼓角橫吹曲》〈紫騮馬歌辭〉六曲之一：

燒火燒野田，野鴨飛上天，童男娶寡婦，壯女笑殺人。[112]

又文士擬作之五言樂府詩，或模仿漢魏，或自鑄偉辭，或更創新題，佔南北朝樂府詩之絕大部分。其中〈朱鷺〉、〈艾如張〉、〈上之回〉、〈戰城南〉、〈巫山高〉、〈將進酒〉等係模擬漢歌者；〈隴頭〉、〈折楊柳〉、〈關山月〉、〈洛陽道〉、〈長安道〉、〈梅花落〉等係模擬漢《橫吹曲》者；《相和歌辭》之〈江南思〉、〈度關山〉、〈明君詞〉、〈楚妃歎〉、〈長歌行〉、〈銅雀臺〉等係文士模擬漢魏古辭，或更創新意者。如〈漢鐃歌上〉王僧孺〈朱鷺〉：

因風弄玉水，映日上金堤。猶持畏羅繳，未得異梟鷺。聞君愛白稚，兼因重碧雞。未能聲似鳳，聊變色如珪。願識昆明路，乘流飲復棲。[113]

又如《漢橫吹曲》陳後主〈隴頭〉二首之一：

隴頭征戍客，寒多不是春，經蜂起嘶馬，苦霧雜飛塵，投錢積石水，欲轡交河津，四面夕冰合，萬里望佳人。[114]

《樂府詩集》注云：「一曰〈隴頭水〉，《通典》曰：『天水郡有大阪，名

---

[111] 《樂府詩集》，卷47，與689。

[112] 《樂府詩集》，卷44，頁641。

[113] 《樂府詩集》，卷16，頁232。

[114] 《樂府詩集》，卷31，頁311。

曰隴坻，亦曰隴山，即漢隴關也。』《三秦記》曰：『其阪九回，上者七日乃越，上有清水四注下，所謂隴頭水也。』」

又如《相和歌辭》一湯惠休〈江南思〉云：

幽客海陰路，留戍淮陽津，垂情向春草，知是故鄉人。[115]

尚有許多民間歌謠，亦為五言作品。如《雜歌謠辭》七，〈東魏童謠〉：

可憐青雀子，飛來鄴城裏，羽翮垂欲成，化作鸚鵡子。[116]

又如《雜歌謠辭》七，〈梁末童謠〉：

可憐巴馬子，一日行千里，不見馬上郎，但有黃塵起，黃塵污人衣，早莢香料理。[117]

4.六言

六言樂府詩，六字一句，節奏單調，缺乏變化，故其作品甚少。趙翼《陔餘叢考》云：

此體本非天地自然之音節，故雖工而終不入大方之家耳。[118]

由於六言詩含吐不易，南北朝之六言樂府詩寥寥可數。《樂府詩集》中，

---

[115] 《樂府詩集》，卷 26，頁 384。
[116] 《樂府詩集》，卷 89，頁 1253。
[117] 《樂府詩集》，卷 89，頁 1252。
[118] 《陔餘叢考》，卷 23，頁 4。

如謝莊〈宋明堂歌〉一首,〈北齊五郊樂歌〉一首,庾信〈周祀五帝歌〉一首、〈周五聲曲〉五首、〈怨歌行〉一首、〈舞媚娘〉一首,陸瓊〈還臺樂〉一首,王褒〈古曲〉一首等是。如《郊廟歌辭》三,謝莊〈北齊五郊樂歌‧黑帝高明樂〉:

虹藏雉化告寒。兵狀地坼年殫。日次月紀方極。九州萬邦獻力。叶光是紀歲窮。為陽潛兆方融。天子赫赫明聖。享神降福惟敬。[119]

又如《雜曲歌辭》十三,庾信〈舞媚娘〉云:

朝來戶前照鏡,含笑盈盈自看。眉心濃黛直點,額角輕黃細安。祇疑落花謾去,復道春風不還。少年唯有歡樂,飲酒那得留殘。[120]

民間歌謠亦有六言作品,如〈鮑佐謠〉云:

無處不逢鳥噪,無處不逢鮑佐。[121]

又如《雜歌謠辭》七,〈北齊武定中童謠〉云:

百尺高竿摧折,水底燃燈燈滅。[122]

又如〈北周韋孝寬作謠歌〉云:

---

[119] 《樂府詩集》,卷3,頁41。

[120] 《樂府詩集》,卷73,頁1041。

[121] 《南史‧鮑客卿傳》,《詩紀》97作〈鮑佐謠〉。

[122] 《樂府詩集》,卷89,頁1254。

高山不摧自崩，榭樹不扶自舉。[123]

5. 七言

　　七言樂府詩七字一句，調長字多，章句參差。繁絃急管，律音雄渾其節奏富有起伏變化，較能表達複雜之情思。此七言詩，劉勰《文心雕龍‧章句篇》以為雜出詩、騷。錢大昕《十駕齋養新錄》〈七言在五言之前〉條，以為變自《楚辭》。其云：

　　《楚辭》〈招魂〉、〈大招〉多四言，去些只助語，含兩句讀之，即成七言。《荀子》〈成相〉，荊軻〈送別〉，其七言之始乎？至漢而〈大風〉、〈瓠子〉見於帝製，〈柏梁聯句〉，一時稱盛。[124]

　　由〈楚辭〉形式，連兮字而為七言，故沈德潛《說詩晬語》云：「〈大風〉、〈柏梁〉，七言之權輿也。」梁啟超《中國之美文及其歷史》亦云：「從《楚辭》到七言，其勢甚順。」

　　南北朝樂府詩中之楚調曲，如《樂府詩集》《雜曲歌辭》柳惲〈芳林篇〉屬之。其云：

　　芳林曄兮發朱榮，時既晚兮隨風零。隨風零兮反無期，安得陽華遺所思。[125]

　　楚調七言逐漸演變至七言形式，如南北朝民間樂府詩《樂府詩集》《橫吹曲辭》《梁鼓角橫吹曲》之〈鉅鹿公主歌辭〉三曲，〈地驅樂歌〉一曲，〈捉搦

---

[123] 《周書》，卷31，頁540。

[124] 《十駕齋養新錄》卷16，頁376。

[125] 《樂府詩集》，卷77，頁1085。

歌〉四曲，〈雀勞利歌辭〉一曲；《西曲歌》之〈青驄白馬〉八曲，〈共戲樂〉四曲等。如《橫吹曲辭》五，〈捉搦歌〉四曲之二云：

> 誰家女子能行步，反著袂襌後裙露。天生男女共一處，願得兩個成翁嫗。[126]

又如《梁鼓角橫吹曲》〈雀勞利歌辭〉云：

> 雨雪霏霏雀勞利，長觜飽滿短觜利。[127]

又如《西曲歌》無名氏〈青驄白馬〉云：

> 汝忽千里去無常，願得到頭還故鄉。[128]

文士擬作樂府詩之七言作品頗多，徐伯陽〈日出東南隅〉一首，劉孝威〈東飛伯勞歌〉一首，鮑照〈行路難〉三首、〈鳴雁行〉一首，吳邁〈遠楚朝曲〉一首，江總〈宛轉歌〉一首、〈梅花落〉一首、〈雜曲〉三首、〈東飛伯勞歌〉一首，梁簡文帝〈烏夜啼〉一首、〈烏棲曲〉四首、〈從軍行〉一首、〈上留田行〉一首、〈采菊篇〉一首、〈東飛伯勞歌〉一首等，皆七言成篇。如宋‧鮑照〈鳴雁行〉云：

> 雝雝鳴雁鳴正旦，齊行命侶入雲漢。中夜相失羣離亂，留連徘徊不

---

[126] 《樂府詩集》，卷25，頁369。

[127] 《樂府詩集》，卷25，頁367。

[128] 《樂府詩集》，卷49，頁711。

忍散。憔悴容儀君不如，辛苦風霜亦何為。[129]

《樂府詩集》《雜曲歌辭》八敘云：「〈匏有苦葉〉詩曰：『雝雝鳴雁，旭日始旦。』鄭康成云：『雁者隨陽而處，似婦人從夫，故昏禮用焉。雝雝，聲和也。』〈鳴雁行〉蓋出於此。」

又如《相和歌辭》十三，梁簡文帝〈上留田行〉云：

正月土膏出欲發，天馬照耀動農祥。田家斗酒羣相勞，為歌長安金鳳凰。[130]

《樂府詩集》中之《郊廟歌辭》、《燕射歌辭》、《舞曲歌辭》亦多七言作品，其中除〈白紵辭〉外，內容枯燥，無甚可取。今舉《舞曲歌辭》湯惠休〈白紵歌〉云：

少年窈窕舞君前，榮華艷艷將欲然。為君嬌凝復遷延，流目送笑不敢言。長袖拂面心自煎，願君流光及盛年。[131]

此外，民間歌謠之七言作品，《樂府詩集》《雜歌謠辭》中有〈巴東三峽歌〉、〈北軍歌〉、〈長白山歌〉、及〈宋時謠〉，〈曲堤謠〉，〈魏地童謠〉，〈北齊鄴中童謠〉等。如〈巴東三峽歌〉二首之一云：

巴東三峽巫峽長，猿鳴三聲淚沾裳。[132]

---

[129] 《樂府詩集》，卷 68，頁 980。

[130] 《樂府詩集》，卷 38，頁 564。

[131] 《樂府詩集》，卷 55，頁 800。

[132] 《樂府詩集》，卷 86，頁 1208。

《樂府詩集》引酈道元《水經注》曰：

巴東三峽，謂廣溪峽、巫峽、西陵峽也。三峽七百里中，兩岸連山，略無闕處。重岩疊嶂，隱蔽天日。非亭午夜分，不見日月。其中有灘，名曰黃牛。江湍紆迴，信宿猶見，故行者謠曰：「朝發黃牛，暮宿黃牛。三日三暮，黃牛如故。」《宜都山川記》曰：「自黃牛灘東入西陵界，至峽口一百許里，山水紆曲，林木高茂。猿鳴至清，山谷傳響，泠泠不絕，行者聞之，莫不懷土，故漁者歌云。」

又如〈長白山歌〉云：

長白山頭百戰場，十十五五把長槍。不畏官君千萬眾，只怕榮公第六郎。[133]

6. 九言

摯虞《文章流別》有論及九言詩，然《樂府詩集》僅謝莊〈宋明堂歌‧歌白帝〉一首，謝超宗〈齊明堂樂哥歌〉一首，用於郊廟明堂。茲錄《郊廟歌辭》二，謝莊〈宋明堂歌‧歌白帝〉如下：

百川如鏡天地爽且明，雲沖氣舉德勝在素精，木葉初下洞庭使揚波，夜光撤地翻霜照懸河，庶類收成歲功行欲寧，浹地奉渥磬宇承秋靈。[134]

又謝超宗〈齊明堂樂歌〉云：

---

[133] 《樂府詩集》，卷 86，頁 1212。

[134] 《樂府詩集》，卷 2，頁 17。

百川如鏡天地爽且明，雲沖氣舉盛德在素精。庶類收成歲功行欲寧，浹奉渥馨宇承秋靈。[135]

《樂府詩集》引《南齊書・樂志》曰：

武帝建元初，詔謝超宗造明堂夕牲等歌，並採用謝莊辭。賓出入奏〈肅樂〉，牲出入奏〈引牲樂〉，薦豆呈毛血奏〈嘉薦樂〉，迎神奏〈昭夏樂〉，皇帝升明堂奏〈登歌〉，初獻奏〈凱容宣烈之樂〉，還東壁受福酒奏〈嘉胙樂〉，送神奏〈昭夏樂〉，並建元永明中所奏也。其〈凱容宣烈樂〉〈嘉胙樂〉，太廟同用。

九言樂府詩字多意繁，故作品甚少。謝莊旨在應景，謝超宗則承襲前人，摘取四句而成篇；若更細觀之，則九言乃由上四言、下五言所構成，渾似四五言混用之雜言詩。

（二）雜言體

雜言體之樂府詩，字句長短不一，無規則可尋。然有些雜言形式久經模擬，漸成定體，尚能依例沿循。《樂府詩集》中，如〈思悲公〉,〈戰城南〉,〈臨高臺〉,〈有所思〉,〈順東西門行〉,〈行路難〉,〈江南弄〉,〈六億詩〉等，皆為有規則之雜言體。如《清商曲辭》七，梁武帝〈江南弄〉七首之一云：

眾花雜色滿上林，舒芳耀綠垂輕陰，連手躞蹀舞春心，舞春心。臨歲腴，中人望，獨踟躕。[136]

---

[135]《樂府詩集》，卷2，頁25。

[136]《樂府詩集》，卷50，頁726。

又《相和歌辭》十二，謝靈運〈順東西門行〉云：

> 出西門，眺雲間，揮斤扶木墜虞泉。信道人，鑒徂川，思樂暫捨誓
> 不旋。閔九九，傷牛山，宿心載違徒昔言。競落運，務頹年，招命
> 儕好相追牽。酌芳酤，奏繁絃，惜寸陰，情固然。[137]

此類雜言體之句法，皆有規則可循。如梁武帝〈江南弄〉為七言三句接
三言四句，而七言第三句之末三字與三言首句相同；後梁沈約擬作四首，昭
明太子蕭統擬作三首，亦依此形式。又如謝靈運〈順東西門行〉為三三七言
句排列而成，後謝惠連亦依此形式而作，逐漸演變，影響宋代詞體之成立。

至於無規則之雜言體，自三言自九言，交雜使用，無所限制。又如《西
曲歌》中之〈壽陽樂〉九首之六云：

> 夜相思，望不來，人樂我獨愁。[138]

又如《梁鼓角橫吹曲》〈東平劉生歌〉云：

> 東平劉生安東子，樹木稀，屋裏無人看阿誰？[139]

又如《雜歌謠辭》四，〈敕勒歌〉二首之一云：

> 敕勒川，陰山下，天似穹廬，籠罩四野。天蒼蒼，野茫茫，風吹草

---

[137] 《樂府詩集》，卷37，頁554。

[138] 《樂府詩集》，卷37，頁554。

[139] 《樂府詩集》，卷25，頁369。

低見牛羊。[140]

此歌相傳為東魏高歡命其部將斛律金所作。宋・郭茂倩《樂府詩集》《雜歌謠辭・敕勒歌》引《樂府廣題》云：

北齊神武（高歡）攻周玉壁，士卒死者十四五，神武恚憤，疾發。周王下令曰：「高歡鼠子，親犯玉壁，劍弩一發，元兇自斃！」神武聞之，勉坐以安士眾，悉引諸貴，使斛律金唱敕勒，神武自和之。

又如《雜曲歌辭》五，張正見〈前有一樽酒行〉云：

前有一樽酒，主人行籌。今日合來坐者，當令皆富且籌。欲令主人三萬歲，終歲不知老。為吏當高遷，賈市得萬倍。桑蠶當大得，主人宜子孫。[141]

以上雜言詩中，「夜相思」、「樹木稀」為三言；「天似穹廬」、「主人行籌」為四言；「人樂我獨愁」、「前有一樽酒」為五言；「今日合來坐者」、「當令皆富且壽」為六言；「東平劉生安東子」、「風吹草低見牛羊」為七言，寫來長短錯落，頗能表露曲折跌宕之情思。故南北朝漸開樂府雜言之端後，作品日多，終於在中唐以後，取代定言之唐詩而為長短句矣。

---

[140] 《樂府詩集》，卷86，頁1212。

[141] 《樂府詩集》，卷86，頁1212。

四、樂器

　　先民咨嗟吟歎，興發歌詠，皆本諸心聲，無庸譜器，故〈南風〉、〈卿雲〉、〈擊壤〉、〈康衢〉之作，浸以踵起。然若徒歌不足以言志，謳謠不足以表情，則抑揚其聲，擊節興舞。《禮記・樂記》云：

> 詩言其志也，歌詠其聲也，舞動其容也。三者本於心，然後樂器從之。[142]

《文心雕龍・樂府第七》亦云：

> 故知詩為樂心，聲為樂體。樂體在聲，瞽師務調其器。樂心在詩，君子宜正其文。[143]

　　故樂府詩本係絃歌，需歌唱相應，譜器疊奏。如漢樂府詩之《郊廟歌辭》，乃襲周、秦雅樂，不失鐘磬金石之聲；《鼓吹歌辭》存者有《鐃歌十八曲》，依瓛定軍禮；據陸機〈鼓吹賦〉，《宋書・樂志》、《晉書・樂志》等記載，知有鼓、鐃、箛、角四種樂器；《橫吹曲辭》則本謂之鼓吹。《晉書・樂志》云：「橫吹曲有鼓角，又有胡角。」惜今不存。
　　《相合歌辭》之樂器，據《古今樂錄》云：「凡《相和》，其器有笙、笛、節歌（歌當作鼓）、琴、瑟、琵琶、箏七種。」
　　南北朝樂府詩，經漢末大亂，及永嘉之禍，聲樂散亡，樂器殘缺，雖經宋武帝之收集聲伎，北魏孝武帝之嫻習舊樂，稍有可觀。若其《郊廟歌辭》、《燕射歌辭》、《舞曲歌辭》，仍沿習魏、晉，甚少變改；《鼓吹歌辭》、《鐃歌》

---

[142] 《禮記》，卷38，頁682。

[143] 《文心雕龍》，卷2，頁25。

則自宋、齊、梁以來，並用漢曲；至於《相和三調》，亦得自關中，本為漢代
舊曲，作品均係文士模擬而來，無歌聲可言；為南朝新聲，即起於吳地之《吳
聲歌曲》，及出自荊郢樊鄧間之《西曲》，與北朝傳入南梁之《梁鼓角橫吹曲》，
得言其樂器。

　　南朝吳聲歌曲為傳唱於吳地之歌謠，以健康一帶為中心。《樂府詩集》《清
商曲辭》一，《吳聲歌曲》一引《晉書・樂志》云：

> 　吳歌雜曲，並出江南，東晉以來，稍有增廣。其始皆徒歌，既而被
> 之管絃。蓋自永嘉渡江之後，下及梁、陳，咸都建業，吳聲歌曲起
> 於此也。[144]

　　由於南朝之立都建業，歷宋、齊、梁、陳而未徙，故吳儂軟語，清新秀
麗之《吳聲歌曲》，乃由徒歌，易為弦樂。故《樂府詩集》《清商曲辭》序云：

> 　即宋武定關中，因而入南，不復存於內地。自時以後，南朝文物，
> 號為最盛，民謠國俗，亦世有新聲。[145]

　　據《樂府詩集》《吳聲歌曲》一引《古今樂錄》云：

> 　《吳聲歌》舊器有箎、箜篌、琵琶；今有笙、箏。[146]

　　此蓋因吳聲歌曲本有〈命嘯〉、〈吳聲〉、〈游曲〉、〈半折〉、〈六變〉、〈八
解〉等，今存者僅有《吳聲》而已，故舊器之箎、箜篌、琵琶皆不傳，可見

---

[144] 《樂府詩集》，卷44，頁639、640。

[145] 《樂府詩集》，卷44，頁638。

[146] 《樂府詩集》，卷44，頁640。

者僅笙、箏二種樂器而已。如〈大子夜歌〉云：「絲竹發歌響，假器揚清音。」[147]
〈子夜歌〉云：「玉指弄嬌弦。」[148]〈上聲歌〉云：「柱促使弦哀。」[149]可知
《吳聲歌曲》之樂器皆以絲竹為之。如《古今樂錄》所舉之笙、箏，即為絲
竹之樂器。今觀《吳聲歌曲》中，載有箏、琴、簫管三種樂器，與《古今樂
錄》所云：「今有笙、箏」者不同。

又〈讀曲歌〉云：「黃絲呷素琴。」[150]〈子夜四時歌・夏歌〉云：「直動
相思琴。」[151]〈上聲歌〉云：「改調促鳴箏。」[152]〈讀曲歌〉云：「歡贈玉樹
箏。」[153]〈七日夜女歌〉云：「簫管且停吹。」[154]等可證。

《西曲歌》為傳唱於荊、楚之歌謠，以江、漢二水為主。《樂府詩集》《清
商曲辭》《西曲歌》云：

> 西曲歌出於荊、郢、樊、鄧之間。其聲節送和，與《吳聲》亦異，
> 故其方俗而謂之《西曲》。[155]

《西曲歌》與《吳聲歌曲》均有其獨特之地理環境與風俗民情，故所產
生之樂歌亦復不同。北周庾信〈烏夜啼〉云：「促柱繁弦非〈子夜〉，歌聲舞
態異〈前谿〉。」[156]即為言此。

---

[147] 《樂府詩集》，卷 45，頁 654。

[148] 《樂府詩集》，卷 44，頁 644。

[149] 《樂府詩集》，卷 45，頁 655。

[150] 《樂府詩集》，卷 46，頁 674。

[151] 《樂府詩集》，卷 44，頁 651。

[152] 《樂府詩集》，卷 45，頁 655。

[153] 《樂府詩集》，卷 46，頁 673。

[154] 《樂府詩集》，卷 45，頁 662。

[155] 《樂府詩集》，卷 47，頁 689。

[156] 《樂府詩集》，卷 47，頁 692。

　　《西曲歌》西曲歌分舞曲與倚歌兩種。據《古今樂錄》所云，《西曲歌》之〈石城樂〉、〈烏夜啼〉、〈莫愁樂〉、〈估客樂〉、〈襄陽樂〉、〈三洲〉、〈襄陽蹋銅蹄〉、〈採桑度〉、〈江陵樂〉、〈青驄白馬〉、〈共戲樂〉、〈安東平〉、〈那呵灘〉、〈孟珠〉、〈翳樂〉、〈壽陽樂〉等十六曲為舞曲；〈青陽度〉、〈女兒子〉、〈來羅〉、〈夜黃〉、〈夜度娘〉、〈長松標〉、〈雙行纏〉、〈黃督〉、〈黃纓〉、〈平西樂〉、〈攀楊枝〉、〈尋陽樂〉、〈白附鳩〉、〈拔蒲〉、〈作蠶絲〉，〈孟珠〉、〈翳樂〉等十七曲為倚歌；而其中〈孟珠〉、〈翳樂〉二曲兼有舞曲與倚歌之性質。另有〈楊叛兒〉、〈西烏夜飛〉，〈月節折楊柳歌〉未注明倚歌或舞曲。

　　《古今樂錄》在〈石城樂〉、〈烏夜啼〉、〈青驄白馬〉下云：「舊舞十六人。」在〈莫愁樂〉、〈估客樂〉等十二曲下云：「舊舞十六人，梁八人。」在〈襄陽蹋銅蹄〉下云：「天監初，舞十六人，後八人。」其云舊舞，不知起於何時？但因有「梁八人」句，則應在梁前。至於其歌舞之情形及使用之樂器，未見記載。《古今樂錄》謂梁前有十六人，梁時有八人，可知當時之舞容，必甚可觀。

　　《西曲歌》之舞曲多為文士所製之歌舞，作者尚可考。而倚歌為民間倡樓歌伎之作品，內容較為鄙穢。《清商曲辭》《西曲歌》上引《古今樂錄》云：「凡倚歌悉用鈴、鼓，無弦，有吹。」[157]鈴、鼓屬金革之音，無絲弦，故與促柱繁絃之《吳聲歌曲》不同。

　　《梁鼓角橫吹曲》為北朝民歌，梁時傳入南方，大多敘北方尚武之民性，蒼涼慷慨。《樂府詩集》置於《橫吹曲辭》。《樂府詩集》云：「《古今樂錄》有《梁鼓角橫吹曲》，多敘慕容垂及姚泓時戰陣之事。」[158]其使用之樂器未曾說明。

　　今見《梁鼓角橫吹曲》〈梁鉅鹿公主歌辭〉云：「官家出遊雷大鼓。」、「手

---

[157] 《樂府詩集》，卷47，頁689。

[158] 《樂府詩集》，卷21，頁309。

彈琵琶玉節舞。」[159]〈折楊柳歌辭〉云:「踱座吹長笛。」[160],可知北方使用
之樂器有鼓、笛、琵琶。至於入梁後之《梁鼓角橫吹曲》是否入樂?使用何
種樂器?已不可考。

　　至於歌詞,已經文人修飾過,卻是事實。如〈瑯琊王歌辭〉八曲之八云:
「僂馬高纏鬃,遙知身是龍。誰能騎此馬,唯有廣平公。」[161]〈捉搦歌〉四
首之三云:「華陰山頭百丈井,下有流水徹骨冷。可憐女子能照影,不見其餘
見斜領。」[162]不僅字句整齊,而且押韻。與唐之五絕、七絕已毫無分別。故
言唐代絕句濫觴於此,亦不為過。

五、聲韻

　　樂府詩為音樂文學,藉詩歌之媒介,以表達情動於中之感受。而此情感,
必賴有節奏、有規律之文字顯示其功用。其基本之方式為和聲、協韻。和聲
為文字之重疊、交錯;協韻為文字之和諧、整齊。《文心雕龍・聲律篇》云:

> 是以聲畫妍蚩,寄在吟詠。吟詠滋味,流於字句。氣力窮於和韻。
> 異音相從謂之和,同聲相應謂之韻。韻氣一定,故餘聲易遣;和體
> 抑揚,故遺響難契。[163]

　　文字經過聲律中和韻之運用,就能表現種種複雜之情緒。《宋書・謝靈運
傳》論云:

---

[159] 《樂府詩集》,卷25,頁364。

[160] 《樂府詩集》,卷25,頁369。

[161] 《樂府詩集》,卷25,頁364。

[162] 《樂府詩集》,卷25,頁369。

[163] 《文心雕龍》,卷7,頁11。

夫五色相宣，八音協暢。由乎玄黃律呂，各適物宜。低昂互節。若
前有浮聲，則後須切響。一簡之內，音韵盡殊。兩句之中，輕重悉
異。妙達此旨，始可言文。[164]

《文心雕龍・聲律第三十三》亦云：

凡聲有飛沈，響有雙疊。雙聲隔字而舛，疊韻雜句而必睽。沈則響
發而斷，飛則聲颺不還。[165]

沈約謂「一簡之內，音韻盡殊。」即劉彥和謂「響有雙疊，雙聲隔句而
每舛，疊韵雜句而必睽。」沈約謂「前有浮聲，後須切響。」即劉彥和謂「聲
有飛沈，沈則響發易斷，飛則聲颺不還。」故作詩者因表現情緒之需要，必
須配合文中情景，重疊錯綜，整齊和諧，以產生跌宕頓挫之聲情。如東坡〈經
字韻詩〉全篇用雙聲疊韻，文辭之聲調十分優美。

齊、梁時，沈約、周顒發現四聲，倡言八病，自稱千古未覩，獨得胸襟。
約撰《四聲譜》、顒著《四聲切韻》，行於當時。故其詩文，除押韻之外，尚
須講求平仄聲病。空海《文鏡祕府論・西卷・論病》云：

顒、約以降，兢、融之往。聲譜之論鬱起，病犯之名爭興；家製格
式，人談疾累；徒競文華，空事拘檢；靈感沈祕，雕弊實繁。竊疑
正聲之已失，為當時運之使然。[166]

空海對聲病，加以闡述。認為作詩必須注意二十八種聲病，包括平頭、

---

[164] 《宋書》，卷 67，頁 1779。

[165] 《文心雕龍》，卷 7，頁 11。

[166] 《文鏡祕府論・論病》，西卷。

上尾、蜂腰、鶴膝、大韻、小韻、傍紐、正紐、水渾、火滅、闕偶、繁說、齟齬、叢聚、忌諱、形跡、傍突、翻語、長擷腰、長解鐙、支離、相濫、落節、雜亂、文贅、相反、相重、駢拇。此說令寫詩者，動則犯病，不敢落筆。然做詩最基本者，要屬對工穩。又云：

> 或曰：文詞妍麗，良由對屬之能；筆箚雄通，實安施之巧。若言不對，語必徒申；韻而不切，煩詞枉費。元氏云：「《易》曰：『水流濕，火就燥。』『雲從龍，風從虎。』《書》曰：『滿招損，謙受益。』此皆聖作切對之例也。[167]」

對仗能勤加錘鍊，對作詩，幫助甚大，如沈約《宋書‧謝靈運傳》云：

> 五色相宣，八音協暢，玄黃律呂，各適物宜。故使宮羽相變，低昂舛節，若前有浮聲，則後須切響。一簡之內，音韻盡殊；兩句之中，輕重悉異。妙達此旨，始可言文。[168]

空海認為對句使詩句工整，增加妍麗。還要著重聲律，使音韻和暢，輕重得宜。劉勰《文心雕龍‧聲律篇》云：

> 凡聲有飛沈，響有雙聲。雙聲隔字而每舛，疊韻雜句而必睽。沈則響發而斷，飛則聲颺不還；並轆轤交往，逆鱗相比。迂其際會，則往蹇來連，其為疾病，亦文家之吃也。[169]

---

[167] 《文鏡祕府論‧論對屬》，北卷。

[168] 《宋書》，卷 67，頁 1779。

[169] 《文心雕龍》，卷 7，頁 10。

　　劉勰、空海對詩之聲律，須和文句配合，方屬無病之詩。今依南北朝樂府詩中之疊字、雙聲、雙聲疊韻等，舉例於下：

（一）疊字

1. 上下句疊字

（1）四言句例

A. 首二字重疊

「耿耿僚志，慊慊丘園。」[170]（謝靈運〈隴西行〉）
　△△　　　△△

B. 三四字重疊

「春日遲遲，桑何萋萋。」[171]（謝惠連〈秋胡行〉）
　　　△△　　　△△

（2）五言句例

A. 首二字重疊

「灼灼桃悅色，飛飛燕弄聲。」[172]（謝靈運〈悲哉行〉）
　△△　　　　△△

「寂寂簷宇曠，飄飄帷幔輕。」[173]（何遜〈銅雀妓〉）
　△△　　　　△△

「片片紅顏落，雙雙淚眼生。」[174]（庾信〈明君詞〉）
　△△　　　　△△

「慢漫愁寒起，蒼蒼別路迷。」[175]（江總〈雨雪曲〉）
　△△　　　　△△

---

[170] 《樂府詩集》，卷 37，頁 452。

[171] 《樂府詩集》，卷 36，頁 531。

[172] 《樂府詩集》，卷 62，頁 899。

[173] 《樂府詩集》，卷 31，頁 456。

[174] 《樂府詩集》，卷 29，頁 432。

[175] 《樂府詩集》，卷 24，頁 357。

「幕幕繡戶絲，攸攸懷昔期。」[176]（梁武帝〈青青河畔草〉）
　　△△　　　　　△△

B. 三、四字疊字

「秋愛兩兩鴈，春感雙雙燕。」[177]（〈子夜秋歌〉）
　　　△△　　　　　△△

C. 四、五字疊字

「春盡風颯颯，欄凋木脩脩。」[178]（王融〈思公子〉）
　　　△△　　　　　△△

「寒光稍眇眇，秋寒日沉沉。」[179]（沈約〈梁甫吟〉）
　　　△△　　　　　△△

「閨閨漏永永，漏長宵寂寂。」[180]（梁簡文帝〈楚妃歎〉）
　△△　△△　　　　△△

「柱間徒脈脈，恒上幾翹翹。」[181]（蕭子顯〈日出東南隅行〉）
　　　△△　　　　△△

「雷聲聽隱隱，車響絕瓏瓏。」[182]（孔翁歸〈班婕妤〉）
　　　△△　　　　△△

（3）六言句例

A. 五六字疊字

「傾杯覆盌灌灌，垂手翼袖娑娑。」[183]（王褒〈高句麗〉）
　　　　△△　　　　　△△

---

[176] 《樂府詩集》，卷 38，頁 561。

[177] 《樂府詩集》，卷 44，頁 648。

[178] 《樂府詩集》，卷 74，頁 1050。

[179] 《樂府詩集》，卷 41，頁 605。

[180] 《樂府詩集》，卷 29，頁 436。

[181] 《樂府詩集》，卷 28，頁 420。

[182] 《樂府詩集》，卷 43，頁 45。

[183] 《樂府詩集》，卷 78，頁 1095。

（4）七言句例

A. 首二字疊字

「眇眇雲根浸遠樹，蒼蒼水氣雜遙天。」[184]（沈君攸〈桂楫泛河中〉）
　△△　　　　　　△△

「步步香飛金薄屨，盈盈扇掩珊瑚脣。」[185]（江總〈宛轉歌〉）
　△△　　　　　　△△

B. 三四字疊字

「朝悲慘慘逐成滴，暮恩遠遠最傷心。」[186]（鮑照〈行路難〉）
　　△△　　　　　　△△

「兔影脈脈照金鋪，虬水滴滴寫玉壺。」[187]（江總〈內殿賦新詩〉）
　　△△　　　　　　△△

「留子句句獨言歸，中心煢煢將依誰。」[188]（范靜妻沈氏〈晨風行〉）
　　△△　　　　　　△△

2. 隔句重疊

（1）五言句例

A. 首二字疊字

「歸歸黃淡思，逐郎還去來；歸歸黃淡百，逐郎何處索。」[189]
　△△　　　　　　　　　△△

（〈黃淡思歌辭〉）

---

[184]《樂府詩集》，卷74，頁1095。

[185]《樂府詩集》，卷60，頁872。

[186]《樂府詩集》，卷70，頁997。

[187]《樂府詩集》，卷74，頁1047。

[188]《樂府詩集》，卷68，頁982。

[189]《樂府詩集》，卷25，頁366。

（2）七言句例

A. 隔句重疊

「夜夜孤飛誰相知，左回右顧還相慕，翩翩桂水之忍渡，懸目桂
　△△　　　　　　　　　　　　　　　　　△△
心思越路。」[190]（沈君攸〈雙燕離〉）

（二）雙聲

1. 上下句雙聲

（1）五言句例

A. 上下句之前兩字雙聲

「馬毛縮如蝟，角弓不可張。」[191]（鮑照〈出自薊北門行〉）
　△△　　　　　△△

馬，莫下切，明母；毛，莫袍切，明母。馬毛雙聲。

角，古岳切，見母；弓，居戎切，見母。角弓雙聲。

「慷慨發相思，惆悵戀音徽。」[192]（謝惠連〈却東西門行〉）
　△△　　　　　△△

慷，苦郎切，溪母。慨，苦亥切，溪母。慷慨雙聲。

惆，丑鳩切，撤母。悵，丑亮切，撤母。惆悵雙聲。

「惆悵崔亭伯，幽憂馮敬通。」[193]（張正見〈白頭吟〉）
　△△　　　　　△△

惆，丑鳩切，撤母。悵，丑亮切，撤母。惆悵雙聲。

幽，於虯切，影母。憂，於求切，影母。幽憂雙聲。

---

[190] 《樂府詩集》，卷58，頁842。

[191] 《樂府詩集》，卷61，頁891。

[192] 《樂府詩集》，卷37，頁552。

[193] 《樂府詩集》，卷41，頁601。

「翩翩類廻掌，怳惚似朝榮。」[194]（鮑照〈升天行〉）
　　△△　　　　△△

翩，芳蓮切，敷母。翻，孚袁切，敷母。翩翻雙聲。

怳，許昉切，曉母。惚，呼骨切，曉母。怳惚雙聲。

B. 上下句之四五兩字雙聲

「旌旗散容裔，簫管吹參差。」[195]（謝朓〈泛水曲〉）
　　　　△△　　　　△△

容，餘封切，喻母；裔，餘制切，喻母。容裔雙聲。

參，楚替切，初母；差，楚宜切，初母。參差雙聲。

「驚波無留連，舟人不躊竚。」[196]（鮑照〈櫂歌行〉）
　　　　△△　　　　△△

留，力求切，來母。連，力延切，來母。留連雙聲。

躊，直由切，澄母。竚，直呂切，澄母。躊竚雙聲。

2. 隔句雙聲

（1）五言句例

「隴底望秦川，迢遞隔風煙。蕭條落野樹，幽咽響流泉。」[197]
　　　　　　△△　　　　　　　　　△△

（顧野王〈隴頭水〉）

迢，徒聊切，定母；遞，特計切，定母。迢遞雙聲。

幽，於虯切，影母；咽，烏結切，影母。幽咽雙聲。

---

[194] 《樂府詩集》，卷63，頁919。

[195] 《樂府詩集》，卷20，頁293。

[196] 《樂府詩集》，卷40，頁919。

[197] 《樂府詩集》，卷21，頁314。

（三）疊韻

1. 上下句疊韻

（1）五言句例

A. 上下句中首二字疊韻者。

「氛氳揉芳條，連綿交密枝。」[198]（吳均〈夾樹〉）
　△△　　　　△△

氛，符分切，文韻；氳，於云切，文韻。氛氳疊韻。
連，力延切，仙韻；綿，武延切，仙韻。連綿疊韻。

「嫖姚紫塞歸，蹀躞紅塵飛。」[199]（陳後主〈紫騮馬〉）
　△△　　　　△△

嫖，撫招切，宵韻；姚，餘昭切，宵韻。嫖姚疊韻。
蹀，徒協切，添韻；躞，蘇協切，添韻。蹀躞疊韻。

「逶迤飛塵唱，宛轉繞梁聲。」（范靜妻沈氏〈壚曲〉）
　△△　　　　△△

逶，於為切，支韻；迤，弋支切，支韻。逶迤疊韻。
宛，於阮切，獮韻，轉，陟兗切，獮韻。宛轉疊韻。

B. 上下句中三四字疊韻

「肆呈窈窕容，路曜嬽娟子。」[200]（謝靈運〈會吟行〉）
　　　△△　　　　△△

窈，烏皎切，篠韻；窕，徒了切，篠韻。窈窕疊韻。
嬽，房連切，仙韻。娟，於緣切，仙韻。嬽娟疊韻。

[198]《樂府詩集》，卷77，頁1085。

[199]《樂府詩集》，卷24，頁353。

[200]《樂府詩集》，卷64，頁935。

「細蝶連錢易，傍趨首蓿花。」[201]（張正見〈輕薄篇〉）
　　　△△　　　　　△△

連，力延切，仙韻；錢，昨仙切，仙韻。連錢疊韻。

苜，莫久切，屋韻；蓿，息逐切，屋韻。苜蓿疊韻。

「鄭態逶迤舞，齊弦窈窕瑟。」[202]（江總〈今日樂相樂〉）
　　　△△　　　　　△△

逶，於為切，支韻；迤，弋支切，支韻。逶迤疊韻。

窈，烏皎切，篠韻；窕，徒了切，篠韻。窈窕疊韻。

C. 上下句之四五字疊韻

「控鶴去窈窕，學鳳對巑岏。」[203]（江淹〈王子喬〉）
　　　　△△　　　　　△△

窈，烏皎切，篠韻；窕，徒了切，篠韻。窈窕疊韻。

巑，在玩泑，有韻；岏，五丸切，有韻。巑岏疊韻。

（2）七言句例

A. 上句中首二字疊韻

「蹀躞橫行不肯近，夜夜汗血至長安。」[204]（吳均〈行路難〉）
　△△

蹀，蘇協切，添韻；躞，徒協切，添韻。蹀躞疊韻。

B. 上句中首二字疊韻

「少年窈窕舞君前，蓉華艷艷將欲無。」[205]（湯惠休〈白紵歌〉）
　　　△△

窈，烏皎切，篠韻。窕，徒了切，篠韻，窈窕疊韻。

---

[201] 《樂府詩集》，卷 67，頁 964。

[202] 《樂府詩集》，卷 39，頁 578。

[203] 《樂府詩集》，卷 29，頁 437。

[204] 《樂府詩集》，卷 70，頁 1005。

[205] 《樂府詩集》，卷 55，頁 801。

C. 下句中三四字疊韻

「孤魂茕茕空隴間，獨魄徘徊遶墳墓。」[206]（鮑照〈行路難〉）
　　　　　　　　　　　△△

徘，薄回切，灰韻；徊，戶恢切，灰韻。徘徊疊韻。

2. 隔句疊韻

（1）四言句例

A. 三四字隔句疊韻

「洽斯百禮，福以千年。鈞陳掩映，天駟徘徊。」[207]
　　　　　　△△　　　　　　　　　△△

（庾信〈周祀圓丘歌・皇夏〉）

千，蒼失切，先韻；年，奴顛切，先韻。千年疊韻。

徘，薄回切，灰韻；徊，戶恢切，灰韻。徘徊疊韻。

（2）五言句例

A. 首二字隔句疊韻

「朱鷺戲蘋藻，徘徊留澗曲。澗曲多巖樹，逶迤復斷續。」[208]
　　　　　　　　△△　　　　　　　　　　　△△

（陳後主〈朱鷺〉）

徘，薄回切，灰韻；徊，戶恢切，灰韻。徘徊疊韻。

逶，於為切，支韻；迤，弋支切，支韻。逶迤疊韻。

「年少當及時，蹉跎日就老。若不信儂語，但看霜下草。」[209]
　　△△　　　　　　　　　　　　　　　△△

---

[206] 《樂府詩集》，卷 70，頁 998。

[207] 《樂府詩集》，卷 4，頁 801。

[208] 《樂府詩集》，卷 16，頁 437。

[209] 《樂府詩集》，卷 38，頁 565。

（〈子夜歌〉）

　　蹉，七何切，割韻；跎，徒河切，歌韻，蹉跎疊韻。

　　但，徒案切，翰韻；看，苦旰切，翰韻，但看疊韻。

（四）雙聲疊韻

1. 上下句雙聲疊韻

（1）五言句例

A. 上下句首二字雙聲疊韻

「迢遞翔鵾仰，聯翩賀燕來。」[210]（陰鏗〈新城安樂宮〉）
　△△　　　　△△

　　迢，徒聊切，定母；遞，特計切，定母。迢遞雙聲。

　　聯，力延切，仙韻；翩，芳蓮切，仙韻。聯翩疊韻。

「逶迤帶綠水，迢遞起朱樓。」[211]（謝朓〈齊隨王鼓吹曲‧入朝
　△△　　　　△△

曲〉）

　　逶，於為切，支韻；迤，弋支切，支韻。逶迤疊韻。

　　迢，徒聊切，定母；遞，特計切，定母。迢遞雙聲。

B. 上下句首二字雙聲疊韻

「變改苟催促，容色烏盤桓。」[212]（謝靈運〈長歌行〉）
　　　　△△　　　　△△

　　催，倉回切，清母；促，漆玉切，清母。催促雙聲。

　　盤，薄官切，桓韻；桓，胡官切，桓韻。盤桓疊韻。

---

[210] 《樂府詩集》，卷20，頁437。

[211] 《樂府詩集》，卷20，頁293。

[212] 《樂府詩集》，卷30，頁444。

C. 上下句四五字雙聲疊韻

「朱騏步躑蠋，玄鶴五蹉跎。」[213]（王融〈齊明王歌辭‧明王曲〉）
　　　　△△　　　　　△△

躑，直炙切，澄母；蠋，直錄切，澄母。躑蠋雙聲。

蹉，七何切，歌韻；跎，徒河切，歌韻。蹉跎疊韻。

「丈人少徘徊，鳳吹方參差。」[214]（梁武帝〈長安有狹斜行〉）
　　　　△△　　　　　△△

徘，薄回切，灰韻；徊，戶恢切，灰韻。徘徊疊韻。

參，楚簪切，初母；差，楚宜切，初母，參差雙聲。

（2）七言句例

A. 上下句首二字雙聲疊韻

「掩抑摧藏張女彈，殷勤促柱楚明光。」[215]（吳均〈行路難〉）
　　△△　　　　　　　△△

掩，衣儉切，影母；抑，於力切，影母。掩抑雙聲。

殷，於斤切，殷韻；勤，巨斤切，音韻。殷勤疊韻。

2. 隔句雙聲疊韻

（1）五言句例

A. 下句首二字隔句雙聲疊韻

「高唐與巫山，參差鬱相望；灼爍在雲間，氛氳出霞上」[216]
　　　　　　　△△　　　　　　　　　△△

（劉繪〈巫山高〉）

---

[213] 《樂府詩集》，卷56，頁565。

[214] 《樂府詩集》，卷35，頁515。

[215] 《樂府詩集》，卷70，頁1007。

[216] 《樂府詩集》，卷17，頁238。

參，楚簪切，初母；差，楚宜切，初母。參差雙聲。

氛，符分切，文韻；氳，於云切，文韻。氛氳疊韻。

B. 上句首二字隔句雙聲疊韻

「參差嶂雲黑，安能對兒女；垂帷王毫墨，兼弱不稱雄。」[217]
　△△　　　　　　　　　　△△

（王僧孺〈白馬篇〉）

參，楚簪切，初母；差，楚宜切，初母。參差雙聲。

垂，是為切，支韻；帷，洧患切，支韻。垂帷疊韻。

六、對句

　　中國詩文，講求對仗之美。嚴格之對仗，乃以儷辭屬句，俳語組文，使上下句之字數、詞性及平仄，均成對稱狀態。此類作品，在六朝駢文盛行之時，極為普遍，梁劉勰《文心雕龍・麗辭篇》曾標舉四對：「言對為易，事對為難。反對為優，正對為劣。」又加以說明曰：

> 言對者，雙比空辭者也；事對者，並舉人驗者也；反對者，理殊趣合者也；正對者，事異義同者也。長卿〈上林賦〉云：「脩容乎禮園，翔翔乎書圃。」此言對之類也。宋玉〈神女賦〉云：「毛嬙鄣袂，不足程式；西施掩面，比之無色。」此事對之類也。仲宣〈登樓〉云：「鐘儀幽而楚奏，莊舄顯而越吟。」此反對之類也。孟陽〈七哀〉云：「漢祖想枌榆，光武思白水。」此正對之類也。凡偶辭胸臆，言對所以為易也；徵人資學，事對所以為難也；幽顯同志，反對所以為優也；並貴共心，正對所以為劣也。又以事對，各有反

---

[217] 《樂府詩集》，卷63，頁918。

正，指類而求，萬條自昭然矣。

言對、事對、反對、正對在其〈時序篇〉首見，若對仗平穩，文句自然清楚鮮明。然在詩文中，對句常見，不再舉例。然有一句之內，自成對仗，而上下聯同一位置之詞字，並不相對者，稱為當句對；另有隔句而為對句者，稱為隔句對。宋・洪邁《容齋續筆・詩文當句對》云：

> 詩文或於一句中自成對偶，謂之當句對。蓋起於《楚辭》，蕙蒸《楚辭》，桂酒椒漿，桂櫂蘭枻，斲冰積雪。自齊、梁以來，江文通、庾子山諸人亦如此。[218]

南北朝時，江淹、徐陵，喜用四六駢文，當句對遂由簡而繁，而在其時，文士擬作之樂府詩，及民間樂府詩中，亦多當句對作品。茲舉《樂府詩集》中五言、六言、七言之例如下：

（一）五字句之當句對、隔句對

1. 首二字對末兩字之當句對

「紫藤拂花樹，黃鳥度青枝。」[219]（虞炎〈玉階怨〉）
　△△　　△△　　△△　　△△
上句中「紫藤」與「花樹」為對句，下句中「黃鳥」與「青枝」為對句。

「丹霞映白日，細雨帶輕虹。」[220]（王筠〈雜曲〉）
　△△　　△△　　△△　　△△

---

[218]《容齋續筆》，卷3，頁24。
[219]《樂府詩集》，卷43，頁632。
[220]《樂府詩集》，卷77，頁1090。

上句中，「丹霞」與「白日」為對句，下句中「細雨」與「輕虹」為對句。

「素盤進青梅，彭韓及廉藺。」[221]（鮑照〈挽歌〉）
　△△　　△△　　△△　　△△

上句中「素盤」與「青梅」為對句，下句中「彭韓」與「廉藺」為對句。

「池臺間羅綺，桃李雜煙霞。」[222]（張正見〈怨詩〉）
　△△　　△△　　△△　　△△

句中上句「池臺」與「羅綺」為對句，下句「桃李」與「煙霞」為對句。

2. 三四句首二字與四五字成隔句對

「季月對桐井，新枝雜舊株。晚葉藏栖鳳，朝花拂曙鳥。」[223]
　　　　　　　　　　　　　　△△　　△△　　△△　　△△

（梁簡文帝〈双桐生空井〉）

下句中，「晚葉」與隔句之「朝花」為對句；「栖鳳」與隔句之「曙鳥」為對句。

3. 首二字對三四字之當句對

「拓彈隨珠丸，白馬黃金飾。」[224]（何遜〈輕薄篇〉）
　△△△△　　　△△△△

句中上句「拓彈」與「隨珠」為對句，下句「白馬」與「黃金」為對句。

---

[221]《樂府詩集》，卷27，頁401。

[222]《樂府詩集》，卷41，頁617。

[223]《樂府詩集》，卷31，頁466。

[224]《樂府詩集》，卷67，頁963。

（二）六字句之當句對、隔句對

六言樂府詩不多，故當句對、隔句對亦相對少見，多為二三字對五六字者，如：

「雖南征而北怨，實西略而東賓。」[225]（庾信〈周五聲調曲・羽調曲〉）
　　　△△　△△　　　△△　△△

上句「南征」與「北怨」為對句，下句中「西略」與「東賓」為對句。

（三）七字句之當句對、隔句對

七字句常見者為首二字對三四字，而第五字為動詞。又因七言樂府詩婉轉起伏，易於表達情思，故當句對較多：

1. 首二字對三四字之當句對

「夜夜遙遙徒相思，年年望望情不歇。」[226]（僧寶月〈行路難〉）
　△△△△　　　　△△△△

上句之「夜夜」與「遙遙」為對句，下句之「年年」與「望望」為對句。

「漫漫悠悠天未曉，遙遙夜夜聽寒更。」[227]（梁元帝〈燕歌行〉）
　△△△△　　　　△△△△

上句之「漫漫」與「悠悠」為對句，下句之「遙遙」與「夜夜」為對句。

「年年月月對君王，遙遙夜夜宿未央。」[228]（吳均〈行路難〉）
　△△△△　　　　△△△△

---

[225] 《樂府詩集》，卷15，頁215。

[226] 《樂府詩集》，卷69，頁1004。

[227] 《樂府詩集》，卷30，頁471。

[228] 《樂府詩集》，卷70，頁1005。

上句之「年年」與「月月」為對句，下句之「遙遙」與「夜夜」為對
句。

2. 隔句之當句對

「可憐年幾十三四，工歌巧舞入人意；白日西落楊梅垂，含情弄態兩相
　　　　　　　　　　△△△△　　　　　　　　　　　　△△△△
知。」[229]（梁簡文帝〈東飛伯勞歌〉）

上二句中，第二句之首二字與三四字「工歌」與「巧舞」為對句，下
二句中，第二句之首二字與三四字「含情」與「弄態」為對句。

「池側鴛鴦春日鸝，綠珠絳樹相逢迎。誰家佳麗過淇上，翠釵綺袖波中
　　　　　　　　　　△△△△　　　　　　　　　　　　△△△△
漾。」[230]（陳後主〈東飛伯勞歌〉）

上二句中，第二句之首二字與三四字「綠珠」與「絳樹」為對句，下
二句中，第二句之首二字與三四字「翠釵」與「綺袖」為對句。

「雙棲翡翠兩鴛鴦，巫雲洛月乍相望。誰家妖冶折花枝，衫長釧動任
　　　　　　　　　　△△△△　　　　　　　　　　　　△△
風吹。」[231]（劉孝威東飛伯勞歌）
△△

上二句中，第二句首二字與三四字之「巫雲」與「洛月」為對句，下
二句中，第二句首二字與三四字「衫長」與「釧動」為對句。

「簪金介綺生曲筵，思君厚德委如山。潔誠洗心期暮年，烏日馬角寧
　△△△△　　　　　　　　　　　　　　　　　　　　△△

---

[229] 《樂府詩集》，卷68，頁977。

[230] 《樂府詩集》，卷68，頁978。

[231] 《樂府詩集》，卷68，頁977。

足言。」[232]（鮑照〈白紵歌〉）
　　△△

上二句中，首句之首二字與三四字「簪金」與「介綺」為對句，下二
句中，第二句首句「烏日」與「馬角」為對句。

上例中之當句對及隔句對皆有許多疊字為對，整齊有律，如「慢慢」、「悠
悠」、「夜夜」、「遙遙」、「年年」、「望望」等，不僅在排列上顯出美感，
而且有加強語氣之作用。

七、雙關隱語

中國文字一字一音，故多同音義異或同字義異之字，此類字用在修辭學
上，屬於諧音之雙關隱語，亦名廋辭。《國語·晉語五》云：

范文子暮退於朝，武子曰：「何暮也？」對曰：「有秦客廋辭于朝，
大夫莫之能對也。」[233]

廋辭云者，猶今稱筆為「管城子」、紙為「楮先生」，錢為「白水真人」、
「阿堵物」之類是也。文中言有大夫以隱語問於朝，大夫無人能答也。
　　《文心雕龍·諧讔第十五》云：

諧之言皆也，辭淺會俗，皆悅笑也。

又云：

---

[232] 《樂府詩集》，卷 55，頁 800。

[233] 《國語》，卷 11，頁 401。

　　讔者，隱也。遯辭以隱意，譎譬以指事也。……隱，化為謎語。謎
也者，迴互其辭，使昏迷也。[234]

　　讔語是把意旨隱藏，以暗示之方法說明事情。對不解之人，感到迷惑，
而稱為謎語。其實說者以迴旋婉轉之方式，諷諫人或事。
　　《太平廣記》引《嘉話錄‧權德輿》：「或曰：『廋詞何也？』曰：『隱語
耳。』」[235]此蓋諧辭與隱語性質相似，一則悅笑取諷，一則隱誦示意，在南朝
樂府詩中，大量使用，使樸實之詩歌，更顯示情意之婉轉。
　　南朝《清商曲辭》之《吳聲歌曲》與《西曲歌》，由於風格樸實，情思婉
約，故其中甚多諧音雙關之廋辭。宋‧洪邁《容齋三筆》云：

　　自齊梁以來，詩人做樂府〈子夜四時歌〉之類，每以前句比興引喻，
　　而後句實言以證之。[236]

　　此即廋辭之應用方式。若加歸納，可分為兩類，一類為音同字異，即不
用本字，而以音近之字代之。如以「蓮」諧「憐」，以「絲」諧「思」，以「藕」
諧「偶」，以「碑」諧「悲」，以「蹄」諧「啼」，以「星」諧「心」，以「琴」
諧「情」等；另一類為字同義異，如以「布匹」之「匹」代「匹偶」之「匹」，
以「關門」之「關」代「關懷」之「關」，以「消融」之「消」代「消瘦」之
「消」，以「道路」之「道」代「道說」之「道」，以「黃藥」之「苦」代相
思之「苦」等。此類語詞在《吳聲歌曲》之〈子夜歌〉、〈子夜四時歌〉、〈華
山畿〉、〈讀曲歌〉中，特別流行；又在《西曲歌》之〈江陵樂〉、〈三洲歌〉、
〈楊叛兒〉中亦可見。

---

[234]《文心雕龍》，卷3，頁52。
[235]《太平廣記》，卷174，頁1290。
[236]《容齋三筆》，卷16，頁156。

（一）音同字異

1.以「蓮」諧「憐」

「果得一蓮時，流離嬰辛苦。」[237]（〈子夜歌〉）
　　　　　△

「乘月採芙蓉，夜夜得蓮子。」[238]（〈子夜四時歌・夏歌〉）
　　　　　　　　△

「郎見欲採我，我心欲懷蓮。」[239]（〈子夜四時歌・夏歌〉）
　　　　　　　　　△

「處處種芙蓉，婉轉得蓮子。」[240]（〈子夜四時歌・秋歌〉）
　　　　　　　　△

「餘花任郎摘，慎莫罷儂蓮。」[241]（〈讀曲歌〉）
　　　　　　　　△

「作生隱藕葉，蓮儂在何處。」[242]（〈讀曲歌〉）
　　　　△

「殺荷不斷藕，蓮心已復生。」[243]（〈讀曲歌〉）
　　　　　　△

「行膝點芙蓉，深蓮非骨念。」[244]（〈讀曲歌〉）
　　　　　　△

2.以「藕」諧「偶」

「不愛獨枝蓮，只惜同心藕。」[245]（〈讀曲歌〉）
　　　　　　　△

---

[237] 《樂府詩集》，卷44，頁642。

[238] 《樂府詩集》，卷44，頁646。

[239] 《樂府詩集》，卷44，頁646。

[240] 《樂府詩集》，卷44，頁647。

[241] 《樂府詩集》，卷46，頁671。

[242] 《樂府詩集》，卷46，頁675。

[243] 《樂府詩集》，卷46，頁677。

[244] 《樂府詩集》，卷46，頁677。

[245] 《樂府詩集》，卷46，頁671。

「湖燥芙蓉萎,蓮汝藕欲死。」[246]（〈讀曲歌〉）
　　　　　　　　△

3.以「芙蓉」諧「夫容」

「霧露隱芙蓉,見蓮不分明。[247]〈〈子夜歌〉〉
　　　　　　△△

「金桐作芙蓉,蓮字何能貴。」[248]（〈子夜歌〉）
　　　　　　△△

「玉藕金芙蓉,無稱我蓮子。」[249]（〈子夜歌〉）
　　　　　　　△△

「芙蓉腹裏萎,蓮汝從心起。」[250]（〈讀曲歌〉）
　　　△△

「湖燥芙蓉萎,蓮汝藕欲死。」[251]（〈讀曲歌〉）
　　　　△△

4.以「絲」諧「思」

「春蠶易感化,絲子已復生。」[252]（〈子夜歌〉）
　　　　　　　　△

「桑蠶不作繭,晝夜長懸絲。」[253]（〈七日夜女歌〉）
　　　　　　　　　　△

「春蠶不應老,晝夜常懷絲。」[254]（〈作蠶絲〉）
　　　　　　　　　△

---

[246] 《樂府詩集》,卷46,頁675。

[247] 《樂府詩集》,卷44,頁643。

[248] 《樂府詩集》,卷44,頁643。

[249] 《樂府詩集》,卷44,頁644。

[250] 《樂府詩集》,卷46,頁675。

[251] 《樂府詩集》,卷46,頁675。

[252] 《樂府詩集》,卷44,頁642。

[253] 《樂府詩集》,卷47,頁661。

[254] 《樂府詩集》,卷49,頁720。

5. 以「絲布」諧「思夫」

「絲步澀難縫，令儂十指穿。」[255]（〈懊儂歌〉）
　△△

　步、幫母；夫、非母。古無輕脣者，故步夫同音。

6. 以「碑」諧「悲」

「三更書石闕，憶子夜啼碑。」[256]（〈讀曲歌〉）
　　　　　　　　　　　△

「石闕生口中，銜碑不得語。」[257]（〈讀曲歌〉）
　　　　　　　　△

「伏龜語石板，方作千歲碑。」[258]（〈讀曲歌〉）
　　　　　　　　　　△

「石闕晝夜題，碑淚常不燥。」[259]（〈華山畿〉）
　　　　　△

「頓書千丈闕，題碑無罷時。」[260]（〈華山畿〉）
　　　　　　　△

7. 以「蹄」、「題」諧「啼」

「朝看莫牛跡，知是宿蹄痕。」[261]（〈讀曲歌〉）
　　　　　　　　　△

「歡相憐，題心共飲血。」[262]（〈讀曲歌〉）
　　　△

---

[255] 《樂府詩集》，卷46，頁667。
[256] 《樂府詩集》，卷46，頁671。
[257] 《樂府詩集》，卷46，頁673。
[258] 《樂府詩集》，卷46，頁676。
[259] 《樂府詩集》，卷46，頁676。
[260] 《樂府詩集》，卷46，頁676。
[261] 《樂府詩集》，卷46，頁672。
[262] 《樂府詩集》，卷46，頁675。

「捅襠別去年，不忍見分題。」[263]（〈讀曲歌〉）
　　　　　　　　　△

「石闕晝夜題，碑淚常不燥。」[264]（〈華山畿〉）
　　　　　　　△

「頓書千丈闕，題碑無罷時。」[265]（〈華山畿〉）
　　　　　　　　　△

8. 以「梧」諧「吾」

「桐樹生門前，出入見梧子。」[266]（〈子夜歌〉）
　　　　　　　　　△

「願生無霜雪，梧子解千年。」[267]（〈讀曲歌〉）
　　　　　　　△

「迢迢空中落，遂為梧子道。」[268]（〈讀曲歌〉）
　　　　　　　　△

「桐樹不結花，何由得梧子。」[269]（〈懊惱歌〉）
　　　　　　　　　△

9. 以「油」諧「由」

「無油何所苦，但使天明儂。」[270]（〈讀曲歌〉）
　△

---

[263] 《樂府詩集》，卷46，頁675。

[264] 《樂府詩集》，卷46，頁669。

[265] 《樂府詩集》，卷46，頁670。

[266] 《樂府詩集》，卷44，頁676。

[267] 《樂府詩集》，卷46，頁672。

[268] 《樂府詩集》，卷46，頁672。

[269] 《樂府詩集》，卷46，頁668。

[270] 《樂府詩集》，卷46，頁675。

10. 以「由」諧「油」

「雙燈俱時盡，奈許兩無由。」[271]（〈讀曲歌〉）
　　　　　　　　　　　△

11. 以「星」諧「心」

「畫背作天圖，子將負星歷。」[272]（〈讀曲歌〉）
　　　　　　　　　　　△

12. 以「亮」諧「諒」

「懷冰闇中倚，已寒不蒙亮。」[273]（〈子夜四時歌・冬歌〉）
　　　　　　　　　　　　△

13. 以「博」諧「薄」

「自從近日來，了不相尋博。」[274]（〈讀曲歌〉）
　　　　　　　　　　　△

「近日蓮達期，不復尋博子。」[275]（〈讀曲歌〉）
　　　　　　　　　△

14. 以「琴」諧「情」

「風吹合歡帳，直動相思琴。」[276]（王金珠〈子夜四時歌・夏歌〉）
　　　　　　　　　　　　△

---

[271] 《樂府詩集》，卷 46，頁 675。

[272] 《樂府詩集》，卷 46，頁 674。

[273] 《樂府詩集》，卷 44，頁 675。

[274] 《樂府詩集》，卷 46，頁 676。

[275] 《樂府詩集》，卷 46，頁 676。

[276] 《樂府詩集》，卷 44，頁 651。

15.以「駛」諧「死」

「走馬織懸簾，薄情奈當駛。」[277]（〈讀曲歌〉）
　　　　　　　　　　　△

16.以「採」諧「睬」

「春花映何限，感郎獨採我。」[278]（〈桃葉歌〉）
　　　　　　　　　　△

17.以「華」諧「話」

「郎君不浮華，誰能呈實意。」[279]（〈讀曲歌〉）
　　　　　△

「摘菊持飲酒，浮華著口邊。」[280]（〈讀曲歌〉）
　　　　　　　　△

（二）字同意異

1.以布匹之「匹」代匹偶之「匹」

「空織無經緯，求匹理自難。」[281]（〈子夜歌〉）
　　　　　　　△

「理絲入殘機，何悟不成匹。」[282]（〈子夜歌〉）
　　　　　　　　△

「晝夜理機縛，知欲早成匹。」[283]（〈子夜四時歌‧夏歌〉）
　　　　　　　　　△

---

[277]《樂府詩集》，卷46，頁675。

[278]《樂府詩集》，卷45，頁664。

[279]《樂府詩集》，卷46，頁674。

[280]《樂府詩集》，卷46，頁674。

[281]《樂府詩集》，卷44，頁641。

[282]《樂府詩集》，卷44，頁641。

[283]《樂府詩集》，卷44，頁646。

「投身湯水中，貴得共成匹。」[284]（〈作蠶絲〉）
　　　　　　　△

2.以黃蘗之「苦」代相思之「苦」

「黃蘗鬱成林，當奈苦心多。」[285]（〈子夜歌〉）
　　　　　　△

「黃蘗向春生，苦心隨日長。」[286]（〈子夜四時歌‧春歌〉）
　　　　　　△

「風吹黃蘗藩，惡聞苦離聲。」[287]（〈石城樂〉）
　　　　　　△

3.以關門之「關」代關心之「關」

「攤門不安橫，無復相關意。」[288]（〈子夜歌〉）
　　　　　　　△

4.以飛龍之「骨」代思婦之「骨」

「飛龍落藥店，骨出自為汝。」[289]（〈讀曲歌〉）
　　　　　　△

5.以絲髮之「憐」代歡愛之「憐」

「婉伸郎膝上，何處不可憐。」[290]（〈子夜歌〉）
　　　　　　　△

---

[284] 《樂府詩集》，卷 49，頁 720。

[285] 《樂府詩集》，卷 44，頁 642。

[286] 《樂府詩集》，卷 44，頁 645。

[287] 《樂府詩集》，卷 47，頁 690。

[288] 《樂府詩集》，卷 44，頁 642。

[289] 《樂府詩集》，卷 46，頁 673。

[290] 《樂府詩集》，卷 44，頁 641。

6. 以曲調之「散」代離散之「散」

「百弄任郎作，唯莫廣陵散。」[291]（〈讀曲歌〉）
　　　　　　　　　　△

7. 以風吹之「顛倒」代情愛之「顛倒」

「四面風，趨使儂顛倒。」[292]（〈懊惱歌〉）
　　　　　　　　△△

8. 以流水之「風流」代風流之「風流」

「遙見千幅帆，知是逐風流。」[293]（〈三洲歌〉）
　　　　　　　　△△

　　此類芙蓉、蓮藕，蠶絲、布匹等庾辭隱語，南朝流傳甚廣。楊衒之《洛陽伽藍記》云：

> 正覺寺，尚書令王肅所立也……肅在江南之日，聘謝氏女為妻。及
> 至京師，復尚公主。其後謝氏入道為尼，亦來奔肅，見肅尚公主，
> 謝作五言詩以贈之。其云：「本為箔上蠶，今作機上絲；得路逐勝
> 去，頗憶纏綿時。」公主代肅答謝云：「鍼是貫線物，目中恒任絲；
> 得帛縫新去，何能納故時。」肅甚有愧謝之色，遂造正覺寺以憩
> 之。[294]

　　可為庾辭隱言流入北方之證。

　　由於北方民性激揚亢爽，與南方纏綿婉膩不同，故北人「不解漢兒歌」，並無庾辭隱言。施肩吾〈古曲〉云：

---

[291]《樂府詩集》，卷46，頁674。

[292]《樂府詩集》，卷44，頁668。

[293]《樂府詩集》，卷44，頁641。

[294]《洛陽伽藍記》，卷3，頁135、136。

　　可憐江少女，慣歌江南曲，採落木蘭舟，雙兔不成浴。[295]

　　此云江南曲中，兔、夫聲同，浴、欲聲同，將北女不懂諧音，故誤為「雙飛之夫，不成其欲。」

　　雖然如此，有一首〈北齊太上時童謠〉，亦用雙關隱語，其云：

　　千金買果園，中有芙蓉樹，破家不分別，蓮子隨它去。[296]

　　此首以蓮、憐雙關，以表達情意。

---

[295]《樂府詩集》，卷76，頁1093。

[296]《樂府詩集》，卷86，頁1227。

第六章　南北朝民間樂府詩解題

一、梁鼓角橫吹曲

　　樂府詩並無北歌之目，蓋北方在西晉末年，八王之亂後，進入五胡十六國之局面。不僅南北對峙，北國亦在各國互相攻伐下，無文學可言。《北史・文苑傳》即說明當時北方文壇之情形。其云：

> 中州板蕩，戎狄交侵，僭偽相屬，生靈塗炭，故文章黜焉。其能潛思於戰爭之間，揮翰於鋒鏑之下，亦有時而間出矣。若乃魯徵、杜廣、徐光、尹弼之儔，知名於二趙；宋該、封弈、朱彤、梁讜之屬，見重於燕、秦。然皆迫於倉卒，牽於戰陣，章奏符檄，則粲然可觀；體物緣情，則寂寥於世。非其才有優劣，時運然也。

　　北方在戰爭之陰影下，揮翰於鋒鏑之下，以無意於文章焉。能粲然可觀者，唯章、奏、符、檄而已。至於體物緣情之詩文，則荒蕪寂寥，乏善可陳矣。不過，民間流傳之詩歌，收錄於郭茂倩《樂府詩集》《梁鼓角橫吹曲》中，實北方詩樂之寶藏。郭茂倩《橫吹曲辭》序云：

> 《古今樂錄》有《梁鼓角橫吹曲》，多敘慕容垂及姚泓時戰陣之

事。[1]

又引用《古今樂錄》云：

《梁鼓角橫吹曲》有〈企喻〉、〈瑯琊王〉、〈鉅鹿公主〉、〈紫騮馬〉、〈黃淡思〉、〈地驅樂〉、〈雀勞利〉、〈慕容垂〉、〈隴頭流水〉等歌三十六曲，二十五曲有歌有聲，十一曲有歌。是時樂府胡吹舊曲有〈大白淨皇太子〉、〈小白淨皇太子〉、〈雍臺〉、〈捻臺〉、〈胡遵〉、〈利羊丘女〉、〈淳于王〉、〈捉搦〉、〈東平劉生〉、〈單迵歷〉、〈魯爽〉、〈半和〉、〈企喻〉、〈北敦〉、〈胡度來〉十四曲。三曲有歌，十一曲亡。又有〈隔谷〉、〈地驅樂〉、〈紫騮馬〉、〈折楊柳〉、〈幽州馬客吟〉、〈慕容家自魯企由谷〉、〈隴頭〉、〈魏高陽王樂人〉等歌二十七曲。合前三曲，凡三十曲。總六十六曲。[2]

《梁鼓角橫吹曲》敘又云：

江淹〈橫吹賦〉云：「奏白臺之二曲，起〈關山〉之一引，採菱謝而自罷，綠水惄而不進。則〈白登〉、〈關山〉，又是三曲。」[3]

考《相和歌辭》原有〈度關山〉一曲，漢《橫吹曲辭》有〈關山月〉，而梁元帝〈關山月〉辭有「夜上白登臺」之句，則〈白登〉原為漢《橫吹曲》。

綜上所述，《梁鼓角橫吹曲》分為三類，第一類為《梁鼓角橫吹曲》之本曲，計九種，每種一首至八首不等；第二類為胡吹舊曲，計十四種，時代最

---

[1] 《樂府詩集》，卷25，頁363。

[2] 《樂府詩集》，卷25，頁363。

[3] 《樂府詩集》，卷25，頁363。

早，歌辭多亡佚，篇名亦難解；今僅存三種七首，即〈淳于王〉、〈捉搦〉、〈東平劉生〉等。第三類無名稱，疑為後加之歌，時代最晚，計八種二十三首。共二十種、六十六首。其中〈地驅樂〉、〈紫騮馬〉之曲名重複，〈隴頭流水〉與〈隴頭〉之第一首歌辭相同，〈折楊柳〉與〈折楊柳枝〉第一首前二句相同。

　　此外《樂府詩集》附入〈木蘭詞〉二首，〈隔谷歌〉三首，其中〈隔谷歌〉已重見。則現有歌辭傳世者為十八種六十七首。

　　由於《梁鼓角橫吹曲》出自北方，或用胡角，或用鼓角，出於北狄及西域，略兼蠻夷，故《唐書樂志》謂其詞虜音，意不可曉。然此歌辭，入梁以後，已經過修改，字句整齊，意亦可解，至其內容，或在北魏孝文、宣武漢化之後，用漢語所作，必已經漢人譯改，其過程待考。

（一）企喻歌辭

　　《樂府詩集》《梁鼓角橫吹曲》〈企喻歌辭〉序引《古今樂錄》曰：

> 〈企喻歌〉四曲。或云後又有二句「頭毛墜落魄，飛揚百草頭。」
> 最後「男兒可憐蟲。」一曲是苻融詩。本云：「深山解谷口，把骨
> 無人收」[4]

　　按《樂府詩集》收錄〈企喻歌〉四曲。《古今樂錄》謂後又有二句「頭毛墜落魄，飛揚百草頭。」今歌辭中並無無此二句。又謂最後「男兒可憐蟲」一曲是苻融詩。本云：「深山解谷口，把骨無人收。」今存歌辭略異。考苻融為前秦宣昭帝苻堅之弟，晉武帝太元八年（A.D. 383）攻晉，為謝玄等敗於淝水，則此歌當作於苻秦之後。據《唐書樂志》，〈企喻〉本北歌，其傳於唐，辭尚可解。胡應麟《詩藪·雜篇·遺逸下》云：

---

[4] 《樂府詩集》，卷 25，頁 362、363。

〈企喻歌〉四首……此則元魏先世風謠也。其辭剛猛激烈，如云「男兒欲作健，結伴不須多。鷂子經天飛，群雀向兩波。」等語，真《秦風・小戎》之遺。其後卒雄據中華，幾一宇內，即數歌辭可徵。六代江左之音，率〈子夜〉、〈前溪〉之類，了無一語丈夫風骨，惡能抗衡北人。[5]

細觀此歌，不僅表現北朝民性之尚武精神，且多慷慨蒼涼之音，其中敘放馬草澤，尸喪狹谷，結伴作健，出懷死憂之情景，頗能傳神。

（二）瑯琊王歌辭

《樂府詩集》《梁鼓角橫吹曲》〈瑯琊王歌辭〉敘引《古今樂錄》曰：

〈瑯琊王歌〉八曲，或云：「陰涼」下又有二句云：「盛冬十一月，就女覓凍漿。」最後云：「誰能騎此馬，唯有廣平公。」

按《樂府詩集》收錄〈瑯琊王歌辭〉八曲。《古今樂錄》謂「陰涼」下又有二句云：「盛冬十一月，就女覓凍漿。」今存歌辭之中，並無此二句。考《北齊書》及《北史》，謂瑯琊王名儼，北齊武成帝高湛第三子，文宣帝天保八年（A.D. 567）生，後主天統四年（A.D. 568）封瑯琊王。武平二年（A.D. 571）被殺。

詩中之廣平公，據《晉書・載記》云：「廣平公姚弼，興之子，泓之弟也。」則廣平生乃姚興之子。姚興即後秦主，萇長子，羌人，與北齊瑯琊王無涉，故廣平公並非姚秦時之姚弼。

又《北齊書》卷十四及《北史》卷五十一，另有一廣平公，名盛，為「神武從叔祖」，亦即瑯琊王之從高叔祖，於東魏孝靜帝天平三年卒，當為歌中所

5　《詩藪・雜篇》，卷3，頁269。

頌者，故其時代當在西元五七一年頃。

今觀歌辭，或寫壯士之本色，或狀孤兒之憐苦，或敘寄客之愁思，或記主客之心聲，內容質樸，風致豪爽。

（三）鉅鹿公主歌辭

《樂府詩集》《梁鼓角橫吹曲》〈鉅鹿公主歌辭〉序引《唐書‧樂志》曰：

> 梁有〈鉅鹿公主歌〉，似是姚萇時歌，其詞華音，與北歌不同。[6]

按《樂府詩集》收錄〈鉅鹿公主歌辭〉三曲。郭茂倩《樂府詩集》引《唐書‧樂志》，以為「似是姚萇時歌」。據《晉書》記載，姚萇為後秦武昭帝，生於晉成帝咸和五年（A.D. 331），卒於孝武帝太元十八年（A.D. 393），則歌辭當作於西元三九三年頃。《唐書‧樂志》又謂「其詞華音，與北歌不同。」則此歌之歌辭，本為虜音，後輸入梁、陳，譯為漢語，故與北歌不同。

今存原曲二解，七言押韻，頗有絕句風調，亦可見虜音遞嬗之迹。內容敘述鉅鹿公主出遊之盛況，頗有可觀之處。

（四）紫騮馬歌辭

《樂府詩集》《梁鼓角橫吹曲》〈紫騮馬歌辭〉序引《古今樂錄》曰：

> 十五從軍爭以下是古詩。[7]

按《樂府詩集》收錄〈紫騮馬歌辭〉六曲，吳兢《樂府古題要解》載於漢《橫吹曲》，郭茂倩《樂府詩集》錄梁簡文帝、元帝等所作之〈紫騮馬歌辭〉。

---

[6] 《樂府詩集》，卷25，頁364。

[7] 《樂府詩集》，卷25，頁365。

《古今樂錄》謂「十五從軍征以下為古詩。」考今存三、四、五曲為漢〈十五從軍行〉之辭。《樂府詩集》《橫吹曲辭》序引《樂府解題》曰：

> 漢《橫吹曲》二十八解，李延年造，魏、晉以來，唯傳十曲，一曰〈黃鵠〉，二曰〈隴頭〉，三曰〈出關〉，四曰〈入關〉，五曰〈出塞〉，六曰〈入〉，七曰〈折楊柳〉，八曰〈黃覃子〉，九曰〈赤之揚〉，十曰〈望行人〉，後又有〈關山月〉、〈洛陽道〉、〈長安道〉、〈梅花落〉、〈紫騮馬〉、〈驄馬〉、〈雨雪〉、〈劉生〉八曲，合十八曲。[8]

由上所述，此歌應為魏、晉已來之樂府。其第二首為懷歸辭，第六首為思遠人辭。至於內容，多敘戰爭後死喪之感，如「童男娶寡婦」一首，辭句拙野。據《北史‧齊神武紀》，神武請釋芒山俘，配以人間寡婦。亦可見北人風俗之一斑。又歌中言男丁戰死之故，家中淒涼悲慘之情景，哀怨慟人。

（五）紫騮馬歌

按《樂府詩集》收錄〈紫騮馬歌〉一曲，郭茂倩《樂府詩集》引《古今樂錄》曰：「與前曲不同。」則或為梁時之擬作，作者已不可考。《樂府詩集》又於梁‧簡文帝〈紫騮馬〉一曲序引《古今樂錄》曰：

> 梁曲曰：「獨柯不成樹，獨樹不成林，念（娘）〔郎〕錦褊襠，恒長不忘心。」蓋從軍久戍，懷歸而作也。[9]

南北朝文士多擬作〈紫騮馬〉一曲，如陳後主云：「直去黃龍外」、李爕云：「一鼓定強胡」、徐陵云「直去黃龍外」、江總云：「猶帶北風嘶」等，都

8　《樂府詩集，卷 21，頁 311。

9　《樂府詩集》，卷 24，頁 352。

敍述北地男兒，騎紫騮馬，馳騁塞外，北風嘶鳴，角弓穿兔之情景。

（六）黃淡思歌辭

《樂府詩集》《梁鼓角橫吹曲》〈黃淡思歌辭〉序引《古今樂錄》曰：

> 思音相思之思。李延年造橫吹曲二十八解，有黃覃子，不知與此同否？[10]

按《樂府詩集》收錄〈黃淡思歌〉四曲。《樂府詩集》謂漢《橫吹曲》有〈黃覃子〉曲。徐師曾《詩體明辨》謂〈黃淡思〉即〈黃覃子〉，其實不然。考《樂府詩集》《橫吹曲》序云：

> 魏、晉以來，二十八解不復具存，而世所用者，有〈黃鵠〉等十曲（〈黃覃子〉第八），其辭後亡。[11]

在《晉書・樂志》，崔豹《古今注・音樂》中，亦曾論及〈黃覃子〉，作〈黃華子〉，則〈黃淡思〉歌與〈黃覃子〉無涉。

今據曲中「江外何鬱拂，龍舟廣州去。象牙作帆檣，綠絲作幃緯。」「江外」、「廣州」等辭推之，〈黃淡思〉為傳唱於南粵之民歌。又其風格多男女悅思之辭，具有南方情調。尤可知此歌為南方民歌。郭茂倩《樂府詩集》誤歸於《鼓角橫吹曲》中。

（七）地驅樂歌辭

《樂府詩集》《梁鼓角橫吹曲》〈地驅樂歌辭〉序引《古今樂錄》曰：

---

[10] 《樂府詩集》，卷21，頁366。

[11] 《樂府詩集》，卷25，頁366。

「側側力力」以下八句，是今歌有此曲，最後云「不可與力」，或
云「各自努力。」[12]

按《樂府詩集》收錄〈地驅樂歌辭〉四曲，《古今樂錄》謂「側側力力」
以下八句是今歌，則「側側力力」以下八句，應流行於陳時。而「青青黃黃」
以下八句為梁辭。觀其內容，前二曲敘述兵荒年凶之時，放牧四野，槌殺野
牛，正是描寫北地景象；後二曲則為言情之作，直爽率直，旖旎可愛，亦似
北地民歌。

（八）地驅樂歌

按〈地驅樂歌〉一曲，郭茂倩《樂府詩集》引《古今樂錄》曰：「與前曲
不同。」

按前曲四曲，四言兩句；而此歌僅一曲，七言二句，有所不同。至於內
容均屬言情之作，語淺思真，寓意深厚，與南朝之豔情歌詞，風味絕殊。

（九）雀勞利歌辭

《樂府詩集》收錄〈雀勞利歌辭〉一曲，時代不可考。然歌中「長嘴飽
滿短嘴饑」一句，表現亂世之時，短嘴者飢餓貧窮，長嘴者腸肥腦滿，充滿
弱肉強食之社會。文字樸質短節，不事雕飾，當與北方之戰亂有關。

（十）慕容垂歌辭

《樂府詩集》《梁鼓角橫吹曲》〈慕容垂歌辭〉引《晉書‧載記》曰：

慕容本名垂夬，尋以讖記，乃去夬，以垂為名。慕容僭僭號，封垂

為吳王，徒鎮信都。太元八年，自稱燕王。[13]

　　按〈慕容垂歌辭〉三曲，本北歌，出自虜中，《唐書・樂志》載有〈慕容可汗〉一曲，或即為此歌。

　　考《晉書・載記》謂垂為後燕成武帝，晉成帝咸和二年生，孝武帝太元二十一年卒，前燕景昭帝儁之弟。儁於晉穆帝永和八年稱帝，封垂為吳王，歌中言「吳軍無邊岸」蓋諷垂畏南人。後垂於太元九年（A.D. 384）自立為帝，前後稱吳王凡三十二年。胡應麟《詩藪・雜篇・遺逸下》云：

　　垂與晉桓溫戰於枋頭，大破之。又從苻堅破晉將桓沖，堅潰，垂眾
　　獨全，俱未嘗少衄。惟垂攻苻丕，為劉牢之所敗，秦人蓋因此作歌
　　嘲之。則此歌亦出於苻秦也。[14]

蕭滌非《漢魏六朝樂府文學史》亦云：

　　歌詞兩言吳軍，其指為劉牢之所敗事無疑。當係秦人嘲笑之什，因
　　用代言，故致混淆。漢者，謂漢兒也，其時軍中，必有漢人。[15]

此說與胡應麟之說相合。

（十一）隴頭流水歌辭

　　《樂府詩集》《梁鼓角橫吹曲》〈隴頭流水歌辭〉引《古今樂錄》曰：

---

[13] 《樂府詩集》，卷 25，頁 367。

[14] 《詩藪・雜篇》，卷 3，頁 270。

[15] 《漢魏六朝樂府文學史》，頁 255。

樂府有此歌，曲解多於此。[16]

　　按《樂府詩集》收錄〈隴頭流水歌辭〉三曲。魏晉以來，所傳漢《橫吹曲》有〈隴頭〉、〈隴頭流水歌辭〉，當沿〈隴頭歌辭〉而來。

　　考〈隴頭流水〉一曰〈隴頭水〉，一曰〈隴頭〉。《讀史方輿紀要‧陝西一》云：

隴坻，即隴山，亦曰隴坂。在鳳翔府攏州溪北六十里。鞏昌府秦州清水縣東五十里。山高而長，北連沙漠，南帶汧渭。關中四塞，此為西面之險。[17]

《讀史方輿紀要‧陝西一》引《三秦記》云：

天水郡有大坂，曰隴坻。其坂九迴，不之高幾許。欲上者七日乃得越。[18]

又《讀史方輿紀要‧陝西一》引郭仲產《秦州記》云：

隴山東西百八十里，登山嶺，東望秦州四五百里，極目泯然。山東人行役升此而顧瞻者，莫不悲思。俗歌曰：俗歌曰：「隴頭流水，鳴聲幽咽。遙望秦川，心肝斷絕。」又云：「隴頭流水，分離四上，念我行役，飄然曠野」云云。[19]

---

16 《樂府詩集》，卷25，頁368。

17 《讀史方輿紀要‧陝西一》，卷52，頁2257。

18 《讀史方輿紀要‧陝西一》，卷52，頁2258。

19 《讀史方輿紀要‧陝西一》，卷52，頁2258。

此所引歌辭亦〈隴頭流水歌辭〉，唯用字稍異耳。

今觀其歌辭，乃敘行役北地，辛苦嚴寒之態，情辭俱妙。尤以「念吾一身，飄然曠野。」二句，懇摯真厚，極盡北方雨雪飢渴之苦。

（十二）隴頭歌辭

《樂府詩集》收錄〈隴頭歌辭〉三曲。隴頭，喻隴山之顛也。隴山在今陝西隴縣西北，綿亙於陝西隴縣、寶雞、及甘肅鎮原、清水、秦安、靜寧等縣。其歌辭第一首與〈隴頭流水歌辭〉相同，則二歌應無分別。又歌中言及秦川，秦川亦曰關中。顧祖禹《讀史方輿紀要・陝西一》云：

> 周都豐、鎬，則雍州為王畿。東遷以後，乃為秦地。孝公作為咸陽，築冀闕，徙都之，故謂之秦川，亦曰關中。[20]

郭璞《水經注・渭水》云：「清水上下，咸謂之秦川。」清水亦稱秦水，在今甘肅境內，則秦川即隴山東至函谷關一帶地區。〈隴頭歌辭〉當為此地之民歌。其內容乃敘述孤客飄零北地，歷盡天寒舌卷之苦，辭意真切動人。

（十三）隔谷歌

《樂府詩集》《梁鼓角橫吹曲》〈隴頭流水歌辭〉引《古今樂錄》曰：

> 前云無辭，樂工有辭如此。[21]

按《樂府詩集》收錄〈隔谷歌〉一曲，出自虜中。歌辭中云：

---

[20] 《讀史方輿紀要・陝西一》，卷 52，頁 2243。

[21] 《樂府詩集》，卷 25，頁 368。

> 兄在城中弟在外，弓無弦，箭無括。食量乏盡若為活？救我來！救
> 我來！

敘述北地圍城時，城中雜亂悲慘之景象，辭簡情切，樸實無華，真亂世
之音哀以思也。

另一首〈隔谷歌〉云：

> 兄為俘虜受困辱，骨露力疲食不足。弟為官吏馬食粟，何惜錢刀來
> 我贖。[22]

此首內容與前引之〈隔谷歌〉相仿，惟前首字數長短不定；而此首為整
齊之七言四句，且辱、足、粟、贖四字押韻，疑為梁時之擬作，作者不可考。
觀其歌辭，懇摯動人，寓意真誠，已更勝前作。

（十四）淳于王歌

按《樂府詩集》收錄〈淳于王歌〉二曲。考淳于係複姓，《古今姓氏書辨
證》云：「淳于公子孫，以國為姓。」

淳于國本夏斟灌國，周武王封淳于國，後為杞國國都，漢置淳于縣，北
齊廢。故城在今山東省安丘縣東北。由此可知〈淳于王歌〉亦出虜中。其觀
其辭云：

> 蕭蕭河中育，育熟須含黃。獨坐空房中，思我百媚郎。百媚在城中，
> 千媚在中央。但使心相念，高城何所妨。[23]

---

[22] 《樂府詩集》，卷 25，頁 368。

[23] 《樂府詩集》，卷 25，頁 369。

詩中敘敘男女思念之情，意境曠遠。

（十五）東平劉生歌

按《樂府詩集》收錄〈東平劉生歌〉一曲。又見《樂府詩集》漢《橫吹曲》中，有〈劉生〉一曲，梁元帝、陳後主均有擬作之歌辭。《樂府詩集》序引《樂府解題》云：

> 劉生不知何代人，觀齊、梁已來，為劉生辭者，皆稱其任俠豪放，
> 周遊五陵三秦之地。或云抱劍專征，為符節官，所未詳也。[24]

考〈劉生歌〉齊、梁已有，如梁元帝云：「任俠有劉生，然諾重西京。」[25]《西曲歌》〈安東平〉云：「東平劉生，復感人情，與郎相知，當解千齡。」[26]

由上可知，〈劉生歌〉敘述劉生任俠重諾，周遊四方；而〈安東平〉中之東平劉生，並非任俠之士。故又引《古今樂錄》云：「《梁鼓角橫吹曲》有〈東平劉生歌〉，疑即此劉生也。」[27]

又考東平本郡名，漢時為東平國，南朝宋改為東平郡，治無鹽，在今山東省東平縣東，北齊廢。則此東平劉生應出自虜中，姓名不可考，與西京長安之劉生絕非一人。又因歌辭疏簡，不甚可解。

（十六）捉搦歌

按《樂府詩集》收錄〈捉搦歌〉四曲，《古今樂錄》謂樂府胡吹舊曲有〈捉搦歌〉，可知此歌出自虜中。

此曲凡七言四句，押韻，有類唐人七絕形式。其內容敘述北地兒女之情

---

[24] 《樂府詩集》，卷24，頁359。

[25] 《樂府詩集》，卷24，頁359。

[26] 《樂府詩集》，卷49，頁712。

[27] 《樂府詩集》，卷24，頁359。

事，歌辭通俗，切近口語，如「小時憐母大憐婿」、「天生男女共一處」等，真妙語也。

（十七）折楊柳歌辭

按《樂府詩集》收錄〈折楊柳歌辭〉五曲，原為漢《橫吹曲》。並在〈折楊柳〉序引《宋書・五行志》曰：

> 晉太康末，京洛為〈折楊柳之歌〉，其曲有兵革苦辛之辭。[28]

則此歌晉時已有，與梁曲九首不盡相同。從歌辭中「我是虜家兒，不解漢兒歌。」二句推之，此歌出自虜中。審其歌辭，言兒女之心願，則直爽率真；言北地之風光，則蒼莽壯潤；言壯士之豪健，則雄渾奔放，充分顯示北方民性之特徵。

（十八）折楊柳枝歌

按《樂府詩集》收錄〈折楊柳枝〉四曲。梁元帝〈折楊柳〉敘引《唐書・樂志》云：

> 梁樂府有胡吹歌云：「上馬不捉鞭，反拗楊柳枝。下馬吹橫笛，愁殺行客兒。」此歌辭元出北國，即《鼓角橫吹曲》〈折楊柳枝〉也。[29]

此首敘敘北方健兒，騎馬吹笛，不知愁苦。與前載〈折楊柳歌辭〉相似，則〈折楊柳枝歌〉與〈折楊柳歌辭〉原無分別。

---

[28] 《樂府詩集》，卷22，頁328。

[29] 《樂府詩集》，卷22，頁328。

觀其歌辭四曲之三、四云：

敕敕何力力，女子臨窗織。不聞機杼聲，只聞女歎息。問女何所思，
問女何所憶。阿婆許嫁女，今年無消息。

此二曲乃是女子思嫁之作，前曲寫女子待嫁，機杼停梭，歎無消息。次
則對阿婆許嫁之事，今年尚無消息。讀來如臨其境，如聞其聲，後之〈木蘭
辭〉當引用此歌。

（十九）幽州馬客吟歌辭

按《樂府詩集》收錄〈幽州馬客吟歌辭〉五曲。由歌辭中「憎馬常苦瘦，
勸兒常苦貧。」、「熒熒帳中燭，燭滅不久停。」、「南山自言高，只與北山齊。」
等句觀之，此歌出自虜中。

歌中亦間雜宛曲巧豔之辭，如「郎著紫袴褶，女著綠袂裙。」、「黃金鬱
金色，綠蛇銜珠丹。」等，已失率真之情。可知此歌辭曾受南方民歌之影響。

（二十）慕容家自魯企由谷歌

按《樂府詩集》收錄〈慕容家自魯企由谷歌〉一曲，曲名出自虜中。
考慕容氏凡建前燕、後燕及南燕三國。前燕最早，於晉穆帝永和八年建
國。南燕最末，於晉安帝義熙六年亡國。歌辭當產生於此五十餘年間。其歌
辭云：

郎在十重樓，女在九重閣。郎非黃鵠子，那得雲中翔？[30]

此詩之內容，乃為女子相思之作，借物擬人，婉轉真切。

---

[30] 《樂府詩集》，卷25，頁371。

（二十一）高陽樂人歌

《樂府詩集》《梁鼓角橫吹曲》〈高陽樂人歌〉下引《古今樂錄》曰：

魏高陽王樂人所作也。又有〈白鼻騧〉，蓋出於此。[31]

按《樂府詩集》收錄〈高陽樂人歌〉二曲。《魏書》卷二十一謂高陽王名
雍，延昌以後，多幸伎侍。孝莊初遇害，諡文穆。又《魏書》卷十謂高陽王
遇害於武泰元年。則此歌當作於延昌元年（A.D. 512）至武泰元年（A.D. 528）
之間，至其歌辭云：

可憐〈白鼻騧〉，相將入酒家。無錢但共飲，畫地作交賒。何處碟
觴來？兩頰色如火。自有桃花容，莫言人勸我。[32]

此二首詩，敘述北人慷慨豪放，與女子對容色之重視，率真自然，毫無
造作。

（二十二）木蘭詩

《樂府詩集》《梁鼓角橫吹曲》〈木蘭詩〉下引《古今樂錄》曰：

木蘭，不知名。浙江西道觀察使兼御史中丞韋元甫續附入。[33]

按《樂府詩集》收錄〈木蘭詩〉二首，或作〈木蘭辭〉。《樂府詩集》引
《古今樂錄》云：「木蘭、不知名。」然歷代詩文總集如《古文苑》、《文苑英

---

[31] 《樂府詩集》，卷24，頁359。

[32] 《樂府詩集》，卷24，頁371、372。

[33] 《樂府詩集》，卷24，頁359。

華》、《樂府詩集》、《古詩紀》等皆收錄此詩。其產生之時代,《古文苑》以為唐人作品;《文苑英華》題為唐大曆中韋元甫所作;《樂府詩集》則收入《梁鼓角橫吹曲》。並注明第一首為古辭,第二首為唐韋元甫續附入。

　　此〈木蘭詩〉經明清學者之考證,均視為南北朝時之作品。蓋魏、晉以前之《橫吹曲辭》,泰半亡佚。《晉書‧樂志》未提及〈木蘭詞〉,則〈木蘭詞〉本為胡曲樂辭而入於梁者。

　　又詩中「挂鏡帖花黃」一句,花黃係指花子和額黃,乃六朝婦女化妝之習尚。如梁簡文帝〈麗人行〉云:「同安鬟裏撥,異作額間黃。」庾信詩云:「額角輕黃細安。」等可知木蘭為北地女子。

　　北朝樂府《折楊柳歌》云:「敕敕何力力,女子臨窗織。不聞機杼聲,只聞女嘆息。問女何所思,問女何所憶。」[34]與〈木蘭詩〉發端六句詞意全同。亦可證木蘭為北人。

　　詩中提及之地名,如黃河、黑山、燕山等,均為北方地名。其中黑山在綏遠境內,即殺虎口東北九十里之殺虎山。《魏書‧世祖太武帝紀》云:

神麚二年(A.D. 429)秋七月,車駕東轅,至黑山,校數軍實。[35]

燕山則在河南薊縣東南,自西山延袤數百里。又杜牧〈題木蘭廟〉又云:

彎弓征戰作男兒,夢裏曾經與畫眉。幾度思歸還把酒,拂雲堆上祝明妃。[36]

　　拂雲堆祠《新唐書‧地理志一》云:「中受降城有拂雲堆祠。」[37]其受降

[34]　《樂府詩集》,卷25,頁370。

[35]　《魏書》,卷4上,頁75。

[36]　《樊川詩集序》,卷4,頁305。

[37]　《新唐書》,卷37,頁976。

城即在今綏烏喇特旗境內,屬綏遠省。

由此可知,〈木蘭詞〉當為北魏民間之詩歌,其產生之時代,清‧姚瑩〈輶康紀行〉以為北魏孝文帝宣武帝時人,宋‧翔鳳〈過庭錄〉以為隋恭帝時人,宋‧程大昌《演繁露》以篇中有「可汗大點兵」語,謂其生世非隋即唐。《玉海》卷一百五引《中興書目》:「《古今樂錄》三卷,陳光大二年僧智匠撰,起漢訖陳。」

由上敘述,〈木蘭詞〉產生之時代,最早在東晉明帝北魏柔然社崘稱「可汗」之後,最晚在陳廢帝光大二年(A.D. 568)之前。

今若將唐韋元甫之擬作與古辭相較,尤可知〈木蘭詞〉之樸實自然,妙化神工。宋‧嚴羽在《滄浪詩話‧考證》中,〈木蘭詩〉已似李白之風格,而謂〈木蘭詩〉為唐人所作。其云:

> 〈木蘭歌〉最古,然「朔氣傳金柝,寒光照鐵衣。」之類,已似太白,必非漢魏人詩也。[38]

〈木蘭詩〉產生之時代,古來學者各有不同之論述,但以北魏時期所作之見解,最稱平允。

二、吳聲歌曲

《吳聲歌曲》為吳地之民歌。《樂府詩集》《吳聲歌曲》下引《晉書‧樂志》曰:

> 吳歌雜曲,並出江南。東晉以來,稍有增廣。其始皆徒歌,既而被

---

[38] 《嚴羽評傳》,第五章,頁195。

之管絃。蓋自永嘉渡江之後，下及梁、陳，咸都建業，《吳聲歌曲》
起於此也。[39]

其所提《吳聲歌曲》有〈子夜〉、〈鳳將雛〉、〈前溪〉、〈阿子〉、〈歡聞〉、
〈團扇〉、〈督護〉、〈懊憹〉、〈長史變〉、〈讀曲〉等十種。

《晉書‧樂志》、《舊唐書‧音樂志》、《新唐書‧禮樂志》所載與之大同
小異。惟陳僧智降《古今樂錄》所引較多：

> 其曲有《命嘯》、《吳聲》、《游曲》、《半折》（《通典》及《舊唐書》
> 作《平折》）、《六變》、《八解》。《命嘯》十解，存者有〈烏噪林〉、
> 〈浮雲〉、〈驅燕歸湖〉、〈馬讓〉，餘皆不傳。《吳聲》十曲：一曰〈子
> 夜〉、二曰〈上柱〉（《通典》及《舊唐書》作〈上林〉）、三曰〈鳳
> 將雛〉、四曰〈上聲〉、五曰〈歡聞〉、六曰〈歡聞變〉、七曰〈前溪〉、
> 八曰〈阿子〉、九曰〈丁督護〉、十曰〈團扇郎〉、並梁所用曲……
> 《游曲》六曲，〈子夜四時歌〉、〈警歌〉、〈變歌〉，並十曲中間《游
> 曲》也。《半折》、《六變》、《八解》，漢世已有之……今不傳。又有
> 〈七月夜女歌〉、〈長史變〉、〈黃鵠〉、〈碧玉〉、〈桃葉〉、〈長樂佳〉、
> 〈歡好〉、〈懊惱〉、〈讀曲〉，亦皆《吳聲歌曲》也。[40]

以上所引之中，〈上林〉、〈鳳將雛〉、《半折》、《命嘯》有聲無辭；《六變》、
《八解》今已不傳；〈歡聞〉、〈歡聞變〉、〈前溪〉、〈阿子〉、〈團扇郎〉、〈桃葉〉、
〈長史變〉、〈懊惱〉為晉曲，得南朝《吳聲歌曲》十二曲。

《樂府詩集》又收錄〈大子夜歌〉、〈黃生曲〉、〈華山畿〉、〈春江花月夜〉、
〈玉樹後庭花〉、〈堂堂〉、〈三閣詞〉、〈泛龍舟〉、〈黃竹子歌〉、〈江陵女歌〉

---

[39] 《樂府詩集》，卷44，頁639、640。

[40] 《樂府詩集》，卷44，頁639、640。

等。其中〈春江花月夜〉、〈泛龍舟〉為隋曲,〈三閣詞〉、〈堂堂〉、〈黃竹子歌〉、〈江陵女歌〉為唐曲,〈玉樹後庭花〉為陳後主之擬作,得南朝《吳聲歌曲》三種。前後合得十五種。

(一) 子夜歌

《樂府詩集》《吳聲歌曲》引《晉書·樂志》曰:

> 〈子夜歌〉者,有女子名子夜,造此聲。晉孝武太元中,瑯琊王軻之家有鬼歌〈子夜〉;殷允為豫章時,豫章僑人庾僧虔家亦有鬼歌〈子夜〉。殷允為豫章,亦是太元中,則子夜是此時以前人也。[41]

又〈子夜歌〉下引《唐書·樂志》曰:

> 〈子夜歌〉者,晉曲也。晉有女子名子夜,造此聲,聲過哀苦。[42]

〈子夜歌〉下又引《古今樂錄》曰:

> 凡歌曲終皆有送聲,子夜以持子送曲。[43]

按《樂府詩集》收錄〈子夜歌〉四十二首。子夜係調名,流行於晉、宋、齊南方民間。末二首《玉臺新詠》卷十引,作梁武帝詩,疑是擬作;而其中一首又與〈子夜警歌〉第二首同。

考《晉書·樂志》所言之殷允,曾為豫章太守,時當晉孝武帝太元八年(A.D. 383),則此歌作於西元三八三年以前,宋、齊以來,陸續增益。《南齊

---

[41] 《樂府詩集》,卷44,頁641。

[42] 《樂府詩集》,卷44,頁641。

[43] 《樂府詩集》,卷44,頁641。

書‧王儉傳》載齊高帝宴羣臣，沈文季歌〈子夜〉，則〈子夜歌〉齊時已甚流行。

　　又晉孝武太元中，瑯琊王軻之家有鬼歌〈子夜〉；此類鬼歌之事，在《樂府詩集》《琴曲歌辭》〈宛轉歌〉中，亦有類似敘述：

　　《續齊諧記》曰：「晉有王敬伯者，會稽餘姚人。少好學，善鼓琴。年十八，仕於東宮，為衛佐。休假還鄉，過吳，維舟中渚。登亭望月，悵然有懷，乃倚琴歌〈泫露〉之詩。俄聞戶外有嗟賞聲，見一女子，雅有容色，謂敬伯曰：『女郎悅君之琴，原共撫之。』敬伯許焉。既而女郎至，姿質婉麗，綽有餘態，從以二少女，一則向先至者。女郎乃撫琴揮弦，調韻哀雅，類今之登歌，曰：『古所謂〈楚明君〉也，唯嵇叔夜能為此聲，自茲已來，傳習數人而已。』復鼓琴，歌〈遲風〉之詞，因歎息久之。乃命大婢酌酒，小婢彈箜篌，作〈宛轉歌〉。女郎脫頭上金釵，扣琴弦而和之，意韻繁諧，歌凡八曲。敬伯唯憶二曲。將去，留錦臥具、繡香囊，并佩一雙，以遺敬伯。敬伯報以牙火籠、玉琴軫。女郎悵然不忍別，且曰：『深閨獨處，十有六年矣。邂逅旅館，盡平生之志，蓋冥契，非人事也。』言竟便去。敬伯船至虎牢戍，吳令劉惠明者，有愛女早世，舟中亡臥具，於敬伯船獲焉。敬伯具以告，果於帳中得火籠、琴軫。女郎名妙容，字雅華，大婢名春條，年二十許，小婢名桃枝，年十五，皆善彈箜篌及〈宛轉歌〉，相繼俱卒。」[44]

　　此為女歌〈宛轉歌〉之本事。
　　又《晉書‧樂志》所載之瑯琊，在今江蘇江乘縣南。《晉書‧地理志下》曰：

---

[44] 《樂府詩集》，卷60，頁872-873。

永嘉之亂，臨淮、淮陵並淪沒石氏。元帝渡江之後，徐州所得惟半，乃僑置淮陽、陽平、濟陰、北濟陰四郡。又琅邪國人隨帝過江者，遂置懷德縣及琅邪郡以統之……以江乘置南東海、南琅邪、南東平、南蘭陵等郡。[45]

　　由此可知，〈子夜歌〉產生於建業附近，流傳至豫章、琅邪一帶。其送聲為「持子」，和聲為「子夜來」。

　　茲觀〈子夜歌〉之內容，大都為刻劃江南兒女吳儂軟語，含羞忸怩之情態，宛曲流麗，樸實率真。而前言傳唱於琅邪郡、江乘縣之〈子夜歌〉，應從南方傳入者。

（二）子夜四時歌

　　《樂府詩集》〈子夜歌〉敘引《樂府解題》曰：

　　後人更為四時行樂之詞，謂之〈子夜四時歌〉。[46]

　　按《樂府詩集》收錄〈子夜四時歌〉七十五首，本為〈子夜歌〉之變曲。《初學記》引《古今樂錄》時，省稱〈四時歌〉。杜佑《通典》稱為〈吳聲四時歌〉。計有〈子夜春歌〉二十首，〈子夜夏歌〉二十首，〈子夜秋歌〉十八首，〈子夜冬歌〉十七首。《玉臺新詠》錄〈子夜春歌〉、〈子夜夏歌〉、〈子夜秋歌〉、〈子夜冬歌〉各一首。或謂〈子夜四時歌〉本八十曲，〈秋歌〉亡二曲，〈冬歌〉亡三曲，已不得考知。

　　《玉臺新詠》所錄〈錢唐蘇小歌〉云：「我乘油壁車，郎乘青驄馬，何處結同心，西陵松柏下。」其下二句與〈子夜冬歌〉第十三首二句相似。

---

[45] 《晉書》，卷15，頁453。

[46] 《樂府詩集》，卷44，頁641。

　　〈子夜四時歌〉之文字藝術，比〈子夜歌〉進步，其中定有許多當代文人擬作。至於內容，乃依春、夏、秋、冬，分寫四時之景象，與男女之情思。與近世四季相思調頗相類似，但因其中摻有文士之擬作，雖旖旎可誦，而天然明麗處，不及〈子夜歌〉。

（三）大子夜歌、子夜警歌、子夜變歌

　　《樂府詩集》《子夜歌》序引《樂府解題》曰：

　　　　又有大子夜歌、子夜警歌、子夜變歌，皆曲之變也。[47]

　　又《子夜變歌》三首序引《宋書‧樂志》曰：

　　　　六變諸曲，皆因事制歌。[48]

　　又引《古今樂錄》曰：

　　　　〈子夜變歌〉前作「持子」送，後作「歡娛我」送，〈子夜警歌〉
　　　　無送，仍作變，故呼為變頭，謂《六變》之首也。[49]

　　按《樂府詩集》收錄〈大子夜歌〉二首，〈子夜警歌〉二首，〈子夜變歌〉三首，皆為晉。宋辭，屬〈子夜歌〉之變曲。其中〈子夜警歌〉一首與〈子夜歌〉相同。由於上三種歌辭皆變自〈子夜歌〉，故時代稍晚。觀其內容，皆贊美子夜音調，與子夜歌純粹抒情者不同。近人或以為子夜諸歌之總引子，或以為子夜諸歌之送聲，不知是否？

---

[47] 《樂府詩集》，卷44，頁641。

[48] 《樂府詩集》，卷44，頁655。

[49] 《樂府詩集》，卷44，頁655。

（四）上聲歌

《樂府詩集》《上聲歌》八首序引《古今樂錄》曰：

> 〈上聲歌〉者，此因上聲促柱得名，或用一調，或用無調名。故古
> 歌辭言，謂哀思之音，不及中和。梁武因之改辭，無復雅句。[50]

按《樂府詩集》收錄〈上樂歌〉八曲；《玉臺新詠》錄其「留杉繡兩襠」一首。

考上聲乃樂調，因「促柱」得名，其詩云：「郎作上聲曲，柱促使弦哀。」

柱乃箏瑟等樂器貫絃之木柱，柱移則音改，轉緊絃柱，則高音亢悲切。《後漢書》後漢‧侯瑾〈箏賦〉曰：「于是急絃促柱，變調改曲。」[51]顧野王〈箏賦〉曰：「調宮商于促柱，轉妙音于繁絃。」[52]左思〈蜀都賦〉曰：「起西音于促柱。」[53]西音指秦風。梁武帝〈白紵辭〉曰：「上聲急調中心飛。」[54]可證。

詩中有「初歌子夜曲，改調促鳴箏。」二句，則〈上聲歌〉與〈子夜歌〉之創作時間應相差不遠，擬在晉孝武帝太元年間（A.D. 376～396），或晉、宋之間。

又詩中有「聞鼓白門裏。」句，「白門」為建康城之西門，〈上聲歌〉產生之地，應在建康一帶。

（五）丁督護歌

《樂府詩集》《丁督護歌》引《唐書‧樂志》曰：

---

[50] 《樂府詩集》，卷44，頁655。

[51] 《全漢三國晉南北朝詩》，卷66，頁833。

[52] 《全漢三國晉南北朝詩》，卷13，頁3474。

[53] 《昭明文選》，卷4，頁81。

[54] 《樂府詩集》，卷55，頁800。

〈丁督護〉，晉、宋間曲也。今歌是宋孝武所製云。[55]

又引《宋書・樂志》曰：

〈督護歌〉者，彭城內史徐逵之為魯軌所殺，宋高祖使府內直督護
丁旿收殮殯埋之。逵之妻，高祖長女也。呼旿至閤下，自問殮送
之事，每問輒歎息曰：「丁督護」，其聲哀切，後人因其聲廣其曲
焉。[56]

按《樂府詩集》收錄〈丁督護歌〉六首。《宋書・樂志》及《舊唐書・音
樂志》稱〈督護歌〉，《通志略》作〈丁都督〉，又一曰〈阿督護〉。《樂府詩集》
謂前五首為宋武帝作，末首為梁王金珠作。《玉臺新詠》、《舊唐書》則以為宋
孝武帝劉駿所作。

考《宋書・高祖本紀》，晉安帝義熙十一年（A.D. 415）三月，彭城內史
徐逵之為竟陵太守魯軌所殺。其時宋武帝尚未簒晉。故《新唐書》稱此曲：「晉、
宋間曲也。」至於丁旿則為劉裕帳下猛士，作此歌以頌美丁旿北征之功，並
敘送別之情。《樂府詩集》引前三首即是。其餘三首敘述女子送別，當係擬作
之辭。第五首云：「聞歡去北征，相送直瀆浦，只有淚可出，無復情可吐。」
已摻入後人詩句。疑即《古今樂錄》稱梁樂所用之曲。依此，其前三首應作
於晉安帝義熙年間，後三首為宋孝武帝之擬作。

王運熙《吳聲西曲雜考》引明・楊慎《詞品》卷一，說明作者失誤之例
云：

〈丁都督〉歌云⋯⋯二辭絕妙，宋武帝征伐武略，一代英雄，而復

---

[55] 《樂府詩集》，卷45，頁659。

[56] 《樂府詩集》，卷45，頁659。

風致如此，其殆全才夫。[57]

楊慎學問淹貫，應不致有所失誤，此恐書寫時，漏一孝字，造成此誤。

又詩中有「相送有潰浦」句，「直潰浦」乃建業地名。明·顧祖禹《讀史方輿紀要·江寧府》云：

直潰在府東三十二里。源出方山。……晉溫嶠討蘇峻，遣王愆、鄧期屯軍直潰。[58]

由上敘述，此歌應產生於建業附近。

（六）七日夜女郎歌

按《樂府詩集》收錄〈七日夜女郎歌〉九首，晉、宋辭。內容皆歌詠七夕時，牛郎織女相會之事。怨慕之情，哀傷綺豔，充溢於詩中。

（七）黃生曲

按《樂府詩集》收錄〈黃生曲〉三首，晉、宋辭。其首句云：「黃生無誠信。」似另有本事，惜不可考。蓋曲中言黃生無信，崔子誠信，猶如葳蕤石榴，青蒨松柏，儂將憐誰？詞義懇摯率真。

（八）黃鵠曲

《樂府詩集》〈黃鵠曲〉敘引劉向《列女傳》曰：

魯陶嬰者，魯陶明之女也。少寡，養幼孤，無疆昆弟，紡績為產，魯人或聞其義，將求焉。嬰乃作歌，明已之不更二庭也。其歌曰：

「悲夫！黃鵠之早寡兮，七年不雙；宛頸獨宿兮，不與眾同；夜半
悲鳴兮，想其故雄；天命早寡兮，獨宿無傷；寡婦念此兮，泣下數
行；嗚呼哀哉兮，死者不可忘；飛鳴尚然兮，況於其良；雖有賢雄
兮，終不重行。」魯人聞之，不敢復求。[59]

　　按《樂府詩集》收錄〈黃鵠曲〉四首。又云：「〈黃鵠〉，本漢橫吹曲
名。」[60]

　　考漢《橫吹曲》並無〈黃鵠曲〉，故陸侃如《樂府古辭考》曰：「黃鵠之
義，有取於陶氏之黃鵠歌，與橫吹無關。」此四首蓋詠黃鵠半道失侶之悲傷，
辭意淒切，頗具此興之意。

（九）碧玉歌

　　《樂府詩集》〈碧玉歌〉敘引《樂苑》曰：

〈碧玉歌〉者，宋汝南王所作也。碧玉，汝南王妾名，以寵愛之甚，
所以歌之。[61]

　　按《樂府詩集》收錄〈碧玉歌〉古辭五首，一名〈千金意〉。考《宋書》
並無汝南王其人。《晉書》卷五十九有汝南王傳。汝南王名亮，卒於元康元年
（A.D. 291）。梁、陳詩人多歌詠碧玉嫁汝南王之事。如梁元帝〈採蓮曲〉云：
「碧玉小家女，來嫁汝南王。」[62]北周庾信〈結客少年場〉亦云：「定知劉碧
玉，偷嫁汝南王。」[63]可知碧玉嫁汝南王事曾盛傳民間，但並非宋汝南王。

---

[59] 《樂府詩集》，45卷，頁663。

[60] 《樂府詩集》，45卷，頁663。

[61] 《樂府詩集》，卷45，頁663。

[62] 《樂府詩集》，卷50，頁51。

[63] 《樂府詩集》，卷66，頁51。

又《玉臺新詠》卷十錄晉孫綽〈情人碧玉歌〉二首，即《樂府詩集》〈碧玉歌〉之第二、第四兩首；《藝文類聚》卷四十三引「碧玉破瓜時」一首，亦作晉孫綽〈情人碧玉歌〉。孫綽於晉穆帝永和十二年（A.D. 356），嘗反對桓溫遷都洛陽之議，則〈碧玉歌〉當產生於東晉中葉。

由此可知，《樂府詩集》所收錄之五首，除晉孫綽作二首外；第五首「杏梁日始照」，據《玉臺新詠》卷十，為梁武帝之擬作；其餘二首，或為晉汝南王所作，而為孫綽所擬者。其內容均寫碧玉出嫁後之愛情生活，純真可愛。

（十）長樂佳

按《樂府詩集》收錄〈長樂佳〉八首。《玉臺新詠》錄其「紅羅覆斗帳」一首，晉、宋間曲。其首曲云：

> 小庭春映日，四角佩琳琅。玉枕龍鬚席，郎暝首何當。

此曲描寫女子春天之閨房，有琳琅、玉枕、龍鬚席，但郎君夜晚睡眠時，頭應枕向何方較妥？前三句寫實景，後一句問如何安排郎君之睡枕，使全詩頓時由靜態轉為動態，而女子細心關懷之神情，亦活躍於眼前矣。

（十一）歡好曲

按《樂府詩集》收錄〈歡好曲〉三首。陸侃如《樂府古辭考》以為晉、宋間曲。其辭云：

> 淑女總角時，喚作小姑子。容豔初春花，人見誰不愛。
> 窈窕上頭歡，那得及破瓜。但看脫葉蓮，何如芙蓉花。
> 逶迤總角年，華豔星間月。遙見情傾廷，不覺喉中喊。

以上三首之內容，乃寫淑女華艷，令人情傾之情態，委婉可諷。

（十二）華山畿

《樂府詩集》〈華山畿〉序引《古今樂錄》曰：

〈華山畿〉者，宋少帝〈懊惱〉一曲，亦變曲也。少帝時，南徐一
士子，華山畿往雲陽，見客舍有女子，年十八九。悅之無因，遂感
心疾。母問其故，具以啟母。母為至華山尋訪，見女具說聞感之因，
脫蔽膝令母密置其席下臥之，當已。少曰，果差。忽舉席見蔽膝而
抱持，遂吞食而死。氣欲絕，謂母曰「葬時車載，從華山度。」母
從其意。比至女門，牛不肯前，打拍不動。女曰：「且待須臾！」
妝點沐浴，既而出。歌曰：「華山畿，君既為儂死，獨活為誰施？
歡若見憐時，棺木為儂開！」棺應聲開，女透入棺，家人叩打，無
如之何，乃合葬，呼曰「神女冢」。[64]

按《樂府詩集》收錄〈華山畿〉二十五首，《古今樂錄》謂即宋少帝時〈懊
惱〉一曲，可知此歌為〈懊惱曲〉之變曲。然〈懊惱曲〉多五言四句，而此
為五言三句，並不相同。亦可見其變曲形式改變之情形。案《古今樂錄》之
南徐，東晉僑置徐州於京口，後曰南徐，劉宋時因之，即今江蘇丹徒縣；雲
陽則本戰國楚邑，漢稱曲阿縣，三國吳改為雲陽縣，

考宋少帝在位僅一年，即西元四二三年，〈華山畿〉產生之時代，或即此
時。又詩中有「相送勞勞渚」句，勞勞渚即江蘇江寧縣南之新亭，又名臨滄
觀，面臨長江，為古時送別之處。由此可證，〈華山畿〉流傳之地域，當在建
康一帶。

（十三）讀曲歌

《樂府詩集》〈讀曲歌〉序引《宋書‧樂志》曰：

---

[64] 《樂府詩集》，卷 46，頁 669。

〈讀曲歌〉者，民間為彭城王義康所作也。其歌云：「死罪劉領軍，
誤殺劉第四。」是也」[65]

又引《古今樂錄》曰：

〈讀曲歌〉者，元嘉十七年（A.D. 440），袁后崩，百官不敢作聲
歌，或因酒讌，止竊聲讀曲細吟而已，以此為名。[66]

又曰：

按義康被徒，亦是十七年。南齊時，朱碩仙善歌吳聲〈讀曲〉。武
帝出游鍾山，幸何美人墓。碩仙歌曰：「一憶所歡時，緣山破荶荏。
山神感儂意，盤石銳鋒動。」帝神色不悅，曰：「小子不遜，弄我。」
時朱子尚亦善歌，復為一曲云：「曖曖日欲冥，觀騎立踟躕，太陽
猶尚可，且願停須臾。」於是俱蒙厚賚。[67]

　　按《樂府詩集》收錄〈讀曲歌〉八十九首，五言。《玉臺新詠》錄其「柳
樹得春風。」一首，作獨曲。
　　考《宋書·彭城王義康傳》，宋文帝元嘉二十二年（A.D. 445），因范曄謀
反，義康被連及，免為庶人。文帝慮有異志者，或奉義康為亂，乃於二十八年
賜死，故《宋書》有「死罪」及「誤殺」等辭，《樂府詩集》並未記載此事。
　　此歌創作之時間，郭茂倩《樂府詩集》據《古今樂錄》，以為始作於元嘉
十七年（A.D. 440），故云：「按義康被徒，亦是十七年。」如此則不及誤殺之

---

[65] 《樂府詩集》，卷46，頁671。

[66] 《樂府詩集》，卷46，頁671。

[67] 《樂府詩集》，卷46，頁671。

事。

又〈讀曲歌〉本乃徒歌，不能被之管絃。故元嘉十七年（A.D. 440），袁后崩，百官止竊聲〈讀曲〉細吟而已。據《通典》樂五，謂齊有朱碩仙喜吳聲〈讀曲〉，梁有韓法秀亦喜吳聲〈讀曲〉，則〈讀曲〉雖為細吟，亦必有特殊之音調及唱法，惜已不傳。

詩中有「白門前」、「暫出白門前」等句，白門為建康城門，故〈讀曲歌〉傳唱於建康一帶。至其內容，全為民間託情道愛之作，一如〈子夜〉。

三、西曲歌

《西曲歌》為荊、楚一帶之民歌，以江、漢二水為主。《樂府詩集》卷四十七云：

> 按《西曲歌》出於荊、郢、鄧之間，而其聲節送和與吳歌亦異，故
> 其方俗而謂之《西曲》云。[68]

今觀《西曲歌》有：「問君可憐六萌軍，迎取窈窕西娘曲。」及「楊叛西隨曲。」等，可證西曲為方俗名稱。

《宋書・樂志》僅列《西曲》〈襄陽樂〉、〈壽陽樂〉、〈西烏夜飛〉三種。《舊唐書・音樂志》則載〈烏夜啼〉、〈石城樂〉、〈莫愁樂〉、〈襄陽樂〉、〈棲烏夜飛〉、〈估客樂〉、〈楊伴〉、〈常林歡〉、〈三洲〉、〈采桑〉等十種。《樂府詩集》引《古今樂錄》，則詳列其曲名。其云：

> 《西曲歌》有〈石城樂〉、〈烏夜啼〉、〈莫愁樂〉、〈估客樂〉、〈襄陽

---

[68] 《樂府詩集》，卷 47，頁 689。

樂〉、〈三洲〉、〈襄陽蹋銅蹄〉、〈採桑度〉、〈江陵樂〉、〈青陽度〉、〈青
驄白馬〉、〈共戲樂〉、〈安東平〉、〈女兒子〉、〈來羅〉、〈那呵灘〉、〈孟
珠〉、〈翳樂〉、〈夜度娘〉、〈長松標〉、〈雙行纏〉、〈黃督〉、〈黃纓〉、
〈平西樂〉、〈攀楊枝〉、〈尋陽樂〉、〈白附鳩〉、〈拔蒲〉、〈壽陽樂〉、
〈作蠶絲〉、〈楊叛兒〉、〈西烏夜飛〉、〈月節折楊柳歌〉三十四曲。
〈石城樂〉、〈烏夜啼〉、〈莫愁樂〉、〈估客樂〉、〈襄陽樂〉、〈三洲〉、
〈襄陽蹋銅蹄〉、〈採桑度〉、〈江陵樂〉、〈青驄白馬〉、〈共戲樂〉、〈安
東平〉、〈那呵灘〉、〈孟珠〉、〈翳樂〉、〈壽陽樂〉並舞曲;〈青陽度〉、
〈來羅〉、〈夜黃〉、〈夜度娘〉、〈長松標〉、〈雙行纏〉、〈黃督〉、〈黃
纓〉、〈平西樂〉、〈攀楊枝〉、〈尋陽樂〉、〈白附鳩〉、〈拔蒲〉、〈作蠶
絲〉並倚歌;〈孟珠〉、〈翳樂〉亦倚歌。[69]

上述《西曲歌》,分樂曲、舞曲、倚歌三種。倚歌中〈夜黃〉一曲,不見
於首列三十四曲中,當係誤漏。而〈楊叛兒〉以下三曲,並未說明為舞曲或
倚歌。《古今樂錄》云:「凡倚歌、悉用鈴、鼓,無弦,有吹。」

此外,《舊唐書‧音樂志》,《新唐書‧樂志》,均錄〈常林歡〉一曲,《樂
府詩集》置於《西曲歌》之末,然古辭已亡,僅唐‧溫庭筠擬作一曲。由此
則共有《西曲歌》三十五種。

（一）石城樂

《樂府詩集》〈石城樂〉序引《唐書‧樂志》曰:

〈石城樂〉,宋臧質所作也。石城在竟陵,質嘗為竟陵郡,於城上

[69] 《樂府詩集》,卷47,頁688、689。

眺矚，見群少年歌謠通暢，因作此曲。[70]

又引《古今樂錄》曰：

〈石城樂〉，舊舞十六人。[71]

按《樂府詩集》收錄無名氏〈石城樂〉五曲，五言。考《宋書・臧質傳》，
質為竟陵江夏內史，則此歌本竟陵民謠。臧質為郡守時。乃改製為樂曲。又
據《宋書・臧質傳》，臧質為東莞莒人，生於晉安帝隆安四年（A.D. 401），卒
於宋孝武帝孝建元年（A.D. 454），此歌當作於此時，又後魏酈道元《水經注》
〈（沔水）南過宜城縣東〉云：

沔水又南，逕石城西，城因山為固，晉太傅羊祜鎮荊州立。晉惠帝
元康九年，分江夏西部，置竟陵郡，治此。[72]

按沔水即漢江，石城本竟陵郡所在，今湖北鍾祥縣。今詩中有「相送方
山亭」句，李昉《太平廣記》引《幽明錄》云：「東陽丁謹出郭，於方山亭
宿。」[73]是方山亭在東陽（郡名，屬揚州）城外。《宋書・謝方明傳》云：「孫
恩購求方明甚急。方明於上虞載母妹奔東陽，由黃蘗嶠出鄱陽，附載還都，
寄居國子學。」[74]則方山亭為江蘇揚州東陽郡之亭名，與《西曲》之荊、楚、
樊、鄧之地有異。或此歌後盛行於京畿，歌辭亦出於京畿人士也。

---

[70] 《樂府詩集》，卷47。頁689。

[71] 《樂府詩集》，卷47。頁689。

[72] 網路維基文庫，《水經注》，卷28。

[73] 《太平廣記》，卷360，頁2855。

[74] 《宋書》，卷53、頁1522。

（二）烏夜啼

《樂府詩集》〈烏夜啼〉序引《唐書・樂志》曰：

〈烏夜啼〉，宋臨川王義慶所作也。元嘉十七年（A.D. 454），徙彭城王義於豫章。義慶時為江州，至鎮，相見而哭，為帝所怪，徵還（宅），〔慶〕大懼。伎妾聞烏啼聲，扣齋閣云：「明日應有赦。」其年，更為南兗州刺史，作此歌。故其和云：「夜夜望郎來，籠窗窗不開。今所傳歌辭，似非義慶本旨。[75]

又引《教坊記》云：

〈烏夜啼〉者，元嘉二十八年（A.D. 454），彭城王義康有罪放逐，行次潯；江州刺史衡陽王義季留連飲宴，歷旬不去；帝聞而怒，皆囚之。會稽公主，姊也，嘗與帝宴洽，中席起拜，帝未達其旨，躬止之。公主流涕曰：「車子！歲暮恐不為階下所容。」車子，義康小字也。帝指蔣山曰：「必無此！爾，便負初寧陵。」武帝葬於蔣山，故指先帝陵為誓。因封餘酒寄義康，旦日曰：「昨與會稽姊飲樂憶弟，故附所飲酒往。」遂宥之。使未達潯陽，衡陽家人扣二王所囚院曰：「昨夜烏夜啼，官當有赦。」少頃，使至，二王得釋，故有此曲。[76]

按《樂府詩集》收錄無名氏〈烏夜啼〉八曲，五言。引《古今樂錄》云：「烏夜啼，舊舞十六人。」[77]《舊唐書・樂志》謂此歌作於宋文帝元嘉十七年

---

[75] 《樂府詩集》，卷47，頁690。

[76] 《樂府詩集》，卷47，頁690。

[77] 《樂府詩集》，卷47，頁690。

（A.D. 440），《教坊記》則以為作於宋文帝元嘉二十八年（A.D. 451）。考《宋書・宗室傳》有〈臨川王義慶傳〉，〈武三王傳〉有義季傳，〈武二王傳〉有義康傳。《教坊記》所引會稽公王事，即本《宋書・義康傳》；而其記義季飲酒事，則本之義季傳。又《宋書》謂義康在元嘉十七年（A.D. 440）出鎮豫章，義慶則於元嘉十六年（A.D. 439）為江州刺史，翌年為南兗州刺史，並未言及二王同囚事，義季亦未曾作江州刺史，則《舊唐書》所載較為可信。

又據《樂府詩集》卷四十七云：「史書稱臨江王義康為江州，而云衡陽王義季，傳之誤也。」[78]可知《教坊記》傳寫有誤。

又考《宋書》中未載〈烏夜啼〉事，僅《樂府詩集》《琴曲歌辭》引張籍〈烏夜啼引〉，並據李勉〈琴說〉謂何晏繫獄，其女因二烏止於其舍，有喜聲，因作此操，與臨川王所作義同事異。《樂府詩集》引《樂府解題》曰：「亦有〈烏棲曲〉，不知與此同否。」則有待考。

（三）莫愁樂

《樂府詩集》〈莫愁樂〉序引《唐書・樂志》曰：

> 〈莫愁樂〉者，出於〈石城樂〉。石城有女子名莫愁，善歌謠；〈石城樂〉和中復有忘愁聲，故歌云：「莫愁在何處，莫愁石城西，艇子打兩槳，催送莫愁來。」[79]

又引《古今樂錄》曰：

> 〈莫愁樂〉亦云〈蠻樂〉，舊舞十六人，梁八人。」[80]

---

78 《樂府詩集》，卷47，頁690。

79 《樂府詩集》，卷47，頁690。

80 《樂府詩集》，卷47，頁690。

又引《樂府解題》曰：

> 古歌亦有莫愁，洛陽女，與此不同。[81]

按《樂府詩集》收錄無名氏〈莫愁樂〉二曲，五言。《古今樂錄》云其為「蠻樂」。所引之歌，其時代難定。依《古今樂錄》，莫愁樂舊舞十六人，梁八人，則此歌當不晚於梁時。考《樂府詩集》《雜歌謠辭》載梁武帝〈河中之水歌〉云：

> 河中之水向東流，洛陽女兒名莫愁。莫愁十三能織綺，十四採桑南
> 陌頭。十五嫁為盧家婦，十六生兒字阿侯。盧家蘭室桂為梁，中有
> 鬱金蘇合香。頭上金釵十二行，足下絲履五文章。珊瑚挂鏡爛生光，
> 平頭奴子擎履箱。人生富貴何所望，恨不早嫁東家王。[82]

按《樂府解題》云：「古歌亦有『莫愁洛陽女』，與此不同。」則古歌之莫愁為洛陽女，梁時傳唱之莫愁為石城女，梁武帝之〈河中之水歌〉為古歌莫愁之擬作。

今據《樂府詩集》所引二曲中「莫愁在何處，莫愁西城曲。」「聞歡下楊州，相送楚山頭。」等觀之，應指石城之莫愁無疑。

（四）估客樂

《樂府詩集》〈估客樂〉序引《古今樂錄》曰：

> 〈估客樂〉者，齊武帝之所製也。帝布衣時，嘗遊樊、鄧，登祚以

---

81 《樂府詩集》，卷47，頁690。

82 《樂府詩集》，卷85，頁1204。

後，追憶往事而作歌。使樂府令劉瑤管弦被之教習，卒遂無成。有人啟釋寶月善解音律，帝使奏之，旬日之中，便就諧合。敕歌者常重為感憶之聲，猶行於世。寶月又上兩曲，帝數乘艎舟，遊五湖，江中放觀。以紅越布為帆，綠絲為帆緂，鍮石為篙足，篙榜者悉著鬱林布，作淡黃袴，列開，使江中衣。出五城，殿猶在。齊舞十六人，梁八人。[83]

又《舊唐書・音樂志二》曰：

〈估客樂〉，齊武帝之製也。帝衣時嘗遊樊、鄧，追憶往事而作歌曰：「昔經樊鄧役，阻潮梅根渚，感憶追往事，意滿情不敘。」使太樂令劉瑤教習，百日無成。或啟釋寶月善音律，帝使寶樂奏之便就，敕歌者常重為感憶之聲。梁改其名為〈商旅行〉。[84]

按《樂府詩集》收錄〈估客樂〉五曲，五言。計齊武帝一曲，寶月二曲，另二曲無作者名氏。五曲後又錄陳後主擬作一曲，而目錄卻是陳後主三首，無名氏二首，似為陳後主所作。考丁福保《全陳詩》、《漢魏六朝百三家集》《陳後主集》皆祇引〈估客樂〉一曲；左克明《古樂府》則題無名氏作品之第一曲為寶月作，則無名氏兩首或均為寶月所作，今並存疑。

（五）襄陽樂

《樂府詩集》〈襄陽樂〉序引《古今樂錄》曰：

〈襄陽樂〉者，宋・隨王誕之所作也。誕始為襄陽郡，元嘉二十六

[83] 《樂府詩集》，卷48，頁699。

[84] 《樂府詩集》，卷48，頁700。

年（A.D. 452）仍為雍州刺使。夜聞諸女歌謠，因而作之。所以歌
和中有「襄陽來夜樂」之語也。舊舞十六人，梁八人。[85]

又云：

又有〈大堤曲〉，亦出於此。簡文帝《雍州十曲》有〈大堤〉、〈南
湖〉、〈北渚〉等曲。《通典》曰：「裴子野《宋略》稱：晉安侯劉道
產為襄陽太守，有善政，百姓樂業，人戶豐贍，蠻夷順服，悉緣沔
而居，由此歌之，號襄陽樂。」蓋非此也。[86]

按《樂府詩集》收錄無名氏〈襄陽樂〉九曲，五言。《古今樂錄》謂此歌
為宋・隨王誕所作。《宋書・樂志》亦云：「隨王誕在襄陽造〈襄陽樂〉。」[87]隨
王即竟陵王，《宋書・文五王傳》有其傳，生於文帝元嘉元年，卒於孝武帝大
明三年。《宋書・劉道產傳》云：

劉道產，彭城呂人……（元嘉八年）遷……雍州刺史、襄陽太守。
善於臨民，在雍部政績尤著。蠻夷前後叛戾不受化者，並皆順服，
悉出緣沔為居，百姓樂業，民戶豐贍。由此有〈襄陽樂歌〉，自道
產始也。[88]

如上所說，則〈襄陽樂〉又有宋・劉道產所作一說，未知孰是？考《樂
府古題要解》、《通典・樂五》、《舊唐書・音樂志》、《樂府詩集》卷四十八等，
皆謂隨王誕與晉安侯劉道產有別，而今傳之〈襄陽樂〉與百姓歌頌劉道產之

85 《樂府詩集》，卷 48，頁 703。
86 《樂府詩集》，卷 49，頁 703。
87 《樂府詩集》，卷 49，頁 703。
88 《宋書》，卷 65，頁 1719。

歌辭無涉。如《舊唐書‧音樂志》云：

> 〈襄陽樂〉，宋隨王誕之所作也。誕始為襄陽郡，元嘉二十六年，
> 仍為雍州，夜聞諸女歌謠，因作之。故歌和云：「襄陽來夜樂。」
> 其歌曰：「朝發襄陽來，暮至大堤宿，大堤諸女兒，花艷驚郎目。」
> 裴子野《宋略》稱晉安侯劉道彥（當作產）為雍州刺史，有惠化，
> 百姓歌之，號〈襄陽樂〉，其辭旨非也。[89]

　　所引歌辭即《樂府詩集》之第一首，則〈襄陽樂〉為王誕所作無誤，而
劉道產之說與沈約所稱此歌為西傖羌胡諸雜舞，當為附會之辭。

（六）襄陽蹋銅蹄

《樂府詩集》〈襄陽蹋銅蹄〉下引《隋書‧樂志》曰：

> 初武帝之在雍鎮，有童謠云：「襄陽白銅蹄，反縛揚州兒。」識者
> 言：「白銅蹄」，謂金蹄，為馬也。白，金色也。及義師之興，實以
> 鐵騎，揚州之士皆面縛，果如謠言。故即位之後，更造新聲，帝自
> 為之詞三曲，又令沈約為三曲，以被管弦。[90]

又引《古今樂錄》曰：

> 〈襄陽蹋銅蹄〉者，梁武西下所製也，沈約又作。其和云：「襄陽
> 蹋銅蹄，聖德應乾來。」天監初，舞十六人，後八人。[91]

---

[89] 《舊唐書》，卷 29，頁 1066

[90] 《樂府詩集》，卷 49，頁 708。

[91] 《樂府詩集》，卷 49，頁 708。

按《樂府詩集》收錄〈襄陽蹋銅蹄〉六曲，五言，一曰〈白銅蹄歌〉，蹄，一作鞮，故鄭樵《通志·遺聲序論》云：「〈白銅鞮歌〉，亦曰〈襄陽蹋銅蹄鞮〉。」[92]

《樂府詩集》載〈襄陽蹋銅蹄〉梁武帝三曲，沈約三曲。其中沈約所作第一首，《舊唐書》以為梁簡文帝作。然此詩不見於《梁簡文帝集》、《藝文類聚》、《文苑英華》、丁福保《全梁詩》皆列於沈約詩中，可見《樂府詩集》無誤。《四庫全書》宋·程大昌《演繁露》云：

> 《玉臺新詠》載〈襄陽白銅鞮歌〉，大抵主言送別，且皆在襄陽。……
> 郭茂倩樂錄：「本襄陽踏銅蹄，梁武帝西下所作。」《玉臺新詠》所
> 載兩首皆沈約和白銅鞮，即太白所謂「襄陽小兒齊拍手，攔街爭唱
> 白銅鞮」者也。[93]

（七）三洲歌

《樂府詩集》〈三洲歌〉序引《唐書·樂志》曰：

> 〈三洲〉，商人歌也。[94]

又引《古今樂錄》曰：

> 〈三洲歌〉者，商旅數遊巴陵三江口往還，因共作此歌。其舊辭云：
> 「啼將別共來。」梁天監十一年，武帝於樂壽殿道義竟，留十大德
> 法師，設樂。

---

[92] 《通志》，卷 122，頁 12-381。

[93] 《演繁露》，〈白銅鞮〉，卷 13。

[94] 《樂府詩集》，卷 48，頁 707。

敕人人有問，引經奉答。次問法雲：「聞法師善解音律，此歌何
如？」法雲奉答：「天樂絕妙，非膚淺所聞。愚謂古辭過質，未審
可改不？」敕云：「如法師語音。」法雲曰：「應歡會而有別離，啼
將別可改為歡將樂。」故歌和云：「三洲斷江口，水從窈窕河傍流，
歡將樂，共來長相思。」舊舞十六人，梁八人。[95]

　　按《樂府詩集》收錄無名氏〈三洲歌〉三曲，五言，敘述巴陵一帶商人
遊樂之辭。作者不可考，然《古今樂錄》所載梁武帝於樂壽殿設樂問答，改
定古辭之事。今存歌辭中均無，可知法雲所改者為「和」，而非歌辭，至於《古
今樂錄》云：「舊舞六人，梁八人。」其時代當在梁前。

（八）採桑度

　　《樂府詩集》〈採桑度〉序云：

　　〈採桑度〉，一曰〈採桑〉。《唐書・樂志》曰：「採桑，因〈三洲曲〉
　　而生此聲苑也。〈採桑度〉，梁時作。」《水經》曰：「河水過屈縣西
　　南為採桑津。《春秋》僖公八年，晉里克敗狄于採桑是也。」梁簡
　　文帝〈烏棲曲〉曰：「採桑渡頭礙黃河，郎今欲渡畏風波。」

又引《古今樂錄》曰：[96]

　　〈採桑度〉，舊舞十六人，梁八人。即非梁時作矣。[97]

　　按《樂府詩集》收錄無名氏〈採桑度〉七曲，五言。據採桑為南方民俗，

---

[95] 《樂府詩集》，卷48，頁707。

[96] 《樂府詩集》，卷48，頁707。

[97] 《樂府詩集》，卷48，頁707。

〈採桑度〉即為歌詠春桑含綠，女兒採蠶之歡冶。《舊唐書‧音樂志》謂此歌乃因〈三洲曲〉而來，然〈三洲曲〉為商人歡樂，商婦別離之辭，與〈採桑度〉不類。

考漢《相和曲辭》有〈陌上桑〉，宋‧鮑照、梁‧簡文帝、陳後主等擬〈陌上桑〉作〈採桑〉，皆敘述南方民眾採桑養蠶之事。又〈採桑度〉一名〈採桑〉、則〈採桑度〉或沿此漢曲而作也。

（九）江陵樂

《樂府詩集》〈江陵樂〉引《古今樂錄》曰：

《江陵樂》，舊舞十六人，梁八人。

又引唐‧杜佑《通典》曰：

江陵，古荊州之域，春秋時楚之郢地，秦置南郡，晉為荊州，東晉宋齊以為重鎮，梁元帝都之，有紀南城，楚渚宮在焉。[98]

按《樂府詩集》收錄〈江陵樂〉無名氏四曲，五言。其辭曰：

不復蹋蹀人，蹀地地欲穿。盆隘歡繩斷，蹋壞絳羅裙。
不復出場戲，蹀場生青草。試作兩三回，蹀場方就好。
陽春二三月，相將蹋百草。逢人駐步看，揚聲皆言好。
暫出後園看，見花多憶子。烏鳥雙雙飛，儂歡今何在。

四曲之內容，皆敘述江陵地方兒女歡樂之辭，或蹋蹀歡繩，羅裙損壞；

---

[98] 《樂府詩集》，卷49，頁710。

或蹔出後園，看花憶子，天真可愛。至其時代，依《古今樂錄》曰：「〈江陵樂〉，舊舞十六人，梁八人。」可知為梁以前之作品。

（十）青驄白馬

《樂府詩集》〈青驄白馬〉引《古今樂錄》曰：

〈青驄白馬〉，舊舞十六人。[99]

按《樂府詩集》收錄無名氏〈青驄白馬〉八曲，七言。。其名蓋由第一曲「青驄白馬紫絲韁」而來。據《古今樂錄》於〈江陵樂〉，〈安東平〉、〈那呵灘〉、〈孟珠〉、〈翳樂〉等曲均注云：「舊舞十六人，梁八人。」而此歌僅注「舊舞十六人」，則「梁八人」三字或為誤脫。

今詩中有「遊戲徘佪五湖中」句，五湖即太湖。《史記·河渠書》云：「於吳則通渠三江五湖。」裴駰集解云：「韋昭曰：五湖，湖名耳，實一湖，今太湖是也，在吳西南。」[100]案太湖周行五百餘里，東通長洲松江，南通

烏程霅溪，西通義興荊溪，北通晉陵滆湖，東通嘉興韭溪，水通五道。又湖中自有五湖：菱湖、遊湖、莫湖、貢湖、胥湖為五湖，皆指太湖也。〈青驄白馬〉即產生於此地。

（十一）共戲樂

《樂府詩集》〈共戲樂〉序引《古今樂錄》曰：

〈共戲樂〉，舊舞十六人，梁八人。[101]

---

[99] 《樂府詩集》，卷49，頁711。

[100] 《史記·河渠書》，卷29，頁1405。

[101] 《樂府詩集》，卷49，頁712。

按《樂府詩集》收錄無名氏〈共戲樂〉四曲，七首。《古今樂錄》謂此歌「舊舞十六人，梁八人。」而歌辭又有「齊世方昌書同軌」句，則產生之時代，當在齊代二十三年中。

〈共戲樂〉歌辭云：「時泰民康人物盛，腰鼓鈴袢各相競。」又云：「長袖翩翩若鴻驚，纖腰嫋嫋會人情。」[102]蓋敘齊梁之世，民康物盛，鼓袢相競，翩翩嫋嫋，歌舞徵逐之態。

（十二）安東平

《樂府詩集》〈安東平〉序引《古今樂錄》曰：

〈安東平〉，舊舞十六人，梁八人。[103]

按《樂府詩集》收錄無名氏〈安東平〉五曲，四言。今觀其歌辭云：

凄凄烈烈，北風為雪，船道不通，步道斷絕。
吳中細布，濶幅長度，我有一端，與郎作袴。[104]

以上二詩，蓋寫婦人念郎處風雪凄烈，船步兩絕之深冬，飽受苦寒，故贈予吳中細布，以作衣袴，情意深長。

（十三）那呵灘

《樂府詩集》〈那呵灘〉序引《古今樂錄》曰：

〈那呵灘〉，舊舞十六人，梁八人。其和云：「郎去何當還。」多敘

---

[102] 《樂府詩集》，卷49，頁712。

[103] 《樂府詩集》，卷49，頁712。

[104] 《樂府詩集》，卷49，頁712。

江陵及揚州事。〈那呵灘〉蓋灘名也。

按《樂府詩集》收錄無名氏〈那呵灘〉六曲，五言。茲舉其中三曲云：

我去只如還，終不在道邊。我若在道邊，良信寄書還。
聞歡下揚州，相送江津灣。原得篙櫓折，交郎到頭還。
百思纏中心，憔悴為所歡。與子結終始，折約在金蘭。

詩中多敘那呵灘與江陵、揚州等地商旅沿長江，往返江陵、揚州等地，以及男女在水上船邊之思情。

（十四）孟珠

《樂府詩集》〈孟珠〉序引《古今樂錄》曰：

〈孟珠〉十曲，二曲倚歌。八曲舊舞十六人，梁八人。[105]

按《樂府詩集》收錄無名氏〈孟珠〉十曲，二曲倚歌，八曲舞曲，五言。《樂府解題》云：「倚歌悉用鈴鼓，無絃，有吹。」[106]此言倚歌乃以鈴鼓唱和，不配樂舞，或是樂舞前所唱之歌曲。其作者不可考。

考《樂府詩集》卷四十九謂〈孟珠〉「一曰丹陽孟珠歌」。丹陽，郡名，三國吳移置，治建業，故址在今南京市東南，〈孟珠曲〉當流行於其地。其辭云：

人言孟珠富，信實金滿堂，龍頭銜九花，玉釵明月璫。

---

[105] 《樂府詩集》，卷49，頁714。

[106] 《樂府詩集》，卷49，頁714。

揚州石榴花，摘插雙襟中。葳蕤當憶我，莫持豔他儂。[107]

又依詩中「揚州石榴花」一句觀之，曲又流行傳唱於揚州一戴。詩中「孟珠」係人名。內容多敘南方兒女在富裕之環境中，盡情歡樂之情景，語意坦率，浪漫熱烈，實為民歌中之上品。

（十五）翳樂

《樂府詩集》〈翳樂〉序引《古今樂錄》曰：

〈翳樂〉，一曲倚歌，二曲舞十六人，梁八人。[108]

按《樂府詩集》收錄。無名氏〈翳樂〉三曲，一曲倚歌，二曲舞曲，五言。《說文》曰：「翳，華蓋也。」段玉裁注曰：

張衡賦曰：「樹翠羽之高蓋。」薛綜云：「羽蓋，以翠羽覆車蓋也。……翳之言蔽也，引申為凡蔽之稱。」[109]

《說文》又曰：「翿，翳也。所呂舞也。」段玉裁注曰：

郭注《爾雅》云：「今之羽葆幢舞者，所以自蔽翳。」《王風》：「左執翿。」《陳風》：「值其鷺羽，值其鷺翿。」傳云：「值，持也，鷺鳥之羽可以為翳。」翣字下云：「樂舞，以羽翳自翳其首。」皆謂

---

[107]《樂府詩集》，卷49，頁714。

[108]《樂府詩集》，卷49，頁715。

[109]《說文解字注》，四篇上，頁142。

舞也。[110]

又段玉裁翠字注曰：

鄭司農云：翠舞者，以羽冒覆頭上，衣飾翡翠之羽。……大鄭從
故，書作翠，後鄭則從，今書作皇，云襍五采羽，如鳳皇色，持以
舞。[111]

由上可知，《說文》所謂持鷺鳥之羽而舞者，或即翳樂之舞。茲舉其歌辭
云：

總角諸少年，歌舞自相逐。
陽春二三月，相將舞翳樂，曲曲隨相變，持許艷郎目。
人言揚州樂，揚州信自樂。總角諸少年，歌舞自相逐。[112]

此詩蓋敘述揚州之總角少年，歌舞相逐；艷粧女子，舞翳相樂之歡愛情
形，情感純真活潑，充滿歡樂。

（十六）壽陽樂

《樂府詩集》〈壽陽樂〉序引《古今樂錄》曰：

〈壽陽樂〉者，宋南平穆王為豫州所作也。舊舞十六人，梁八人。
按其歌辭，蓋敘傷別望歸之思。南平穆王即劉鑠也。

---

[110]《說文解字注》，四篇上，頁 141。

[111]《說文解字注》，四篇上，頁 141。

[112]《樂府詩集》，卷 49，頁 715。

　　按《樂府詩集》收錄無名氏〈壽陽樂〉九曲。《古今樂錄》以為宋南平穆王為豫州所作。《樂府詩集》云：「南平穆王即劉鑠也。」

　　考《宋書‧文三王傳》有南平穆王劉鑠其人，生於宋文帝元嘉八年（A.D. 429），卒於三十年（A.D. 451），而於二十二年（A.D. 443）作豫州刺史，歌曲當作於此時。

　　又考豫州在南朝宋時，分淮東為南豫州，淮西為西豫州，其後分而後合，在今安徽省北部，南齊治歷陽，即今安徽省和縣治；而壽陽本壽春縣，晉時避諱，改春為陽，後魏仍為壽春，即今安徽省壽縣。

　　〈壽陽樂〉首曲云：

　　　可憐八公山，在壽陽，別後莫相忘。[113]

　　八公山亦在壽陽，一名紫金山，《綱目集覽》云：「淮南王與八公憩石處在壽春，此則王過八公處也。」由此可知，宋南王穆王劉鑠在豫州作壽陽樂無誤。

　　〈壽陽樂〉歌辭多五言、三言、五言三句，讀之音節宛轉，有詞曲風緻，又如：

　　　梁長曲水流，明如鏡，雙林與即照。
　　　籠窗取涼風，彈素琴，一歎複一吟。
　　　夜相思，望不來，人樂我獨愁。[114]

　　《樂府詩集》曰：「按其歌辭，蓋敘傷別望歸之思。」詩中敘述壽陽女子在籠窗前彈素琴，以表達思念之情，幽怨縈迴。亦即郭茂倩所謂「敘傷別望

---

[113] 《樂府詩集》，卷49，頁719。

[114] 《樂府詩集》，卷49，頁719。

歸之思」也。

（十七）青陽度

《樂府詩集》〈青陽度〉序引《古今樂錄》曰：

〈青陽度〉，倚歌。凡倚歌悉用鈴鼓，無弦，有吹。[115]

按：《樂府詩集》收錄無名氏〈青陽度〉三曲，五言，無名氏。《爾雅‧釋天第八》曰：「春為青陽。」注曰：「氣青而溫陽。」[116]《樂府詩集》《郊廟歌辭》《漢郊祀歌二十首》其三為〈青陽〉，其辭曰：

青陽開動，根荄以遂，膏潤並愛，跂行畢逮。霆聲發榮，壧處頃聽，枯槁復產，迺成厥命。眾庶熙熙，施及夭胎，羣生啿啿，唯春之祺。[117]

《史記‧孝武本紀》云：

使僮男僮女七十八人俱歌，春歌〈青陽〉。[118]

《宋書‧樂志一》云：

漢光武平隴、蜀，增廣郊祀，高皇帝配食，樂奏《青陽》、《朱明》、《西皓》、《玄冥》、《雲翹》、《育命》之舞。北郊及祀明堂，並奏樂

[115] 《樂府詩集》，卷 49，頁 710。
[116] 《爾雅注疏》，卷 8，頁 95。
[117] 《樂府詩集》，卷 1，頁 3。
[118] 《史記》，卷 12，頁 1175。

如南郊。迎時氣五郊：春歌《青陽》，夏歌《朱明》，並舞《雲翹》
之舞；秋歌《西皓》，冬歌《玄冥》，並舞《育命》之舞；季夏歌《朱
明》，兼舞二舞。[119]

由上所述，〈青陽〉為郊廟時迎接春氣之歌，而〈青陽度〉無名氏三首，
當為承漢代〈青陽〉之歌而來，惟其第三曲：「青荷蓋綠水，芙蓉披紅鮮，下
有並根藕，上生並目連。」[120]與〈子夜四時歌〉夏第十三首之首二句相似。

考荷花在夏時抽長花梗，開大形美花，色淡紅或白，亦名芙蓉，則「青
荷蓋綠水，芙蓉葩紅鮮」為夏歌，而〈青陽度〉為借曲矣。

（十八）女兒子

《樂府詩集》〈女兒子〉序引《古今樂錄》曰：

〈女兒子〉，倚歌也。[121]

按《樂府詩集》收錄無名氏〈女兒子〉二曲，七言。郭茂倩亦收入《雜
歌謠辭》內，題名〈巴東三峽歌〉。後魏酈道元《水經注》引〈宜都山水記〉
以為漁人之歌，辭與此曲略異。其云：「巴東三峽巫峽長，猿鳴三聲淚沾
裳。」[122]與此曲之「巴東三峽猿鳴悲，夜鳴三聲淚沾裳。」語義相同。可知
《樂府詩集》採摭極廣，不論前代歌謠，文人作品，均蒐羅無遺。

（十九）來羅

《樂府詩集》〈來羅〉序引《古今樂錄》曰：

---

[119]《宋書》，卷 19，頁 538。

[120]《樂府詩集》，卷 49，頁 710。

[121]《樂府詩集》，卷 49，頁 710。

[122]《樂府詩集》，卷 86。頁 1208

倚歌也。[123]

　　按《樂府詩集》收錄無名氏〈來羅〉四曲，五言。其第二曲辭云：

　　君子防未然，莫近嫌疑邊，瓜田不躡屨，李下不正冠。[124]

　　此詩乃摘自《相和歌辭》〈君子行〉古辭之前四句：「君子防未然，不處嫌疑間，瓜田不納履，李下不正冠。」[125]《唐書·柳公權傳》云：「瓜李之嫌，何以戶曉。」[126]即是言此。

　　又歌辭有「此事何足道，聽我歌〈來羅〉。」〈來羅〉為宋以後之俗曲，有盼望遠行之人歸來之意。

（二十）夜黃

　　《樂府詩集》〈夜黃〉序引《古今樂錄》曰：

　　〈夜黃〉，倚歌也。[127]

　　按《樂府詩集》收錄無名氏〈夜黃〉一曲，五言。夜黃者，蓋指夜晚也。依江浙一帶方言，夜黃有夜色昏黃之意。其歌辭云：

　　湖中百種鳥，半雌半是雄，鴛鴦逐野鴨，恐畏不成雙。[128]

---

[123] 《樂府詩集》，卷49，頁713。

[124] 《樂府詩集》，卷49，頁713。

[125] 《樂府詩集》，卷32，頁467。

[126] 《舊唐書》，卷165，頁4311。

[127] 《樂府詩集》，卷49，頁716。

此詩意喻青樓娼妓，迎新送舊，輾轉風塵之中。正人君子，欲前往娼樓，尋求良配。將若鴛鴦之逐野鴨，斷無成雙之理也。

（二十一）夜度娘

《樂府詩集》〈夜度娘〉序引《古今樂錄》曰：

〈夜度娘〉，倚歌也。[129]

按《樂府詩集》收錄無名氏〈夜度娘〉一曲，五言。其歌辭云：

夜來冒霜雪，晨去履風吹，雖得敘微情，奈儂身苦何。[130]

此詩描述娼樓女子，自艾命苦，雖得與夜冒霜雪，晨履風波之歡子細敘微情，終無法定情偕老。故今謂娼妓為〈夜度娘〉，蓋出於此。

（二十二）長松標

《樂府詩集》〈長松標〉序引《古今樂錄》曰：

〈長松標〉，倚歌也。[131]

按《樂府詩集》無名氏收錄〈長松標〉一曲，五言。其歌辭云：

落落千丈松，晝夜對長風，歲暮霜雪時，寒苦與誰收。[132]

---

[128] 《樂府詩集》，卷49，頁716。

[129] 《樂府詩集》，卷49，頁716。

[130] 《樂府詩集》，卷49，頁716。

[131] 《樂府詩集》，卷49，頁716。

　　此詩歌伎以巨松對長風，喻自己歲暮之寒苦，哀怨感人，頗有三百篇比興之餘緒。

（二十三）雙行纏

　　《樂府詩集》〈雙行纏〉序引《古今樂錄》曰：

　　　　〈雙行纏〉，倚歌也。[133]

　　按《樂府詩集》收錄無名氏〈雙行纏〉二曲，五言。其歌辭云：

　　　　硃絲系腕繩，真如白雪凝。非但我言好，眾情共所稱。
　　　　新羅繡行纏，足趺如春妍。他人不言好，獨我知可憐。[134]

　　詩中言「新羅繡行纏，足趺如春妍。」「行纏」之名，蓋取於此。又考「行纏」為婦人纏束其足者，亦名「行滕」，猶今之「纏腿」。韓翃詩〈寄哥舒僕射〉：「帳下親兵皆少年，錦衣承日繡行纏。」[135]此言兵丁亦纏腿束足而行軍，則行纏不僅用之於婦人而已，軍中亦用之。

（二十四）黃督

　　《樂府詩集》〈黃督〉序引《古今樂錄》曰：

---

[132] 《樂府詩集》，卷49，頁716。

[133] 《樂府詩集》，卷49，頁716。

[134] 《樂府詩集》，卷49，頁716。

[135] 《全唐詩》，卷243，頁2734。

〈黃督〉，倚歌也。[136]

按《樂府詩集》收錄無名氏〈黃督〉二曲，五言。其歌辭云：

喬客他鄉人，三春不得歸，願看楊柳樹，已復藏班雛。[137]

此詩蓋指青樓伎女見喬客久居他鄉，毫無歸意，而時已暮春，班雛來巢，故靚楊柳樹而傷情焉。

（二十五）黃纓

按《古今樂錄》收錄《西曲歌》三十四曲，有〈黃纓〉曲名，倚歌。但《樂府詩集》未載此曲，則其古辭定已亡佚。

（二十六）平西樂

《樂府詩集》〈平西樂〉序引《古今樂錄》曰：

〈平西樂〉，倚歌也。[138]

按《樂府詩集》收錄無名氏〈平西樂〉一曲，五言。其歌辭云：

我情與歡情，二情感蒼天，形雖吳越隔，神交中夜間。[139]

此詩敘述歡子與倡女之情意纏綣，二人雖懸隔吳、越，無法相見，卻神

---

[136] 《樂府詩集》，卷49，頁716。

[137] 《樂府詩集》，卷49，頁716。

[138] 《樂府詩集》，卷49，頁717。

[139] 《樂府詩集》，卷49，頁717。

交於中夜也。

（二十七）攀楊枝

《樂府詩集》〈攀楊枝〉序引《古今樂錄》曰：

〈攀楊枝〉，倚歌也。[140]

又引《樂苑》曰：「〈攀楊枝〉，梁時作。」
按《樂府詩集》收錄無名氏〈攀楊枝〉一曲，五言。其歌辭云：

自從別君來，不復著綾羅，畫眉不注口，施硃當奈何。[141]

此詩《樂苑》以為梁時作，不知何據？然觀其風格，頗類〈子夜歌〉。今舉〈子夜歌〉一首：「自從別歡來，奩器了不開。頭亂不敢埋，粉拂生黃衣。」[142]內容極為相似。

（二十八）尋陽樂

《樂府詩集》〈尋陽樂〉序引《古今樂錄》曰：

〈尋陽樂〉，倚歌也。[143]

按《古今樂錄》收錄無名氏〈尋陽樂〉一曲，五言。其歌辭云：

---

[140] 《樂府詩集》，卷 49，頁 717。

[141] 《樂府詩集》，卷 49，頁 717。

[142] 《樂府詩集》，卷 49，頁 641。

[143] 《樂府詩集》，卷 49，頁 718。

離亭故儂去，九里新儂還，送一卻迎兩，無有暫時閑。[144]

詩中敘述尋陽地區之娼妓，迎新送舊，不得空閑之情形。

（二十九）白附鳩

《樂府詩集》〈白浮鳩〉序引《古今樂錄》曰：

〈白附鳩〉，倚歌。亦曰〈白浮鳩〉，本拂舞曲也。[145]

按《樂府詩集》收錄〈白附鳩〉一曲，五言，梁・吳均作。《樂府詩集》引《古今樂錄》以為一名〈白浮鳩〉，本拂舞曲。考《樂府詩集》《晉拂舞歌》，敘引《晉書・樂志》曰：

拂舞出自江左，舊云吳舞也。晉曲五篇，一曰〈白鳩〉、二曰〈濟濟〉、三曰〈獨祿〉、四曰〈碣石〉、五曰〈淮南王〉，齊多刪舊辭、而因其曲名。《古今樂錄》曰：「《梁拂舞歌》竝用晉辭。」《樂府解題》曰：「讀其辭，除〈白鳩〉一曲，餘竝非吳歌，未知所起也。」[146]

上言拂舞出自江左，晉曲五篇中，一曰〈白鳩〉，可見晉代有〈白鳩〉舞。《南齊書・樂志》曰：

〈白符鳩舞〉出江南，吳人所造，其辭意言患孫皓虐政，慕政化也。其詩本云：「平平白符，思我君惠，集我金堂。」言白者，金行；

---

[144] 《樂府詩集》，卷49，頁718。

[145] 《樂府詩集》，卷48，頁718。

[146] 《樂府詩集》，卷54，頁788。

符，合也；鳩，亦合也；符鳩雖異，其義是同。[147]

《宋書・樂志》曰：

楊泓拂舞序云：「自到江南，見〈白符舞〉，或言〈白鳧鳩舞〉，云有此來數十年。察其詞旨，乃是吳人患孫皓虐政，思屬晉也。」

《樂府詩集》《舞曲歌辭》，〈晉白紵舞歌〉詩引《宋書・樂志》曰：

《白紵舞》，按舞辭有巾袍之言，紵本吳地所出，宜是吳舞也。晉俳歌云：「皎皎白緒，節節為雙。」吳音呼緒為紵，疑白緒即白紵也。[148]

又引《南齊書・樂志》曰：

《白紵歌》，周處《風土記》云：「吳黃龍中童謠云：行白者君，追汝句驪馬。後孫權征公孫淵，浮海乘舶，舶白也。今歌和聲猶雲行白紵焉。」[149]

又引《樂府解題》曰：

古詞盛稱舞者之美，宜及芳時為樂，其譽白紵曰：「質如輕雲色如

---

[147] 《樂府詩集》，卷54，頁788。

[148] 《樂府詩集》，卷54，頁788。

[149] 《樂府詩集》，卷54，頁788。

銀，製以為袍餘作巾。袍以光軀巾拂塵。」[150]

又引《唐書‧樂志》曰：

梁武帝令沈約改其辭為《四時白紵歌》。今中原有〈白紵曲〉，辭旨
與此全殊。[151]

由上可知，〈白附鳩〉亦曰〈白浮鳩〉，原本吳、晉時之〈白符鳩舞〉，或
言〈白符舞〉、〈白鳧鳩舞〉。梁時，拂舞歌並用晉辭，而齊拂舞歌多刪舊辭。
今觀吳均〈白附鳩〉歌辭云：

石頭龍尾彎，新亭送客者。酤酒不取錢，郎能飲幾許。[152]

又吳均〈白浮鳩〉歌辭云：

琅耶白浮鳩，紫翳飄陌頭。食飲東莞野，棲宿越王樓。[153]

上二首，已非吳晉齊梁古辭。吳均所作之內容，為建康女子與歡郎送別
新亭之作，與晉〈白鳩篇〉讚美仁政之作廻異，故應為齊時所作。

（三十）拔蒲

《樂府詩集》〈拔蒲〉序引《古今樂錄》曰：

---

[150] 《樂府詩集》，卷 54，頁 788。

[151] 《樂府詩集》，卷 54，頁 788。

[152] 《樂府詩集》，卷 49，頁 718。

[153] 《樂府詩集》，卷 49，頁 718。

〈拔蒲〉，渚歌也。[154]

按《樂府詩集》收錄〈拔蒲〉無名氏二曲，五言。其辭云：

青蒲銜紫茸，長葉復從風，與君同舟去，拔蒲五湖中。
朝發桂蘭渚，晝思桑榆下，與君同拔蒲，竟日不成把。[155]

以上二詩，可知「拔蒲」之名，乃從詩中辭語取之。
考五湖即太湖（見〈青驄白馬曲〉），此曲敘述青年男女在太湖中同舟拔蒲，徵逐為戲之情景。將男女之歡愛，寫盡無遺。

（三十一）作蠶絲

《樂府詩集》〈作蠶絲〉序引《古今樂錄》曰：

〈作蠶絲〉，倚歌也。[156]

按《樂府詩集》收錄〈作蠶絲〉無名氏四曲，五言。其歌辭云：

春蠶不應老，晝夜常懷絲，何惜微軀盡，纏綿自有時。[157]

此詩之內容，多敘述柔桑委體，春蠶懷絲，繭成綺羅，辭勞機杼之事，與〈採桑度〉相同，然前者以蠶自況，後者則敘女子採桑養蠶之歡歌。與李義山「春蠶到死絲方盡」一詞，同具比興之意。

---

[154] 《樂府詩集》，卷49，頁718。
[155] 《樂府詩集》，卷49，頁718。
[156] 《樂府詩集》，卷49，頁720。
[157] 《樂府詩集》，卷49，頁720。

（三十二）楊叛兒

《樂府詩集》〈楊叛兒〉序引《唐書‧樂志》曰：

> 〈楊叛兒〉，本童謠歌也。齊隆昌時，女巫之子曰楊旻，少時隨母
> 入內；及長，為何后寵。童謠云：「楊婆兒，共戲來所歡。」語訛，
> 遂成〈楊叛兒〉。

又引《古今樂錄》曰：

> 〈楊叛兒〉，送聲云：「叛兒教儂，不復相思。」[158]

按《樂府詩集》收錄無名氏〈楊叛兒〉無名氏八曲，五言。其第二曲「蹔
出白門前」，已見於〈讀曲歌〉中，或為借曲。至於隆昌，為齊鬱林王年號，
僅數月，時在西元四九四年，歌辭當作於此時。

又《舊唐書‧音樂志》所載與《樂府詩集》所引有異，其云：

> 〈楊叛〉，本童謠歌也。齊隆昌時，女巫之子曰楊旻，少時隨母入
> 內，及長，為后所寵。歌云：「蹔出白門前，楊柳可藏烏，歡作沉
> 水香，儂作博山爐。」[159]

考白門為建康成門，《南齊書‧王儉傳》云：「宋世外六門設竹籬，是年
初，有發白虎樽者，言『白門三重關，竹籬穿不完。』」[160]乃言劉宋明帝壞紫
極殿，以材柱起宣揚門之事。按劉宋建都建康，即今南京市，後世因稱其地

---

[158] 《樂府詩集》，卷49，頁720。

[159] 《舊唐書》，卷29，頁1066。

[160] 《南齊書》，卷23，頁433。

曰白門。則「暫出白門前」一曲應為《吳聲歌曲》，置於〈讀曲歌〉中無誤，而〈楊叛兒〉一曲當為借曲矣。

（三十三）西烏夜飛

《樂府詩集》〈西烏夜飛〉序引《古今樂錄》曰：

> 〈西烏夜飛〉者，宋元徽五年，荊州刺史沈攸之所作也。攸之舉兵發荊州，東下。未敗之前，思歸京師，所以歌。和云：「白日落西山，還去來。」送聲云：「折翅烏，飛何處，被彈歸。」[161]

按《樂府詩集》收錄無名氏〈西烏夜飛〉五曲，五言。《宋書・樂志》云：「荊州刺史沈攸之又造〈西烏飛哥曲〉，並列於樂官，哥詞多淫哇不典正。」[162]《舊唐書・音樂志》引《古今樂錄》亦云：「〈棲烏夜飛〉，沈攸之元徽五年所作也。」[163]考《宋書》有〈沈攸之傳〉。沈攸之，字仲達，吳興武康人，卒於宋順帝昇明二年，元輝五年七月改為昇明元年，攸之於十一月「發兵反叛」，則歌辭當作於十一月以前。其內容蓋敘大婦歡憐之辭，語意悱惻。

（三十四）月節折楊柳歌

按《樂府詩集》收錄無名氏〈月節折楊柳歌〉十三曲，五言。

歌辭按十二月，每月一首，又有閏月一首，共十三首。有若後世之十二月唱春調。如正月歌云：

> 春風尚蕭條，去故來入新，苦辛非一朝，折楊柳，愁思滿腹中，歷亂不可數。

---

[161] 《樂府詩集》，卷 49，頁 722。

[162] 《宋書》，卷 19，頁 552。

[163] 《舊唐書》，卷 29，頁 1066

二月歌云：

> 翩翩烏入鄉，道逢雙燕飛，勞君看三陽，折楊柳，寄言語儂歡，尋
> 還不復久。[164]

　　以上二首，皆以「折楊柳」三字為第四句，而每首第一三句押韻，韻部
不拘，末句則各首押同韻，體式變化，律極謹嚴，為樂府詩之特有形式，與
漢《梁鼓角橫吹曲》〈折楊柳〉，《瑟調曲》〈折楊柳行〉不同。又「折楊柳」
三字無意義，為曲中之和聲。

（三十五）常林歡

《樂府詩集》〈常林歡〉序引唐・杜佑《通典》曰：

> 〈常林歡〉，蓋宋、齊間曲。[165]

又引《唐書・樂志》曰：

> 〈常林歡〉疑宋、梁間曲。宋、梁之世，荊、雍為南方重鎮，皆皇
> 子為之牧，江左辭詠，莫不稱之，以為樂土。故隨王作襄陽之歌，
> 齊五帝追憶樊、鄧，梁簡文帝樂府歌云：「分手桃林岸，送別峴山
> 頭，若欲寄音信，漢水向東流。」

又曰：

---

[164] 《樂府詩集》，卷 49，頁 722。

[165] 《樂府詩集》卷 49，頁 724。

「宜城投酒今行熟，停鞍繫馬暫栖宿。」桃林在漢水上，宜城在荊
州北，荊州有長林縣。江南謂情人為歡。「常」、「長」聲相近，蓋
樂人誤謂長為常。[166]

按〈常林歡〉古辭不存，《樂府詩集》闕載，然錄唐溫庭筠擬作一首，蓋
敘宜城景色也。

第七章　南北朝擬樂府詩作者評述

　　自胡戎交侵，永嘉喪亂，中原衣冠文物，隨之南移，江左遂成為人文薈萃之所。逮劉裕以功高禪晉，蕭道成以國亂簒君，蕭衍受齊禪為梁，陳霸先又代蕭立國，二百年間，君臣弒奪，國祚屢更。世人多無遠志，遂溺志文學，以文相誇，句尚駢儷，詩重排偶，矜屬對之奇，審聲律之美，造成中古文學史上絢爛妍巧之時代。

　　由於南朝承繼魏晉浪漫之文風，不能有所興革，故唯美之風，盛行一時。郭茂倩《樂府詩集》云：

> 自晉遷江左，下逮隋、唐。德澤寢微，風化不兢。去聖逾遠，繁音日茲。豔曲興於南朝，胡音生於北俗。哀淫靡曼之辭，迭作並起。流而忘反，以至陵夷。原其所由，蓋不能制雅樂以相變，大抵多溺於鄭、衛，由是新聲熾而雅音廢矣。[1]

　　由於文士之舖采摛文，刻意求美。故《南齊書‧文學傳》稱當時之文人「雕藻淫豔，傾炫心魂。」[2]屈就豔麗之辭藻，而罔顧內容雅俗。忠於藝術之雕繪，而忽略文之載道。如蕭繹《金樓子‧立言篇》云：「吟詠風謠，流連哀思者謂之文。」又云：「至如文者，惟須綺縠紛披，宮徵靡曼，脣吻遒會，情

---

[1] 《樂府詩集》，卷 61，頁 883。

[2] 《南齊書‧文學傳》，卷 52，頁 908。

靈搖盪。」³即為唯美風氣下論文之標準。

　　宋初文章，崇尚縟麗，顏、謝騰聲，靈運標舉興會，延年體裁明密。故《文心雕龍·明詩第六》云：

> 宋初文詠，體有因革。莊老告退，而山水方滋。儷采百字一偶，爭價一句之奇。情必極貌以寫物，辭必窮力而追新。⁴

　　齊武帝永明年間（A.D. 483～493），周顒作《四聲切韻》，沈約撰《四聲譜》，王斌著《四聲論》，倡言平仄聲律之說。《南齊書·陸厥傳》云：

> 永明末，盛為文章，吳興沈約、陳郡謝朓、琅琊王融，以氣類相推轂。汝南周顒，善識聲韻。約等文皆用宮商，以平上去入為四聲。⁵

　　沈約既已四聲作詩，又倡八病（平頭、上尾、蜂腰、鶴膝、大韻、小韻、旁紐、正紐）之說，以求詩律之和諧。此後浮巧之語，體製漸多。對句駢辭，亦彌為靡麗矣。

　　同時，南朝君臣，皆愛好文學，獎掖文士。《文心雕龍·時序第四十五》云：

> 自宋武愛文；文帝彬雅，秉文之德；孝武多才，英采雲構；自明帝以下，文理替矣。爾其縉紳之林，霞蔚而飆起。王、袁聯宗以龍章，

³ 《齊梁文壇與四蕭研究·蕭繹評傳》，頁192。
⁴ 《文心雕龍》，卷2，頁2。
⁵ 《南齊書》，卷52，頁898。

顏、謝重葉以鳳采。何、范、張、沈之徒，亦不可勝也。[6]

《南史・臨川王義慶傳》亦謂：「（宋文帝）好文章，自謂人莫能及。」[7]《南史・孝武紀》謂：「（世祖孝武皇帝）少機穎，神明駿發。讀書七行俱下，才藻甚美。」[8]《南齊書・王儉傳》謂：「宋武帝好文章，天下咸以文采相尚。」[9]

齊承宋祚，高帝愛文。《南齊書・高帝紀》云：「帝博學，喜屬文。」對於齊代之文學，蕭子顯認為有三體。其云：

（史臣曰）今之文章，作者雖眾，總而為論，略有三體。一則啟心閑繹，托辭華曠。雖存巧綺，終致迂回。宜登公宴，本非準的。而疏慢闡緩，膏肓之病。典正可採，酷不入情。此體之源，出靈運而成也。次則緝事比類，非對不發。博物可嘉，職成拘制。或全借古語，用申今情。崎嶇牽引，直為偶說。唯睹事例，頓失精採。此則傅咸五經，應璩指事。雖不全似，可以類從。次則發唱驚挺，操調險急。雕藻淫艷，傾炫心魂。亦猶五色之有紅紫，八音之有鄭、衛。斯鮑照之遺烈也。三體之外，請試妄談。若夫委自天機，參之史傳。應思悱來，忽先構聚。言尚易了，文憎過意。吐石含金，滋潤婉切。雜以風謠，輕唇利吻。不雅不俗，獨中胸懷。輪扁斫輪，言之未盡。文人談士，罕或兼工。非唯識有不周，道實相妨。談家所習，理勝其辭。就此求文，終然翳奪。故兼之者鮮矣。[10]

---

[6]　《文心雕龍》，卷9，頁25。

[7]　《南史・臨川王義慶傳》，卷13，頁360。

[8]　《南史・孝武紀》，卷2，頁55。

[9]　《南齊書・王儉傳》，卷23、頁433。

[10]　《南齊書》，卷52，頁908。

　　依蕭子顯之意，南齊之文學，一以謝靈運為依歸，文章托辭華曠，典正可採；二為鮑照之遺烈，文章操調險急，雕藻淫艷；三為滋潤婉切，雜以風謠。不雅不俗，獨中胸懷。而兼之者鮮。則可知，齊代之文，一者華麗典正。二則辭藻淫艷，已漸形成華靡之風。

　　梁時，武帝好崇文學，繼則簡文帝，元帝，並以文學著聞。文章之盛，冠於南朝。由於帝王好文，每有御幸，則命群臣賦詩，善者賜以金帛。一時沈約、江淹、任昉，並以文采，冠絕當時。至於謝朓、陸倕、庾肩吾、何遜、鍾嶸、吳均等人，亦文章之冠冕，述作之楷模。才秀之士，俱集於梁矣。

　　唯文體華靡側艷，宮體盛行，漢魏發乎性靈，樸實無華之風，蕩然無存，故《隋書‧文學傳》云：

　　　梁自大同（梁武帝 A.D. 535）以後，雅道淪喪，漸乖典則，爭馳新
　　　巧，簡文、湘東，啟其淫放。徐陵、庾信，分道揚鑣。[11]

　　新巧淫放之風，深受後人詬病。甚者稱為亡國之音，實不為過。

　　陳代雖經梁季之亂，文學漸衰。然世祖以來，漸崇文學，後主在東宮，汲引文學之士，如恐不及。及踐帝位，尤尚文章。故《陳書‧文學傳》云：「後主嗣業，雅尚文詞。傍求學藝，煥乎俱集。」[12]一時君臣風靡，兢逞才華。

　　南朝經在上者之倡導，爭豔炫奇，舖文飾藻，造成唯美之風格，綺麗之樂府詩。《南史‧文學傳》序云：「（梁朝）蓋由時主儒雅，篤好文章。故才秀之士，煥乎俱集於時。」[13]即是言此。

　　南朝上自君臣，夏至文士，皆雅好文學，如宋宗室大臣建平王弘，江夏王義恭、盧陵王愛真等，並愛文義；齊諸子如鄱陽王鏘、江夏王鋒、竟陵王

---

[11]《隋書》，卷 76，頁 1730。

[12]《陳書》，卷 34，頁 453。

[13]《南史》，卷 72，頁 1762。

子良、衡陽王鈞、隨王子隆、文惠太子等，均愛好文學。招集文士，人文蔚
起；梁代則沈約、江淹、任昉，並以文章妙絕當時。而若彭城劉溉、吳興丘
遲、吳郡張率等，皆為後起之秀；陳時後主好文，后妃宗室，亦莫不競為文
詞，極一時之盛。

　　至於北朝樂府，成立於魏道武帝開國之世，發達於魏太武帝統一北朝，
及孝文帝崇尚華風，文學稍盛。《隋書・文學傳》序云：

　　　　暨永明、天監之際，太和、天保之間，洛陽江左，文雅尤盛。于時
　　　　作者，濟陽江淹、吳郡沈約、樂安任昉、濟陰溫子昇、河間邢子才、
　　　　鉅鹿魏伯起等並學窮書圃，思極人文。繚綵鬱於雲霞，逸響振於金
　　　　石。英華秀發，波瀾浩蕩。筆有餘力，詞無絕源。[14]

　　其樂府可分漢歌與虜歌兩時期，虜歌時期約當燕代之際，五胡十六國混
雜交糅，胡風甚盛，故魏道武帝所用之樂章即是。漢歌時期則當後魏、北齊、
北周統一與分治之時，其樂府詩依虜歌譯為華言，或直接用漢文，作品大部
尚存，樂府詩集所載梁鼓角橫吹曲即是。

　　北朝漢歌，內容充實，文辭質樸，有剛健之氣，與南朝唯美之風格不同，
然因北朝文士，頗受南朝之影響，作品浮泛豔靡，如北朝溫子昇、邢邵、魏
收三人屬之。

　　由上可知，南北朝樂府詩可謂當時文學之表徵，睹其文士之擬作，可知
文風之一斑。茲就依時代之先後，選錄宋代謝靈運、鮑照、謝惠連、湯惠休、
吳邁遠等五人；齊代謝朓，王融，陸厥等三人；梁代蕭衍、蕭統、蕭綱、蕭
繹、沈約、江淹、王筠、何遜、吳均、蕭子顯、劉孝綽、劉孝威、庾肩吾、
張率、柳惲、費昶等十六人；陳代張正見、陳叔寶、江總、徐陵、顧野王等
五人；北魏溫子昇一人；北齊魏收一人；北周庾信、王褒等二人。依次評述

---

[14]《隋書》，卷76，頁1730。

之。

一、宋代擬樂府詩作者

（一）謝靈運

　　謝靈運（A.D. 385～433），小名客兒，陳郡陽夏人（今河南太康）。生於東晉孝武帝太元十年，卒於宋文帝元嘉十年。於少好學，博覽群書。文章之美，江左莫逮。襲封康樂公。宋受禪，降公爵為侯。少帝時，以「構扇異同，非毀執政。」為由，出為永嘉（今浙江溫州）太守。既不得志，肆意遊遨，所至輒為詩詠以致其意。文帝元嘉中，徵為秘書監，尋引病東歸，與隱士王弘之、孔淳之等，放蕩為娛，有終焉之志。每一詩至都邑，貴賤莫不競寫，名動都下。後起為臨川郡守，為有司所糾，徙封廣州。元嘉十年（A.D. 433）於廣州棄市。

　　靈運才高詞盛，富豔難縱。《南史・謝靈運傳》稱其文章之美，與顏延之為江左第一。嚴羽《滄浪詩話》亦言其詩無篇不佳，然因靈運官場失意，寄情山水，尋山陟嶺，必造幽峻；巖嶂千重，莫不備盡。因此摹寫山水成為謝靈運詩歌之主題。如《遊南亭》云：「密林含餘清，遠峯隱半規。」《登江中孤嶼》云：「雲日相輝映，空水共澄鮮。」《過始寧墅》：「白雲抱幽石・綠筱媚清漣。」等山水麗辭，奠定其在山水詩中之地位。

　　謝靈運最著名之詩句，是其《登池上樓》中之：「池塘生春草，園柳變鳴琴。」二句，最為人稱頌。池塘邊萌生青草，園中之楊柳被春風吹拂，聲如鳴琴般悅耳。此種詩句，除描繪生動外，須常在園林中倘佯者，方能體會其中情趣。《文心雕龍・明詩第六》云：「宋初文詠，體有因革。莊老告退，而山水方滋。」[15]

---

[15]　《文心雕龍注》，卷2，頁1。

謝靈運之詩句用字新奇，舖敘紛縟，雕琢之迹甚明。鍾嶸《詩品》評曰：

> 其源出自陳思，雜有景陽之體。故尚巧似，而逸蕩過之。頗以繁蕪
> 為累。嶸謂若人興多才高，寓目則書。內無乏思，外無遺物。其繁
> 富宜哉！然名章迥句，處處間起。麗典新聲，絡繹奔會。譬猶青松
> 之拔灌木，白玉之映塵沙。未足貶其高潔也。[16]

鍾嶸評謝靈運詩「尚巧似」、「逸蕩過之」、「以繁蕪為累」，其原因是康樂
喜登山涉水，眼前美景，紛至沓來。若將山水雲樹，草木花鳥，逐一雕繪，
就會有繁蕪之累。故深究謝詩，新聲麗句，層見疊出。雕琢之迹，隨時可見。
《文心雕龍·物色》云：「所謂詩人麗則而約言，辭人麗淫而繁句也。」謝靈
運其詩人乎？

陳繹曾《詩譜》云：

> 謝靈運以險為主，以自然為工。李杜取深處，多取此。[17]

陳祚明《采菽堂古詩選》更說明其以自然為工之原由，其云：

> 謝康樂詩如湛湛江流，源出萬山之中。穿巖激石，瀑掛湍迴。千轉
> 百折，歘為洪濤。及其浩樣澄湖，樹影山光。雲容花色，涵徹洞深。
> 蓋緣派遠流長，時或瀦為小澗。亦復搖曳澄瀅，波蕩不定。[18]

由上可知，謝詩如浩蕩江流，穿越萬山之中，形成瀑布、深洞、山澗，

---

[16] 《詩品注》，卷上，頁112。

[17] 《百種詩話類編》，前編，頁1112。

[18] 《謝靈運·附論》，頁142。

有觀之不盡之美景。謝靈運能細查變幻莫測之大自然，不論山勢之雄偉，水流之浩蕩，都反映在詩篇之中。劉勰《文心雕龍・物色》云：「若乃山林皋壤，實文思之奧府。」[19]清・施補華《峴傭說詩》將謝靈運之詩置於陸、顏之上，左、郭之下，可謂定評。其云：

> 大謝山水遊覽之作，極為鑱削可喜。鑱削可矯平熟，鑱削失却渾厚。
> 故大謝之詩勝於陸士衡之平，顏延之之澀。然視左太沖、郭景純，
> 已遜自然。何以望子建、嗣宗之項背乎？[20]

丁福保《全宋詩》輯存謝靈運樂府詩十九首，《樂府詩集》則載〈日出東南隅行〉、〈長歌行〉、〈燕歌行〉等十九首。茲舉其〈日出東南隅行〉及〈苦寒行〉二首為例。《樂府詩集》〈相和曲辭〉三，〈日出東南隅行〉云：

> 柏梁冠南山，桂宮耀北泉。晨風拂幨幌，朝日照閨軒。美人臥屏席，
> 懷蘭秀瑤璠。皎潔秋松氣、淑德春景暄。[21]

〈相和曲辭〉八〈苦寒行〉云：

> 歲歲層冰食〔當作合〕，紛紛霰雪落。浮陽滅青暉，寒禽叫悲壑。
> 饑爨煙不興，渴汲水枯涸。[22]

《樂府詩集》注：「（食）〔合〕據《藝文》卷四一、《詩紀》卷四七改。」又於魏文帝〈苦寒行〉二首敘言：「《樂府解題》曰：『晉樂奏魏武帝《北

---

[19] 《文心雕龍注》，卷 10，頁 2。

[20] 《百種詩話類編》，前編，頁 1116。

[21] 《樂府詩集》，卷 28，頁 419。

[22] 《樂府詩集》，卷 33，頁 498。

上篇》，備言冰雪溪谷之苦。其後或謂之《北上行》，蓋因武帝辭而擬之也。』[23]

　　謝靈運樂府詩，溯自陸機。由於雕繢之迹甚明，偶有失自然之處。如秦少游《進論》言其「長于峻潔」，乃指其五言樂府詩。《南史・顏延之傳》載文帝嘗各勑臣子擬作樂府〈北上篇〉，延之受詔便成，靈運久之乃就。延之嘗問鮑照：「己與靈運優劣？」照曰：「謝五言如初發芙蓉，自然可愛；君詩若舖錦列繡，亦雕繢滿眼。」[24]亦指其五言也。

（二）鮑照

　　鮑照（A.D. 414～466），字明遠，東海（今山東郯城）人，本上黨（今山西長治）人，後遷居東海。生年依南齊虞炎《鮑照集序》推算，應在晉安帝義熙十年前後。卒於宋明帝泰始二年。家世貧賤，少有文思。宋文帝元嘉十六年（A.D. 439），謁臨川王義慶，貢詩言志，擢為臨川國侍郎。二十一年（A.D. 445），王薨，始興王劉濬引為侍郎。孝武初，除海虞令，遷太學博士兼中書舍人。時上好文章，自謂人莫能及。照悟其旨，為文多鄙言累句。出為秣陵令，又轉永嘉令。大明五年，除前軍行參軍。臨海王鎮荊州，掌知內命，尋遷前軍刑獄參軍事。明帝泰始二年，子頊敗，照為宋景所殺。年五十餘。

　　明遠才秀人微，史不立傳。然文詞贍逸，推美當世。鍾嶸《詩品》評其詩云：

　　（鮑照）其源出於二張，善製形狀寫物之詞。得景陽之諔詭，含茂先之靡嫚。骨節強于謝混，驅邁疾于顏延。總四家而擅美，跨兩代而孤出。嗟其才秀人微，故取淹當代。然貴尚巧似，不避危仄，則

[23] 《樂府詩集》，卷33，頁496。

[24] 《南史》，卷34，頁881。

傷清雅之調。故言險俗者，多以附照。[25]

　　明遠之詩，俊逸遒麗，直追西漢風骨，與顏延之、謝靈運並列為元嘉三大家。惟其奇險之筆，有傷清雅，為其大醇小疵之處。

　　明遠之樂府詩最具特色，《南史‧鮑照傳》云：「文辭贍麗。嘗為古樂府，文甚遒麗。」[26]丁福保《全宋詩》輯存鮑明遠樂府詩八十七首。《樂府詩集》載其〈梅花落〉、〈蒿里〉、〈挽歌〉等七十六首。徐陵《玉臺新詠》則錄〈代京洛篇〉（一作〈煌煌京洛行〉），〈擬樂白頭吟〉，〈采桑詩〉，〈代淮南王〉，〈代白紵歌辭〉，〈行路難〉等十一首。

　　鮑照樂府詩多半為五言，半為七言或雜言。其五言樂府，張溥〈鮑參軍集題辭〉讚為「李、杜之高曾」。胡仔《苕溪漁隱叢話》引《詩眼》云：

　　李太白亦多建安句法，而罕全篇，多雜以鮑明遠體。[27]

　　明‧陸時雍《詩鏡總論》云；

　　鮑照材力標舉，凌屬當年，如五丁鑿山，開人世所未有。[28]

　　清‧吳汝綸《鮑參軍集選》云：

　　宋代詞人，康樂為冠。諸謝奕奕，迭相映蔚。明遠篇體驚奇，在延

[25] 《詩品》，卷中，頁184。
[26] 《南史》，卷13，頁360。
[27] 《苕溪漁隱叢話》，前集，頁4。
[28] 《百種詩話類編‧詩鏡總論》，前編，頁1037。

年之上。謝之與鮑，可謂分路揚鑣。[29]

清‧黃子雲《野鴻詩的》云：

明遠沉雄篤摯，節亮句遒。又善能寫難寫之景。較之康樂，互有所
長。

鮑照之詩，黃子雲認為與謝靈運互有所長，吳汝綸延再顏延年之上，甚
者李太白多襲鮑明遠體。然觀明遠七言樂府之作，佳於五言。陳師道《後山
詩話》稱其「壯麗豪放，若決江河。」今舉《樂府詩集》鮑照〈行路難〉十
八首之一於下：

奉軍金卮之美酒，瑇瑁玉匣之雕琴。七彩芙蓉之羽帳，九華葡萄之
錦衾。紅顏零落歲將暮，寒光宛轉時欲沈。願君裁悲且減思，聽我
抵節行路吟。不見柏梁銅雀上，寧聞古時清吹音。[30]

《樂府詩集》敘引《樂府解題》曰：

〈行路難〉，備言世路艱難及離別悲傷之意，多以君不見為首。」
按《陳武別傳》曰：「武常牧羊，諸家牧豎有知歌謠者，武遂學〈行
路難〉。」[31]

許彥周《彥周詩話》稱許鮑照〈行路難〉云：「明遠〈行路難〉，壯麗豪

[29] 《鮑參軍集注》，頁454。

[30] 《樂府詩集》，卷70，頁997。

[31] 《樂府詩集》，卷67，頁980。

放，若決山河，詩中不可比擬。大似賈誼〈過秦論〉。」

　　鮑照〈行路難〉十八首，辭采華美，雖非全言生死之事，然文多懷古，或離別哀戚之意。

　　鮑照之樂府詩，除「行路難」之外，如〈鳴雁行〉、〈白紵歌〉、〈梅花落〉等，皆屬佳構。茲舉《雜曲歌辭》〈鳴雁行〉云：

　　雝雝鳴雁鳴正旦，齊行命侶入雲漢。中夜相失群離亂，留連徘徊不忍散。憔悴容儀君不知，辛苦霜雪亦何為。[32]

《舞曲歌辭》四，〈白紵歌〉十六曲，鮑照六首之三云：

　　三星參差露沾濕，弦悲管清月將入。寒光蕭條候蟲急，荊王流歎楚妃泣。紅顏難長時易戢，凝華結藻久延立，非君之故豈安集。[33]

《橫吹曲辭》四〈梅花落〉十三首之一云：

　　中庭雜樹多，偏為梅咨嗟。問君何獨然，念其霜中能作花，露中能作實。搖蕩春風媚春日，念爾零落逐風飈，徒有霜華無霜質。[34]

　　以上三曲，一詠鳴雁，一詠白紵、一詠梅花，皆充滿民歌風味，實為南朝樂府之珍寶。

　　明遠樂府雖屬擬古，實為創新。蓋七言樂府自曹丕〈燕歌行〉後，醞釀緩慢，至鮑照始得發展，不論三、五、七雜言之作，均純熟流利，遠較漢代

---

[32] 《樂府詩集》，卷 68，頁 981。

[33] 《樂府詩集》，卷 55，頁 801。

[34] 《樂府詩集》，卷 24，頁 349。

樂府進步，如其擬〈行路難〉十九首，上承漢代民間樂府〈戰城南〉、〈東門行〉等之遺，下開唐人「新樂府」一派。如盛唐李白、高適、岑參等七言歌行豪邁雄放之風，實肇源於此。《鮑參軍集注》引元・陳繹曾《詩譜》云：

> 六朝文氣衰緩，唯劉越石、鮑明遠有西漢氣骨，李、杜筋取此。[35]

明遠詩喜雕琢，然能使雕琢之詩句回復於自然，實屬難能。如其「馳道直如髮」、「絲淚毀金骨」、「九衢平若水」、「暄霧逐風收」、「驚舡馳桂浦」、「含傷拾泉花」、「緘歡凌珠淵」等，皆能以比興體材，鎔鑄民歌，自造新詞，故能超邁顏、謝，與陶、左分庭抗禮。

（三）謝惠連

謝惠連（A.D. 407～433），陳郡陽夏（今河南太康）人。靈運族弟，父方明為會稽太守。幼而聰敏，十歲能屬文，靈運深相知賞。本州辟主簿，不就。坐與杜德靈贈答，被徙廢塞，不豫榮伍。殷景仁愛其才，頗為辯白。元嘉七年（A.D. 430），為彭城義康法曹參軍。時義康修東府城，城塹中得古冢，為之改葬，使惠連為祭文，其文甚美。又為〈雪賦〉，以高麗見奇。靈運見其新文，每曰：「張華重生，不能易也。」元嘉十年（A.D. 433）卒，年三十七。

惠連詩清麗爽朗，喜用典偶，故缺渾成高遠之妙。沈德潛《古詩源》謂其詩一味鏤刻，失自然之致。王闓運《王志論詩》則言其詩殊冗弱，但工作聯句。鍾嶸《詩品》評曰：

> 小謝才思富捷，恨其蘭玉凋凋，故長轡未騁。秋懷擣衣之作，雖復

---

[35] 《鮑參軍集注》，頁446。

靈運銳思，亦何以加焉。又工為綺麗歌謠，風人第一。[36]

由於惠連樂府詩極佳，故《詩品》稱其「工為綺麗歌謠。」丁福保全宋詩輯存十四首。《樂府詩集》則載〈猛虎行〉、〈燕歌行〉、〈鞠歌行〉、〈豫章行〉、〈相逢行〉等十五首。《詩品注》引王夫之《薑齋詩話》云：

小謝樂府，奕奕標舉。短歌微吟，亦復關情不淺。遙想此士風流，當知緱嶺吹笙，月明人澹，而飄然欣賞，固不在洞庭張樂下也。[37]

可謂對其樂府詩之定評。茲舉其〈燕歌行〉一首為例：

四時推遷迅不停，三秋蕭瑟葉解輕。飛霜被野雁南征，念君客遊羈思盈。何為淹留無歸聲，愛而不見傷心情。朝日潛輝華燈明，林鵲向棲渚鴻并。接翮偶羽依蓬瀛，仇依旅類相和鳴。余獨何為志無成，憂緣物感淚沾纓。[38]

《樂府詩集》魏文帝〈燕歌行〉敘引《樂府解題》曰：「晉樂奏魏文帝『秋風』『別日』二曲，言時序遷換，行役不歸，婦人怨曠無所訴也。」《廣題》曰：「燕，地名也，言良人從役於燕，而為此曲。」[39]

（四）湯惠休

湯惠休，字茂遠。生卒年不詳。早年為僧，人稱惠休上人。世祖命使還俗。名惠休，本姓湯，善文，辭采綺豔，位至揚州從事史。

---

[36] 《詩品注》，卷中，頁181。

[37] 《詩品注》，卷中，頁182。

[38] 《樂府詩集》，卷32，頁471。

[39] 《樂府詩集》，卷32，頁469。

鍾嶸《詩品》評惠休云：

> 惠休淫靡，情過其才。世遂匹之鮑照，恐商周矣！羊曜璠云：「是
> 顏公忌照之文，故立休鮑之論。」

茲觀惠休詩風，與鮑照相近，俱以情性見稱，高遠俊逸之處，不及鮑照。故《詩品》有「恐商周矣」之論。[40]

《左傳‧桓公十一年》記載：「師克在和，不在眾。商、周之不敵，君之所聞也。」[41]此言商紂有億兆夷人，周武王有亂臣十人，若離心離德，雖然人多勢眾，亦不敵仁義之人。後用「商周」比喻兩者難以匹敵。

劉師培《中古文學史》云：

> 側艷之詞，起源自昔。晉、宋樂府，如〈桃葉歌〉、〈碧玉歌〉、〈白
> 紵詞〉、〈白銅鞮歌〉，均以淫豔哀音，被于江左。迄於蕭齊，流風
> 益盛。其以此體施於五言詩者，亦始晉、宋之間。後有鮑照，前有
> 惠休。

又云：

> 明遠樂府，固妙絕一時。其五言詩，亦多淫豔，特麗而能壯，與梁
> 代之詩稍別。《齊書‧文學傳》論謂：「次則發唱驚挺，操調險急，
> 雕藻淫豔，傾炫心魂，斯鮑照之遺烈，其確證也。」綺麗之詩，自
> 惠休始。《南史‧顏延之傳》云：「延之每薄湯惠休詩，謂人曰：『惠

---

[40] 《詩品注》，卷下，頁251。

[41] 《左傳正義》，卷7，頁122。

休製作，委巷中歌謠耳。』」方當誤後事，即據側豔之詩言之。[42]

　　丁福保《全宋詩》輯存湯惠休樂府詩十首，郭茂倩《樂府詩集》載其〈江南思〉、〈怨詩行〉、〈楚明妃曲〉、〈秋風〉等九首。茲舉其〈江南思〉一首為例，其云：

　　　幽客海陰路，留戍淮陽津。垂情向春草，知是故鄉人。[43]

　　按隋朝原有交趾、九真、日南三郡，隋煬帝大業元年（A.D. 605），出兵討平林邑，置為沖、農、蕩三州，兩年後，改為林邑、海陰、比景三郡。則海陰遠在今越南之地。淮陽，東晉郡名，在今江蘇省。海陰，淮陽，一東一南，懸隔千里之遠。再觀此詩，敘述曾遠戍海陰之愁人，得回故鄉，戍守淮陽之津渡，見其向青草表達情意，可知此人歸回故鄉之歡樂。蓋回歸故鄉之人，土地、草木，都想親吻它，以表思鄉之情。讀來清婉，卻欲一掬清淚。

　　《樂府詩集》《相合歌辭》中有〈江南〉古辭一曲，其敘云：

　　　《樂府解題》曰：「江南古辭，蓋美芳晨麗景，嬉遊得時。若梁簡文『桂楫晚應旋』，唯歌遊戲也。」按梁武帝作《江南弄》以代西曲，有〈采蓮〉、〈采菱〉，蓋出於此。[44]

　　又沈約作〈江南曲〉，亦屬此類歌辭。

（五）吳邁遠

　　吳邁遠（A.D. ?-474），生年不詳。好為篇章，宋明帝聞而召之。及見，

---

[42] 《中古文學史》，頁 252。

[43] 《樂府詩集》，卷 26，頁 384。

[44] 《樂府詩集》，卷 26，頁 384。

曰：「此人連絕之外，無所復有。」宋末，桂陽王劉休範背叛朝廷。吳邁遠曾為休範起草檄文，宋元徽二年（A.D. 474）。坐桂陽之亂誅死。

邁遠好自誇，而嗤鄙他人。每作詩，得稱意語，則擲地呼曰：「曹子建何足數哉！」然鍾嶸《詩品》謂：「吳善於風人贈答。」[45]則其樂府詩尚有可觀者。

丁福保《全宋詩》輯存吳邁遠樂府詩八首，郭茂倩《樂府詩集》載其〈飛來雙白鴿〉、〈陽春歌〉、〈長別離〉、〈長相思〉等四首。

王闓運舉〈飛來雙白鴿〉一首，認為吳詩音節，殊不能合。然吳邁遠樂府詩亦有佳作。如〈長相思〉中云：「人馬風塵色，知從河塞還。」[46]二句，後庾子山用之，而有「馬有風塵色，人多關塞衣。」二句。再舉〈陽春歌〉一首為例，其云：

> 百里望咸陽，知是帝京域。綠樹搖雲光，春城起風色。佳人愛景華，
> 流靡園塘側。妍姿豔月映，羅衣飄蟬翼。宋玉歌陽春，巴人長歎息。
> 雅鄭不同賞，那令君愴惻。生平重愛惠，私自憐何極。[47]

此詩描寫帝京咸陽百里之外，佳人愛春日美景，身著羅衣，流連於園塘之中。此華麗之描寫，與宋代華靡之風有關。

[45] 《詩品注》，卷下，頁258。

[46] 《樂府詩集》，卷51，頁469。

[47] 《樂府詩集》，卷51，頁742。

二、齊代擬樂府詩作者

（一）謝朓

　　謝朓，字玄輝（A.D. 464～499），陳郡陽夏（今河南太康）人。生於宋武帝大明八年（A.D. 464），卒於齊東昏侯永元元年（A.D. 499）。出身高門士族，為謝靈運族弟，世稱小謝。因曾任宣城太守，又稱謝宣城。

　　謝朓少好學，有美名，文章清麗。永明建元四年（A.D. 482），解褐（初入仕）豫章王蕭嶷之太尉行參軍，越四年，遷隨王蕭子隆東中郎府參軍，轉王儉衛軍、東閣祭酒、太子舍人，隨王蕭子隆為鎮西將軍、荊州刺史，朓為鎮西功曹參軍，轉文學。子隆在荊州，好辭賦，數集僚友。朓以文才，尤被賞愛。流連晤對，不捨日夕。永明十一年（A.D. 493），自荊州江陵返京，遷新安王中軍記室，尋以本宮兼尚書殿中郎。隆昌（A.D. 494）初，朓為驃騎諮議，領記室，掌霸府文筆，又掌中書詔誥。除秘書丞，未拜。明帝即位，轉中書郎，出為宣城太守。建武四年（A.D. 497），出為晉安王鎮北諮議，南東海太守，行南除州事，遷尚書吏部郎。東昏侯蕭寶卷永元元年（A.D. 499），以立位之事下獄死，年三十六。

　　謝朓與沈約、王融，並稱永明體之創始人。詩長於五言。《南齊書‧謝朓傳》云：「沈約常云：二百年來無此詩也。」[48]梁‧簡文帝《答湘東王和受試詩書》稱揚謝朓之詩云：「文章之冠冕，述作之楷模。」[49]今觀其詩清綺而不雕琢，俊秀而不淫靡，如其《暫使下都夜發新林至京邑贈西府同僚》云：

　　　大江流日夜，客心悲未央。徒念關山近，終知返路長。秋河曙耿耿，
　　　寒渚夜蒼蒼。引領見京室，宮雉正相望。金波麗鳷鵲，玉繩低建章。

---

[48] 《南齊書》，卷 47，頁 826

[49] 《漢魏六朝百三家集‧梁簡文帝集》，頁 3379。

驅車鼎門外，思見昭丘陽。[50]

又《晚登三山還望京邑》一詩云：

灞涘望長安，河陽視京縣。白日麗飛甍，參差皆可見。餘霞散成綺，
澄江靜如練。喧鳥覆春洲，雜英滿芳甸。去矣方滯淫，懷哉罷歡宴。
佳期悵何許，淚下如流霰。有情知望鄉，誰能鬒不變？[51]

　　朓詩之長處，在於能運用聲律，描寫山林之緻。曠逸細密，而無大謝苦
心雕琢之迹，頗能顯示其自然高遠之意境。故前人多以「清綺」，「清俊」，「清
麗」稱之。從以上二詩讀來，「大江流日夜，客心悲未央。」「餘霞散成綺，
澄江靜如練。」意境雄渾高遠，莽莽無端，有名家手筆。惟末句收尾之處，
氣象不如開端雄擴。將廣闊之空間，縮限為自我之感傷，為其缺點。鍾嶸《詩
品》評曰：

（謝朓）其原出於謝混，微傷細密，頗在不倫。一章之中，自有玉
石。然奇章秀句，往往警遒，足使叔源失步，明遠變色。善自發詩
端，而末篇多躓，此意銳而才弱也。[52]

《詩品》以為材弱，其實與其遭遇有關。明・陸時雍《詩鏡總論》云：

詩至于齊，情性既隱，聲色大開。謝玄暉豔而韻，如洞庭美人，芙

[50]《謝宣城集》，卷3，頁216。

[51]《謝宣城集》，卷3，頁316。

[52]《詩品注》，卷中，頁192。

蓉衣而翠羽旗，絕非世間物色。[53]

清・施補華《峴傭說詩》云：

謝玄暉名句絡繹，清麗居宗。雖不如魏、晉諸賢之厚，然較之陰
鏗、徐陵、庾信，骨幹堅強多矣。其秀氣成采，江郎五色筆，尚
不能逮。[54]

清・黃子雲《野鴻詩的》云：

玄暉句多清麗，韻亦悠揚，得於性情獨深。雖去古漸遠，而擺脫前
人習弊，永元中誠冠冕也。[55]

　　丁福保《全齊詩》輯謝朓樂府詩三十三首。《樂府詩集》則載〈齊雩祭樂
歌〉、〈齊隨王鼓吹曲〉、〈芳樹〉、〈玉階怨〉、〈有所思〉、〈臨高臺〉、等三十八
首。徐陵《玉臺新詠》錄其〈玉階怨〉、〈金谷聚〉、〈王孫遊〉、〈同王主簿有
思〉等四首。其中〈金谷聚〉《樂府詩集》未載，但見於丁福保《全齊詩》。
　　謝朓之樂府詩，清麗自然。幾乎首首皆為佳構。《詩品》謂朓「意銳而才
弱」，不足以駕御長篇。如「大江流日夜」雖係名句，末篇多躓，無以副之，
故小詩適為其擅長也。茲舉〈玉階怨〉、〈王孫遊〉二首為例。
　　《樂府詩集》《相合歌辭》十八，〈玉階怨〉云：

---

[53] 《百種詩話類編・詩鏡總論》，頁1098。

[54] 《百種詩話類編・野鴻詩的》，頁1099。

[55] 《百種詩話類編・野鴻詩的》，頁1098。

夕殿下珠廉，流螢飛復息。長夜縫羅衣，思君此何極。[56]

又《雜曲歌辭》十四，〈王孫遊〉云：

綠草蔓如絲，雜樹紅英發。無論君不歸，君歸芳已歇。[57]

此五言樂府詩小詩，有助於唐代絕句之成立。故張溥《謝宣城集》題辭謂其漸啟唐風。嚴羽《滄浪詩話》言其詩已有全篇似唐人者。胡應麟《詩藪·外編》更申言之曰：

六朝句於唐人，調不同而語相似者：「餘霞散成綺，澄江淨如練。」初唐也；「金波麗鳷鵲，玉繩低建章。」盛唐也；「天際識歸舟，雲中辨江樹。」中唐也；「魚戲新荷動，鳥散餘花落。」晚唐也。俱謝玄暉詩也。[58]

正由於元暉詩變有唐風。故唐人詩中多稱服謝朓。如李白論詩，目無往古，惟對謝玄暉再三稱服。其〈金陵城西樓月下吟〉云：「解道澄江淨如練，令人長憶謝玄暉。」[59]〈酬殷明佐見贈五雲裘歌〉云：「我吟謝朓詩上語，朔風颯颯吹飛雨。」[60]〈宣州謝朓樓餞別校書叔雲〉云：「蓬萊文章建安骨，中間小謝又清發。」[61]〈送儲邕之武昌〉云：「諾謂楚人重，詩傳謝朓清。」[62]〈新

---

[56] 《樂府詩集》，卷 43，頁 632。

[57] 《樂府詩集》，卷 74，頁 1051。

[58] 《詩藪·外編》，頁 150。

[59] 《李白集校注》，卷 7，頁 520。

[60] 《李白集校注》，卷 8，頁 580。

[61] 《李白集校注》，卷 18，頁 1077。

[62] 《李白集校注》，卷 18，頁 1089。

林浦阻風寄友人〉云：「明發新林浦，空吟謝朓詩。」[63]〈三山望金陵寄殷淑〉云：「三山懷謝朓，水澹望長安。」[64]〈秋夜板橋浦汎月獨酌懷謝朓〉云：「獨酌板橋浦，古人誰可徵，玄暉難再得，灑酒氣填膺。」[65]等皆是。

李白對謝朓推崇備至，推其原因，蓋玄暉之詩，豔詞麗句，紛至沓來。情韻悠揚，妙悟天成。尤其讀至結句，如獲驪珠。以及與李白飄逸高俊之意趣相仿，故詩中時見感佩之語。

清‧清代著名之詩人王士禛，對謝朓之詩，亦感欽佩不已。其《戲仿元遺山論詩絕句三十二首》第三首云：

> 青蓮才筆九州橫，六代淫哇總廢聲。白紵青山魂魄在，一生低首謝宣城。[66]

唐‧李白〈登九華落雁峰〉云：「恨不攜謝朓驚人詩句來，搔首一問青天耳。」[67]可見李白對謝朓之詩，仰慕之至。欲搔首問天，何有此驚人詩句？唐‧杜甫亦稱美謝朓，如〈寄岑嘉州詩〉中云：「謝朓每篇堪諷誦，馮唐已老聽吹噓。」[68]可見謝朓之樂府詩對唐代詩人之影響。

（二）王融

王融（A.D. 466～493），字元長，琅邪臨沂（今山東臨沂）人。王僧達之孫。少而神明警惠，受母教，博涉有文才。舉秀才，為太子舍人，遷秘書丞。齊武帝永明九年，武帝幸芳林園，禊宴朝臣，使融為〈曲水詩序〉，文藻富麗。

---

[63] 《李白集校注》，卷13，頁852。

[64] 《李白集校注》，卷14，頁889。

[65] 《李白集校注》，卷22，頁1302。

[66] 《齊梁文壇與四蕭研究》第二章，頁47。

[67] 《齊梁文壇與四蕭研究》第二章，頁47。

[68] 《杜詩詳注》，卷14，頁1262。

魏使房景高、宋弁謂此製勝於顏延年。竟陵王子良拔為寧朔將軍。融文辭捷速，有所造作，援筆可待。子良特相友好，情分殊常。武帝病篤，融謀立竟陵王子良，鬱林王昭業，文惠太子長子，以世嫡立為皇太孫，深怨融。及即位，收融賜死獄中，年二十七。

　　元長具有文才，《南齊書・王融傳》云：

　　　　文辭辯捷，尤善倉促屬綴。有所造作，援筆可待。[69]

　　王融除文筆敏捷外，詞美文淨，清婉有致。《詩品》謂其辭不貴奇，競須新事。自然英麗，罕值其人。又創言音旨，頗識律呂，為謝朓、沈約導其波。故其樂府詩意婉約秀美，清麗脫俗。

　　明・陸時雍《詩鏡總論》對王融之詩，頗有微詞。尤其對其豔句，多所批判，其云：

　　　　詩麗於宋，豔於齊。物有天豔，精神色澤，溢自氣表。王融多為豔句，然多語不成章，則塗澤勞而神色隱矣。如衛之碩人，騷之招魂，豔極矣，而亦真極矣！柳碧桃紅，梅青竹素，各有固然；浮薄之豔，枯槁之素，君子所弗取也。[70]

　　陸時雍認為王融之豔詩，缺乏真與自然之妙。此為寫景詩最需具備者，王融詩中，不求雕琢，自然清麗，較近民歌色彩，為陸時雍所不取。

　　丁福保《全齊詩》輯存王融樂府詩四十二首。《樂府詩集》載〈巫山高〉、〈芳樹〉、〈有所思〉、〈臨高臺〉、〈三婦豔詩〉等五十一首。《玉臺新詠》僅錄其〈巫山高〉一首。今舉《樂府詩集》〈青青河畔草〉與〈巫山高〉二首為例。

---

[69] 《南齊書》，卷47，頁823。

[70] 《百種詩話類編・詩鏡總論》，前編，頁85。

《相合歌辭》十八，〈青青河畔草〉云：

> 容容寒煙起，魍魍望行子。行子殊未歸，寤寐（若）〔君〕容輝。
> 夜中心愛促，覺後阻河曲。河曲萬里餘，情交襟袖疎。珠露春華返，
> 璿霜秋照晚。入室怨蛾眉，情歸為誰婉。[71]

詩中（若）〔君〕據《詩紀》卷57改。《樂府詩集》《相和歌辭》十三，〈飲馬長城窟行〉古辭，首句即為「青青河畔草」，王融或即以此句為題。

《鼓吹歌辭》二，《漢鐃歌》中，〈巫山高〉云：

> 想像巫山高，薄暮陽臺曲。煙雲乍舒卷，猨鳥時斷續。彼美如可期，
> 寤言紛在矚。憮然坐相思，秋風下庭綠。[72]

此曲描寫作者想像自己在傍晚時分，在蜿曲之陽臺眺望，看到巫山高峻聳立，天空煙雲舒捲，山中猨鳥斷續悲鳴。不禁憮然而生悵惘之情。

（三）陸厥

陸厥（A.D. 472～499），字韓卿，吳郡吳（今江蘇蘇州）人。少有風概，好屬文，五言詩體甚新奇。齊武帝永明九年（A.D. 491）舉秀才，任王晏少傅主簿，州舉秀才，遷後軍行參軍。永明末，盛為文章，厥嘗與沈約論四聲。永元元年（A.D. 499），始安王遙光反，父閔被誅。厥坐繫尚方，尋有赦令，厥恨父不及，感慟而卒，年二十八。

陸厥詩體新奇，雅贍可觀，鍾嶸《詩品》評曰：

---

[71] 《樂府詩集》，卷38，頁561。

[72] 《樂府詩集》，卷17，頁238。

觀厥文緯，具識丈夫之情狀。自製未優，非言之失也。[73]

此說貶抑太過。不若陳祚明《采菽堂古詩選》之言，尚稱平允，其云：

雅縟之筆，澤以古風，深許其詩也。[74]

陸厥之詩，丁福保《全齊詩》輯存十一首，其中樂府詩占十首。《樂府詩集》載其〈蒲坂行〉、〈齊歌行〉、〈南郡歌〉、〈邯鄲行〉等八首。徐陵《玉臺新詠》僅錄其〈李夫人及貴人歌〉一首。

陸厥之樂府詩，如〈左馮翊歌〉、〈邯鄲行〉、〈李夫人及貴人歌〉、〈中山王孺子妾歌〉、〈臨江王節士歌〉等，均以雅縟之文筆，細敘古事，頗有漢魏古風。今舉其〈邯鄲行〉與〈南郡歌〉二首為例。

《雜曲歌辭》十六〈邯鄲行〉云：

趙女撫鳴琴，邯鄲紛躧步。長袖曳三街，兼金輕一顧。有美獨臨風，佳人在遐路。相思欲褰袵，叢臺日已暮。[75]

《樂府詩集》〈邯鄲行〉敘引《通典》曰：「邯鄲，戰國時趙國所都，自敬侯始都之。有叢台、洪波台在焉。」又引《樂府廣題》曰：「《邯鄲》，舞曲也。」

《雜曲歌辭》十二，〈南郡歌〉云：

江南可採蓮，蓮生荷已大。旅雁向南飛，浮雲復如蓋。望美積風

---

73 《詩品注》，卷下，頁 274。

74 《詩品注》引陳祚明《采菽堂古詩選》，卷下，頁 274。

75 《樂府詩集》，卷 76，頁 1069。

露，疎麻成襟帶。雙珠惑漢臯，峩眉迷下蔡。玉齒徒粲然，誰與
啟含貝。[76]

「南郡」始置於秦朝，治所在江陵縣（今湖北荊州），東漢末年和三國時
期治所在公安。唐代更名為江陵郡，後又改為江陵府。作者卻描寫江南採蓮，
與望美人之情景。可知江南採蓮只是曲中之引言。

三、梁代擬樂府詩作者

（一）蕭衍（梁武帝）

蕭衍（A.D. 464～549），字叔達，南蘭陵中都里（今江蘇常州市武進區）
人，小字練兒，齊高帝族孫。生而有奇異，兩骻駢骨，頂上隆起。其《述三
教詩》自言：「少時學周、孔，弱冠窮六經。」及長，博學多通，好籌略，有
文武才幹。時流名輩，咸推許焉。起家已陵王南中郎法曹行參軍，遷衛將軍。
建武元年（A.D. 495），衍為寧朔將軍，鎮守壽春。除太子庶子，給事黃門侍
郎。明帝即位，拜輔國將軍，雍州刺史。二年（A.D. 495），北魏兵南犯，以
衍為冠軍將軍，眾多死傷，惟衍全師而歸。任輔國將軍、雍州刺使，都督雍、
梁、秦、郢、司等軍事。明帝崩後，東昏王失德。永元三年（A.D. 499），南
康王即位於江陵，改元中興，以衍為尚書左僕射，加征東大將軍。和帝時，
封梁公，進封梁王。以中興二年四月受禪，改元天監（A.D. 502），在位四十
八年。執政前期，布德施惠。大修文教，鼓扇玄風。闡揚仁義，澤流遐裔。
晚期沉溺佛教，怠忽政事，縱惡養奸。後遭侯景作亂，憂憤以崩，年八十六。
追尊為武皇帝，廟號高祖。

衍好文學，洞達玄儒，雖萬機多務，猶卷不輟手。《梁書・武帝本紀》稱

---

[76] 《樂府詩集》，卷72，頁1029。

其：「天情睿敏，下筆成章。千賦百詩，直疏便就。皆文質彬彬，超邁今古。」[77]又位至九尊，常克儉於身，又晚溺佛道，日止一食，膳無鮮腴，惟豆羹糲飯而已。身衣布衣，木棉皂帳。一冠三載，一被二年。不飲酒，不聽音聲。故《梁書・本紀》又云：「歷觀古昔人君，恭儉莊敬。藝能博學，罕或有焉。」[78]

衍初聞徐摛之宮體詩，曾加責讓，然風趣所趨，亦多豔曲新調。如〈江南弄〉、〈河中之水歌〉、〈東飛伯勞歌〉、〈白紵辭〉等，皆敘兒女豔情，而〈子夜歌〉、〈子夜四時歌〉、〈歡聞歌〉，則係模擬《吳聲歌曲》而成。

蕭衍重視詩歌教化之功能，並嘗試創新樂府詩歌，並認為樂府有益於施政。《隋書・樂志》云：

武帝思弘古樂。天監元年，遂下詔訪百僚曰：「聲音之道，與政通矣。所以移風易俗，明貴辨賤。」[79]

蕭衍之樂府詩，丁福保《全梁詩》輯存五十四首。郭茂倩《樂府詩集》則載〈芳樹〉、〈有所思〉、〈雍臺〉等四十二首。徐陵《玉臺新詠》輯錄〈長安有狹斜行〉、〈明月照高樓〉、〈青青河邊草〉、〈芳樹〉、〈臨高臺〉、〈有所思〉、〈上聲歌〉、〈團扇歌〉、〈碧玉歌〉各一首，〈子夜四時歌〉十一首，〈子夜歌〉二首，〈歡聞歌〉二首，〈襄陽白銅鞮歌〉二首等二十七首。

《許彥周詩話》評其《白紵舞辭》云：

梁武帝作〈白紵舞辭〉四句，令沈約改其辭為〈四時白紵之歌〉。帝詞云：「朱絃玉柱羅象筵，飛琯促節舞少年。短歌流目未肯前，

[77] 《梁書》，卷1，頁96。

[78] 《梁書》，卷1，頁97。

[79] 《隋書》，卷13，頁287、288。

含笑一轉私自憐。」嗟乎麗矣！古今當為第一也。[80]

又其〈河中之水歌〉、〈子夜四時歌〉、〈明月照高樓〉等亦流麗有緻。今舉其「〈河中之水歌〉及〈明月照高樓〉二首為例。

《雜歌謠辭》三，蕭衍〈河中之水歌〉云：

河中之水向東流，洛陽女兒名莫愁。莫愁十三能織綺，十四采桑南陌頭。十五嫁為盧家婦，十六生兒字阿侯。盧家蘭室桂為梁，中有鬱金蘇合香。頭上金釵十二行，足下絲履五文章。珊瑚掛鏡爛生光，平頭奴子提履箱。人生富貴何所望，恨不早嫁東家王。[81]

此詩中寫洛陽女兒莫愁，聰明美麗，能織綺採桑。嫁給豪門盧家，生活富裕。住蘭室桂梁，頭插金釵。但心中想嫁給東家之王郎。說明女子仍是以愛情為上，不重豪門大戶。

《相和歌辭》十七，蕭衍〈明月照高樓〉云：

圓魄當虛閨，清光流思筵。筵思照孤影，樓怨還自憐。臺鏡早生塵，厘琴又無絃。悲慕屢傷節，離憂亟華年。君如東扶景，妾似西柳煙。相去既路迴，明晦亦殊懸。願為銅鐵巒，以感長樂前。[82]

此首描寫婦人思念其君，已使臺鏡生塵，厘琴無絃。夫君懸隔遙遠，只能孤影獨照，讀來令人神傷。

梁武帝曾創作《江南弄》七首，據《樂府詩集》引《古今樂錄》曰：「梁

---

[80] 《歷代詩話‧彥周詩話》，頁 401。

[81] 《樂府詩集》，卷 85，頁 1204。

[82] 《樂府詩集》，卷 42，頁 620。

天監十一年冬，武帝改西曲，製《江南上雲樂》十四曲。」其一云：

> 眾花雜色滿上林，舒芳耀綠垂輕陰。連手躞蹀舞春心。舞春心，臨
> 歲腴，中人望，獨踟躕。

此曲由七字三句，三字句四句組成。七字句每句押韻，三字句、四字句
隔句押韻。第三句末尾三字與第四句三字重複，屬修辭之頂真句。對唐宋詞
之開展，有所影響。

明‧陸時雍《詩鏡總論》評論梁武帝之樂府詩云：

> 梁人多妖豔之音，武帝「啟齒揚芬，其臭如幽蘭之賁。」詩中得
> 此，亦所謂絕代之佳人矣。「東飛伯勞西飛燕，河中之水歌。」亦
> 古亦新，亦華亦素，此最豔詞也。所難能者，在風格渾成，意象獨
> 出。[83]

陸時雍稱許梁武帝之詩，風格渾成，意象獨出。則〈河中之水歌〉之古
樸，〈明月照高樓〉之艷麗，都從風格、意象著眼，有獨特之處。從雕琢堆砌，
艷曲麗辭上評論，仍不失齊、梁之風。

（二）蕭統（昭明太子）

蕭統（A.D. 501～531），字德施，小字維摩，南蘭陵（今江蘇武進西北）
人。生於齊和帝中興元年（A.D. 501），卒於梁武帝中大通三年（A.D. 531）。
梁武帝蕭衍長子。生而聰叡，三歲受《孝經》、《論語》，五歲遍讀五經，悉通
諷誦。天監元年（A.D. 502）十一月，立為皇太子。時年幼，依舊居於內。五
年五月，始出居東宮。八年九月，於壽安殿講《孝經》，盡通大意。講畢，親

---

83 《百種詩話類編‧詩鏡總論》，頁 1085。

臨國學行釋奠禮，十四年（A.D. 516）五月，武帝臨軒，於太極殿為統行加冠禮。舊制太子著遠遊冠，金蟬翠綏纓，至是詔加金博山。中大通三年（A.D. 531），游後池，姬人盪舟，使其落水，因此寢疾。恐貽帝憂，敕看問，則自力於書啟。及稍篤，左右欲啟聞，猶不許曰：「何令尊知我如此惡！」因便嗚咽，四月薨，年三十一。詔斂以衰，諡曰昭明。

蕭統性愛山水，有玄圃穿築，更立亭館，與朝士遊玩其間，曾於後池泛舟，番禺侯肖軌大為稱道，謂此地該奏女樂。太子詠左思《招隱》云：「何必絲與竹，山水有清音。」肖軌聽後，感到慚愧。

時值齊、梁文風鼎盛之際，名士如劉孝綽、王筠、殷芸、陸倕，到洽等並集，談古論今，著書立說，著有《昭明文選》，為中國著名之文章選集。其選文標準，在序中云：「若其贊論之綜輯辭采，序述之錯比文華。事出於沉思，義歸乎翰藻。」意指贊論應綜輯辭采，序述應錯比文華，敘事應做深入之構思，義理應具華美之辭藻。《梁書·昭明太子傳》云：

> 性寬和容眾，喜慍不形於色。引納才學之士，賞愛無倦。恆自討論篇籍，或與學上商榷古今，閒則繼以文章著述，率以為常。

又云：

> 讀書數行並下，過目皆憶。每游宴祖道，賦詩至十數韻。或命作劇韻賦之，皆屬思便成，無所點易。[84]

至於詩文，亦富麗古健。梁、簡文帝《梁書·昭明太子集序》云：

> 至於登高體物，展詩言志。金銑玉徽，霞章霧密。致深黃竹，文冠

綠槐。控引解騷，包羅比興。銘及盤盂，贊通圖像。文冠綠槐，七
言愈疾之旨，表有殊健之則。碑窮典正，每出則車馬盈衢。議無失
體，繾成則列藩擊缶。近逐情深，言隨手變，麗而不淫。[85]

　　蕭統認為詩須言志，敘述時應以比興方式行之。每種文體，各有特色。
如表須雅健，碑須典正，議須得體，文辭華麗而不放蕩，為蕭統對文章之見
解。

　　蕭統之樂府詩，丁福保《全梁詩》輯存七首。郭茂倩《樂府詩集》則載
〈將進酒〉、〈有所思〉、〈相逢狹路間〉、〈三婦豔詩〉、〈長相思〉、〈上林〉、〈江
南弄〉等九首。茲舉其〈有所思〉、〈長相思〉二首為例：

《樂府詩集》《鼓吹曲辭》二〈有所思〉云：

　　公子遠於隔，乃在天一方。望望江山阻，悠悠道路長。別前秋葉落，
　　別後春花芳。雷嘆一聲響，雨淚忽成行。悵望情無極，傾心還自
　　傷。[86]

　　詩中敘述女子在秋天與公子分別，如今春花芬芳，卻遠隔山河，令人悵
惘傷心。

　　〈長相思〉云：

　　相思無終極，長夜起嘆息。徒見貌嬋娟，寧知心有憶。寸心無以因，
　　願附歸飛翼。[87]

---

85 《梁書》，卷8，頁166。

86 《樂府詩集》，卷17，頁251。

87 《樂府詩集》，卷69，頁990。

　　此詩寫男子思念美貌之女子，不盡長夜嘆息，希望身生羽翼，歸回女子身邊。內容與前首相似，皆抒寫男女思念之情。

（三）蕭綱（梁簡文帝）

　　蕭綱（A.D. 503～551），字世纘，小字六通，南蘭陵（今江蘇丹陽）人。生於梁武帝天監二年（A.D. 503），，卒於梁簡文帝大寶二年（A.D. 551）。梁武帝衍第三子，昭明太子蕭統之母弟。《南史》稱其：「幼而敏睿，識悟過人，六歲能屬文。」武帝驚其早就，弗之信也。乃於御前面試，辭彩甚美。既長，器宇寬弘，未曾見慍喜，讀書十行俱下，九流百氏，經目必記，篇章辭賦，操筆立成。博綜儒書，善言玄理。引納文學之士，賞接無倦。恒討論篇籍，繼以文章。天監五年（A.D. 506），封晉安王。八年（A.D. 508），為雲麾將軍，領石頭戍軍事，量置佐史。九年（A.D. 509），遷使持節都督南北袞青、徐、冀五州諸軍事，宣毅將軍，南袞州刺史。十二年（A.D. 512）《南史》稱其：「自年十一，便能親庶務，歷試蕃政，所在有稱。」累遷荊、江、益、徐、雍、揚諸州刺史。中大通三年（A.D. 531），立為皇太子，移居東宮。太清三年（A.D. 549），武帝崩，既帝位，是為簡文帝。明年，改元大寶（A.D. 550）。時侯景作亂，景自進位相國，封二十郡。大寶二年（A.D. 551），景遣彭儶、王僧貴率兵入殿，廢帝為晉安王，幽於永福省，遇弒。明年（A.D. 552），侯景伏誅，元帝追諡曰簡文皇帝，廟號太宗。

　　蕭綱為梁代著名之宮體詩作家。在其在東宮為太子時，常與文士徐摛、庾肩吾父子等，討論篇籍，繼以文章，以輕靡綺麗之筆，描寫宮廷中之生活。《梁書‧簡文帝紀》云：

　　　　雅號題詩，其序云：「余七歲有詩癖，長而不倦，然傷於輕豔，當

時號曰宮體。[88]

《梁書‧徐摛傳》云：

屬文好求新變，不拘舊體。……摛文體既別，春坊盡學之。宮體之
號，自斯而始。[89]

以上二則，雖言宮體詩始於梁‧簡文帝之時，然輕艷之辭，在晉、宋、
齊、梁以來之樂府詩中，即已逐漸發展。今觀簡文帝宮體詩數量之多，作風
之大膽，均遠過蕭衍，蕭繹。如〈見內人作臥具〉、〈詠內人畫眠〉、〈詠美人
觀畫〉、〈美人晨粧〉、〈傷美人〉、〈贈麗人〉、〈倡婦怨情〉、〈夜聽妓〉等，不
勝枚舉。陸時雍《詩鏡總論》曰：

簡文詩多滯色膩情，讀之如半醉憨情，憫憫欲倦。[90]

明‧楊慎《升庵詩話》卷十八云：

簡文帝詠楓葉詩：「萎綠映葭青，疏紅分浪白。落葉洒行舟，仍持
送遠客。此詩二十字，而用彩色四字，在宋人則以為忌矣！以為彩
色字多，不莊重，不古雅。如此詩何嘗不莊重古雅耶？[91]

此詩二十字中，彩色字佔四字。彩色是形容詞，形容詞過多，動詞、名
詞、副詞之空間會被壓縮，故云忌。其實簡文帝辭藻華麗，放蕩色情，其宮

---

[88] 《梁書》，卷4，頁109。

[89] 《梁書》。卷30，頁446-447。

[90] 《百種詩話類編‧詩鏡總論》，頁1087。

[91] 《百種詩話類編‧詩鏡總論》，頁1087。

體藝術，已臻造境，色彩不足以掩蓋其意境之發揮。《南史·梁本紀下》論曰：

> 太宗聰叡過人，神采秀發，多聞博達，富贍辭藻。然文艷用寡，華
> 而不實。體窮淫麗，義罕疏通。哀思之音，遂移風俗。[92]

簡文帝雖然重視詩歌應具有吟詠情性之功能，然其久居深宮，寓目寫心，皆為宮女嬌媚之態，則其詩不免成為窮極淫麗之宮體詩。淫靡哀思之音，使梁朝詩風轉趨輕靡。一心致力詩作之美，而輕顧朝政，終遭金陵覆滅之禍，殆非蕭綱始料所及。

蕭綱之樂府詩，丁福保《全梁詩》輯存八十首。郭茂倩《樂府詩集》則載〈上之回〉、〈有所思〉、〈臨高臺〉、〈洛陽道〉、〈長安道〉、〈紫騮馬〉、〈江南思〉、〈春江行〉等六十九首。徐陵《玉臺新詠》錄其〈艷歌篇〉、〈蜀國弦歌篇〉、〈妾薄命篇〉、〈新成安樂宮〉、〈雙桐生空井〉、〈楚妃歎〉、〈洛陽道〉等二十四首。今舉其〈春江行〉及〈江南弄〉二首為例。

《樂府詩集》《雜曲歌辭》十七，〈春江行〉云：

> 客行祇念路，相爭渡京口。誰知堤上人，拭淚空搖手。[93]

〈春江曲〉敘引唐·郭元振曰：「《春江》，巴女曲也。」詩中京口，應指津口，旅客渡船回鄉時，只知懸念故鄉，而在堤上送行之巴女，只能拭淚搖手而已，說盡水上船邊，男女離別之情景。

《清商曲辭》七，梁簡文帝〈江南弄〉三首之一云：

> 枝中水上春併歸，長楊掃地桃花飛。清風吹人光照衣。光照衣，景

將夕。擲黃金，留上客。[94]

　　《樂府詩集》梁武帝〈江南弄〉七首引《古今樂錄》云：「梁天監十一年冬，武帝改西曲，製《江南上雲樂》十四曲，《江南弄》七曲：一曰《江南弄》，二曰《龍笛曲》，三曰《採蓮曲》，四曰《鳳笛曲》，五曰《採菱曲》，六曰《遊女曲》，七曰《朝雲曲》。又沈約作四曲：一曰《趙瑟曲》，二曰《秦箏曲》，三曰《陽春曲》，四曰《朝雲曲》，亦謂之《江南弄》云。」梁簡文帝亦作〈江南弄〉三首。

　　由於蕭綱生長深宮，故詩多以現成之宮體為題材，然其樂府詩之擬作，如〈生別離〉、〈春江曲〉、〈烏棲曲〉、〈江南弄〉等，皆虛華不實，柔情纏綿，句調長短自由，開唐五代詞之先聲。

（四）蕭繹（梁元帝）

　　蕭繹（A.D. 508～554），字世誠，小字七符。南蘭陵（今江蘇武進西北）人。生於梁武帝天監七年（A.D. 508），卒於梁元帝承聖四年（A.D. 555）。梁武帝衍第七子。據《南史‧梁本紀下》云；「幼聰悟俊朗，天才英發。出言為論，音響若鐘。」天監十三年（A.D. 514），封湘東郡王。出為寧遠將軍，會稽太守。入為侍中、宣威將軍、丹陽尹。太清元年（A.D. 547），徙鎮西將軍，出為荊州刺史。三年（A.D. 549），侯景寇京師，太子舍人蕭韶至江陵，宣密詔，以繹為侍中，都督中外諸軍事。大寶三年（A.D. 552），簡文帝崩，皇太子遇害，繹遣王僧辯誅討侯景，遂即位於江陵，是為元帝。改元承聖。三年（A.D. 555），魏軍大舉進攻，帝親臨督戰，是年十二月被害、年四十七。明年四月，追贈為孝元皇帝，廟曰世祖。

　　蕭繹承父兄之文學，好學能文。可謂口誦六經，心通百氏。《梁書‧武帝本紀》稱其：

---

[94] 《樂府詩集》，卷50，頁728。

博綜群書，下筆成章，出言為論。才辯敏捷，冠絕一時。[95]

《南史‧梁本紀下》引鄭文貞公論云：

（元帝）篤志藝文，樂浮華而棄忠信。戎昭果毅，先骨肉而後寇讎。
口誦六經，心通百氏。有仲尼之學，有公旦之才。適足以益其驕矜，
增其禍患。[96]

蕭繹之文學主張，在其所作《金樓子‧立言》云：

古人之學者有二，今人之學者有四。夫子門徒，轉相師受，通聖人
之經者謂之儒；屈原、宋玉、枚乘、長卿之徒，止於辭賦則謂之文。
今之儒，博窮子史，但能識其事，不能通其理者，謂之學；至如不
便為詩如閻纂，善為章奏如伯松，若此之流，泛謂之筆；吟詠風謠，
流連哀思者，謂之文；而學者率多不便屬辭，守其章句，遲於通變，
質於心用。學者不能定禮樂之是非，辯經教之宗旨，徒能揚榷前言，
抵掌多識。然而抱源知流，亦足可貴。筆退則非謂成篇，進則不云
取義，神其巧惠筆端而已。至如文者，惟須綺縠紛披，宮徵靡曼，
唇吻道會，情靈搖盪。而古之文筆，今之文筆，其源又異。

　　如上所說，蕭繹可謂才學敏博，對古儒與今儒之不同，文與筆之不同，
有深入之論述。認為文應做到吟詠風謠，流連哀思。還要情靈搖盪，抒寫情
致才是文。故蕭繹是從文之角度，詮釋其意義。不知風行草偃，對文風之影
響，蓋君上致力於詩文之艷麗，宮徵之靡曼，不知國步艱危，則巨廈將傾而

---

[95] 《梁書》，卷5，頁135。

[96] 《南史》，卷8，頁253。

不自知。故君主應整軍經武，富國強兵，才是為政之道。由於武帝過度沉溺
於詩文之創作，終遭金陵覆沒之慘禍。

　　蕭繹之樂府詩，丁福保《全梁詩》輯存二十一首。郭茂倩《樂府詩集》
則載〈巫山高〉、〈芳樹〉、〈隴頭水〉、〈折楊柳〉、〈驄馬驅〉等十八首。皆清
麗委婉，風韻高遠，較其兄蕭綱之輕靡暴露，實遠勝之。茲舉其〈巫山高〉、
〈折楊柳〉二首為例。

　　《鼓吹曲辭》二，《漢鐃歌》中，〈巫山高〉云：

　　巫山高不窮，迴出荊門中。灘聲下濺石，猿鳴上逐風。樹雜山如畫，
　　林暗澗疑空。無因謝神女，一為出房櫳。[97]

　　此詩以四句寫巫山之景色，灘聲下濺石，猿鳴上逐風。樹雜山如畫，林
暗澗疑空。後將楚相王遇巫山神女之事作結，將寫景遇敘事相融，為其特色。
　　《橫吹曲辭》二，《漢橫吹曲》二，〈折楊柳〉二十五首之一云：

　　巫山巫峽長，垂柳復垂楊。同心且同折，故人懷故鄉。山似蓮花豔，
　　流如明月光。寒夜猿聲徹，遊子淚沾裳。[98]

　　《樂府詩集》〈折楊柳〉敘引《唐書‧樂志》曰：

　　梁樂府有胡吹歌云：「上馬不捉鞭，反拗楊柳枝。下馬吹橫笛，愁
　　殺行客兒。」此歌辭元出北國，即鼓角橫吹曲〈折楊柳枝〉是也。

　　又引《宋書‧五行志》曰：

---

[97]《樂府詩集》，卷17，頁239。
[98]《樂府詩集》，卷22，頁328。

晉太康末，京洛為〈折楊柳〉之歌，其曲有兵革苦辛之辭。

《樂府詩集》又云：

古樂府有〈折楊柳〉，《相和》大曲有《折楊柳行》，《清商》四曲有
〈月節折楊柳歌〉十三曲，與此不同。[99]

此曲描寫巫山之景色，取景巫山之垂柳、垂楊、蓮花、山水、猿聲，後
以遊子懷鄉，淚沾衣裳作結，可謂情景交融之作。

（五）沈約

沈約（A.D. 441～513），字休文，吳興武康（今浙江德清）人。生於宋安
帝元嘉十八年（A.D. 441），卒於梁武帝天監十三年（A.D. 513）。幼遭家難，
流寓孤貧。篤志好學，晝夜不倦，遂博通群籍，能屬文。起家奉朝請，濟陽
蔡興宗聞其才而善之，引為安西外兵參軍兼記事。又為征西記室參軍，帶關
西令。興宗卒，始為安西晉安王法曹參軍，轉外兵，並兼記室。入為尚書度
支郎。齊蕭道成建元元年（A.D. 479），為征虜將軍，南郡王蕭長懋記室，帶
襄陽令。四年（A.D. 479），齊武帝蕭賾即位，文惠太子長懋入居東宮，為太
子步兵校尉，管東宮書記，直永壽省，校四部圖書，遷太子家令，永明二年
（A.D. 484），兼著作郎。八年（A.D. 490），遷中書郎，本邑中正，司徒（竟
陵王）右長史，黃門侍郎。俄兼尚書左丞。尋為御史中丞。十一年（A.D. 490）
轉車騎長史。隆昌元年（A.D. 494），除吏部郎。不久，出為寧朔將軍，東陽
太守。明帝即位，進號輔國將軍。建武四年（A.D. 497），遷國子祭酒。明帝
崩，遷左衛將軍，尋加通直散騎常侍。永元二年（A.D. 500），以母老表求解
職，改冠軍將軍，司徒左長史、征虜將軍、南清河太守。梁武帝在西邸，與

約遊舊。及受禪，約為吏部尚書兼右僕射，封建昌縣侯，邑千戶，常侍如故。俄遷尚書左僕射，尋兼領軍，加侍中。天監二年（A.D. 504），遭母憂，服闋，遷侍中右光祿大夫，領太子詹事。尋遷尚書令，領太子少傅，九年，轉左光祿大夫，少傅如故。尋加特進光祿。天監十二年（A.D. 513），卒於官，年七十三，詔贈本官，賻錢五萬，布百匹，諡曰隱。

沈約歷仕宋、齊、梁三代，為齊梁文壇之領袖，其「永明體」，其詩繼承陸士衡、鮑明遠、顏延之之詩風，是古體詩走向近體詩之過度階段，倡聲律，言對仗，拘聲病，而缺乏豐富之內容，故不免流於形式一途。清・陳繹曾《詩譜》則認為休文之詩，有其佳處。其云：

> 沈約佳處斷削，清瘦可愛。自拘聲病，氣骨薾然，唐諸家聲律皆出此。[100]

休文諸作，實受齊、梁詩潮之影響，頗多酬唱贈答。欲以艱深雕琢之字句，以逞其才，卻流於華靡；雖亦有平易淺近，詞氣厚遠之作。亦若吉光片羽，殊不易得。鍾嶸《詩品》評為工麗，置於中品。其云：

> 觀休文眾製，五言最優。詳其文體，察其餘論，固知憲章鮑明遠也。所以不閑於經綸，而長于清怨。永明相王愛文，王元長等，皆宗附之。約于時謝朓未道，江淹才盡，范雲名級故微，故約稱獨步。雖文不至，其工麗亦一時之選也。[101]

陳祚明《采菽堂古詩選》謂《詩品》之評，工麗見長，品題並謬。其云：

---

[100] 《百種詩畫類編・詩譜》，前編，頁 472。

[101] 《詩品注》，卷中，頁 211。

休文詩體，全宗康樂，以命意為先，以煉氣為主，辭隨意運，態以氣流，故華而不浮，雋而不靡。詩品以為憲章明遠，源流既偽；獨謂工麗見長，品題並謬。要其邁勝，特在含毫之先。命皆既超，匠心獨造。渾淪跌宕，具以神行。句字之間，不妨率直。……驟而詠之，颯颯可愛。細而味之，悠悠不窮。以其薄響，校彼蕪音。他人雖麗不華，休文雖淡有旨。故應高出時手，卓然大家。[102]

祚明排駁詩品，盛贊沈約。然平心而論，休文之詩，意旨雖佳，却礙於聲病，乏高遠淳厚之緻。清，胡應麟〈詩藪‧外篇〉評其「諸作材力有餘，風神全乏。」[103]似貶抑過當；梁簡文帝〈與湘東王書〉謂沈約之詩，「實文章之冠冕，述作之楷模。」[104]則過度稱譽矣。沈德潛《古詩源》之說，尚稱平實。其云：

家令詩較之鮑、謝，性情聲色，俱遜一格矣。然在蕭梁之代，亦推大家。以篇幅尚闊，詞氣尚厚，能存古詩一派也。[105]

沈約之樂府詩丁福保《全梁詩》輯存四十七首。《樂府詩集》則載〈梁雅樂歌〉、〈梁南郊登歌〉、〈梁北郊登歌〉、〈梁明郊登歌〉、〈梁宗廟登歌〉等一百二十一首。徐陵玉臺新詠錄其〈昭君辭〉、〈攜手曲〉、〈有所思〉、〈夜夜曲〉、〈青青河邊草〉、〈春日白紵曲〉、〈秋日白紵曲〉、〈襄陽白銅鞮〉等八首。今舉其〈夜夜曲〉與〈春日白紵曲〉二首為例。

《雜曲歌辭》十四〈夜夜曲〉六首之二云：

---

[102]《詩品注》引陳祚明《采菽堂古詩選》，卷中，頁172。

[103]《詩藪》，外篇卷2，頁147。

[104]《梁簡文帝集》，頁3378。

[105]《齊梁文壇與四蕭研究》，第二章，頁41。

河漢縱且橫，北斗橫復直。星漢空如此，寧知心有憶。孤燈曖不明，
寒機曉猶織。零落向誰道，雞鳴徒歎息。[106]

《樂府詩集》〈夜夜曲〉敘引梁《樂府解題》曰：「《夜夜曲》，傷獨處也。」
詩中敘述銀河與北斗，縱橫於星空，而自己卻自傷獨處。夜晚月光橫照孤枕，
燈光昏暗不明。天曉雞鳴之時，猶在機前穿梭，不禁令人歎息。將女子獨守
空閨之悽苦，刻畫入微。

《舞曲歌辭》五，〈四時白紵曲・春白紵〉云：

蘭葉參差桃半紅，飛芳舞縠戲春風。如嬌如怨狀不同，含笑流眄滿
堂中。翡翠群飛飛不息，願在雲間長比翼。佩服瑤草駐容色，舞日
堯年歡無極。[107]

《樂府詩集》〈夜夜曲〉敘引《古今樂錄》曰：「沈約云：《白紵》五章，
敕臣約造。武帝造後兩句。」《樂府詩集》又言《白紵舞》是舞辭有巾袍之言，
紵本吳地所出，宜是吳舞也。《晉白紵舞歌詩》中云：「製以為袍餘作巾，袍
以光驅巾拂塵。麗服在御會嘉賓，醪醴盈樽美且淳。清歌徐舞降祇神，四座
歡樂胡可陳。」可見吳舞用白紵製巾袍，在御會嘉賓之時，以歌舞降神祈福。
但《樂府詩集》引《唐書・樂志》曰：「梁武帝令沈約改其辭為《四時白紵歌》。
今中原有《白紵曲》，辭旨與此全殊。」[108]今觀取中文意，純為描寫歌舞時之
情景，與降神祈福之旨有所不同。

（六）江淹

江淹（A.D. 444～505），字文通，濟陽考城（今河南蘭考東）人。生於宋

---

[106] 《樂府詩集》，卷76，頁1070。

[107] 《樂府詩集》，卷56，頁806。

[108] 《樂府詩集》，卷55，頁797。

文帝元嘉二十一年（A.D. 444），卒於梁武帝天監四年（A.D. 505）。少孤貧，沈敏好學。常慕司馬長卿，梁伯鸞之為人，不事章句之學，留情於文章。起家南徐州，轉奉朝請，尋舉秀才，對策上第，轉巴陵王國左常侍。景素為荊州，淹從之鎮。即鎮京口，淹為鎮軍參軍，領南東海郡丞。元徽二年（A.D. 474），黜為建安吳興令。昇明初（A.D. 477～479），齊帝蕭道成輔政，聞其才，召為尚書駕部郎、驃騎公曹參軍。尋荊州刺史沈攸之作亂，軍事章表，皆使淹具草。齊受禪，復為驃騎豫安王嶷記室參軍。建元二年（A.D. 480），領東武令，參掌詔策，後拜中書侍郎。永明三年（A.D. 485），兼尚書左丞。少帝初，兼御史中丞，官長多被劾治，內外肅然。明帝即位，為軍騎臨海王長史，俄除延尉卿，加給事中。尋為秘書監。東昏末，淹以秘書監兼衛尉。及梁師至新林，淹微服來奔，武帝板為冠軍將軍，秘書監如故，尋遷司徒右長史。中興元年（A.D. 501），遷吏部尚書。二年，轉相國右長史。天監元年（A.D. 502），為散騎常侍，左衛將軍，封臨沮縣開國伯，其年，以疾遷金紫光祿大夫，改封醴陵侯。四年卒，年六十二，諡曰憲。

淹詩文華茂閒美，新麗頓挫，與范雲、沈約等人，並為齊、梁之英。鍾嶸《詩品》云：

> 初，淹罷宣城郡，遂宿冶亭。夢一美丈夫，自稱郭璞。謂淹曰：「我有筆，在卿處多年矣，可以見還。」淹探懷中，得五色筆以受之。爾後，為詩不復成語，故世傳江淹才盡。

又云：

> 文通詩體總雜，善於摹擬。骱力於王微，成就於謝朓。[109]

　　蓋江淹一生，少華於宋，壯盛於齊，老成於梁。身歷三朝，辭賅眾體。故《詩品》評其「詩體總雜」。至於其「善於摹擬」，則嚴羽《滄浪詩話》云：

　　擬古惟江文通最長，擬淵明似淵明，擬康樂似康樂，擬左思似左思，
　　擬郭璞似郭璞。[110]

陳繹曾《詩譜》云：

　　江淹善觀古作，曲盡心手之妙。[111]

　　江淹具擬古之才，然其得力處，尚不止此。由於江淹天才狷而學力深，故其詩文清婉秀麗，長於抒情。又深得雜體歌辭擬古之方，而有古辭蒼然悲涼之詩風。

　　江淹之樂府詩，亦歸功其擬古有漢魏風骨。丁福保《全梁詩》僅載〈銅雀妓〉、〈善哉行〉、〈怨歌行〉、〈採菱曲〉、〈古別離〉各一首，及〈齊藉田樂歌〉二首，〈從軍行〉二首。〈古別離〉一首，丁福保《全梁詩》附於《雜體詩》三十首之第一首，郭茂倩《樂府詩集》則置於《雜曲歌辭》十一。茲舉〈古別離〉一首如下：

　　遠與君別者，乃至雁門關。黃雲蔽千里，遊子何時還。送君如昨日，
　　簷前露已團。不惜蕙草晚，所悲道路寒。君在天一涯，妾身長別離。
　　願一見顏色，不異瓊樹枝。菟絲及水萍，所寄終不移。[112]

---

[110]《歷代詩話》，卷4，頁698。

[111]《詩品注》引《詩譜》，卷中，頁200。

[112]《樂府詩集》卷71，頁1016。

《樂府詩集》〈古別離〉敘云:「《楚辭》曰:「悲莫悲兮生別離。」《古詩》曰:「行行重行行,與君生別離。相去萬餘里,各在天一涯。」後蘇武使匈奴,李陵與之詩曰:「良時不可再,離別在須臾。」故後人擬之為《古別離》。梁簡文帝又為《生別離》,宋吳邁遠有《長別離》,唐李白有《遠別離》,亦皆類此。」

詩中夫君遠至塞外之雁門關,該地黃雲掩蔽千里,不知何日還鄉。妾身將如菟絲及水萍一般,感情永恆不移。王闓運《王志論詩》評曰:「此首清麗,是李白所祖。」清麗正是江淹之長,其評可謂允當。

淹詩文雖佳,亦有非議之說,如《南史》稱淹晚年才思微退,時人謂之才盡;沈德潛《古詩源》亦稱其風骨未高。清·施補華《峴傭說詩》曰:

> 江文通一代奇才,神腴骨秀。其雜擬三十首,尤可為後人擬古之法。[113]

此真千古傳心之語,洗盡江郎沈冤,江淹豈才盡耶!

(七)王筠

王筠(A.D. 482~550),字元禮,一字德柔,琅邪臨沂(今山東臨沂)人。生於宋文帝元嘉十六年(A.D. 482),卒於梁武帝太清四年,(A.D. 550)。幼警寤,七歲能屬文。年十六,為〈芍藥賦〉甚美。及長,清靜好學,與兄泰齊名。起家中軍臨川王行參軍,遷太子舍人,除尚書殿中郎。尚書令沈約,當世辭宗,每見筠文,咨嗟吟詠,以為不逮也。累遷太子洗馬,中舍人,並掌東宮管記。昭明太子愛文學,常與筠等遊宴。出為丹陽尹丞,北中郎諮議參軍。遷中書郎,奉敕製開善寺寶誌大師碑文,詞甚麗逸。中大通三年(A.D. 531),昭明太子薨,敕為哀策文,復見嗟賞。俄為光祿大夫,遷雲騎將軍,

司徒左長史。簡文帝即位，為太子詹事。筠舊宅為賊所焚，寓君蕭子雲宅，
夜忽有盜攻之，驚懼，墜井卒，年六十九。

　　元禮少擅才名，不以藝能高人，與劉孝綽並重當時。沈約云：「晚來名家，
唯見王筠獨步。」[114]《梁書・王筠傳》云：

　　約於郊居宅造閣齋，筠為〈草木十詠〉，書之於壁，皆直寫文詞，
　　不加篇題。約謂人云：「此詩指物呈形，無假題署。」……筠又嘗
　　為詩呈約，即報書云：「覽所示詩，實為麗則。聲和被紙，光影盈
　　字。夔、牙接響，顧有餘慚。孔翠群翔，豈不多愧。古情拙目，每
　　佇新奇。爛然總至，權輿已盡。會昌昭發，蘭揮玉振。克諧之義，
　　寧比笙簧。思力所該，一至乎此。歎服吟研，周流忘念。昔時幼壯，
　　頗愛斯文。含咀之間，倐焉疲暮。不及後進，誠非一人。擅美推能，
　　實歸吾子。遲比閑日，清靚乃申。」[115]

　　其被稱美如此。故張溥《王詹事集題詞》云：

　　沈隱侯之知王元禮，猶蔡伯喈之知王仲宣。當日兩人，情好相得，
　　詩文互賞。郊居佳句，惟元禮能讀。好詩彈丸，非隱侯莫為知音
　　也。[116]

　　王筠之樂府詩，丁福保《全梁詩》輯存十四首，郭茂倩《樂府詩集》則
載〈有所思〉、〈陌上桑〉、〈楚妃吟〉、〈三婦豔詩〉、〈俠客篇〉、〈行路難〉、〈雜
曲〉等七首，徐陵《玉臺新詠》僅錄其〈行路難〉一首。

---

[114]《梁書》，卷33，頁485。

[115]《梁書》，卷33，頁485。

[116]《漢魏六朝百三家集・王詹事集》，頁4101。

　　元禮樂府詩圓美流轉，一如其詩，故《南史》引沈約曰：「謝朓常見語云：『好詩圓美流轉如彈丸』，近見其數首，方知此言為實。」[117]張溥《王詹事集題詞》則謂其流麗而失古體，其云：

東漢以來，文尚聲華，漸爽情賞……〈楚妃吟〉句法雖異，未備古體。〈行路難〉善敘縫婦，抑詩所謂摻摻女手也。[118]

茲舉《雜曲歌辭》，〈行路難〉一首為例：

千門皆閉夜何央，百憂俱集斷人腸。探揣箱中取刀尺，拂拭機上斷流黃。情人逐情雖可恨，復畏邊遠乏衣裳。已繰一繭催衣縷，復擣百和薰衣香。猶憶去時腰大小，不知今日身短長，補襠雙心共一袜，袑復兩邊作八撮。襻帶雖安不忍縫，開孔裁穿猶未達，胸前卻月兩相連，本照君心不照天，願君分明得此意，勿復流蕩不如先，含悲含怨判不死，封情忍思待明年。[119]

《樂府詩集》〈行路難〉序云：

《樂府解題》曰：「〈行路難〉，備言世路艱難及離別悲傷之意，多以君不見為首。」按《陳武別傳》曰：「武常牧羊，諸家牧豎有知歌謠者，武遂學〈行路難〉。」則所起亦遠矣。唐王昌齡又有〈變行路難〉。

---

[117]《南史》，卷22，頁609。

[118]《漢魏六朝百三家集‧王詹事集》，頁4101。

[119]《樂府詩集》，卷70，頁1007。

　　觀此首內容，並非敘述世路艱難及離別悲傷，而是男女情愛之詩。與詩之原旨不合。

（八）何遜

　　何遜（A.D. 480～520），自仲言，東海剡（今山東郯縣西）人。生於南朝齊高帝建元二年（A.D. 480），，卒於梁武帝天監十七年（A.D. 520）。八歲能賦詩，弱冠州舉，射策優異，舉為秀才。同鄉范雲見對策，大相稱賞，因結忘年交好。自是一文一詠，云輒嗟賞。謂所親曰：「頃觀文人，質則過儒，麗則傷俗，其能含清濁，中今古，見之何生矣。」沈約亦愛其文、嘗謂遜曰：「吾每讀卿詩，一日三復，猶不能已。」元帝則著論論之曰：「詩多而能者沈約，詩少而能者謝朓、何遜。」梁武帝天監六年（A.D. 507），起家奉朝請，遷建安王蕭偉水曹行參軍，兼記室。王愛文學之士，日與遊宴，不離左右。九年（A.D. 510），蕭偉任江州刺史，遜猶長書記。十三年（A.D. 514），轉入郢州，為安成王蕭秀參軍，五年後返京，任尚書水部郎。十六年（A.D. 517），為盧陵王蕭續記室，復隨府江州。十八年（A.D. 519）前後病卒。

　　仲言工詩文，張溥《何記室集題辭詞》謂仲言文與劉孝綽齊名，時稱「何劉」，詩則與陰鏗齊名，或謂「陰何」。顏之推《家訓》更詳其優劣曰：

　　　何遜詩實為精巧，多形似之言。揚都論者，恨其每病苦辛，饒富寒
　　　氣，不及劉孝綽之雍容也。雖然，劉甚忌之。[120]

　　張溥因之，曰：

[120]《齊梁文壇與四蕭研究》，第二章，頁 57。

子堅長於近體，……然風格不逮仲言，不知何以比肩同聲也。[121]

姑不論何遜與劉孝綽、陰子堅之高下。何遜詩之善，在於格調清新，長於抒寫，與謝朓詩相近。明‧陸時雍《詩鏡總論》云：

何遜詩語語實際，了無滯色。其探景每入幽微，語氣悠柔，讀之殊不盡纏綿之致。

又云：

何遜以本色見佳，後之採真者，欲摹之而不及。

蓋蕭梁時代，君臣贈答，艷情益工。而仲言辭采斐然，獨出眾類，遂成一時能手，與後之陰鏗相推求。又云：

何遜之後，繼有陰鏗，陰、何氣韻相鄰，而風華自布，見其婉而巧矣。微芳幽馥，時欲襲人。[122]

陳祚明《采菽堂古詩選》亦云：

何仲言詩經營匠心，惟取神會。生乎駢麗之時，擺脫填綴之習。清機自引，天懷獨流。狀景必幽，吐情能盡。故應前服休文，後欽子美。

[121]《漢魏六朝百三家集‧何記室集》，頁 4245。
[122]《百種詩話類編‧詩鏡總論》，頁 1087。

　　唐詩杜甫頗推重仲言，如〈解悶十二首〉其七云：「熟知二謝將能事，頗學陰何苦用心。」[123]又如〈北鄰〉詩云：「能詩何水曹。」[124]等皆可證。

　　陳祚明又云：

　　少陵於仲言之作，甚相愛慕，集中警句，每見規模，風格相承，脈絡有本。[125]

　　胡仔《苕溪漁隱叢話》引《東觀餘論》亦云：

　　集中若「團團月隱洲」，「輕燕逐飛花」，「遠岸平沙合，連山遠霧浮。」「岸花臨水發，江燕遶檣飛。」「游魚上急瀨」，「薄雲岩際宿」等語，子美接采為已句，但小異耳。故曰「能詩何水曹」，信非虛賞。[126]

　　此乃因何遜之詩，育於齊、梁華麗之風，而高唱清逸，力追二謝。誠如沈德潛《古詩源》所云：「仲言雖乏風骨，而情辭宛轉，淺語俱深，宜為沈、范心折。」[127]胡應麟《詩藪外編》云：「何攄寫情素，冲淡處往往顏、謝遺韻。」皆稱允當，至其云：「後世以方太白，亦太過。」則猶待酌酌。不若陳祚明《菽堂古詩選》之平實：

　　誠以有唐大家，恒多從此取徑，雖命體不同，而楚風漢謠，並成其

---

[123]《杜詩詳注》，卷 17，頁 1512。

[124]《杜詩詳注》，卷 8，頁 359。

[125]《齊梁文壇與四蕭研究》，第二章，頁 58。

[126]《苕溪漁隱叢話》後集，頁 9、10。

[127]《齊梁文壇與四蕭研究》，第二章，頁 57。

美，春蘭秋菊，各因其時。採擷流風，咸饒逸韻也。[128]

何遜之樂府詩，丁福保《全梁詩》輯存四首，郭茂倩《樂府詩集》載〈銅雀妓〉、〈青青河畔草〉、〈苦熱行〉、〈長干少年行〉、〈輕薄篇〉五首，徐陵《玉臺新詠》錄其〈青青河邊草〉一首，今舉《相和歌辭》十三，《瑟調曲》三，〈青青河畔草〉為例，其云：

> 春蘭已應好，折花望遠道。秋夜苦復長，抱枕向空牀。吹臺下促節，
> 不言於此別。歌筵掩團扇，何時一相見。弦絕猶依軫，葉落裁下枝。
> 即此雖云別，方我未成離。[129]

此詩述閨情，秋夜苦長，猶折花望遠；弦絕葉落，尚依軫裁枝，在清新之辭語中，蘊含濃郁之哀情。感人肺腑。

（九）吳均

吳均（A.D. 469～520），字叔庠，吳興故鄣（今浙江安吉）人。生於宋明帝泰始五年（A.D. 469），卒於梁武帝普通元年（A.D. 520）。家世寒賤。至均，好學有俊才。沈約嘗見均文，頗相稱賞。梁武帝天監二年（A.D. 503），吳興太守召補主簿，日引與賦詩。均文體清拔，有古氣。好事者或效之，謂為「吳均體」。天監四年、五年（A.D. 506～507），先後在臨川王蕭宏府中、後入建安王蕭偉府中為記室，掌文翰。九年（A.D. 511），隨建安王蕭偉遷江州，補國侍郎，兼府城局。十二年（A.D. 514）回建康，除奉朝請。成《齊春秋》三十卷，以失實免職。又敕撰《通史》，完成《本紀》、《世家》，《列傳》，未就而卒。

---

[128] 《齊梁文壇與四蕭研究》，第二章，頁58。

[129] 《樂府詩集》，卷38，頁561。

　　叔庠詩多描寫山水景物，風格清新挺拔，藝術成就頗高，對當時之文壇影響很大。如《與宋元思書》云：

> 風煙俱淨，天山共色。從流飄蕩，任意東西。自富陽至桐廬一百許里，奇山異水，天下獨絕。水皆縹碧，千丈見底。游魚細石，直視無礙。急湍甚箭，猛浪若奔。夾岸高山，皆生寒樹。負勢競上，互相軒邈。爭高直指，千百成峯。泉水激石，泠泠作響；好鳥相鳴，嚶嚶成韻。蟬則千轉不窮，猿則百叫無絕。鳶飛戾天者，望峯息心；經綸世務者，窺谷忘反。橫柯上蔽，在畫猶昏；疏條交映，有時見日。

　　此文描寫富春江之景色，文中不用典故，不刻意駢對，而自然優美。在駢麗盛行之齊、梁，是不可多得之佳作。時人仿效其體，稱為「吳均體」。

　　吳均之詩，繼承鮑照、左思之詩風，在描寫邊塞、游俠之詩歌，最能表現其風格。如〈戰城南〉、〈行路難〉、〈從軍行〉、〈入關〉、〈胡無人行〉等，都能表現其「清拔而有古氣。」之詩風。故張溥《吳朝請集題詞》稱吳均「詩什纍纍，樂府猶高。」[130]

　　丁福保《全梁詩》輯存三十七首。郭茂倩《樂府詩集》則載〈戰城南〉、〈有所思〉、〈稚子班〉等三十六首。徐陵《玉臺新詠》輯錄〈陌上桑〉一首、〈行路難〉二首。茲舉〈陌上桑〉、〈行路難〉二首為例。

　　《相和歌辭》三，〈陌上桑〉云：

> 嫋嫋陌上桑，蔭陌復垂塘。長條映白日，細葉隱鸝黃。蠶飢妾復思，拭淚且提筐。故人寧知此，離恨煎人腸。[131]

---

[130] 《漢魏六朝百三家集・吳朝請集》，頁 4287。

[131] 《樂府詩集》，卷 28，頁 412。

〈陌上桑〉古辭下序云：

一曰〈豔歌羅敷行〉。《古今樂錄》曰：「〈陌上桑〉歌瑟調。古辭〈豔歌羅敷行〉、〈日出東南隅篇〉。」崔豹《古今注》曰：「〈陌上桑〉者，出秦氏女子。秦氏，邯鄲人有女名羅敷，為邑人千乘王仁妻。王仁後為趙王家令。羅敷出採桑於陌上，趙王登台見而悅之，因置酒欲奪焉。羅敷巧彈箏，乃作〈陌上桑〉之歌以自明，趙王乃止。」《樂府解題》曰：「古辭言羅敷採桑，為使君所邀，盛誇其夫為侍中郎以拒之。」與前說不同。若陸機「扶桑升朝暉」，但歌美人好合，與古詞始同而末異。又有〈採桑〉，亦出於此。

《雜曲歌辭》，〈行路難〉四首之一云：

君不見上林苑中客，冰羅霧縠象牙席。盡是得意忘言者，探腸見膽無所惜。白酒甜鹽甘如乳，綠簠皎鏡華如碧。少年持名不肯嘗，安知白駒應過隙。博山鑪中百和香，鬱金蘇合及都梁。逶迤好氣佳容貌，經過青瑣歷紫房。已入中山馮後帳，復上皇帝班姬牀。班姬失寵顏不開，奉帚供養長信臺。日暮耿耿不能寐，秋風切切四面來。玉階行路生細草，金鑪香炭變成灰。得意失意須臾頃，非君方寸逆所裁。[132]

　　此詩藉行路難，悟出許多人生哲理。說明少年長得意忘言。應知光陰如白駒過隙，得意失意，只是須臾之頃。如班姬也有失寵之時，待人老之時，每天日暮之後，耿耿不能寐，秋風切切來，是年輕時無法逆料之事。
　　《鼓吹曲辭》一，〈戰城南〉一首云：

---

[132]《樂府詩集》，卷70，頁1006。

蹀躞青驪馬，往戰城南畿。五歷魚麗陣，三入九重圍。名慴武安將，
血汙秦王衣。為君意氣重，無功終不歸。[133]

　　此詩描寫北方男兒，騎青驪馬，在城南與胡人作戰，戰爭慘烈無比。敵
人布列魚麗陣法，又兵圍九層，都毫不畏懼。充分表現勇猛善戰之精神。

（十）蕭子顯

　　蕭子顯（A.D. 487～535），字景陽，南蘭陵（今江蘇丹陽）人。生於齊武
帝永明四年（A.D. 487），卒於梁武帝大同三年（A.D. 535）。齊豫章文獻王蕭
嶷第八子。幼而聰慧，偉容貌。七歲，封寧都縣侯。永元末，以王子例拜給
事中。天監初（A.D. 502），降爵為子。累遷安西外兵、仁威記室參軍、司徒
主簿、太尉錄事。啟撰齊史。書成，表奏之，詔付秘閣。累遷太子中舍人、
建康令、丹陽尹丞、中書郎、守宗正卿。出為臨川內史，還除黃門郎。中大
通二年（A.D. 530），遷長兼侍中。高祖雅愛子顯才，又嘉其容止吐納，每御
筵侍坐，偏顧訪焉。嘗從容謂子顯曰：「我造通史，此書若成，眾史可廢。」
子顯對曰：「仲尼讚易道，黜八索，述職方，除九丘，聖製符同，復在茲日。」
時以為名對。三年（A.D. 531），以本官領國子博士。又啟撰《高祖集》，并《普
通北伐記》。其年遷國子祭酒，又加侍中。五年（A.D. 533），遷吏部尚書，侍
中如故。大同三年（A.D. 535），出為仁威將軍、吳興太守，至郡未幾，卒，
時年四十九。

　　景陽好學工文，凝簡多方，嘗著〈鴻序賦〉，體兼眾製，文備多方，頗為
好事者所傳。《永樂大典‧南北朝詩話》謂蕭子顯嘗作自序，略言其詩云：

追尋平生，頗好詞藻。若乃登高目極，臨水送歸。風動春朝，月明
秋夜。早雁初鶯，開花落葉。有來斯應，每不能已。天監中，預九

日朝宴。獨受旨:「雲物甚美,卿將不斐然賦詩。」詩成,降旨曰:
「可謂才子。」非望之恩,未嘗當也。予每有製作,特寡恩。功須
其自來,不以力構。

此言景陽好詩之癖,與詩之所作,特在汨然自至,無暇深思耳。

蕭子顯之樂府詩,丁福保《全梁詩》輯存十首。郭茂倩《樂府詩集》則
載〈日出東南隅行〉、〈燕歌行〉、〈從軍行〉、〈烏棲曲〉、〈美女篇〉、〈南征曲〉
等六首。徐陵《玉臺新詠》輯錄〈燕歌行〉一首。

茲舉《相和歌辭》七,〈燕歌行〉為代表,其云:

風光遲舞出青蘋,蘭條翠鳥鳴發春。洛陽梨花落如雪,河邊細草細
如茵。桐生井底葉交枝,今看無端雙燕離。五重飛樓入河漢,九華
閣道暗清池。遙看白馬津上吏,傳道黃龍征戍兒。明月金光徒照妾,
浮雲玉葉君不知。思君昔去柳依依,至今八月避暑歸。明珠蠶繭勉
登機,鬱金香蕥特香衣。洛陽城頭難欲曙,丞相府中烏未飛。夜夢
征人縫狐貉,私憐織婦裁錦緋。吳刀鄭(錦)〔綿〕絡,寒閨夜被
薄。芳年海上水中鳧,日暮寒夜空城雀。[134]

詩中「(錦)〔綿〕絡」,《樂府詩集》依《玉臺新詠》改。《楚辭‧招魂》:
「鄭綿絡些。」內容敘述雙燕在洛陽,看盡都城之事。如帝王楊柳依依時,
前往驪宮避暑,八月始歸。白馬津之官吏,傳達前往黃龍征戍之消息。征人
之家屬,忙為徵人織錦緋等之情景。由於過度雕琢華靡,使樂府詩之樸實風
氣,全然喪失。

---

[134] 《樂府詩集》,卷32,頁472。

（十）劉孝綽

　　劉孝綽（A.D. 481～539），彭城（今江蘇徐州）人。生於齊高帝建元三年（A.D. 481），卒於梁武帝大同五年（A.D. 539）。本名冉，小字阿士。又聰敏，七歲能屬文。舅齊中書郎王融深賞異之，常與同載適親友，號曰神童。父繪，齊世掌詔誥。孝綽年未志學，長使代草之。梁天監初（A.D. 539），起家著作佐郎，遷太子舍人。俄以本官兼尚書水部郎。武帝雅好蟲篆，孝綽嘗侍宴於座，為詩七首。深受嗟賞。尋除秘書兼，累遷安西驃騎諮議參軍。敕權知司徒又長史事，遷太府卿，太子僕，復掌東宮管記。時昭明太子好士受文，孝綽等同見賓禮。遷員外散騎常侍，兼廷尉卿。坐免官，起為西中郎湘東王諮議，遷黃門侍郎，上書吏部郎，左遷信威臨賀王長史。頃之，遷秘書監。大同五年（A.D. 502）卒。年五十九。

　　孝綽少有盛名，仗義負才，詆訐忤物。然辭藻為後進所宗。《梁書·劉孝綽傳》云：

　　　　每作一篇，朝成暮遍，好事者咸諷誦傳寫，流聞絕域。[135]

　　孝綽知樂府詩，丁福保《全梁詩》輯存六首。郭茂倩《樂府詩集》則載〈釣竿篇〉、〈銅雀妓〉、〈三婦艷詩〉、〈東西門行〉、〈櫂歌行〉、〈班婕妤〉、〈烏夜啼〉等三十六首。徐陵《玉臺新詠》輯錄〈烏夜啼〉一首。

　　茲舉《清商曲辭》四，《西曲歌》上，劉孝綽〈烏夜啼〉一首為例，其云：

　　　　鵾絃且輟弄，鶴操暫停徽。別有啼烏曲，東西相背飛。倡人怨獨守，
　　　　蕩子遊未歸。若逢生離曲，長夜泣羅衣。[136]

---

[135]《梁書》，卷33，頁483。

[136]《樂府詩集》，卷47，頁693。

此詩言倡人怨獨守，蕩子遊未歸。聽啼烏曲，不禁長夜啜泣，淚沾羅衣。寫來十分感人。

（十一）劉孝威

劉孝威（A.D. 496～549），彭城（今江蘇徐州）人。生於齊明帝建武三年（A.D. 496），卒於梁武帝太清二年（A.D. 549）。孝綽第六弟。氣調爽逸，風儀俊舉。初為安北晉安王法曹，後為太子洗馬，中舍人庶子率更令並掌書記。大同中（A.D. 497～502），白雀集東宮，孝威上頌，辭采甚美。太清中（A.D. 547～549），遷中庶子，兼通事舍人。及侯景寇亂，孝威於圍中得出，隨司州刺使柳仲禮至安陸，卒。

孝威樂府詩，丁福保《全梁詩》輯存二十五首。郭茂倩《樂府詩集》則載〈隴頭水〉、〈驄馬〉、〈公無渡河〉、〈雞鳴篇〉、〈烏生八九子〉、〈從軍行〉等二十二首。

孝威孝威才學俊逸，尤以詩勝。其詩多喜白描，不用典故。樂府詩則古拙硬健，殊無婉約之緻。茲舉其《雜曲歌辭》二，〈妾薄命〉一首為例。其云：

> 去年從越障‧今歲歿胡廷。嚴霜封碣石‧驚沙暗井陘。玉簪久落鬢，
> 羅衣長挂屏。浴蟬思漆水，條桑憶鄭坰。寄書朝鮮吏，留釧武安亭。
> 勿言戎夏隔，但令心契冥。不見酆城劍‧千祀復同形。[137]

此詩描寫女子沒於胡廷之後，碣石山（今河北昌黎）被霜雪所封，井陘（今河北井陘）為黃沙所暗。如今玉簪落鬢‧羅衣挂屏。現今只能請去朝鮮之信吏，將其金釧，留置河北邯鄲之武安之驛亭，以表追思之情。其實人死亡後，就無戎夏之隔。只要兩心契合，即使經歷千祀，形神仍然相同。將人鬼懸隔之感，刻劃入微。

　　《雜曲歌辭》二，魏・曹植〈妾薄命〉序云：「《樂府解題》曰：『《妾薄命》，曹植云：『日月既逝西藏。』蓋恨燕私之歡不久。梁簡文帝云：『名都多麗質。』傷良人不返，王嬙遠聘，盧姬嫁遲也。」可相參照。

（十二）庾肩吾

　　庾肩吾（A.D. 487〜551），字子慎，南陽新野（今河南新野）人。生於齊武帝永明五年（A.D. 487），卒於齊武帝太清五年（A.D. 551）。八歲能賦詩，特為兄於陵所友愛。梁普通四年（A.D. 523）為晉安王蕭綱常侍，仍遷王宣惠府行參軍。自是每王徙鎮，肩吾常隨侍。在雍州時，任王府中郎，雲麾參軍，並兼記室參軍。中大通三年（A.D. 531），王為皇太子，兼東宮通事舍人，除安西湘東王錄事參軍，俄以本官領荊州大中正，累遷中錄事、諮議參軍、太子率更令、中庶子。初簡文帝在藩，雅好文章。時肩吾同被賞接。及居東宮，又開文德省置學士，肩吾一預其選。及弟蕭綱即位，庾肩吾為度支尚書。時侯景寇陷京都，上流諸藩，並據州拒景。景矯詔遣肩吾使江州招降當陽公蕭大心，大心尋舉州降賊。肩吾間道奔江陵，投奔蕭繹。未幾，任江州刺史，領義陽太守，卒。

　　自齊永明中（A.D. 483〜493），文士詩文，始用四聲，故肩吾轉拘聲韻，與琢句煉字，彌尚靡麗，踰於往時，可謂齊、梁宮體文學之代表。清・沈德潛《古詩源》卷十三云：

　　　詩之佳者，在聲色臭味之具備，庾肩吾是也。[138]

　　庾肩吾之詩，講究格律之工整和諧、再加以雕琢。如《送別于建興苑相逢》中，「梅新雜柳故，粉白映綸紅。」兩句是非常工整之對句，兩句中又各自當句對，新故相對，紅白相對。如沈德潛所言之具備聲色臭味。又如《和

---

[138] 《齊梁文壇與四蕭研究》，第二章，頁69。

徐主簿望月》詩中,「照雪光偏冷,臨花色轉春。」名詞雪花相對、光色形容詞相對、照臨動詞相對,組成工整之對句。陳祚明《采菽堂古詩選》卷二十五亦論曰:

> 庾子慎詩,當其興會符合,音節頓諧唐人,構思百出,差能津逮。

若從格律上看,庾肩吾之詩已接近律詩之聯句,當為其詩歌之重要價值。

庾肩吾之樂府詩,丁福保《全梁詩》輯存八首。郭茂倩《樂府詩集》則載〈有所思〉、〈洛陽道〉、〈長安有狹斜行〉、〈隴西行〉、〈愛妾換馬〉等六首。徐陵《玉臺新詠》輯錄〈有所思〉、〈長安道〉二首。

庾肩吾之樂府詩華麗輕靡,一如簡文帝、沈約、王融等人。茲舉其〈長安有狹斜行〉一首、〈有所思〉兩首為例。

《相和歌辭》十,《清調曲》三,〈長安有狹斜行〉十二首之八云:

> 大婦褻雲裳,中婦卷羅幬。少婦多妖豔,當鈿繫石榴。夫君且安坐,歡娛方未周。[139]

《鼓吹曲辭》二,〈有所思〉二十六首之二云:

> 佳人竟不歸,春日坐芳菲。拂匣看離扇,開箱見別衣。井梧生未合,宮槐卷復稀。不及銜泥燕,從來相逐飛。[140]

上舉二詩,皆綺麗多華。《玉臺新詠》錄其〈有所思〉一首,清新婉曲,輕逸有緻。《樂府詩集》亦錄此首,但署名昭明太子,起首「佳人」二字,《樂

---

[139]《樂府詩集》,卷35,頁516。

[140]《樂府詩集》,卷55,頁251。

府詩集》作「公子」。其云：

> 佳人遠於隔，乃在天一方。望望江山阻，悠悠道路長。別前秋葉落，別後春花芳。雷歎一聲響，雨淚忽成行。悵望情無極，傾心還自傷。[141]

　　此詩細訴江山遙阻，佳人遠隔。歎道路之悠長，傷秋葉之零落。雖已秋去春來，百花爭芳，猶不免雨淚成行。寫來摧肝傷情無限悵惘。

（十三）張率

　　張率（A.D. 475〜527），字士簡，吳郡吳（今江蘇蘇州）人。生於宋後廢帝元徽三年（A.D. 475），卒於梁普通八年（A.D. 527）。年十二，能屬文。嘗日獻詩一篇，稍近作賦頌，年十六，向兩千許首。齊時官著作佐郎，遷尚書殿中郎，太子洗馬。梁天監初（A.D. 539），授右光祿大夫，加給事中。率直文德殿待詔省，為待詔賦侍之，武帝手敕曰：；「相如工而不敏，枚皋速而不工，卿可謂兼二子於金馬矣。」武帝別賜率詩曰：「東南有才子，故能服官政。於雖慚古昔，得人今為盛。」其年遷秘書丞，後遷黃門侍郎，出為新安太守。大通元年（A.D. 527）卒，年五十三。

　　張率與同里陸倕、任昉、沈約友善，詩亦見重於時。其樂府詩，丁福保《全梁詩》輯存二十一首。郭茂倩《樂府詩集》則載〈遠期〉、〈玄雲〉、〈對酒〉、〈日出東南隅行〉、〈楚王吟〉、〈短歌行〉等二十一首。徐陵《玉臺新詠》輯錄其〈相逢行〉、〈對酒〉、〈遠期〉各一首，〈長相思〉二首、〈白紵舞辭〉二首。

　　張率之樂府詩，以〈白紵歌辭〉九首見稱。至於〈長相思〉、〈遠期〉等亦婉轉流麗。茲舉其〈白紵舞辭〉二首為例：

---

[141] 《樂府詩集》，卷17，頁251。

《舞曲歌辭》四，〈白紵舞辭〉九首之一、三云：

歌兒流唱聲欲清，舞女趁節體自輕。歌舞並妙會人情，依弦度曲婉
盈盈，揚蛾為態誰目成。

日暮塞門望所思，風吹庭樹月入幃。涼陰既滿草蟲悲，誰能離別長
夜時。流歎不寢淚如絲，與君之別終可知。[142]

　　白紵舞為舞者以白紵為巾袍舞蹈，上首寫舞女體態輕盈，歌聲清亮，可
謂歌舞並妙。下首寫女子與君離別，長夜不寐，淚如絲下。

（十四）柳惲

　　柳惲（A.D. 465～517），字文暢，河東解（今山西永濟）人。生於宋前廢
帝劉子業永光元年（A.D. 465），卒於梁武帝天監十六年（A.D. 517）。其父柳
世隆，官至尚書令。惲柳少有志行，立行貞素，早有令名。與陳郡謝瀹友愛。
謝瀹稱讚柳惲：「宅南柳郎，可為儀表。」少工詩，有「亭皋木葉下，隴首秋
雲飛。」之句。王融見而嗟賞。至是預曲宴，必被召賦詩。嘗和武帝登景陽
樓詩云：「太液滄波起，長楊高樹秋。翠華承漢遠，雕輦逐風游。」深見嘉賞。
齊竟陵王蕭子良引為法曹參軍，累遷太子洗馬。以父憂去職。著述先頌，申
其罔極之心，文甚哀麗。明帝建武初（A.D. 494），出為鄱陽相，聽吏屬，得
盡三年喪禮，署之文教，百姓稱焉。還，除驃騎從事中郎。梁武帝蕭衍代齊
自立，天監元年（A.D. 502）至京邑，惲候謁候，以為冠軍將軍府司馬。除長
史兼侍中，累遷左民尚書，八年（A.D. 509），為廣州刺史，徵為秘書監，復
為吳興太守六年。為政清靜，民吏懷之。天監十六年（A.D. 555），感疾卒，
年五十三。

　　柳惲雅潔雍容，善尺牘、彈琴、投壺、射箭、弈棋，並通曉醫術、占卜。

《南史‧柳惲傳》中，蕭衍常讚曰：「吾聞君子不可求備，至於柳惲，可謂具美。分其才藝，足了十人。」[143]

柳惲才藝俱美，詩亦專擅。其樂府詩，丁福保《全梁詩》輯存六首。郭茂倩《樂府詩集》則載〈折楊柳〉、〈江南曲〉、〈度關山〉、〈長門怨〉、〈起夜來〉、〈獨不見〉、〈芳林篇〉等七首。徐陵《玉臺新詠》輯錄其〈獨不見〉、〈度關山〉、〈長門怨〉、〈江南曲〉、〈起夜來〉五首。茲舉其〈長門怨〉、〈起夜來〉兩首為例。

《相和歌辭》十七，《楚調曲》中〈長門怨〉云：

> 玉壺夜愔愔，應門重且深。秋風動桂樹，流月搖輕陰。綺簷清露滴，網戶思蟲吟。歎息下蘭閤，含愁奏雅琴。何由鳴曉珮，復得抱宵衾。無復金屋念，豈照長門心。[144]

《樂府詩集》〈長門怨〉序云：

> 《漢武帝故事》曰：「武帝為膠東王時，長公主嫖有女，欲與王婚，景帝未許。後長主還宮，膠東王數歲，長主抱置膝上。問曰：『兒欲得婦否？』長主指左右長御百餘人，皆云『不用』。指其女問曰：『阿嬌好否？』笑對曰：『好，若得阿嬌作婦，當作金屋貯之。』長主乃苦要帝，遂成婚焉。」

又引《漢書》曰：

> 孝武陳皇后，長公主嫖女也。擅寵驕貴，十餘年而無子，聞衛子夫

[143] 《南史》，卷38，頁987。

[144] 《樂府詩集》，卷17，頁620-621。

得幸，幾死者數焉，元光五年廢居長門宮。

又引《樂府解題》曰：

長門怨者，為陳皇后作也。後退居長門宮，愁悶悲思，聞司馬相如
工文章，奉黃金百斤，令為解愁之辭。相如為作《長門賦》，帝見
而傷之，復得親幸。後人因其賦而為《長門怨》也。

此詩描寫陳皇后在長門宮中之孤寂。「宮門重且深，歎息下蘭閣，含愁奏
雅琴。」是敘述宮門宮中之感受。「無復金屋念，豈照長門心。」是寫絕望之
情。敘述深切動人。

《雜曲歌辭》十五，〈起夜來〉云：

城南斷車騎，閣道覆清埃。露華光翠網，月影入蘭臺。洞房且暮掩，
應門或復開。颯颯秋桂響，悲君起夜來。[145]

《樂府詩集》〈起夜來〉敘云：「《樂府解題》曰：『《起夜來》，其辭意猶
念疇昔思君之來也。』唐聶夷中又有《起夜半》。」此詩寫秋夜起來，城南之
車騎已無，閣道覆蓋著一層薄塵。露華之光，有如翠網。月影映入蘭臺。颯
颯秋風，吹開戶門，也聽到桂樹搖動之聲。面對此景，心中有悲涼之感。

（十五）費昶

費昶（生卒年不詳），字不詳，江夏人（今湖北武昌）。梁武帝天監九年
（A.D. 510）前後在世。

昶善為樂府。又作鼓吹曲，武帝重之。敕曰：「才氣新拔，有足嘉異。昔

郎惲博物，卞蘭巧辭。束帛之賜，實為勸善，可賜絹十匹。」

　　費昶之樂府詩，清新工麗，有挺拔之氣。武帝尤善其鼓吹曲。丁福保《全梁詩》輯存九首。郭茂倩《樂府詩集》則載其〈巫山高〉、〈芳樹〉、〈有所思〉、〈長門怨〉、〈採菱曲〉、〈思公子〉、〈發白馬〉、〈行路難〉等九首。徐陵《玉臺新詠》輯錄其〈長門后怨〉、〈巫山高〉、〈有所思〉各一首，〈行路難〉二首。茲舉〈芳樹〉、〈有所思〉二首為例。

　　《鼓吹曲辭》二，《漢鐃歌》中，〈芳樹〉云；

　　　　幸被夕風吹，屢得朝光照。枝傴疑欲舞，花開似含笑。長夜路悠悠。
　　　　所思不可召。行人早旋返，賤妾猶年少。[146]

　　此詩開頭就寫出感概，人要被夕風吹拂，才能有朝光照耀。樹枝低傴，疑要迎風舞蹈。百花開放，似在對人微笑。行人早已返家，思念之人，卻不知從何召喚？

　　《鼓吹曲辭》二，《漢鐃歌》中，〈有所思〉云：

　　　　上林烏欲棲，長安日行暮。所思鬱不見，空想丹墀步。簾動憶君
　　　　來，雷聲似車度。北方佳麗子，窈窕能迴顧。夫君自迷惑，非為
　　　　妾心妬。[147]

　　此詩寫長安女子，看到烏鳥棲息，就想到夫君被北方佳麗迷惑，不願回來。只能在台階躞步。聽到雷聲，都以為夫君坐車歸來。詩中未見哀傷之句，卻能感受其中之悲情。

---

[146] 《樂府詩集》，卷17，頁247。

[147] 《樂府詩集》，卷17，頁252。

四、陳代擬樂府詩作者

（一）陳叔寶（陳後主）

　　陳後主（A.D. 553～604），諱叔寶，字元秀，小字黃奴。生於梁元帝承聖二年（A.D. 553），卒於隋文帝仁壽四年（A.D. 604）。宣帝頊之嫡長子也。天嘉三年，立為安成王世子。光大二年（A.D. 568），為太子中庶子，尋遷侍中。太建元年（A.D. 570），立為皇太子。十四年（A.D. 582），宣帝崩，即皇帝位，是為後主。明年，改元至德（A.D. 589）。

　　即位後，日居深宮。不虞外難，荒於酒色。不恤政事，而好營宮室。常使張貴妃、孔貴人等八人夾坐，江總、孔範等十人預宴，無復尊卑之序，號曰狎客。先令八婦人襞衣采箋，製五言詩。十客一時繼和，遲則罰酒。君臣酣飲，從夕達旦。更起臨春、結綺、望仙三閣，與貴妃張麗華等游居其上，以宮人有文學者袁大捨等為女學士，所賦詩歌，採其尤艷麗者，被以新聲。選宮女有容色者，以千百數，令習而歌之。分部迭進，持以為樂。其曲有〈玉樹後庭花〉、〈臨春樂〉等。大略皆美諸妃嬪之容色。至德五年，改元禎明。在位七年，宗戚縱橫，貨賂公行，文武解體。禎明三年（A.D. 589）春，隋軍入城，後主自投於井。乃夜，為隋軍所執，入于長安。常耽酒醉，罕有醒時。隋文帝仁壽四年卒，年五十二。追贈大將軍，封長城縣公，諡曰煬。

　　後主愛好文學，雖身履至尊，仍不以國事為念。其詩綺麗惻豔，俊俏飄逸。所謂靡靡之音，亡國之兆也。

　　陳後主之樂府詩，丁福保《全陳詩》輯存六十七首，郭茂倩《樂府詩集》亦載〈朱鷺〉、〈巫山高〉、〈有所思〉、〈雉子班〉、〈臨高臺〉、〈隴頭〉、〈折楊柳〉等六十七首。

　　後主樂府詩率亦香豔綺麗，極盡輕靡。《隋書・音樂志上》云：

　　　　後主嗣位，尤重聲樂……於清樂中造〈黃驪留〉及〈玉樹後庭花〉、

〈金釵兩鬢垂〉等曲，與幸臣製其歌詞，綺豔相高，極於輕蕩。男女唱和，其音甚哀。[148]

今舉其〈玉樹後庭花〉與〈東飛伯勞歌〉二首為例。〈玉樹後庭花〉云：

麗宇芳林對高閣，新妝豔質本傾城。映戶凝嬌乍不進，出帷含態笑相迎。妖姬臉似花含露，玉樹流光照後庭。[149]

此詩張溥《陳後主集・題詞》云：

世言陳後主輕薄最甚者，莫如〈黃鸝留〉、〈玉樹後庭花〉、〈金釵兩鬢垂〉等曲。今曲不盡傳，惟見〈玉樹〉一篇。寥落寡致，不堪男女唱和。即歌之，亦未極哀也。[150]

《陳書・後主沈皇后傳》亦云：

後主每引賓客對貴妃等遊宴，則使諸貴人及女學士與狎客共賦新詩，互相贈答。採其尤豔麗者以為曲詞，被以新聲。選宮女有容色者以千百數，令習而哥之，分部迭進，持以相樂。其曲有〈玉樹後庭花〉、〈臨春樂〉等。[151]

《雜歌曲辭》八，陳後主〈東飛伯勞歌〉云：

---

[148] 《隋書》，卷 13，頁 309。

[149] 《樂府詩集》，卷 47，頁 680。

[150] 《漢魏六朝百三家集・陳後主集》，頁 4325。

[151] 《陳書》，卷 6，頁 132。

池側鴛鴦春日鶯，綠珠絳樹相逢迎。誰家佳麗過淇上，翠釵綺袖波
中漾。雕鞍繡戶花恒發，珠簾玉砌移明月。年時二七未筓，轉顧流
盼鬢髻低。風飛蕊落將何故，可惜可憐空擲度。[152]

此首詩中如鴛鴦、春鶯、綠珠、絳樹、佳麗、翠釵、綺袖、雕鞍、繡戶、
珠簾、玉砌等辭，皆極其華靡冶豔，可謂陳代荒淫浪漫，頹廢靡爛生活之寫
實。尤其是在國家阽危之時，帝王與后妃一起傳唱，可謂亡國之音。

（二）張正見

張正見（約 A.D. 527～575），字見頤，清河東武城（今山東武城）人。
生於梁武帝普通八年（約 A.D. 527），卒於陳宣帝太建七年（A.D. 575）。幼好
學，有清才。梁簡文帝在東宮，正見年十三，獻頌，簡文深讚賞之。簡文雅
尚學業，每自升座說經，正見嘗預講筵，請決疑義，吐納和順，進退祥雅，
四座咸屬目焉。太清初（A.D. 547～ 549），射策高第，除邵陵王國左常侍。
元帝立，拜通直敢騎侍郎，遷彭澤令。屬梁季喪亂，避地於匡俗山。陳武帝
受禪，詔正見還都，除鎮東鄱陽王府墨曹行參軍，兼衡陽王府長史。歷宜都
王限外記室，撰史著士，帶尋陽郡丞。遷尚書度支郎，通直散騎侍郎，著士
如故。太建中（A.D. 569～575）卒，時年四十九。

正見詩長於五言。《陳書・張正見傳》云：「其五言詩尤善，大行於
世。」[153]張溥《張散騎集・題詞》云：

夫陳隋詩格，風氣開唐五言遺響，尤為近之。[154]

由於張正見時值梁、陳之際，聲律大開，宮體盛行，故其詩雖華美纖麗，

---

[152] 《樂府詩集》，卷 68，頁 978。

[153] 《陳書》，卷 34 頁 470。

[154] 《漢魏六朝百三家集・張散騎集》，頁 4559。

金翠珠璣，美不勝收。但張溥認為正見之五言詩，逐漸開啟唐代五言詩之開展。如《相和歌辭》三〈採桑〉一首云：

> 春樓曙鳥驚，蠶妾候初晴。迎風金珥落，向日玉釵明。徒顧移籠影，攀鉤動釧聲。葉高知手弱，枝軟覺身輕。人多羞借問，年少怯逢迎。恐疑夫婿遠，聊復答專城。[155]

嚴羽《滄浪詩話》云：

> 南北朝人詩，惟張正見詩最多。而最無足省發，所謂雖多亦奚以為。[156]

其言似屬太過。張正見詩除好用典實，偶有手弱者外，尚稱華麗可觀。如此詩中言「葉高知手弱，枝軟覺身輕。」即覺頗有巧思。故張溥《張散騎集・題詞》云：「憎者病其雖多奚為，喜者謂其聲骨雄整。」[157]不失折衷之論。

（三）江總

江總（A.D. 519～594），字總持，濟陽考城（今河南省民權縣東）人。生於梁武帝天監十八年（A.D. 519），卒於隋文帝開皇十四年（A.D. 594）。七歲而孤，依於外氏。幼聰敏，有至性。舅吳平光侯蕭勵，名重當時，特所鍾愛。及長，篤學有辭采。家傳賜書數十卷，總晝夜尋讀，未嘗輟手。年十八，解褐宣惠武陵王府法曹參軍，除丹陽尹何敬容府主簿，遷尚書殿中郎。梁武帝言始畢，製〈述懷詩〉，總預同此作。帝覽總詩，深降嗟賞，乃轉侍郎，遷太子洗馬，又出為臨安令，還為中軍宣城王府限內錄事參軍，轉太子中舍人。

---

155 《樂府詩集》，卷28，頁658。

156 《歷代詩話・滄浪詩話》，卷5，頁702。

157 《漢魏六朝百三家集・張散騎集》，頁4559。

侯景寇京都，詔兼太常卿，守小廟。臺城陷，總避難崎嶇。累年至會稽郡，
憩於龍華寺，乃製〈修心賦〉。後依其第九舅蕭勃於廣州。及侯景卒，元帝徵
為明威將軍。會江陵陷，遂流寓嶺南積歲。陳天嘉四年（A.D. 563），以四書
侍郎徵，還朝直侍中省，遷左民尚書，轉太子詹事，中正如故。尋為侍中，
領左繞騎將軍，遷太常卿。後主即位，除祠部尚書，尋遷尚書僕射。至德四
年（A.D. 586），加宣惠將軍，量置佐史。尋授尚書令。禎明二年（A.D. 588），
進號中權將軍。京城陷，入隋，為上開府。開皇十四年（A.D. 594）卒於江都，
年七十六。

　　《陳書・江總傳》稱總篤於行義，寬和溫裕，好學能文，於五言、七言
尤善，然傷於浮豔，故為後主所愛幸。多有側篇，好事者相傳諷翫，於今不
絕。《永樂大典・南北朝詩話》亦云：

　　　　江總尤工五七言，溺於浮靡。後主時為尚書令，游宴後庭，多為豔
　　　　詩，好事者相傳為狎客。

　　江總之樂府詩，丁福保《全陳詩》輯存三十三首，郭茂倩《樂府詩集》
亦載〈雉子班〉、〈隴頭水〉、〈折楊柳〉、〈關山月〉、〈洛陽道〉、〈長安道〉、〈梅
花落〉等三十三首。今舉其〈雜曲〉，〈東飛伯勞歌〉二首為例：
　　《雜曲歌曲》〈雜曲〉三首之二云：

　　　　殿內一處起金房，並勝餘人白玉堂。珊瑚挂鏡臨網戶，芙蓉作帳照
　　　　雕梁。房櫳宛轉垂翠幕，佳麗逶迤隱珠箔。風前花管颻難留，舞處
　　　　花鈿低不落。陽臺通夢太非真，洛浦凌波復不新。曲中唯聞張女調，
　　　　定有同姓可憐人。但願私情賜斜領，不願傍人相比並。妾門逢春自

可榮，君面未秋何意冷。[158]

此詩描寫宮殿內之建築、擺設，及佳麗在宮中之得寵與失寵之不同遭遇，得寵稱逢春，失寵稱秋意冷、可憐人，可謂別具新裁。

《雜歌曲辭》八，〈東飛伯勞歌〉云：

南飛烏鵲北飛鴻，弄玉蘭香時會同。誰家可憐出窗牖，春心百媚勝楊柳。銀牀金屋挂流蘇，寶鏡玉釵橫珊瑚。年時二八新紅臉，宜笑宜歌羞更斂。風花一去杳不歸，祇為無雙惜舞衣。[159]

此詩中有如「銀牀金屋挂流蘇，寶鏡玉釵橫珊瑚」、「春心百媚勝楊柳」、「宜笑宜歌羞更斂」等，皆浮華側豔，盡屬宮體詩作。故張溥《江令君集·題詞》對其貶抑有加，曰：

齊、梁以來，華虛成風，士大夫輕君臣而工文墨，高談法王，脫略名節，難足驚頭，適為朝秦暮楚者地耳。梁有江總，……皆醜婦所羞也。[160]

若言江總不是陳代宮體詩推波助瀾之功臣，實屬大過。

（四）徐陵

徐陵（A.D. 507～583），字孝穆，生於梁武帝天監六年（A.D. 507），卒於陳後主至德元年（A.D. 583）。東海郯（今山東郯城）人。梁戎昭將軍摛之子。《南史本傳》稱其：「八歲能屬文，十三通莊、老義。既長，博涉史籍，

---

[158] 《樂府詩集》，卷77，頁1091。

[159] 《樂府詩集》，卷68，頁978。

[160] 《漢魏六朝百三家集·江令君集》，頁4501。

縱橫有口辯。」[161]中大通三年（A.D. 531），晉安王蕭綱引參寧蠻府軍事，及王為太子，以為東宮學士。稍遷尚書度支郎，大同前後，出為上虞令，又為通直散騎侍郎。太清二年（A.D. 548），兼通直散騎常待，奉命使魏。侯景寇京師，梁元帝承制於江陵，使齊未歸。及魏陷江陵，乃隨蕭淵明南還。大尉王僧辯以為尚書吏部郎，兼掌詔誥。其年，陳武帝入討，以陵為貞威將軍，尚書左丞。紹泰二年（A.D. 556）又使於齊，武帝受禪，加散騎常侍。常時文檄軍書，及禪授詔策，皆陵所製。陳文帝天康元年（A.D. 566），遷吏部尚書，領大著作。太建二年（A.D. 570），除尚書左僕射。及克淮南數十州，以陵奏用得人。加侍中。後主即位，遷左光祿大夫，太子少傅。至德元年（A.D. 583）卒，年七十七，詔贈特進，諡曰章偽侯。

徐陵文章綺麗，與庾信齊名，世號「徐庾體」。嘗奉梁・簡文帝之命，編纂《玉臺新詠》，保存許多優秀之詩歌。《南史本傳》稱：「其文頗變舊體，緝裁巧密，多有新意。每一文出，好事者已傳寫成誦，為一代文宗。」[162]王夫之《船山古詩評選》認為將其詩云：

　　納之古詩中，則如落日餘光；置之近體中，則如春晴始旦。[163]

此言徐陵之詩，有從古體詩發展為近體詩之特徵。

徐陵之樂府詩，丁福保《全陳詩》輯存十八首，郭茂倩《樂府詩集》亦載〈隴頭水〉、〈折楊柳〉、〈關山月〉、〈洛陽道〉、〈長安道〉、〈梅花落〉等十八首。其內容皆率直自然，毫不掩飾，有民歌風格。如《雜歌曲辭》九，〈長相思〉二首之一云：

---

[161] 《南史》，卷62，頁1522。

[162] 《南史》，卷62，頁1525。

[163] 《齊梁文壇與四蕭研究》，第二章，頁74。

　　長相思，望歸難，傳聞奉詔戍皋蘭。龍城遠，雁門寒。愁來瘦轉劇，
衣帶自然寬。念君今不見，誰為抱腰看？[164]

　　此詩描敘夫君奉詔戍守邊關皋蘭，望其早歸難，瘦轉劇，衣帶寬。寫來
清新可愛。具有北方邊塞之情調。又如《橫吹曲辭》三，〈關山月〉二首之一
云：

　　關山三五月，客子憶秦川。思婦高樓上，當窗應未眠。星旗映疏勒，
雲陣上祈連。戰氣今如此，從軍復幾年。[165]

　　此詩言征人懷鄉，思念在秦川之妻子，必定在高樓上癡望窗外，無法入
眠；而自己又從軍邊關，星旗飄動，雲彩如陣，充滿戰爭之氣象，不知還要
幾年才能返鄉。情感深刻動人。
　　又如《橫吹曲辭》一〈折楊柳〉云：

　　嫋嫋河堤樹，依依魏主營。江陵有舊曲，洛下作新聲。妾對長楊苑，
君登高柳城。春還應共見，蕩子太無情。[166]

　　此詩整齊簡潔，但三四句與五六句之詩意無法連接，一心寫對句，卻忘
卻起承轉合，句意之銜接，為此詩之缺憾。

（五）顧野王

　　顧野王，（A.D. 518〜581），字希馮，吳郡吳縣（今江蘇蘇州）人。生於
梁武帝天監十七年（A.D. 519），卒於陳宣帝太建十三年（A.D. 581）。九歲能

---

[164]《樂府詩集》，卷 69，頁 991。

[165]《樂府詩集》，卷 23，頁 335。

[166]《樂府詩集》，卷 22，頁 329。

屬文，嘗製〈日賦〉，領軍朱異見而奇之。年十二，隨父之建安，撰〈建安地記〉二篇。長而遍觀經史，精記默識，無所不通。梁大通初（A.D. 527），除太學博士，遷中領軍臨賀王記室參軍。承聖中（A.D. 552～555），監海鹽縣。敬帝時，除金威將軍。安東臨川王記室參軍，轉諮議。陳天嘉初（A.D. 560），補撰史學士，加昭遠將軍。廢帝時，除鎮東鄱陽王諮議參軍。宣帝時，遷國子博士，兼東宮管記，除太子率，更令監東宮通事舍人。遷黃門侍郎，光祿卿。所撰《玉篇》、《輿地圖》、《符瑞圖》、《顧氏譜傳分野樞要》、《續洞冥記》、《玄象表》等，並行於世。又撰《通史要略》、《國史紀傳》，未就。太建十三年（A.D. 581）卒。贈秘書監。至德二年（A.D. 584），又贈右衛將軍。

顧野王之樂府詩，丁福保《全陳詩》輯存七首，郭茂倩《樂府詩集》則載〈芳樹〉、〈有所思〉、〈隴頭水〉、〈長安道〉、〈羅敷行〉、〈艷歌行〉、〈陽春歌〉七首。今錄丁氏所收，郭氏未載之〈擣衣詩〉一首為代表，其云：
野王之樂府詩，以寫景為佳。如《相和歌辭》三，〈羅敷行〉云：

　　東隅麗春日，南陌採桑時。樓中結梳罷，提筐候早期。風輕鶯韻
　　緩，霜灑落花遲。五馬光長陌，千騎絡青絲。使君徒遺信，賤妾
　　畏蠶飢。[167]

此詩寫春日之採桑之事，妻子在南陌採桑，是怕蠶兒飢餓。詩中也順寫春日之景色。如「風輕鶯韻緩，霜灑落花遲。」即把春景描寫無遺。
《清商曲辭》八，〈陽春歌〉云：

　　春草正芳菲，重樓啟曙扉。銀鞍俠客至，柘彈宛童歸。池前竹葉滿，

---

[167]《樂府詩集》，卷28，頁418。

井上桃花飛。薊門寒未歇，為斷流黃機。[168]

　　此首是描寫楊春時節，大自然之風光、如「春草正芳菲」、「池前竹葉滿，井上桃花飛。」等，勾繪出清新可喜之春景。

五、北魏擬樂府詩作者

（一）溫子昇

　　溫子昇（A.D. 495～547），字鵬舉，其先太原（今山西太原）人。生於齊明帝建武二年（A.D. 495），卒於梁中大同二年（A.D. 547）。晉大將軍嶠之後。祖避難，家於濟陰冤句，因為其郡縣人。子昇初受業於崔靈恩、劉蘭，精勤，以夜繼晝，晝夜不倦。長乃博覽百家，文章清婉。為廣陵王深賤客，在馬坊教諸奴子書。作〈侯山祠堂碑文〉，常景見而善之，由是稍知名。熙平初（A.D. 516），補御史，時年二十二，臺中彈文皆委焉。以憂去任，服闋，還為朝請。後李神雋行荊州事，引兼錄事參軍。正光末（A.D. 524），廣陽王淵為東北道行臺，召為郎中，軍國文翰，皆出其手，於是才名轉盛。黃門侍郎徐紇受四方表啟，答之敏速，於深獨沈思曰：「彼有溫郎中，才藻可畏。」及淵為葛榮所敗，子昇亦見羈執，榮下都督和洛興與子昇舊識，得達冀州，還京。自是無復宦情，閉門讀書，勵精不已。孝莊即位，以子昇為南主客郎中，修起居住。永熙中（A.D. 532～534），為侍讀兼舍人，鎮南將軍，金紫光祿大夫。遷散騎常侍，中軍大將軍，後領本州大中正。齊文襄引子昇為大將軍諮議，及元僅、劉思逸、荀濟等作亂，文襄引子昇知其謀，方使之作〈神武碑〉，文既成，乃餓諸晉陽獄，食弊襦而死。
　　子昇生長北朝，然其詩文清麗婉約，有南朝風格。《北史·溫子昇傳》云：

[168] 《樂府詩集》，卷51，頁742。

蕭衍使張皋寫子昇文筆，傳於江外。衍稱之曰：「曹植、陸機復生
於北土，恨我辭人，數窮百六。」陽夏太守傅標使吐谷渾，見其國
主牀頭有書數卷，乃是子昇文也。濟陰王暉業嘗云：「江左文人，
宋有顏延之、謝靈運；梁有沈約、任昉。我子昇足以陵顏轢謝，含
任吐沈。」楊遵彥作〈文德論〉，以為古今辭人皆負才遺行，澆薄
險忌。唯邢子才、王元景、溫子昇，彬彬有德素。[169]

蕭衍認為溫子昇之文筆，可以比擬曹植、陸機；王暉業認為溫子昇枝詩
文超越顏、謝，可與沈約、任昉相比，可謂推崇備至；楊遵彥則認為溫子昇
是北方詩人中，教友文德者。張溥《溫侍讀集・題詞》亦云：

桐華引仙露，槐影麗輕烟。鵬舉逸句尚佳，世以其詩少，即云不長
於詩。寒山片石，當不其然。[170]

溫子昇之樂府詩，丁福保《全北魏詩》輯存七首，郭茂倩《樂府詩集》
則載〈白鼻騧〉、〈結襪子〉、〈安定侯曲〉、〈燉煌樂〉四首。今錄丁氏所收，
郭氏未載，溫子昇所作之〈擣衣〉詩一首為例，其云：

長安城中秋夜長，佳人錦石擣流黃。香杵紋砧知近遠，傳聲遞響何
淒涼。七夕長河爛，中秋明月光。蠮蝄塞邊絕侯鴈，鴛鴦樓上望天
狼。[171]

此詩寫長安城婦女，於秋夜擣衣，見中秋月明，銀河星爛。砧聲在夜空

---

[169] 《魏書》，卷85，頁1477。

[170] 《漢魏六朝百三家集・溫侍讀集》，頁4619。

[171] 《全漢三國晉南北朝詩・全北魏詩》，頁1482。

傳響，分外淒涼，乃念及行役異鄉之丈夫。文筆細膩，用字雕琢，與南方作品實無二致，可知北朝詩人實深受南方文學之影響。

六、北齊擬樂府詩作者

（一）魏收

　　魏收（A.D. 507〜572），字伯起，小字佛助，鉅鹿下曲陽（今河北晉西）人。生於梁天監六年（A.D. 507），卒於陳宣帝太建三年（A.D. 572）。年十五，頗已屬文。初任魏，除太學博士。吏部尚書李神儁重其才學，奏授司徒記室參軍。永安三年（A.D. 529），除北主客郎中。節閔帝立，遷散騎侍郎。尋勅典起居注，并修國史，兼中書侍郎。孝武初，又詔收攝本職。除廣平王贊開府從事中郎，尋兼中書舍人。既而齊神武南上，帝西入關，收兼通直散騎常侍，副王昕使梁，辭藻富逸，為梁主所器重。齊受禪，除中書令，封富平縣子。天保二年（A.D. 551），詔撰魏史，五年史成，以所撰非實，為人所謗，眾口諠然，號為穢史。八年，除太子少傅。三臺成，收上〈皇居新殿臺賦〉，文甚壯麗，自邢邵已下，咸不逮焉。皇建元年（A.D. 560），除中書監，兼侍中右光祿大夫。大寧元年（A.D. 561），加開府。河清二年（A.D. 507），兼右僕射。天統初（A.D. 507），除左光祿大夫，齊州刺史，進尚書右僕射，特進。武平三年（A.D. 572）薨，贈司空、尚書左僕射，諡文貞。

　　魏收碩學天才，好聲樂，善胡舞，以文章顯世。《北史‧魏收傳》謂其「與濟陰溫子昇，河間邢子才齊譽，世號三才。」[172]又與邢子才有「大邢小魏」之譽。《北齊書‧魏收傳》亦云：

　　魏帝曾季秋大射，普令賦詩。收詩末云：「尺書徵建鄴，折簡召長

---
[172] 《北史》，卷56，頁2030。

安。」文襄壯之，顧諸人曰：「在朝今有魏收，便是國之光采。雅俗文盡，通達縱橫。我亦使之才、子昇時有所作，至於詞氣，並不及之。」[173]

文襄雖壯魏收之詩，然其人不持細行，狎逸輕薄，人號「驚蛺蝶」。又與溫、邢二人，互相訾毀。或謂溫、邵不能作賦，自傲曰：「須作副始成大才士。」或非議邢文曰：「伊常於沈約集中作賊。」邵亦駁之曰：「江南任昉，文體本疏；魏收非直模擬，亦大偷竊。」無論其是否偷擬，收詩模仿任昉，取法南朝，卻是事實。

魏收雖受人非議，亦有清新之作品。如其〈喜雨詩〉一首云：

霞暉染刻棟，礎潤上雕楹。神山千葉照，仙草百花榮。瀉溜高齊響，添池曲岸平。滴下如珠落，波回類璧成。氣調登萬里，年和欣百靈。定知丹甑出，何須銅雀鳴。

此首形容魏孝文帝太和二年（A.D. 478），大旱，二麥不收，百姓陷於饑餓。幸天降喜雨，農民可以及時播種，豐收有望。詩中洋溢著久旱得逢甘霖之喜悅。

魏收之樂府詩，丁福保《全北齊詩》，郭茂倩《樂府詩集》並輯存〈櫂歌行〉、〈美女篇〉、〈永世樂〉、〈挾瑟歌〉（一作〈挾琴歌〉）等五首。今舉《雜歌謠辭》四，〈挾瑟歌〉一首為例：

春風宛轉入曲房，兼送小苑百花香。白馬今鞍去未返，紅妝玉筋下

---

[173] 《北齊書》，卷 37，頁 487。

成行。[174]

此首詩辭采華麗，描寫細膩，春風入曲房，小苑百花香。具有南朝唯美之風，可知魏收之樂府詩亦受南方詩風之影響。

七、北周擬樂府詩作者

（一）庾信

庾信（A.D. 513～581），字子山，小字蘭成。南陽新野（今河南新野）人。生於梁武帝天監十二年（A.D. 513），卒於陳宣帝太建十三年（A.D. 581）。梁散騎常侍肩吾之子。幼而俊邁，聰敏絕倫，博覽羣書，尤善《春秋左氏傳》。為湘東國常侍，轉安南府行參軍，累遷尚書度支郎中，大同十一年（A.D. 545），為通直散騎常侍，聘於東魏，文章辭令，盛為鄴下所稱。還為東宮學士，領建康令。太清二年（A.D. 548）侯景作亂，梁簡文帝命信率宮中文武千餘人相禦，及陷，奔於江陵。元帝承制，派王僧辯平定侯景之亂，庾信除御史中丞。及即位，轉右衛將軍，封武康縣侯，加散騎侍郎。承聖三年（A.D. 554），聘於西魏。屬大軍南討，遂留長安。江陵平，累遷儀同三司。周孝閔帝踐祚，封臨清縣子。除司水下大夫，出為弘農郡守，遷驃騎大將軍，開府儀同三司，司憲中大夫，進爵義城縣侯，俄拜洛州刺史。時周承通好，陳請王褒及信等還國，武帝宣政元年（A.D. 578），惜而不遣，尋徵司宗中大夫。當時名武二帝雅好文學，信持蒙恩禮，至於趙滕諸王，周旋款至，有若布衣之交，羣公碑誌，多相請託。信雖位望通顯，常作鄉關之思，乃作〈哀江南賦〉以致其意。大象初（A.D. 579），以疾去職。隋開皇元年（A.D. 581）卒，文帝悼之，贈本官，如荊、雍二州刺史。

---

174 《樂府詩集》，卷86，頁1209。

庾信南朝時之作品，因襲宮體之風，淫靡綺豔，故世號「徐庾體」。此時
譽子山詩者，以為緣情綺靡，體物瀏亮；毀之者則以為淫放輕險，誇自蕩心。
如宇文逌《庾子山集》序云：

> 子山妙善文詞，尤工詩賦。誄潘安而杯蔡邕，箴揚雄而書阮籍。[175]

《周書・庾信傳》云：

> 其體以淫放為本，其辭以輕險為宗。故能誇目侈於紅紫，蕩心逾於
> 鄭、衛。昔揚子雲有言：「詩人之賦麗以則，辭人之賦麗以淫。」
> 若以庾氏方之，斯又詞賦之罪人也。[176]

庾信羈旅北地之原因，《周書・庾信傳》有所記載，其云：：

> 侯景之亂，梁・簡文帝命信率宮中文武千餘人，營於朱雀航。及景
> 至，信以眾先退。

在侯景率十萬大軍，攻占建業之時，讓無作戰力之文武官員千餘人，抵
抗叛軍，庾信自知寡不敵眾。也不願為盡忠梁朝而戰死。率眾退卻，應可理
解。可是他如何為思念故國辯解，存有矛盾之處。

《北史・文苑傳》亦云：

> 梁自大同之後，雅道淪缺，漸乖典則，爭馳新巧。簡文、湘東啟其
> 淫放；徐陵、庾信分道揚鑣。其意淺而繁，其文匿而彩，詞尚輕險，

---

[175] 《庾子山集注》，頁1。

[176] 《周書》，卷41，頁744。

情多哀思。格以延陵之聽，蓋亦亡國之音也。[177]

　　庾信羈旅北地後，初尚逞其新巧之「徐庾體」，然曠日綿久，內心哀苦，常懷「青山望斷河」之思，故其後期詩賦，在亡國亡家之情境下，其詩篇有血有淚，清真剛健。在其〈擬詠懷詩〉二十七首中可以概見。又在周武帝宣政元年（A.D. 578）十二月，年六十六，已入北二十六年。〈哀江南賦〉中，不論寫江南之繁華、兵亂，或北國之苦難，都在全面反思自己一生之遭遇。故此賦可謂其生命之終結。詩風也由「清新」而轉為「老成」，生命意識已經淡化，但賦中仍不免有哀苦之音。〈哀江南賦〉序云：

　　王子洛濱之歲，蘭成射策之年。始含香於建禮，仍矯翼於崇賢。⋯⋯
　　於時朝野歡娛，池台鐘鼓。里為冠蓋，門成鄒魯。⋯⋯五十年中，
　　江表無事。

又云：

　　信年始二毛，即逢喪亂，藐是流離，至於暮齒，〈燕歌〉遠別，悲
　　不自勝。楚老相逢，泣將何及！[178]

　　詩中敘述南北永隔，暮年流離之遭遇，影響其詩風甚鉅。《四庫全書總目提要》云：

　　至信北遷以後，閱歷既久，學問彌深。所作皆華實相抉，情文兼至，
　　抽黃對白之中，灝氣舒卷，變化自如。

---

[177] 《北史》，卷 83，頁 2793。

[178] 《庾子山集注》，卷 2，頁 94。

270

　　庾信入北後之作品，悲切蒼涼。後人對其推崇備至。《四庫全書總目提
要》云：

　　張說詩曰：「蘭成追宋玉，舊宅偶詞人，筆湧江山氣，文驕雲雨
　　神。」其推挹甚至。杜甫詩曰：「庾信文筆老更成，凌雲健筆意縱
　　橫，後來嗤點流傳賦，不覺前賢畏後生。」則諸家之論，甫固不以
　　為然矣。[179]

　　明‧楊升庵《升庵詩話》卷九云：

　　史評其詩曰綺豔，杜子美稱之曰清新，又曰老成。綺豔、清新，人
　　皆知之，而其老成，獨子美能發其妙。[180]

　　清‧沈德潛《說詩晬語》卷上云：

　　北朝詩人，時流清響。庾子山才華富有，悲感之篇，常見風骨。[181]

　　悲切中特有風骨，清新中兼有老成，為庾信晚年之寫照，故杜甫〈詠懷
古跡〉五首有云：「庾信生平最蕭瑟，暮年詩賦動江關。」[182]
　　庾信之樂府詩，丁福保《全北周詩》輯存二十一首，郭茂倩《樂府詩集》
則載〈周祀圓丘歌〉、〈周五聲調曲〉、〈對酒〉、〈燕歌行〉、〈步虛詞〉、〈舞媚
娘〉、〈結客少年場行〉等八十九首，率為其後期作品。宇文逌《庾子山集》
序云：

[179]《四庫全書總目提要》，〈庾開府集箋註〉，卷 148。
[180]《百種詩話類編‧升庵詩話》，頁 876。
[181]《百種詩話類編‧說詩晬語》，前編，頁 876。
[182]《杜詩詳注》，卷 17，頁 1499。

昔在揚都，有集十四卷，值太清羅亂，百不一存。及到江陵，又有三卷，重遭軍火，一字無遺。今之所撰，止入魏以來，爰洎皇代，凡所著述，合二十卷。[183]

今舉其〈烏夜啼〉、〈步虛詞〉二首為例。《樂府詩集》《清商曲辭》四，《吳聲歌曲》四，庾信〈烏夜啼〉二首之一云：

促柱繁絃非〈子夜〉，歌聲舞態異〈前溪〉。御史府中何處宿，洛陽城頭那得棲，彈琴蜀郡卓家女，織錦秦川竇氏妻。詎不自驚長淚落，到頭啼烏恒夜啼。[184]

此詩首二句知〈烏夜啼〉屬歌舞曲，本為《吳聲歌曲》，據《教坊記》言烏夜啼，官當有赦。則此詩並非哀曲，如蜀郡卓家女與司馬相如琴挑之事，即以團聚收場。故聽烏鳥夜啼，當指事有轉圓之意。

《雜曲歌辭》十八，庾信〈步虛詞〉十首之四云：

道生乃太一，守靜即玄根。中和練九氣，甲子謝三元。居心受善水，教學重香園。鳧留報關吏，鶴去畫城門。更以欣無跡，還來寄絕言。[185]

此詩據《樂府詩集》〈步虛詞〉序引《樂府解題》曰：「〈步虛詞〉，道家曲也，備言眾仙縹緲輕舉之美。」詩中道生太一、守靜、中和之氣等皆道家之語，故此詩應屬道家曲無誤。

---

[183]《庾子山集》，頁66。

[184]《樂府詩集》，卷47，頁690。

[185]《樂府詩集》，卷78，頁1099。

　　總之，庾信之詩，如登玉臺瓊樓，仙氣逼人。而且氣象清新，無塵俗之氣。如〈燕歌行〉、〈烏夜啼〉等曲，不僅開拓唐詩之七古、七律、五絕、五律之開展，在樂府詩中，亦享有極高之評價。晚年〈哀江南賦〉，則因思鄉心切，不免哀苦之音。

（二）王褒

　　王褒（A.D. 約513～576），字子淵，琅邪臨沂（今山東臨沂）人。生於梁武帝天監十二年（約 A.D. 513），卒於陳宣帝太建三年（A.D. 576）。父親為梁侍中，左民尚書。褒識量淹通，志懷沈靜，美威儀，善談笑，博覽史傳，七歲能屬文。弱冠舉秀才，除秘書郎、太子舍人。武帝嘉其才藝，遂以弟鄱陽王恢女妻之，襲爵南昌縣侯。歷位秘書丞、宣城王文學、安城內史。元帝嗣位，褒有舊，詔拜吏部尚書，右僕射，仍遷左丞相兼參事，褒既名家，文學優贍，當時咸相推挹，故位望隆重，寵遇日甚。及魏征江陵，元帝授褒都督城西諸軍事。城陷，從元帝入金城，俄而元帝出降，遂與眾俱出見，柱國于謹甚禮之。既至長安，周文帝授褒為車騎大將軍，儀同三司。常從容上席，資餼甚厚。孝閔帝踐祚，封石泉縣子。明帝即位，篤好文學，時褒與庾信才名最高，建德以後，額參朝議，凡大詔冊，皆令褒具草。東宮既見，授太子少保，遷少司空，仍掌綸誥，尋出為宣州刺史，卒於位，年六十四。

　　王褒早年是貴冑公子，生活悠閒自在，從〈遊俠篇〉可知其鬥雞走馬。青樓馳輪，意氣風發之青春歲月。但在入仕北朝之後，面對北方苦寒之環境，詩風大變。由浮艷虛誇，轉為沈鬱悲涼。《周書‧王褒傳》記載，王褒曾致書處士汝南周弘讓，說明自己在北方之處境，可謂還鄉無期。其云：

> 嗣宗窮途，楊朱歧路。征蓬長逝，流水不歸。……頃年事道盡，容髮衰謝。芸其黃矣，零落無時。還念生涯，繁憂總集。視陰惛日，猶趙孟之祖年；負杖行吟，同劉琨之積慘。河陽北臨，空思鞏縣；霸陵南望，還見長安。所冀書生之魂，來依舊壤；射聲之鬼，無恨

他鄉。白雲在天，長離別矣。會見之期，邈無日矣。[186]

當時，南朝陳政權，與北周通好，曾請求放還王褒、庾信等人，但北周只放還流寓北方之一些小人物，「信及褒并留而不遣。」則王褒、庾信二人，羈留北方，徒有南枝之戀耳。

王褒之樂府詩，丁福保《全北周詩》輯存十九首，郭茂倩《樂府詩集》則載〈出塞〉、〈關山月〉、〈長安道〉、〈入塞〉、〈日出東南隅行〉、〈明君詞〉、〈燕歌行〉等十七首。由於苦寒，故王褒有甚多寫邊塞之景象，雄放悽苦。如〈飲馬長安城窟行〉云：「北走長安道、征騎每經過。」[187]〈關山月〉云：「影虧同漢陣，輪滿逐胡兵。」[188]〈入塞〉云：「度冰傷馬骨，經寒墜節旄。」[189]等是。

茲再舉《相和歌辭》七，〈燕歌行〉一首為例，其云：

初春麗日鶯欲嬌，桃花流水沒河橋。薔薇花開百重葉，楊柳拂地散千條。隴西將軍號都護，樓蘭校尉稱嫖姚。自從昔別春燕分，經年一去不相聞。無復漢地關山月，唯有漠北薊城雲。淮南桂中明月影，流黃機上織成文。充國行軍屢築營，陽史討虜陷平城。城下風多能却陣，沙中雪淺詎停兵。屬國少婦猶年少，羽林輕騎數征行。遙聞陌頭採桑曲，猶勝邊地胡笳聲。胡笳向暮使人泣，長望閨中空佇立。桃花落地杏花舒，桐生井底寒葉疎。試為來看上林雁，應有遙寄隴頭書。[190]

---

[186] 《周書‧王褒傳》，卷41，頁731。

[187] 《樂府詩集》，卷38，頁558。

[188] 《樂府詩集》，卷23，頁336。

[189] 《樂府詩集》卷22，頁326。

[190] 《樂府詩集》，卷32，頁472。

　　此詩為描述邊塞之詩，塞外苦寒之狀，詩中屢屢可見。又如「無復漢地關山月，唯有漢北薊城雲。」、「遙聞陌頭採桑曲，胡茄向暮使人泣。」「試為來看上林雁，應有遙寄隴頭書。」都可見作者對邊塞刻畫之深。《北史‧王褒傳》評曰：

　　褒曾作〈燕歌〉，妙盡塞北苦寒之狀。元帝及諸文士並和之，而競為淒切之辭，至此方驗焉。[191]

張溥《王司空集‧題詞》亦云：

　　今觀子淵詩文，多燕歌類也。建章樓閣，長安陵樹，傷心久矣。[192]

　　王褒樂府詩多描述北方之風物，樓閣、陵樹，再配合塞外之苦寒，王褒樂府詩之風格，由此可見。

---

[191] 《北史》，卷83，頁2792。

[192] 《漢魏六朝百三家集‧王司空集題詞》，頁4919。

第八章　南北朝樂府詩之特色

一、雅胡樂音之糅雜

　　南北朝時，羌戎雜擾，禮樂淪亡。故胡華交雜，方音遞變。雖經南朝之修復舊樂，兼入新聲；北朝之仿效華夏，廣收夷樂。終難免聲器紛陳，樂律囂亂焉。

　　南朝自劉宋初禪，實行雅樂。文帝元嘉四年（A.D. 427），四廂金石大備。九年，大樂令鍾宗之更調金石。十四年，典書令奚縱復改定之。二十二年南郊，始設登歌，詔御史中丞顏延之造歌詩，廟舞猶闕。孝武帝孝建元年（A.D. 454），議郊廟樂舞，又使謝莊造《郊廟舞樂》，《明堂諸樂歌辭》。

　　當時胡戎之音已流行中土。宋武帝定關中，盡收其地聲伎。而漢曲舊聲，相和三調，亦隨之入南。又北方《鼓角橫吹曲》〈企喻〉等三十六曲，及樂府胡吹舊曲三十曲，皆北地胡聲，因之併傳入南方。

　　南齊沿襲前宋，雅樂未衰。高帝建元二年（A.D. 480），定郊廟樂歌。武帝永明四年（A.D. 486），詔驃騎將軍江淹造〈藉田歌〉二章。明帝建武二年（A.D. 490），雩祭明堂，詔謝朓造樂辭。然而胡樂已由民間轉向廟堂。如《南齊書·高帝紀上》云：「與左右作羌胡伎為樂。」[1]又〈鬱林王紀〉云：「常列胡伎二部，夾閤迎奏。」[2]皆可為證。

---

[1] 《南齊書》，卷1，頁10。

[2] 《南齊書》，卷4，頁73。

梁承齊祚。君臣上下，爭相創作，尤以武帝為甚。天監元年（A.D. 502），定正雅樂，撰為樂書。下詔訪百寮，對樂七十八家，咸多引流略，浩蕩其辭。言樂之宜改，而不言改樂之法。帝素善鐘律，作「四通」，以定弦音；制「十二笛」，以與絲聲相應。四年，備〈大壯〉、〈大觀〉二舞，以宣文武之德，一時禮樂制度，粲然有序。

其後侯景稱亂，臺城淪沒。樂府不修，風雅咸盡。工人有知音者，並入關中，隨例沒為奴婢。及王僧辯破侯景，諸樂並送荊州。經亂之餘，工器頗闕，元帝詔有司補綴纔備。至於胡戎之音，仍稱盛行。

陳武帝永定元年（A.D. 557），詔求宋、齊故樂。文帝天嘉元年（A.D. 560），定圓丘明堂及宗廟樂。宣帝太建元年（A.D. 569），定〈三朝樂〉，帝採梁故事，奏〈相和五引〉，各隨王樂，祠用宋曲，宴准梁樂。五年，定南北郊及明堂用樂儀注。六年，定元會用樂儀注，朝儀使肅，宮懸亦備。此時胡樂仍緜延不輟。《陳書・章昭達傳》云：

> 每飲會，必盛設女伎雜樂，備盡羌胡之聲。音律姿容，並一時之妙。[3]

後主時，耽荒聲樂，自製新詞，綺艷輕薄，亦雜以胡音。《隋書・音樂志》云：

> 陳後主嗣位，酖荒於酒。視朝之外，多在宴筵。尤重聲樂，遣宮女習北方簫鼓，謂之「代北」，酒酣則奏之。[4]

由上觀之，南朝各代君主，大都喜愛胡伎胡樂。中原雅樂，已呈糅雜並

---

[3] 《陳書》，卷 11，頁 184。

[4] 《隋書》，卷 13，頁 309。

陳之勢。

北朝自拓跋魏來自雲朔，肇有諸華。樂操土風，未移其俗，胡樂遂大量東傳。道武帝天興元年，破慕容寶於中山。太武帝始光四年（A.D. 427），平赫連昌於統萬。獲晉樂懸，未遑創改。工伎相傳，聞有施用。是年，詔尚書吏部郎鄧淵創制宮懸，而鐘管不備。太武帝太延六年（A.D. 440），平河西，得沮渠蒙遜之伎。其伶人服器，擇而存之。賓嘉大禮，皆雜用焉。太平真君十一年（A.D. 450），南征彭越，遣人就宋江夏、王義恭等備箜篌、琵琶、箏、笛等器。《隋書·音樂志》云：

　　西涼、起符氏之末，呂光、沮渠蒙遜等據有涼州，變龜茲聲為之，
　　號為秦漢伎。魏太武帝既平河西，得之，謂之西涼樂。至魏、周之
　　際，遂謂之國伎。

又云：

　　疏勒、安國、高麗，並起自後魏平馮氏及通西域，因得其伎。

又云

　　天竺者，起自張重華據有涼州，重四譯來貢男伎，天竺即其樂焉。

又云：

　　龜茲者，起呂光滅龜茲，因得其聲。呂氏亡，其樂分散，後魏平中

原，復獲之。其後聲多變易。[5]

　　由上記載，胡樂在南北朝之時，不但流行，且已成為國伎。

　　孝文帝太和五年（A.D. 481），討淮漢。宣武景明元年（A.D. 500），定壽春，獲江左聲伎，及中原所傳舊曲〈明君〉、〈聖主〉、〈公莫〉、〈白鳩〉之屬，與《江南吳歌》、《荊楚西聲》，總謂清商。至於殿庭饗宴，兼奏之。太和十一年（A.D. 487），定樂章。十五年，置樂官，因無洞曉音律者，樂部不能立。十六年，命高閭草創古樂，閭尋卒，未就其功。故太樂令公孫崇續修遺事，敷奏其功。時太常卿劉芳以體制差舛，不合古義，修營釐綜。及孝明帝孝昌（A.D. 525～528）以後，世屬艱虞，內難孔殷，外敵滋盛。永安三年（A.D. 530），樂庫灰燼，雅樂未能復興。

　　宣武帝後，胡樂益盛，杜佑《通典・樂典》云：

　　　自宣武以後，始愛胡聲。洎於遷都，屈茨、琵琶、五絃、箜篌、胡
　　　鼓、銅跋、打沙羅、胡舞。鏗鏘鏜鎝，洪心駭目。[6]

　　孝武帝西遷，禮樂散佚，大丞相宇文泰命周惠達、唐瑾損益舊章，樂音至是稍備。普泰元年（A.D. 531），詔尚書長孫稚、太常卿祖瑩，理金石，造樂器，改韶舞為崇德，武舞為章烈，總名曰嘉成，斟酌繕修，古今兼采，鐘律煥然大備。

　　西魏文帝時，西域人曹婆羅門者，受龜茲琵琶於商人，世傳其業。廢帝中興元年（A.D. 531），詔尚書蘇綽詳正音律，綽得宋尺，以定諸管。

　　北齊文宣帝高洋初禪（A.D. 550），頗有變革，尚樂典御祖珽自言舊在洛下，曉知舊樂，因采魏安豐王延明及信都芳等所著樂說，而定正聲，始具宮

---

[5]　《隋書》，卷 15，頁 378~340。

[6]　《通典》，卷 115，頁 12-13。

懸之器，但仍雜西涼之曲，樂名〈廣成〉，而舞不立號，所謂洛陽舊樂者也，實亦後魏太武帝平赫連昌所得之胡樂。故《通典·樂典》云：「其時郊廟燕享之樂，皆魏代故西涼伎。即是晉初舊聲，魏太武帝平涼所得也。」[7]

武成帝河清三年（A.D. 564），定四郊宗廟三朝之樂。又沿漢鼓吹改製二十曲，以敘功德。然自文襄以來，皆好吹笛，彈琵琶、五絃，及歌舞之伎。雜樂有西涼、龜舞、清樂、龜茲諸部，兼容並包，尤以龜茲為主。河清以後，傳習尤盛。後主唯賞胡戎樂，耽愛無已。於是繁習淫聲，爭新哀怨。而伶工曹妙達、安末弱、安馬駒之徒，至有封王開府者。故《北史·恩幸傳》云：

　　西域醜胡，龜茲雜伎。封王開府，接武比肩。[8]

後主遂服簪纓而為伶人之事。後主亦自能度曲。親執樂器，悅翫無卷。倚絃而歌，別採新聲，為無愁曲。音韻窈闊，極於哀思。使胡兒閹宦之輩，齊唱和之，曲終樂闋，莫不隕涕。雖行幸道路，或時馬上奏之。樂往哀來，竟以亡國。

梁時，雅樂兼雜胡音。《隋書·音樂志上》謂：

　　（梁武帝）下武之聲，豈姬人之唱；登歌之奏，協鮮卑之音。……
　　制氏全出胡人，迎神猶帶於邊曲。[9]

其時，金石宮懸之器雖備，胡樂仍盛。

後周文帝霸政，平江陵，大獲梁氏樂器。及建六官，乃令有司詳定郊廟樂歌舞，各有等差。及節閔帝受禪，居位日淺。明帝踐祚，雖革魏樂，而未

7　《通典》，卷115，頁12-14。

8　《北史》，卷92，頁3019。

9　《隋書》，卷13，頁287。

臻雅正。武帝時，以梁鼓吹熊羆十二案。每元正大會，列於懸間，與正樂合
奏。保定五年（A.D. 565），帝聘突厥女為后，西域諸國來媵。如龜茲、疏勒、
康國之樂，大聚長安。胡人令羯人白智通教習，頗雜以新聲。北齊武帝天和
初（A.D. 566）造〈山雲舞〉，以備六代。正定雅音為郊廟樂，創造鐘律，頗
得其宜。六年，罷掖庭四夷之樂。其後帝聘皇后於突厥，得其所獲康國、龜
茲等樂，更雜以高昌之舊，並於大司樂習焉。採用其聲，被於鐘石，取周官
制以陳之，故《隋書‧音樂志》云：

> 太武輔魏之時，高昌款附，乃得其伎，教習以備饗宴之禮。[10]

北周宣帝時，改革前代鼓吹，〈朱鷺〉等曲。制為十五曲，述受禪及戰功
之事。帝每晨去夜還，恒陳鼓吹。又廣召雜伎，增修百戲。魚龍漫衍之伎，
常陳殿前。戲樂無度，遊幸無節，終不免淪亡。

二、民間文學之描叙

南北朝樂府詩之存於今者，《樂府詩集》所載近二千首，其中北朝約二百
七十八首，南朝則佔一千五百五十九首，數量甚為可觀。然具有文學價值者，
為北朝之《梁鼓角橫吹曲》，南朝之《吳聲歌曲》、《西曲歌》。蓋此類民間歌
謠，文人修飾之痕迹較少，仍保有民謠之風格，如北歌豪邁奔放，雄渾悲壯；
南歌委婉曲折，浪漫多情。充分映示著南北不同之民性。今從其文學之描寫
方法上，探討當時特異之民風。

---

[10] 《隋書》，卷14，頁342。

（一）抒情

　　南朝樂府詩《吳聲歌曲》傳唱於太湖流域一帶，多吳儂軟語，兒女私情之作。如：

　　〈子夜歌〉晉宋齊辭四十二首之十三云：

　　擎枕北窗臥，郎來就儂嬉。小喜多唐突，相憐能幾時。[11]

　　〈子夜四時歌‧秋歌〉晉宋齊辭十八首之七云：

　　秋夜涼風起，天高星月明。蘭房競妝飾，綺帳待雙情。[12]

　　〈團扇郎〉無名氏六首之二云：

　　青青林中竹，可作白團扇。動搖郎玉手，因風托方便。[13]

　　此三首寫男女情愛之歡愉，清新自然。此類歌辭在〈子夜歌〉，〈子夜四時歌〉中頗多，又如：

　　〈子夜歌〉晉宋齊辭四十二首之三云：

　　宿昔不梳頭，絲髮披兩肩。婉伸郎膝上，何處不可憐。[14]

　　〈子夜四時歌‧春歌〉晉宋齊辭二十首之三云：

---

[11] 《樂府詩集》，卷44，頁642。

[12] 《樂府詩集》，卷44，頁647。

[13] 《樂府詩集》，卷45，頁660。

[14] 《樂府詩集》，卷44，頁644。

光風流月初，新林錦花舒。情人戲春月，窈窕曳羅裙。[15]

除此類深情綺麗，柔婉可人之作品外，則多為纏綿悽苦之怨辭。或述相思之心境，或寫遲暮之哀傷；或言纏綣之戀情，或歎別離之悽楚，皆細膩動人。如：

〈子夜歌〉晉宋齊辭四十二首之三十三云：

夜長不得眠，轉側聽更鼓。無故歡相逢，使儂肝腸苦。[16]

〈子夜四時歌・冬歌〉晉宋齊辭十七首之十二云：

嚴霜白草木，寒風晝夜起。歲時為歡歎，霜鬢不可視。[17]

〈讀曲歌〉無名氏八十九首之四十七云；

思歡不得來，抱被空中語。月沒星不亮，持底明儂緒。[18]

以上敘述愛戀之痛苦，哀怨感人。《樂府詩集》《清商曲辭》敘云：

（清商樂）遭梁、陳亡亂，存者蓋寡。及隋平陳得之，文帝善其節奏。曰：「此華夏正聲也。」乃微更損益，去其哀怨。[19]

---

[15] 《樂府詩集》，卷 44，頁 644。

[16] 《樂府詩集》，卷 44，頁 643。

[17] 《樂府詩集》，卷 44，頁 649。

[18] 《樂府詩集》，卷 46，頁 674。

[19] 《樂府詩集》，卷 44，頁 638。

可知《吳聲歌曲》大多具有哀怨之聲情。《樂府詩集》〈子夜歌〉序引《唐書·樂志》謂：「聲過哀苦。」[20]《大子夜歌》二首之一云：「歌謠數百種，子夜最可憐。」[21]〈上聲歌〉引《古今樂錄》云：「〈上聲歌〉者，此因上聲促柱得名……謂哀思之音。」[22]〈丁督護歌〉引《宋書·樂志》云：「〈督護歌〉者……其聲哀切。」[23]等皆可證。

其中描寫戀愛，刻劃悲傷，以〈華山畿〉二十五首最為成功。如「淚落枕將浮，身沉被流去。」「淚如淚漏刻水，晝夜流不息。」「長江不應滿，是儂淚成許。」較〈子夜歌〉等更為潑辣深切。又如：

奈何許，天下人何限，慊慊只為汝。

此首經過精簡之剪裁，縝密之構思，將男女相思離別，哀苦怨曠之情，道盡無疑。又如：

未敢便相許，夜聞儂家論，不持儂與汝。[24]

此詩僅用寥寥十五個字，說明一件戀愛之悲劇，可謂言簡易賅，深情哀怨。

《西曲歌》傳唱於江漢流域一帶。此地水陸交通發達，商業繁盛，水上船邊，每多商人思婦之戀歌，靡麗而浪漫。如〈三洲歌〉無名氏三首之一云：

送歡板橋灣，相待三山頭。遙見千幅帆，知是逐風流。[25]

---

[20] 《樂府詩集》，卷44，頁643。

[21] 《樂府詩集》，卷45，頁654。

[22] 《樂府詩集》，卷45，頁655。

[23] 《樂府詩集》，卷45，頁659。

[24] 《樂府詩集》，卷46，頁669。

〈石城樂〉無名氏五首之三云：

布帆百餘幅，環環在江津。執手雙淚落，何時見歡還。[26]

〈莫愁樂〉無名氏二首之二云：

聞歡下揚州，相送楚山頭。探手抱腰看，江水斷不流。[27]

　　當時賈客重利，民眾浮華，故表現於歌謠中者，亦天真熱烈，大膽奔放。如無名氏〈孟珠〉十首之四云：

望歡四五年，實情將懊惱。願得無人處，回身與郎抱。[28]

〈那呵灘〉無名氏六首之六云：

百思纏中心，顚頓為所歡。與子結終始，折約在金蘭。[29]

〈楊叛兒〉無名氏八首之四云：

七寶珠絡鼓，教郎拍復拍。黃牛細犢兒，楊柳映松柏。[30]

---

[25] 《樂府詩集》，卷 47，頁 689。

[26] 《樂府詩集》，卷 47，頁 689。

[27] 《樂府詩集》，卷 48，頁 698。

[28] 《樂府詩集》，卷 49，頁 714。

[29] 《樂府詩集》，卷 49，頁 713。

[30] 《樂府詩集》，卷 49，頁 720。

　　尤其值得重視者，《西曲歌》中之〈烏夜啼〉、〈夜黃〉、〈夜度娘〉、〈雙行纏〉、〈尋陽樂〉等，皆為倚歌。敘述當時娼女與歡客間之情愛，頗能傳神。如〈烏夜啼〉無名氏八首之四云：

　　可憐烏白鳥，疆言知天曙。無故三更啼，歡子冒闇去。[31]

〈夜度娘〉無名氏一首云：

　　夜來冒霜雪，晨去履風波。雖得敘為情，奈儂身苦和。[32]

〈尋陽樂〉無名氏一首云：

　　雞亭故儂去，九里新儂還。送一劫迎兩，無有暫時閒。[33]

　　蓋因當時民間之傳唱，皆以吟詠女性為中心，或追慕戀情，或思念良人，或盼望役旅，其離情別緒，哀怨感人。至於男子，則係官僚子弟，商賈豪客，狃溺聲色，縱情買笑。如〈石城樂〉云：「執手雙淚落，何時見歡還。」[34]〈烏夜啼〉云：「執手與歡別，痛切當奈何。」[35]〈江陵樂〉云：「鳥鳥雙雙飛，儂歡今何在。」[36]〈長松標〉云：「歲暮霜雪時，寒苦與誰雙。」[37]女子在其時並無地位，權利操於男子，故詩歌中方有此哀苦之聲。沈約〈攜手曲〉云：「所

---

[31] 《樂府詩集》，卷47，頁690。

[32] 《樂府詩集》，卷49，頁716。

[33] 《樂府詩集》，卷49，頁718。

[34] 《樂府詩集》，卷47，頁689。

[35] 《樂府詩集》，卷47，頁690。

[36] 《樂府詩集》，卷49，頁710。

[37] 《樂府詩集》，卷49，頁720。

畏紅顏促，君子不可長。」[38]即是言此。

雖然如此，《西曲歌》中仍有不少清麗可誦之作品，如〈壽陽樂〉無名氏九首之三云：

　　梁長曲水流，明如鏡，雙林與郎照。[39]

〈拔蒲〉無名氏二首之二云：

　　朝發桂蘭渚，晝息桑榆下。與君同拔蒲，竟日不成把。[40]

以上數例，敘述女子之深情，委婉清新，綺旎可愛，亦是言情中之佳作。

北朝樂府詩受胡風影響，與南方大異其趣。胡人久居邊塞，驅逐水草，放牧漠野，養成強悍豪壯之民性。此若表現於言情之詩歌時，亦是天真自然，樸實爽快，無南方兒女婉約綺曲，扭捏作態之情緻。如《橫吹曲辭》五，〈折楊柳枝歌〉五首之一云：

　　門前一株棗，歲歲不如老。阿婆不嫁女，那得孫兒抱。[41]

〈幽州馬客吟歌辭〉五曲之三云：

　　南山自言高，只與北方齊。女兒自言好，故入郎君懷。[42]

---

38 《樂府詩集》，卷76，頁1068。

39 《樂府詩集》，卷49，頁719。

40 《樂府詩集》，卷49，頁718。

41 《樂府詩集》，卷25，頁370。

42 《樂府詩集》，卷25，頁370。

詩中描寫北國男女率真爛漫之神情，為鮮卑民族之特色。

又如〈捉搦歌〉四曲之一、二，吟詠待嫁女兒之心理，其云：

粟穀難舂付石臼，弊衣難護付巧婦。男兒千凶飽人手，老女不嫁只
生口。誰家子女能行步，反著袂襌後裙露。天生男女共一處，願得
兩個成翁嫗。[43]

此描寫男女間之情感，直率不諱。

又如〈地驅樂樂辭〉四曲之二、三、四云：

驅羊入谷，白羊在前。老女不嫁，蹋地喚天。
側側力力，念君無極。枕郎左臂，隨郎轉側。
摩拖郎鬚，看郎顏色。郎不念女，不可與力。[44]

此歌赤裸裸地披露北人之熱情與豪放，和江南女子「煢煢條上花，零落
何乃駃」之隱露哀怨不同。

北歌尚有寫遊子流離他鄉，飄零道路之苦，極為深刻。如〈隴頭流水歌
辭〉三首之一、二云：

隴頭流水，流離西下。念吾一身，飄然曠野。
西上隴阪，羊腸九回。山高谷深，不覺腳酸。[45]

〈隴頭歌辭〉三曲之一、二亦云：

---

43 《樂府詩集》，卷25，頁369。

44 《樂府詩集》，卷25，頁366。

45 《樂府詩集》，卷25，頁368。

> 朝發欣城，暮宿隴頭。寒不能語，舌卷入喉。
> 隴頭流水，鳴聲幽咽。遙望秦川，心肝斷絕。[46]

此種經歷，絕非南方旅人所能體認得出。又如〈幽州馬客吟歌辭〉四曲之一云：

> 憎馬常苦瘦，勸兒常苦貧。黃禾起羸馬，有錢始作人。[47]

〈高陽樂人歌〉二曲之一云：

> 可伶白鼻騧，相將入酒家。無錢但共飲，劃地作交賒。[48]

《樂府詩集》〈高陽樂人歌〉敍引《古今樂錄》曰：「魏高陽王樂人所作也，又有〈白鼻騧〉，蓋出於此。」今觀後魏・溫子昇、唐・李白、張祜等人所作〈白鼻騧〉皆敍胡地少年，騎馬就胡姬飲酒之事，與原曲不合。此曲中敍述白鼻騧無錢，卻入酒家與人共飲，刻畫北方少年可憐與無奈之心境，發人深省。

（二）寫真

1. 採蓮

江南地方，山明水秀。到處都是荷塘，蓮花綻放，蓮葉田田，採蓮亦是江南景色。漢樂府詩〈江南曲〉即描寫江南女子採蓮之事。南朝《清商曲辭》中，更是比比可見。如〈子夜四時歌・夏歌〉晉宋齊辭二十首之八云：

---

[46] 《樂府詩集》，卷 25，頁 370。

[47] 《樂府詩集》，卷 25，頁 370。

[48] 《樂府詩集》，卷 25，頁 371。

朝登涼臺上，夕宿蘭池裏。乘月採芙蓉，夜夜得蓮子。[49]

梁武帝〈子夜四時歌・夏歌〉三首之一云：

江南蓮花開，紅光復碧水。色同心復同，藕異心無異。[50]

〈子夜四時歌・秋歌〉晉宋齊辭十八首之十二云：

掘作九州池，盡是大宅裏。處處種芙蓉，婉轉得蓮子。[51]

　　大約採蓮婦女，已採多為佳。梁・朱超〈採蓮曲〉云：「湖裏人無限，何日滿船時？」[52]吳均〈採蓮曲〉云：「日暮鳧舟滿，歸來渡錦城。」[53]採蓮時之時間很長，短者朝出暮歸，多者連續數日。《西曲歌》中，〈楊叛兒〉無名氏八首四云：

歡欲見蓮時，移湖安屋裏。芙蓉繞牀生，眠臥抱蓮子。[54]

　　芙蓉繞牀，臥抱蓮子，為湖邊與歡子過夜之情景。又沈君攸〈採蓮曲〉云：「平川映曉霞，蓮舟泛浪華。」[55]為平明採蓮之景。梁・簡文帝〈採蓮曲〉

[49] 《樂府詩集》，卷44，頁645。

[50] 《樂府詩集》，卷44，頁649。

[51] 《樂府詩集》，卷44，頁647。

[52] 《樂府詩集》，卷50，頁731。

[53] 《樂府詩集》，卷50，頁732。

[54] 《樂府詩集》，卷49，頁720。

[55] 《樂府詩集》，卷50，頁647。

云：「晚日照空磯，採蓮承晚暉。」[56]為薄暮採蓮之景。

由於採蓮需時甚久，每多人共採，一者減除寂寞，二者可在船上飲食作樂。少年男女藉此機會，亦可稍通情款。梁‧簡文帝〈採蓮賦〉云：「荷稠刺密，亞牽衣而縐裳；人喧水濺，惜虧朱而壞妝。」[57]梁元帝〈採蓮賦〉云：「於時妖童媛女，蕩舟心許，鷁首徐迴，兼傳羽杯。」[58]

由上敘述，採蓮為南朝熱鬧之風俗，而非少數人吟詠即興之事，再加上江南地方，風景秀麗，湖塘錯綜，每至夏日，則芙蓉滿湖，荷葉飄蕩，一如梁元帝〈採蓮曲〉中所云：「蓮花亂臉色，荷葉雜衣香。」[59]採蓮之見於《吳聲歌曲》與《西曲歌》中，可謂不勝枚舉。

2. 採桑養蠶

採桑養蠶為南方人民日常之事，蓋桑蠶為繅絲織布所必需，不可或缺。樂府詩之歌詠，遠在漢樂府詩〈陌上桑〉，〈採桑〉等詩中即有。南朝民間樂府詩亦多詠之，如〈採桑度〉無名氏七首之一、三、五云：

> 蠶生春三月，春桑正含綠。女兒採春桑，歌吹當春曲。
> 繫條採春桑，採葉何紛紛。採桑不裝鉤，牽壞紫羅裙。
> 春月採桑時，林下與歡俱。養蠶不滿百，那得羅繡襦。[60]

春月之時，桑樹茂盛，綠葉翩翩，採桑女著紫羅裙，歌當春曲，手提筐籠，攀枝摘桑。劉邈〈採桑〉云：

---

[56] 《樂府詩集》，卷 50，頁 732。

[57] 《樂府詩集》，卷 50，頁 731。

[58] 《樂府詩集》，卷 50，頁 731。

[59] 《樂府詩集》，卷 50，頁 731。

[60] 《樂府詩集》，卷 48，頁 709。

倡妾不勝愁，結束下青樓。逐伴西城路，相攜南陌頭。葉盡時移樹，枝高乍易鈎。絲繩提且脫，金籠寫仍收。蠶飢日欲暮，誰為使君留。[61]

陳後主〈採桑〉亦云：

廣袖承朝日，長鬟礙聚枝。柯新攀易斷，葉嫩摘前蓁。採繁鈎手弱，微汗雜妝垂。[62]

以上所錄，都在描寫民眾春日採桑之情形，刻劃頗為詳盡。

陽春三月，桑葉綠盛，桑女採柔嫩之桑葉，是為養蠶之用，故〈子夜四時歌・夏歌〉云：「春傾桑葉盡，夏開蠶務畢。」又如無名氏七首之四、七云：

語歡梢養蠶，一頭養百堀。奈當黑瘦盡，桑葉常不周。
偽蠶化作繭，爛漫步成絲。徒勞無所獲，養蠶持底為。[63]

〈華山畿〉二十五首之二云：

聞歡大養蠶，定得幾許絲。所得何足言，奈何黑瘦為。[64]

〈作蠶絲〉四曲之三、四云：

積蠶初成繭，相思條女密。投身湯水中，貴得共成匹。

[61] 《樂府詩集》，卷28，頁415。

[62] 《樂府詩集》，卷28，頁416。

[63] 《樂府詩集》，卷47，頁709。

[64] 《樂府詩集》，卷46，頁669。

素絲非常質，屈折成綺羅。敢辭機杼勞，但恐花色多。[65]

　　民眾養蠶取絲，可織成各種綾羅絲綢，艷麗華美。但能織成華美之綺羅，是靠機杼穿梭之勞苦。將南朝婦女繅絲織布之相法加以訴說，充滿含蓄蘊藉之情。

3. 放牧牛羊

　　黃河以北，盡是黃塵翻滾。草原無垠，但見羊羣駝鈴。尤其是塞外漠北，朔風凜冽，牧野蒼茫，呈現出悽涼悲壯之境界。北朝民間樂府詩中。如《雜歌謠辭》無名氏〈敕勒歌〉，即描敘此一景象：

　　敕勒川，陰山下。天似穹廬，籠蓋四野。天蒼蒼，地茫茫。風吹草低見牛羊。[66]

　　《樂府詩集》〈敕勒歌〉敘引《樂府廣題》曰：「北齊神武攻周玉壁，士卒死者十四五。神武恚憤，疾發。周王下令曰：『高歡鼠子，親犯玉壁，劍弩一發，元凶自斃。』神武聞之，勉坐以安士眾。悉引諸貴，使斛律金唱《敕勒》，神武自和之。」又曰：「其歌本鮮卑語，易為齊言，故其句長短不齊。」

　　《樂府廣題》言此詩為斛律金所唱，唱者不一定是作者，北齊神武帝應和，表示當時已流行於北齊，《樂府詩集》注明作者為無名氏，今人對作者說法不一，待考。

　　詩中用「風吹草低見牛羊。」寥寥七字，道盡塞外天高圓而地平廣，青草肥而牛羊壯之風光景物。也將陰山下，放牧牛羊之景色，生動地描繪出來。文字平實無華，卻清新自然。至今猶膾炙人口，傳誦不絕。

---

[65] 《樂府詩集》，卷49，頁720。

[66] 《樂府詩集》，卷86，頁1212。

又《梁鼓角橫吹曲》〈企喻歌辭〉四曲之一、二云：

男兒欲作健，結伴不需多。鷂子經天飛，羣雀兩向波。
放馬大澤中，草好馬著臕。牌子鐵裲襠，鉅鋷鸛尾條。[67]

騎馬放牧為北方人生活之寫實，此二曲歌詠該地健兒放馬草澤，鷂雀飛
波之情景，描寫頗為生動。

〈折楊柳歌辭〉無名氏五首之五云：

健兒須快馬，快馬須健兒。䟤跋黃塵下，然後別雄雌。[68]

此曲敘述北地建兒，飛奔跋涉於黃土地上，揚起滾滾塵沙，充分顯示其
豪健雄武之氣概。

4. 北地苦寒

北方地廣人稀，遍地黃沙。入冬之後，氣溫陡降，民眾都閉居屋內，度
過寒冬，一片苦寒景象。如〈隴頭歌詞〉無名氏三首之二云：

朝發欣城，暮宿隴頭。寒不能語，卷舌入喉。[69]

朝發暮宿之旅人，在寒不能語，卷舌入喉之北地，極端悽涼無助。故〈隴
頭歌辭〉云：「念吾一身，飄然曠野。」又云：「遙望秦川，心肝斷絕。」[70]

北地女子在苦寒之地，舂穀汲水，亦難耐心中之悲涼。〈捉搦歌〉云：

---

[67] 《樂府詩集》，卷 25，頁 720。

[68] 《樂府詩集》，卷 25，頁 370。

[69] 《樂府詩集》，卷 25，頁 371。

[70] 《樂府詩集》，卷 25，頁 371。

華陰山頭百丈井，下有流水徹骨冷。可憐女子能照影，不見其餘見斜領。[71]

井水徹骨寒冷，女子尤須汲水生活，襯托北地生活之淒苦。
《樂府詩集》宋・謝靈運〈苦寒行〉一首云：

歲歲曾冰合，紛紛霰雪落。浮陽滅清暉，寒禽叫悲壑。飢饞煙不興，渴汲水枯涸。[72]

北方之冬天，層冰覆蓋，霰雪紛飛。寒禽悲鳴，井涸無水。確實令人難耐。

（三）記事

民間樂府詩作品，每起於一件歷史故事，或當時發生之事實，或當時風氣影響下之假託者。若言歷史事實。《吳聲歌曲》宋武帝所作〈丁督護歌〉五首之一云：

督護北征去，前鋒無不平。朱門垂高蓋，永世揚功名。[73]

此詩敘述宋武帝時，丁旿北征時之事。丁旿為宋武帝之猛將，作此歌是頌美丁旿北征之功，並敘送別之情。
又如《西曲歌》〈估客樂〉云：

昔經樊鄧役，阻潮梅根渚。感憶追往事，意滿辭不敘。[74]

---

[71] 《樂府詩集》，卷 25，頁 369。

[72] 《樂府詩集》，卷 33，頁 497。

[73] 《樂府詩集》，卷 45，頁 659。

　　據《樂府詩集》引《古金樂錄》，此歌為齊武帝布衣時，嘗遊樊、鄧，追憶往事而作。使樂府令劉瑤管弦被之教習，卒遂無成。有人啟釋寶月善解音律，帝使奏之。旬日之中，便就諧合。敕歌者常重為感憶之聲，猶行於世。

　　歌詠民間故事者，如〈蘇小小歌〉古辭六首之一云：

　　我乘油壁車，郎乘青驄馬。何處結同心，西陵松柏下。[75]

　　據《樂府詩集》引《樂府廣題》曰：「蘇小小，錢塘名倡也。蓋南齊時人。」[76]據此可知此歌乃記錢塘倡妓蘇小小之事。

　　又如《木蘭詩》一首，為敘北朝兒女，花木蘭代父從軍，轉戰有功，榮歸故里之事。前人詩話雖有懷疑木蘭詩為唐人作品，然從原詩中人物、地名、用語等作分析研究，此詩產生於北朝無疑。（參閱本書南北朝樂府詩解題）

三、南朝商市生活之反映

　　南朝政治腐化，國祚屢更，形成貪黷之政風，與奢侈之習尚。其勢所趨，不可遏抑。《南史・循吏列傳》云：

　　（宋）文帝幼而寬仁……凡百戶之鄉，有市之邑。歌謠舞蹈，觸處成羣。蓋宋世之極盛也。……（齊）永明繼運，垂心政術。……都邑之盛，士女昌逸。歌聲舞節，袨服華粧。桃花淥水之間，秋月春

---

[74] 《樂府詩集》，卷48，頁699。

[75] 《樂府詩集》，卷85，頁1205。

[76] 《樂府詩集》，卷85，頁1205。

　　風之下，無往非適。[77]

　　南朝都市生活以商業經濟、淫逸靡漫為基礎，故在民間樂府中，刻劃出當時都市商民歌謠舞蹈，炫服華粧之享樂生活。而其讚美麗色之抒寫，使南方披上一層浮華之色彩。

　　正由於南朝經濟繁榮，生活奢侈。如江漢流域之鎮江、會稽、夏口、楊州、江陵、襄陽等地，商旅雲集，舳艫相連。其間商人重利，思婦多情之社會情景，多表現於詩歌中。茲依次說明於下：

（一）建業

　　自孫吳定都建業，東晉改名建康，歷宋、齊、梁、陳而未徙。顧祖禹《讀史方輿紀要‧江寧府》云：

　　府前據大江，南連重嶺。憑高據深，形勢獨勝。孫吳建都於此。西引荊楚之固，東集吳會之粟。以曹世之強，不能為兼併計也。諸葛武侯云：「金陵，鍾山龍蟠，石頭虎踞，帝王之宅。」王導亦云：「經營四方，此為根本。」蓋舟車便利，則無艱阻之虞；田野沃饒，則有轉輸之藉。[78]

　　建業（金陵）南朝時，不僅為當時之政治中心，且為六朝有數之商業都市。《隋書‧地理志下》云：

　　丹陽舊京所在，人物本盛。小人率多商販，君子資於官祿。市廛列

---

[77] 《南史》，卷 60，頁 1695、1696。

[78] 《讀史方輿紀要》，卷 19，頁 898。

肆，埒於二京。人雜五方，故俗頗相類。[79]

　　京城有華麗之宮苑府邸，槐柳夾列之街衢。市民濃粧豔抹，絃歌作樂。
沈約〈永明樂〉一首云：

　　聯翩貴遊子，侈靡千金客。華轂起飛塵，珠履竟長陌。[80]

　　《樂府詩集》《雜曲歌辭》謝朓〈永明樂〉序引《南齊書・樂志》曰：

　　〈永明樂〉歌者，竟陵王子良與諸文士造奏之。人為十曲，道人釋
　　寶月辭頗美。武帝常被之筦弦，而不列於樂官。

　　又按此曲永明中造，故曰《永明樂》。觀其內容，辭藻華麗，內容侈靡，
可謂宮體詩之代表。
　　王融〈永明樂〉十首之九亦云：

　　總棹金陵渚，方駕玉山阿。輕露炫珠翠，初風搖綺羅。[81]

　　南朝建業是京城所在，大腹賈、千金客、貴公子，自四方雲集於此。華
轂珠履，綺羅珠翠，使京城成為當時奢靡之重鎮。

（二）揚洲

　　揚州位於長江北岸，淮河之南，今江蘇江都縣治。清・顧祖禹《讀史方
輿紀要・江南五，揚州府》引王應麟云：

---

[79] 《隋書》，卷 31，頁 887。
[80] 《樂府詩集》，卷 9，頁 699。
[81] 《樂府詩集》，卷 75，頁 1063。

揚州俯江湄，瞰京口。南躡鉅海之漘，北壓長淮之流。必揚州有備，
而後淮東可守。[82]

揚洲為南朝繁華之商市，舟帆如林，商旅如織。《西曲歌》中，釋寶月〈估
客樂〉二首云：

初發揚州時，船出平津泊。五兩如竹林，何處相尋博。大艑珂峩頭，
何處發揚州。借問艑上郎，見儂所歡不。[83]

揚州乃人間樂土，富商巨寶，舞女歌妓，在此享受侈華之生活。《西曲歌》
中，〈翳樂〉無名氏三首之三云：

人言揚州樂，揚州信自樂。總角諸少年，歌舞自相逐。[84]

《西曲歌》中，〈孟珠〉無名氏十首之四云：

揚州石榴花，摘插雙襟中。葳蕤當憶我，莫持豔他儂。[85]

此言揚州花豔曲新，撩人耳目。女子襟插石榴花，少年歌舞自相逐。楊
州終成為令人留連忘返之地。

（三）江陵

楊州往西三千三百里為江陵。《吳聲歌辭》中，〈懊儂歌〉十四首之三云：

---

[82] 《讀史方輿紀要》，卷23，頁1060。

[83] 《樂府詩集》，卷48，頁700。

[84] 《樂府詩集》，卷49，頁715。

[85] 《樂府詩集》，卷49，頁713。

江陵去揚州，三千三百里。已行一千三，所有二千在。[86]

《西曲歌》中，〈那呵灘〉無名氏六首之三云：

江陵三千三，何足持作遠。書疏數知聞，莫令信使斷。[87]

《西曲歌》中，〈襄陽樂〉九曲之三云：

江陵三千三，西塞陌中央。但問想隨否，何計道里長。[88]

　　江陵指臂吳粵，襟帶江湖，扼西蜀之出口，川東之咽喉，南朝梁元帝曾奠都於此。因與揚州交通頻繁，關係密切，商旅之往返，歌妓離婦之愁思，普遍地歌詠於兩地。《西曲歌》中，〈江陵樂〉四首之一、四二首云：

　　不復蹋踶人，踶地地欲穿。盆隘歡繩斷，蹋壞絳羅裙。
　　蹔出後園看，見花多憶子。烏鳥雙雙飛，儂歡今何在。[89]

　　此兩首為敘述江陵兒女歡樂之情形，如蹋草為戲。見花憶子，洋溢著民安物阜，無憂無慮之生活，清新可愛。《晉書・何充傳》云：

　　荊、楚國之西門，戶口百萬。北帶強胡，西鄰勁蜀。經路險阻，周

旋萬里。得賢則中原可定，勢弱則社稷同憂。[90]

由此可知，江陵位居長江北岸，地勢險要。戶口百萬，商業繁盛。不僅為富庶之城市，亦為政治、軍事上之重鎮，其重要可知矣。

（四）襄陽

杜佑《通典‧州郡》記載，襄陽又名雍州。魏武帝署襄陽郡，晉兼置荊州，宋文帝割荊州，僑置雍州，號南雍。魏晉以來，由於形勢險要。常為軍事重鎮，齊、梁因之。《隋書‧地理志下》云：

自晉氏南遷之後，南郡、襄陽，皆為重鎮。四方湊會，故益多衣冠之緒稍尚禮義經籍焉。[91]

由於襄陽之地，控引京洛，側睨淮蔡。包括荊楚，襟帶吳蜀。沃野千里，可畊可守。地形四通，可左可右。又其地據豫南物質之轉運樞紐，故水運異常發達，許多商婦言情之歌謠，傳唱於該地。《西曲歌》中，〈襄陽樂〉九曲之四、九云：

人言襄陽樂，樂作非儂處。乘星冒風流，還儂揚州去。
女蘿自微薄，寄託長松表。何惜負霜死，貴得相纏繞。[92]

此二首為敘述襄陽兒女之託情道愛，言來哀婉淒苦，令人酸脾。梁‧簡文帝〈雍州曲〉三曲之一南湖、二北渚云：

---

[90] 《晉書》，卷77，頁2030。

[91] 《隋書》，卷31，頁897。

[92] 《樂府詩集》，卷48，頁699。

南湖荇葉浮，復有佳期遊。銀綸翡翠鈎，玉舳芙蓉舟。荷香亂衣麝，
橈聲送急流。
岸陰垂柳葉，平江含粉蝶。好值城傍人，多逢蕩舟妾。綠水濺長袖，
浮苔染輕檝。[93]

　　雍州一帶，湖面檝葉輕浮，芙蓉舟隨風飄游。艷粧麗女，豪華少年，在
其地倚情罵俏，為歡作樂。或亂衣麝荷香，或急流送橈歌。加以商旅帶來各
地之珍物寶玩，將雍州裝飾成一片繁華景象。梁武帝〈襄陽蹋銅蹄〉三首之
三，更可得一證明：

龍馬紫金鞍，翠耗白玉羈。照耀雙闕下，知是襄陽兒。[94]

　　襄陽富裕繁華，兒女們連馬都以紫金為馬鞍，以翠耗白玉為馬羈，可見
其繁華富庶。

（五）樊城

　　襄陽對面為樊城，瀕臨漢水東岸，自古係兵家必爭之地，蜀漢關羽與吳
爭荊州，失敗於此。商賈往來，亦以此為要道。《西曲歌》中，〈估客樂〉云：
「昔經樊鄧役，阻潮梅根渚。」即言此地。
　　齊‧釋寶月〈估客樂〉四首之一、二云：

郎作十里行，儂作九里送。拔儂頭上釵，與郎資路用。
有信數寄書，無信心相億。莫作瓶落井，一去無消息。[95]

---

[93]　《樂府詩集》，卷48，頁704。

[94]　《樂府詩集》，卷48，頁708。

[95]　《樂府詩集》，卷48，頁714。

以上描述商人臨行之不捨，商婦送別之依依。風格純樸，情感真摯，毫無造作語。

（六）夏口

夏口即今漢口，在今武昌縣西黃鵠山東北，吳孫權築城於此，晉時為沙羨縣治。據漢水與長江滙流處，扼江和交通之要衝，形勢險固。鮑照〈吳歌〉三曲之一、二，即敘述夏口之情形：

> 夏口樊城岸，曹公却月戍。但觀流水還，識是儂流下。
> 夏口樊城岸，曹公却月樓。觀見流水還，識是儂淚流。[96]

（七）潯陽

潯陽即今之九江，瀕長江之南，與鄱陽湖相會。清·顧祖禹《讀史方輿紀要·江西三·九江府》引郡志云：

> 九江左挾彭蠡，右傍通州。陸通五嶺，勢拒三江。襟帶上流，乃西
> 江之重鎮。[97]

潯陽可謂江湖之口，襟帶要地，《西曲歌》中，〈尋陽樂〉無名氏一首中之尋陽，即潯陽。歌詠當地歌妓迎新送舊之情形：

> 雞亭故儂去，九里新儂還。送一却迎兩，無有暫時閒。[98]

---

[96] 《樂府詩集》，卷44，頁640、641。

[97] 《讀史方輿紀要》，卷85，頁3581。

[98] 《樂府詩集》，卷49，頁718。

《西曲歌》中，〈烏夜啼〉無名氏八首之四、七，亦有相同之刻劃：

可憐烏白鳥，彊言知天曙。無故三更啼，歡子冒闇去。
遠望千里煙，隱當在歡家。欲飛無兩翅，當奈獨思何。[99]

　　由於潯陽地方之商業繁華，水運頻仍。商旅歡子，雲集此地。一時倡樓林立，歌妓無數。皆倚門賣笑，迎新送舊。而見諸於樂府詩者，亦不離歡樂之辭矣。

（八）壽陽

　　壽陽即今安徽壽縣，晉時，避鄭太后諱，改壽春為壽陽。壽陽濱淮河南岸，淝水西岸。元帝東渡時，壽春為一方之會。遠振河洛，近藩徐、豫。《晉書‧伏滔傳》云：

彼壽陽者，南引荊汝之利，東連三吳之富。北接梁宋，平塗不過七日；西援陳許，水陸不出千里。外有江湖之阻，內保淮肥之固。龍泉之陂，良疇萬頃。舒六之貢，利盡蠻越。[100]

　　壽陽由於地勢險固，綏集四方，故成為南朝之重鎮，《西曲歌》中，〈壽陽樂〉無名氏九首即為當地之樂歌。如其一、九云：

可憐八公山，在壽陽，別後莫相忘。
銜淚出傷門，壽陽去，必還當幾載。[101]

---

[99]《樂府詩集》，卷47，頁691。

[100]《晉書》，卷92，頁2399、2400。

[101]《樂府詩集》，卷49，頁719。

八公山在安徽巢縣西北，亦即壽春之地。《樂府詩集》所載歌辭，蓋敘傷別忘歸之思。今觀〈壽陽樂〉中如：「別後莫相思」、「別後不忘君」、「辭家遠行去」等語，即是敘述離家遠行，別莫相忘之語。

（九）會稽

三吳之地，物產富饒，商業繁盛。《史記‧貨殖列傳》謂吳中之地其云：

東有海鹽之饒、章山之銅、三江五湖之利，亦江東一都會也。[102]

南朝時，此地十分繁榮。《隋書‧地理志下》云：

宣城、毗陵、吳俊、會稽、餘杭、東陽，其俗亦同。然數郡川澤沃衍，有海陸之饒。珍異所聚，故商賈並湊。[103]

《西曲歌》中，〈安東平〉五首之二云：

吳中細布，闊幅長度。我有一端，與郎作袴。[104]

東平在金山東東平縣東，吳中細布銷行各地之情形。由此可見。

《宋書‧蔡興宗傳》云：「會土全實，民物殷阜，王公妃主，邸舍相望。」[105]亦可想見南朝時期，會稽地方之繁華景象。

---

[102] 《史記》，卷129，頁3253。

[103] 《隋書》，卷31，頁887。

[104] 《樂府詩集》，卷49，頁712。

[105] 《宋書》，卷57，頁1583。

（十）巴陵

　　巴陵在長江南岸，傍洞庭湖口。背山面水，帆牆林立，亦當時一大都會。《西曲歌》〈烏夜啼〉無名氏八首之二、八云：

　　　　長檣鐵鹿子，布帆阿那起。詫儂安在間，一去數千里。
　　　　巴陵三江口，蘆荻齊如麻。執手與歡別，痛切當奈何。[106]

　　三江口在漢口下流，今湖北黃岡在西，當時巴陵與三江口之商旅，往來不絕。

　　《西曲歌》〈三洲歌〉引《唐書·樂志》曰：「〈三洲〉，商人歌也。」又引《古今樂錄》曰：「〈三洲歌〉者，商客數游巴陵三江口往還，因共作此歌。」

　　〈三洲歌〉無名氏三曲云：

　　　　送歡板橋彎，相待三山頭。遙見千幅帆，知是逐風流。
　　　　風流不暫停，三山隱行舟。原作比目魚，隨歡千里遊。
　　　　湘東鄜釀酒，廣州龍頭鐺。玉樽金鏤碗，與郎雙杯行。

　　詩中多男女在水邊送別歡子，又在山頭約會。而詩中有湘東鄜釀酒，廣州龍頭鐺。玉樽金鏤碗等敘述，可見當地商業鼎盛，人民安樂之情形。陳後主〈估客樂〉亦敘述三江其地之情形，其云：「三江結儔侶，萬里不辭遙。恒隨鷁首舫，屢逐雞鳴潮。」[107]亦可為證。

（十一）宜城

　　宜城在襄陽之南，今湖北襄陽，亦即南朝樂府詩〈襄陽樂〉之大堤村，

---

[106]《樂府詩集》，卷49，頁690。

[107]《樂府詩集》，卷49，頁712。

以產酒著名。《樂府詩集》劉禹錫〈宜城歌〉引杜佑《通典》曰:「宜城,楚之鄢都,謂之郢,有蠻水。」[108]又引〈十道志〉曰:

> 宜城,漢縣,宋孝武大明元年,以胡人流寓者,立華山郡於大堤村。古名上供,梁為率道。其地出美酒,故曰宜城竹葉酒也。[109]

〈雍洲曲〉云:

> 宜城斷中道,行旅及留連。出妻工織素,妖姬慣數錢。炊雕留吐客,賣酒逐神仙。[110]

昭明太子〈將進酒〉云:

> 洛陽輕薄子,長安遊俠兒。宜城溢渠盌,中山浮羽巵。[111]

由於宜城有醇酒美人,故旅各留連該地,樂而忘返。如《西曲歌》中〈常林歡〉即描寫宜城景物之美。《樂府詩集》梁・簡文帝〈烏棲曲〉四曲之二云:

> 浮雲似帳月如鉤,那能夜夜南陌頭。宜城投酒今行熟,停鞍繫馬暫棲宿。[112]

溫庭筠〈常林歡〉中,刻劃宜城,尤其深入細膩:

[108] 《樂府詩集》,卷49,頁712。

[109] 《樂府詩集》,卷49,頁712。

[110] 《樂府詩集》,卷49,頁712。

[111] 《樂府詩集》,卷49,頁712。

[112] 《樂府詩集》,卷48,頁695。

宜城酒熟花覆橋，沙晴綠鴨鳴咬咬。穭桑繞舍麥如尾，幽軋鳴機雙
燕巢。馬聲特特荊門道，蠻水揚光色如草。錦薦金爐夢正長，東家
呃喔雞聲早。[113]

　　總之，在南朝淫逸奢侈之風氣下，商人享受富貴，娼客倚紅偎翠，使江
漢流域染滿浮華。而於富商巨賈、王公豪貴之聚處，更是邸樓相望，歌舞達
旦。民眾居住其中，難免心神領會，目眩情搖。

---

[113]《樂府詩集》，卷49，頁724。

第九章　南北朝樂府詩之價值

一、促成宮體詩之鼎盛

　　南北朝樂府或出自民間歌謠，或模擬漢、魏樂府，或文士自製新題。其中民間樂府詩反映濃厚之南北民性，柔美率真；漢、魏樂府詩之擬作則樸實典雅，蘊有古風。二者仍不失樂府詩之本質。

　　然樂府詩至於齊、梁，一反傳統作風，丕然變改。好為輕豔浮靡之辭，號為宮體。《南史‧簡文帝紀》云：

　　（帝）辭藻豔發，博綜群言。……然帝文傷於輕豔，時號宮體。[1]

《梁書‧徐摛傳》云：

　　（摛）屬文好為新變，不拘舊體。……摛文體既別，春坊盡學之，宮體之號，自斯而起。[2]

　　唐‧杜確岑《岑嘉州詩序》亦云：

---

[1] 《南史》，卷8，頁232、233。

[2] 《梁書》，卷30，頁446、447。

梁簡文帝及庾肩吾之屬，始為輕浮綺靡之詞，名曰宮體。[3]

　　宮體詩雖始於徐摛、庾肩吾、簡文帝等人。以輕豔綺靡之辭為詩。但輕豔之詩，在晉、宋樂府詩如〈桃葉歌〉、〈碧玉歌〉、〈白紵詞〉、〈白銅鞮歌〉等已有，均以淫辭哀音，被於江左。迄於蕭齊，流風彌盛。

　　此類側麗輕靡之詩，南朝鮑照、湯惠休、王融、謝朓等人之樂府詩中，亦俯拾可得，如《舞曲歌辭》湯惠休〈白紵歌〉二首：

　　琴瑟未調心已悲，任羅勝綺彊自持。忍思一舞望所思，將轉未轉恒
　　如疑。桃花水上春風出，舞袖逶迤鸞照日。徘徊鶴轉情豔逸，君為
　　迎歌心如一。
　　少年窈窕舞君前，容華豔豔將欲然。為君嬌凝復遷延，流目送笑不
　　敢言。長袖拂面心自煎，願君流光及盛年。[4]

　　以上二首，描寫舞蹈之情形。如忍思一舞望所思，舞袖逶迤鸞照日，少年窈窕舞君前等，都言舞者之舞姿。徘徊鶴轉情豔逸，為君嬌凝復遷延，流目送笑不敢言等，則敘舞者容華豔豔，顧盼送笑之嫵媚。可見當時詩風之華靡冶豔。

　　謝朓〈夜聽妓〉二首亦云：

　　瓊閨釧響聞，瑤席芳塵滿。要取洛陽人，共命江南管。
　　情多舞態遲，意傾歌弄緩。知君密見親，寸心傳玉腕。

---

[3] 《岑嘉州詩箋注》，頁 1。

[4] 《樂府詩集》，卷 55，頁 712。

上客光四座，佳麗直千金。挂釵報纓絕，墜珥答琴心。蛾眉已共笑，
清香復入襟。歡樂夜方靜，翠帳垂沉沉。[5]

上首前寫妓女之釧響傳來，召妓時用江南之笙伴奏。下言歌妓因情多而
舞態舒展，因意濃而歌聲舒緩。歌妓以歌舞維生，舞蹈在傳達情意，以奉承
歡客之心。將歌妓之歌舞形象，刻劃入微。

下首前二句分寫上客光驚四座，佳麗美值千金。接寫歌妓以挂釵、墜珥
表達情意，歡客之清香，傳入衣襟。與歌妓歡樂罷後，閨中復歸於平靜。

經宋、齊二朝之醞釀，華靡冶豔之詩風，逐漸風行。《南史・顏延之傳》
云：

延之每薄湯惠休詩，謂人曰：「惠休制作，委巷中歌謠耳，方當誤
後事。」[6]

上言委巷歌謠，即指湯惠休側麗之詩。南齊之文學，即繼承鮑照之詩風。
《南齊書・文學傳》曰：

次則發唱驚挺，操調險急。雕藻淫豔，傾炫心魂。亦猶五色之有紅
紫，八音之有鄭衛，斯鮑照之遺烈也。[7]

推其原因，南朝君臣之豪侈淫逸，政治風氣之腐敗貪斂，都市生活之頹
廢靡爛，均為宮體文學興盛。興造一良好發展環境。而當時流行於江南荊、
楚之民間樂府詩，與齊、梁輕靡聞風接觸後，宮體浸以興盛。故《南史・梁

5　《謝宣城集》，卷3，頁311。

6　《南史》，卷34，頁881。

7　《齊書》，卷52，頁908。

本紀論》曰：「宮體所傳，且變朝野。」[8]〈隋書・文苑傳〉敘曰：「簡文、湘東，啟其淫放。其義淺而繁，其文匿而彩。詞尚輕險，情多哀思。」[9]原有清新樸實之南朝民間樂府詩，至此逐漸變質，如〈子夜歌〉之「宿昔不梳頭，絲髮被兩肩。」[10]成為何遜〈照水聯句〉之：「插花行理鬢，邅延去復歸。」[11]又如〈孟珠〉之：「願得無人處，回身就郎抱。」[12]成為梁武帝〈白紵辭〉之：「纖腰嫋嫋不任衣，嬌怨獨立特為誰。」[13]

今若將〈子夜四時歌〉、〈烏夜啼〉、〈烏棲曲〉、〈估客樂〉、〈三洲曲〉、〈白浮鳩〉、〈襄陽蹋銅啼〉、〈楊叛兒〉等歌，與南朝宮體詩人沈約、何遜、梁簡文帝、梁武帝、梁元帝、吳均、徐陵、陳後生、庾信等樂府詩擬作相較，其形式及內容，皆已經刻意雕畫，飾以藻繪。如《吳聲歌曲》〈子夜四時歌・春歌〉無名氏二十首之五：

碧樓冥初月，羅綺垂新風，含春未及歌，桂酒發清容。[14]

此詩描寫春天來到，登上碧樓，羅衫被春風拂動。飲些桂花酒，使容色清新。梁武帝擬作〈子夜四時歌・夏歌〉三首之二卻成為：

閨中花如繡，簾上露如珠。欲知有所思，停織復踟躕。[15]

8 《南史》，卷8，頁250。

9 《隋書》，卷198，頁1730。

10 《樂府詩集》，卷49，頁712。

11 《漢魏六朝百三家集・何記室集》，頁4284。

12 《樂府詩集》，卷49，頁714。

13 《樂府詩集》，卷55，頁800。

14 《樂府詩集》，卷44，頁644。

15 《樂府詩集》，卷47，頁690。

　　梁武帝擬作描繪閨閣中。女子插上春花，如刺繡般美。簾上之露水，有
如一顆顆珍珠。有女子在閨中思念遠行之人，時時停下編織，踟躕再三。
　　又《西曲歌》中〈烏夜啼〉無名氏八首之七云：

　　遠望千里煙，隱當在歡家，欲飛無兩翅，當奈獨思何。[16]

　　此詩描寫女子遠望歡愛之人，定前往歡家玩樂。想前往尋找，又怕無翅
飛去。獨自思念，真是無可奈何。庾信擬作為：

　　桂樹懸知遠，風竿詎肯低。獨憐明月夜，孤飛猶未棲。虎賁誰見惜，
　　御史詎相攜。雖言入弦管，終是曲中啼。[17]

　　庾信擬作描寫女子在明月之夜，只能如孤鳥飛翔，不知棲息何處？雖有
虎賁之士、御史，亦將奈何？雖將孤單寂寞譜入樂曲，也終究只是藉歌曲宣
洩哀傷而已。
　　兩相對照之下，民間樂府詩一經宮體詩人之手，遣辭比較講究，造作成
份增加，率真精神減少，痕跡甚為明顯。
　　又如梁‧簡文帝擬〈烏夜啼〉一首，為七言作品，其云：

　　綠草庭中望明月，碧玉堂裏對金鋪。鳴弦撥捩發初異，挑琴欲吹眾
　　曲殊，不擬三足朝含影，直言九子夜相呼。羞言獨眼枕下流，託道
　　單棲城上烏。[18]

---

[16] 《樂府詩集》，卷47，頁691。

[17] 《樂府詩集》，卷47，頁691。

[18] 《樂府詩集》，卷49，頁712。

梁元帝擬〈烏棲曲〉六首之五云：

交龍成錦鬬鳳紋，芙蓉為帶石榴裙。日下城南兩相望，月沒參橫掩
羅帳。[19]

徐陵亦擬作〈烏棲曲〉二首之二云：

繡帳羅帷隱燈燭，一夜千年不足獨。唯憎無賴汝南雞，天河未落獨
爭啼。[20]

此類作品，綺麗華美，已是宮體詩之代表，可謂藉樂府題名而做宮體詩
之實。

至於南朝宮體詩人模擬漢、魏樂府詩之作品，亦因輕靡風氣已盛，雖詠
樂府，亦作艷詩。如蕭統擬作〈三婦艷詩〉一首云：

大婦舞輕巾，中婦拂華裀。小婦獲無事，紅黛潤芳津。良人且高臥，
方欲薦梁塵。[21]

沈約擬作〈日出東南隅行〉云：

朝日出邯鄲，照我叢臺端。中有傾城艷，顧景纖羅紈。延軀似纖約，
遺視若回瀾。瑤裝映層綺，金服炫雕鞶。幸有同匡好，西仕服秦官。
寶劍垂玉貝，汗馬飾金鞍。縈場類轉雪，逸控似騰鸞。羅衣夕解帶，

---

[19] 《樂府詩集》，卷48，頁695。

[20] 《樂府詩集》，卷48，頁696。

[21] 《樂府詩集》，卷35，頁518。

　　玉釵暮垂冠。[22]

　　此種作品，都產生於梁陳、宮體詩鼎盛之時。再加以齊、梁詩人之講求
音律，提倡聲病，宮體詩之內容，遂日益綺麗。不論歌詠麗色，男女情愛，
以及節候、遊宴、詠物，一以輕柔織巧為主。其中有一類五言八句之樂府詩，
頗為流行。如梁・簡文帝擬〈楚妃歎〉一首云：

　　閨閑漏永永，漏長宵寂寂。草螢飛夜戶，絲蟲繞秋壁。薄笑未為欣，
　　微歎還成戚。金簪鬢下垂，玉筯衣前滴。[23]

　　《樂府詩集》晉・石崇〈楚妃歎〉序引劉向《列女傳》曰：「楚姬，楚莊
王夫人也。莊王好狩獵畢弋，樊姬諫不止，乃不食禽獸之肉。王嘗與虞丘子
語，以為賢。樊姬笑之，王曰：『何笑也？』對曰：『虞丘子賢矣，未忠也。
妾充後宮十一年，而所進者九人，賢於妾者二人，與妾同列者七人。虞丘子
相楚十年，而所薦者非其子孫，則族昆弟，未聞進賢退不肖也。妾之笑不亦
宜乎？』王於是以孫叔敖為令尹，治楚三年而莊王以霸。」
　　從上引文，楚妃為楚莊王夫人樊姬，見大臣虞丘子不忠，改任孫叔敖為
令尹，治楚三年，而莊王以霸。梁・簡文帝仍以宮體寫之，且寫樊姬之孤寂，
以失原作之旨矣。
　　沈約〈攜手曲〉一首云：

　　舍轡下雕輅，更衣奉玉牀。斜簪映秋水，開鏡比春妝。所謂紅顏促，

22　《樂府詩集》，卷 28，頁 420。

23　《樂府詩集》，卷 29，頁 436。

君恩不可長。鷂冠且容裔，豈吝桂枝亡。[24]

《樂府詩集》〈攜手曲〉引《樂府解題》曰：「〈攜手曲〉，言攜手行樂，恐芳時不留，君恩將歇也。」此詩描寫后妃在宮中恐君恩不長，紅顏易老，應及時留住芳華，沐浴君恩。

由此，宮體詩人一面吸收民間樂府詩之精神，一面模擬漢魏樂府詩，更益以聲病之運用，綺麗之題名，華豔之內容，使宮體詩風，日益淫靡。如陳後主時，與江總、陳暄、孔範等人，耽逸聲色。將宮體詩之綺麗情調與實際荒淫生活相配合，徹底追求詩之宮體化。《南史‧陳後主本紀》云：

後主愈驕，不虞外難。荒於酒色，不恤政事。左右嬖佞珥貂者五十人，婦人美貌麗服巧態以從者千餘人。常使張貴妃、孔貴人等八人夾坐，江總、孔範等十人預宴，號曰「狎客」。先令八婦人襞採箋，制五言詩，十客一時繼和，遲則罰酒。君臣酣飲，從夕達旦，以此為常。[25]

《南史‧江總傳》亦云：

尤工五言七言，溺於浮靡。……日與後主游宴後庭，多為豔詩。好事者相傳諷翫，於今不絕。[26]

陳代豔麗之辭，是以尤盛於梁，故魏徵〈陳論〉謂「偏尚淫麗之文也。」今在陳後主樂府詩中，多見不鮮，如陳後主〈采蓮曲〉一首云：

---

[24] 《樂府詩集》，卷76，頁1068。

[25] 《南史》，卷10，頁306。

[26] 《南史》，卷36，頁946。

相催暗中起,妝前日已光。隨宜巧注口,薄落點花黃。風住疑衫密,船小畏裙長。波文散動檝,荄花拂度航。低荷亂翠影,采袖新蓮香。歸時會被喚,且試入蘭房。[27]

陳後主〈烏棲曲〉三首之三云:

合歡襦薰百和香,牀中被織兩鴛鴦。烏啼漢沒天應曙,只持懷抱送郎去。[28]

陳後主樂府今存六十五首,泰半為濃膩淫冶之豔詩。《隋書・音樂志上》謂後主與幸臣之唱和:

於清樂中造〈黃鸝留〉及〈玉樹後庭花〉、〈金釵兩臂垂〉等曲,與幸臣等制其歌詞,綺艷相高,極於輕薄。男女唱和,其音甚哀。[29]

可見陳後主等人已將華麗無骨之詩句,融於柔靡淫蕩之哀音中。吟詠唱和,怡悅耳目。魏徵《陳書》中評論陳後主云:「後主生深宮之中,長婦人之手。」[30]其斯之謂歟!

二、隋唐胡樂之前導

自漢、魏之亂,晉遷江南,中國遂淪沒於夷狄。至隋滅陳,始得宮懸樂

---

[27] 《樂府詩集》,卷 50,頁 732。

[28] 《樂府詩集》,卷 48,頁 697。

[29] 《隋書》,卷 13,頁 309。

[30] 《陳書》,卷 6,頁 119。

器，稍欲有所製作。然時君搧迫，樂工亡佚。終隋、唐之世，除黃鐘一宮外，悉用胡戎之樂。齊尚樂典御祖挺，自言舊在洛下，曉知舊樂，上書齊文宣帝。見《隋書‧音樂志》曰：

> 魏氏來自雲朔，肇有諸華。樂操土風，未移其俗。至道武帝皇始元年，破慕容于中山，獲晉樂器。不知采用，皆委棄之。……至太武帝平河西，得沮渠蒙遜之伎。賓嘉大禮，皆雜用焉。[31]

北朝樂府，糅合胡秦，與南朝殊異。故南朝清商三調，漸告式微；《吳聲》、《西曲》，亦遂沈淪。《隋書‧音樂志中》隋文帝開皇二年（A.D. 582），齊黃門侍郎顏之推上言曰：

> 禮崩樂壞，其來自久。今太常雅樂，並用胡聲。請馮梁國舊事，考尋古典。高祖不從。曰：「梁樂，亡國之音，奈何遣我用邪！」[32]

故中夏正聲，隋時已告缺。會桂國沛國公鄭譯子奏上請更修正，於是詔太常卿牛弘，國子祭酒辛彥之，國子博士何妥等議正樂。然淪謬既久，音律多乖，積年議不定。譯因龜茲人蘇祇婆善胡琵琶，始得其法，推演為十二均，八十四調，以校太樂所奏。《隋書‧音樂志中》引鄭譯云：

> 先是，周武帝時，有龜茲人曰蘇祇婆，從突厥皇后入國，善胡琵琶。聽其所奏，一均之中，間有七聲。因而問之，答云：「父在西域，稱為知音，代相傳習，調有七種。以其七調，勘校七聲，冥若合符。……譯因習而彈之，始得七聲之正。然其就此七調，又有五旦

---

[31] 《隋書》，卷 13，頁 313。

[32] 《隋書》，卷 14，頁 345。

之名。旦作七調，以華言譯之，旦者，則謂均也。其聲亦應黃鍾、太簇、林鍾、南宮、姑洗五均，以外七律，更無調聲。譯遂因其所捻琵琶，絃柱相應為均。推演其聲，更立七均。合成十二，以應十二律。律有七音，音立一調，故成七調十二律，合八十四調。旋轉相交，盡皆和合。[33]

此八十四調，本出龜茲，而以琵琶為主。琵琶有宮商角羽四絃，絃各七調，皆從濁至清，迭更其聲。據向覺明〈龜茲蘇祇婆琵琶七調考原〉，印度北宗音樂之一派，與法人伯希、枯郎、勒維等研究南印度發現之七調碑，皆證明蘇祇婆之七調源于印度，經中亞細亞及龜茲諸地，傳入中國。其時，何妥又奏陳文帝用黃鐘一宮，不假餘律，文帝從之，譯等議寢。

開皇九年（A.D. 589），平陳，獲宋齊舊樂，詔於太常置清商署以管之。求陳太樂令蔡子元，于普明等復居其辭。又依牛宏之奏，修緝梁、陳舊曲，以備雅樂。乃調五音為五夏、二舞、登歌、房中等十四調，創制歌辭。煬帝大業間，又詔博訪知鐘律歌管者，總付太常。樂人子弟，大集關中。為坊置之，而器亦增盛。

然胡樂經長期之醞釀，已深植人心，故龜茲樂仍盛行一時，自成燕樂系統。《隋書・音樂志》云：

至隋有西國龜茲，齊朝龜茲，土龜茲，凡三部。開皇中，其器大盛於閭閈。時有曹妙達、王長通、李士衡、郭金樂、安進貴等，皆妙絕弦管。新聲奇變，朝改暮易。持其音技，估衒於公王之間。舉時爭相慕尚，高祖病之。……而竟不能救焉。[34]

---

[33] 《隋書》，卷 14，頁 345、346。

[34] 《隋書》，卷 15，頁 378。

燕樂即當時之俗樂，俗樂一詞，蓋如《舊唐書‧音樂志》所云：

> 自周、隋以來，管絃雜曲將數百曲，多用西涼樂，鼓舞曲多用龜茲樂，其曲皆俗所知也。[35]

至於包涵之樂曲，或源於雅部，而實變用胡聲。《樂府詩集》《近代曲辭》敘云：

> 隋自開皇初，文帝置七部樂，一曰〈西涼伎〉，二曰〈清商伎〉，三曰〈高麗伎〉，四曰〈天竺伎〉，五曰〈安國伎〉，六曰〈龜茲伎〉，七曰〈文康伎〉。至大業中，煬帝乃立〈清樂〉、〈西涼〉、〈龜茲〉、〈康國〉、〈疏勒〉、〈安國〉、〈高麗〉、〈禮畢〉，以為九部。樂器弓衣，於是大備。

又云：

> 唐武德初，因隨舊制，用九部樂。太宗增〈高昌樂〉，又造〈讌樂〉而去〈禮畢曲〉，其著令者十部：一曰〈讌樂〉，二曰〈清商〉，三曰〈西涼〉，四曰〈天竺〉，五曰〈高麗〉，六曰〈龜茲〉，七曰〈安國〉，八曰〈疏勒〉，九曰〈高昌〉，十曰〈康國〉，而總謂之《燕樂》，聲辭繁雜，不可勝紀。[36]

俗樂除清商外，分為九部，皆以龜茲琵琶為主，而以宮商角羽四絃叶律。《新唐書‧禮樂志》云：

---

[35] 《舊唐書》，卷29，頁1068。

[36] 《樂府詩集》，卷79，頁1007。

凡所謂俗樂者，二十有八調。正宮、高宮、中呂宮、道調宮、南呂宮、仙呂宮、黃鍾宮為七宮；越調、大食調、高大食調、雙調、小食調、歇指調、林鍾商為七商；大食角、高大食角、雙角、小食角、歇指角、林鍾角、越角為七角；中呂調、正平調、高平調、仙呂調、黃鐘羽、般涉調、高般涉為七羽。皆從濁至清，迭更其聲。下則益濁，上則益清。慢者過節，急者流蕩。其後聲器寖殊，或有宮調之名，或以倍四為度，有與律呂同名而聲不近雅者。……倍四本屬清樂，形類雅音，而曲出於胡部。……後人失其傳，而更以異名。故俗部諸曲，悉源於雅樂。……隋亡，清樂散缺，存者纔六十三曲。[37]

此琵琶曲始於武德、貞觀年間，而盛於開元、天寶之際。故《宋史·樂志》云：

燕樂自周以來用之。唐貞觀增隨九部為十部。以張文收所制歌名燕歌，而被之管絃。厥後至坐伎部琵琶曲盛流于時。匪直漢代上林樂府，縵樂不應經法而已。宋初置教坊，得江南樂，已汰其坐部不用。自後因舊曲創新聲，轉加流麗。政和間，詔以大晟雅樂施於燕饗，御殿按試，補徵、角二調，播之教坊，頒之天下。然當時樂府奏言：樂之諸宮調多不正，皆俚俗所傳。及命劉昺輯《燕樂新書》，亦惟以八十四調為宗，非復雅音。而曲燕暱狎，至有援「君臣相說之樂」以借口者。末俗漸靡之弊，愈不容言矣。[38]

《舊唐書·音樂志》亦云：

37 《新唐書》，卷22，頁473、474。
38 《宋史》，卷142。頁3345。

自開元以來，歌者雜用胡夷里巷之曲。[39]

隋唐胡樂盛行之下，雅樂雖力圖振作，有所製作，終不免為胡樂所淹沒。高祖武德九年（A.D. 628），詔祖孝孫、竇璡、呂才、張文休等修定雅樂，太宗貞觀二年（A.D. 628）奏上。祖孝孫又奏曰：「陳梁舊樂，雜用吳楚之音；周齊舊樂，多涉胡戎之伎。」於是斟酌南北，考以古音，作「大唐雅樂」，用於郊祭朝宴。孝孫卒後，張文收言郊禮用樂，事未周備。乃詔有司釐定，而文收考正律呂，呂才叶其聲音，樂曲遂備。後經武氏之亂，皆漸亡失。及玄宗御位，性善樂音，制作最繁。肅、代以後，略有因造。僖、昭之亂，典章缺失，不復振矣。

至於俗樂，蓋源出教坊。玄宗開元二年（A.D. 714），設左右教坊，以教俗樂，又選樂工宮女數百人，帝自教習，謂之皇帝梨園弟子。一時俗樂曲，悉統歸教坊。

《舊唐書‧輿服志》亦云：

開元來，太常樂尚胡曲，貴人御饌，盡供胡食，士女皆竟〔競〕衣胡服。[40]

胡曲盛行之後，影響所及，不惟都城郡邑，傾心胡曲。饌食衣服，樂器曲調，亦效胡戎。舊曲翻新，代有增益，寖假而代雅樂。如崔令欽《教坊記》所載教坊樂曲，計雜曲二百七十八種，大曲四十六種，其中出於里巷胡戎者頗多。

由此可知，自元魏採用胡樂，迄於隋、唐，雅胡混淆不分，後雖雅俗分立，而所謂之雅樂，已名存而實亡。胡樂沿襲日久，遂融和漸進，至唐玄宗

---

[39] 《舊唐書》，卷30，頁1089。

[40] 《舊唐書》，卷45，頁1958。

開元、天寶年間，臻於至盛。推其原因，北朝之應用胡樂，實為隋唐胡樂興盛之前導。

三、唐詩宋詞之先驅

（一）唐詩

　　南北朝樂府詩不論其民間之創作，文士之擬作，皆直接間接影響後代之詩歌。如唐代之五、七言絕句、律詩，皆源自南北朝樂府詩。若詳徵其辭，則蕭子顯〈烏棲曲〉為七絕，江洪〈淥水曲〉為五絕，范雲〈巫山高〉為五律，庾信〈烏夜啼〉為七律。

　　又南朝民間樂府詩《吳聲歌曲》與《西曲歌》，北朝民間樂府詩《梁鼓角橫吹曲》，如〈石城樂〉、〈三洲歌〉、〈青驄白馬〉、〈共戲樂〉、〈安東平〉、〈來羅〉、〈企喻歌辭〉、〈鉅鹿公主歌辭〉、〈地驅樂歌辭〉、〈隴頭流水歌辭〉、〈折楊柳歌辭〉等，幾由數首接簇而成。若連續讀之，渾似一首五言或七言長詩。而各章又可單獨成首。此與唐・張若虛〈春江花月夜〉，元稹〈估客樂〉，劉禹錫〈賈客詞〉，楊巨源〈雍州曲〉等長篇擬作，當不無影響。

　　又如唐・李白之詩，多出自南北朝樂府詩。《吳聲歌曲》中之〈讀曲歌〉云：

　　　暫出白門前，楊柳可藏烏。歡作沈水香，儂作博山鑪。[41]

　　李白用其意，衍為〈楊叛兒〉歌云：

　　　君歌楊叛兒，妾勸新豐酒，何許最關情，烏啼白門柳。烏啼隱楊花，

---

[41]《樂府詩集》，卷46，頁712。

君醉留妾家，博山鑪中沈香火，雙煙一氣凌紫霞。[42]

又《吳聲歌曲》〈子夜四時歌‧春歌〉晉宋齊辭二十首之十云：

春林花多媚，春鳥意多哀。春風復多情，吹我羅裳開。[43]

李白反其意，作〈大堤曲〉云：

漢水臨襄陽，花開大堤暖。佳期大堤下，淚向南雲滿。春風復無情，
吹我夢魂亂。不見眼中人，天長音信斷。[44]

晉宋齊辭「春風復多情，吹我羅裳開。」，李白變為「春風復無情，吹我
夢魂亂。」可見唐詩受南北朝樂府影響甚大。

以下分別論述南北朝樂府詩時為唐代絕句、律詩之先驅。

1.與絕句之關係

絕句之起源，據王運熙《樂府詩述論》，謂七絕之濫觴，是鮑照之〈夜聽
妓〉和湯惠休之〈秋思引〉。茲錄如下

蘭膏消耗夜轉多。亂筵雜坐更弦歌。傾情逐節寧不苦。特為盛年惜
容華。〈夜聽妓〉
秋寒依依風過河，白露蕭蕭洞庭波。思君未光光已滅，眇眇悲望如
思何。〈秋思引〉

---

[42] 《樂府詩集》，卷 49，頁 721。

[43] 《樂府詩集》，卷 49，頁 712。

[44] 《李白集校住》，卷 51，頁 1279。

王運熙並引許學夷《詩源辨體》卷七云：

明遠七言四句有〈夜聽妓〉一篇，語皆綺絕，而聲調全乖，然實七
言絕句之始也。[45]

此從詩之實作言之，南朝末有此二篇，實屬難得。然絕句之起源，不能
以兩首詩論斷，絕句能成為唐代詩歌之一體，應有一段醞釀之時間，才能形
成。茲從名稱論述，亦起源於南北朝。徐陵《玉臺新詠》卷十有〈古絕句〉
四首；吳均〈雜絕句〉四首；梁‧簡文帝則有〈夜望浮閣上相輪絕句〉，〈詠
燈籠絕句〉；王僧孺有〈春思絕句〉；沈烱有〈和蔡黃門口字詠絕句〉；庾信有
〈聽歌一絕〉；侃法師〈三絕〉等，詩題上皆有絕句之名。

《南史‧蕭正德傳》云：

（梁）普通三年，以黃門侍郎為輕車將軍，置佐吏。頃之，奔魏。
初去之始，為詩一絕，內火籠中，即詠竹火籠。曰：「楨幹屈曲盡，
蘭麝氛氳銷。欲知懷炭日，正是履冰朝。」[46]

又《南史‧張彪傳》云：

（梁）彪始於若邪，興於若邪，終於若邪，及妻犬皆為時所重異。……
彪友人吳中陸山才嗟泰等翻背，刊吳昌門。為詩一絕曰：「田橫感
義士，韓王報主臣；若為感意氣，持寄禹川人。」[47]

---

[45] 以上見王運熙《樂府詩述論‧七言詩形式之發展和完成》，頁 356。

[46] 《南史》，卷 51，頁 1279。

[47] 《南史》，卷 64，頁 1567。

《南史‧簡文帝紀》云：

有隨偉人者，誦其聯珠三首，詩四篇，絕句五篇，文並悽愴云。[48]

文中有作「絕句五篇」，可知梁簡文帝時，已見絕句之名。又《南史‧元帝紀》云：

在幽逼，求酒飲之，製詩四絕。其一曰：「南風且絕唱，西陵最可悲，今日還萬里，終非封禪時。」其二曰：「人世逢百六，天道異貞恆，何言異螻蟻，一旦損從鵬。」其三曰：「松風侵曉哀，霜雾當夜來，寂寥千載後，誰畏軒轅臺。」其四曰：「夜長無歲月，安知秋與春？原陵五樹杏，空得動耕人。」[49]

由上可見，絕句起源於南北朝梁時，而《南史‧劉昶傳》作「斷句」，《南齊書‧武陵昭王曄傳》作「短句」，或作「截句」，亦皆為絕句之意。孫楷第〈絕句是怎樣起來的〉一文中云：

短與斷同音，在《廣韻》，短，斷部，音都管切；斷與絕同意，《說文》：「絕，斷絲也。」斷，截也。《釋名》：「絕、截也。」如割截也。短句就是斷句，也就是絕句。

絕句雖同於截句、短句、斷句，但決非截取律詩前四句，而後二句對偶；或截取律詩後四句，而起二句對偶者。蓋律詩導源於永明體，梁、陳始具律體。五律成熟於唐初，七律成熟於唐玄宗開元之際。絕句則蕭、梁之際，已

---

[48] 《南史》，卷8，頁229。

[49] 《南史》，卷8，頁245。

頗盛行。

　　胡應麟《詩藪‧內編》亦云：

　　　絕句之義，迄無定說，謂截律詩首尾或中二聯者，恐不足憑。[50]

　　絕句並非出於律詩，近代孫楷第（1898～1986）《滄州集》〈絕句是怎樣
起來的〉一文，以為絕句出於《吳聲歌曲》、《相和歌辭》、《清商曲辭》及《雜
舞曲》，或二十字之樂府短詩，其云：

　　　《樂府詩集》卷四十四至四十七所載的《吳聲歌曲》，幾乎完全是
　　　二十字的小樂府，便是絕句的淵源。《宋書》卷十九〈樂志〉云：「《吳
　　　聲雜曲》，並出江東，晉、宋以來，稍有增廣。」《晉書》卷二十三
　　　〈樂志〉云：「《吳聲雜曲》，並出江南，東晉以來，稍有增廣。」
　　　又引〈子夜〉、〈前溪〉、〈團扇〉、〈懊儂〉等歌云：「凡此諸曲，始
　　　皆徒歌，既而被之管弦。」可見晉以前江東已有《吳歌》，也許在
　　　晉以前，這種《吳歌》已被之管弦，文人聽慣了這種歌謳，便模仿
　　　其體，作二十字的小詩。這種小詩，或者是南方人開頭作，不久北
　　　方人也學起來了，這就是後人所說的絕句。

　　此乃說明絕句起於南朝樂府小詩之故。至於絕句又稱斷句、短句、截句
之情形。孫氏又云：

　　　考《相和》、《清商》和《雜舞曲》，每篇都分若干解。每篇每解的
　　　句子，體不一定，有四言的，五言的，七言的，雜言的，但以五言
　　　者為多。每解句數也不一定，有兩句的，三句的，四句的，六句的，

八句的，十句的，十四句的，而有二十句的，但以每解四句者為
多。[51]

漢、魏樂府詩中，每解多趨向五言四句，此形式亦可謂絕句之雛形，至
其獨立產生，則有類宋大曲之摘遍。如南北朝樂府詩之俳歌辭，及當時所流
行之雜舞，均屬此類。《齊書・樂志》〈俳歌辭〉釋云：

> 《俳歌》辭：「俳不言不語，呼俳噞所。俳適一起，狼率不止。生
> 拔牛角，摩斷膚耳。馬無懸蹄，牛無上齒。駱駼無角，奮迅兩耳。」
> 右侏儒導舞人自歌之。古辭俳歌八曲，此是前一篇。二十二句，今
> 侏儒所歌，摘取之也。[52]

此《俳歌》雖只一篇，但只有首句五言，其餘皆是四言，只是將四言句
排列成對，與絕句尚有不同。

《樂府詩集》齊拂舞〈白鳩辭〉序云：「晉〈白鳩舞歌〉七解，齊樂所奏
是最前一解。」[53]其辭云：「翩翩白鳩，再飛再鳴。懷我君德，來集君庭。」

又《齊書》〈獨鹿舞歌〉後釋云：「晉獨鹿舞歌六解，此是前一解。」[54]其
辭云：「獨祿獨祿，水深泥濁。泥濁尚可，水深殺我！」

其他如〈淮南王辭〉、〈齊世昌辭〉、〈公莫辭〉等，均有摘遍之例。

又《相和歌辭》、《清商曲辭》，在宋、齊時亦必有摘遍之情形。蓋漢魏樂
府詩，詞句有些較長，樂工或摘取詩中精彩之一二解唱之，其為五言四句者，
即為絕句，或稱短句、截句、斷句。孫楷第云：

---

[51] 《滄州集》。

[52] 《齊書》，卷11，頁195。

[53] 《樂府詩集》，卷55，頁793。

[54] 《樂府詩集》，卷55，頁793。

絕句最初只是樂府之一解。文人最初作絕句，或者要書明當某曲第幾解。有時圖省便，便把絕句二字作題目，替代了當某曲第幾解。但這是文字的省略，作者心中還想到此一絕句出於何曲。到了絕句離開樂府獨立，成為一種文體時，便不管出於何曲了。絕句本從樂府出。樂府的律，與沈約所謂宮商，毫不相干。自沈約《四聲譜》出，梁陳文人依其法作五言詩，於是有五言四韻，或四韻以上的永明體詩。到這時，由漢、魏樂府出的二十字詩，也不能不受影響。所以永明體的絕句也出來了。這種永明體的絕句，作的細一點，便入唐風，成了唐人絕句。後人不知絕句的來源，看見唐人絕句廻避聲病，作法與律詩無異，便認為絕句出於律詩了。

由此可見，不論絕句源於有類摘遍之相和、清商及雜舞曲，或者五言四句之短詩，南北朝皆可為其先驅。

2. 與律詩之關係

律詩之形式較絕句複雜，故成熟亦晚。唐・元稹〈敘詩寄樂天書〉云：

> 聲勢沿順，屬對穩切者為律詩。[55]

此為約略言之，律詩每首八句，每兩句為一聯，三四聯必須寫對句，而且注重聲律之和諧。此種律詩，其實在齊、梁已開其體，唐初沈佺期、宋之問時，五言律形成。徐詩曾《文體明辨》序云：

> 律詩者，梁、陳以下聲律、對偶之詩也。……梁、陳諸家，漸多儷句。雖明古詩，實墮律體。唐興，沈、宋之流，研練精切。穩順聲

---

[55] 《全唐文》，卷653，頁6634。

勢，號為律詩，其後寖盛。[56]

　　齊、梁時期，文尚駢儷。齊・永明之際，沈約、王融、謝朓、范雲〈巫山高〉，已有五言八句近律之詩，如謝朓〈詠銅雀臺〉、沈約〈詠青苔〉、范雲〈巫山高〉等，形式整齊，格律嚴謹，平仄稍有不調，但已開唐人五律之先路。梁簡文帝時，宮體詩盛行，其後何遜、陰鏗、徐陵、庾信之五律，已日漸增多。

　　六朝時期，七言律之作者較少，產生較遲。如梁・簡文帝作〈烏夜啼〉，其云：

　　綠草庭中望明月，碧玉堂裏對金鋪。鳴弦撥捩發初異，挑琴欲吹眾曲珠。不疑三足朝含影，直言九子夜相呼。羞言獨眠枕下淚，託道單棲城上烏。[57]

　　北周時，庾信亦作一首〈烏夜啼〉，其云：

　　促柱繁弦非〈子夜〉，歌聲舞態異〈前溪〉。御史府中何處宿？洛陽城頭那得棲。彈琴蜀郡卓家女，織錦秦川竇氏妻。詎不自驚長淚落，到頭啼烏恆夜啼。[58]

　　此首與梁・簡文帝所作，不論遣詞、造句、對仗、聲律，已具七律之雛形。

　　律詩中之對句，為律詩發展之先決條件。漢、魏盛行之五古，雖用對句，

[56] 《齊梁詩探微》，章 5，頁 244。

[57] 《樂府詩集》，卷 47，頁 691。

[58] 《樂府詩集》，卷 47，頁 692。

僅偶見一二而已。如《古詩十九首》祇七首有對句，如〈行行重行行〉：「胡馬依北風，越鳥巢南枝。」為五言對句。由於五言詩源於民歌，崇尚自然，不重修飾，甚少使用。逮晉・陸機時，賦風侵入詩域，對句痕迹漸顯。其後，魏・曹植、晉・陸機之詩，屬對漸工，漸有排偶之作。

南朝宋・謝靈運以降，辭采越發妍麗，對仗益形工整。《文心雕龍・麗辭篇》對於對偶有所說明：

> 詩人偶章，大夫聯辭，奇偶適變，不勞經營。自揚馬張蔡，崇盛麗辭，如宋畫吳冶，刻形鏤法，麗句與深采並流，偶意共逸韻俱發。至魏晉群才，析句彌密。聯字合趣，剖毫析釐。然契機者入巧，浮假者無功。故麗辭之體，凡有四對：言對為易，事對為難；反對為優，正對為劣。

齊、梁以後，詩人撰寫偶章聯辭，麗辭采句，已是作詩之基本要求。對初唐沈佺期、宋之問完成五律，甚有幫助。

在南北朝樂府中，重疊，雙聲，疊韻之使用，應用甚廣。對五、七律詩之發展，甚為重要。茲舉例如下

（一）「重疊」之例

謝靈運〈悲哉行〉一首云：

灼灼桃悅色，飛飛燕弄聲。[59]
△△　　　　△△

王融〈思公子〉之一云：

---

[59] 《樂府詩集》，卷62，頁899。

　　春盡風颯颯，蘭凋木脩脩。[60]
　　　△△　　　　　△△

　　沈君攸〈桂楫泛河中〉一首云：

　　眇眇雲根侵遠樹，蒼蒼水氣雜遙天。[61]
　　　△△　　　　　　　△△

　　鮑照〈行路難〉十八首之二云：

　　朝悲慘慘遂成滴，暮思遠遠最傷心。[62]
　　　　△△　　　　　　　△△

（二）「雙聲」之例

　　鮑照〈出自薊北門行〉一首云：

　　馬毛縮如蝟，角弓不可彊。[63]
　　　△△

　　謝朓〈齊隨王鼓吹曲・泛水曲〉一首云：

　　旌旗散容裔，簫管吹參差。[64]
　　　　　　　　　　△△

（三）「疊韻」之例

　　吳均〈夾樹〉一首：

---

[60]　《樂府詩集》，卷 74，頁 1050。

[61]　《樂府詩集》，卷 74，頁 1047。

[62]　《樂府詩集》，卷 70，頁 998。

[63]　《樂府詩集》，卷 61，頁 891。

[64]　《樂府詩集》，卷 20，頁 295。

氛氳揉芳葉，連綿交密枝。[65]
　△△　　　　△△

謝靈運〈會吟行〉一首云：

肆呈窈窕容，路曜椒娟子。[66]
　　△△　　　　△△

江淹〈王子喬〉一首云：

控鶴去窈窕，學鳳對嶙峋。[67]
　　△△　　　　△△

江總〈雜曲〉一首云：

房攏宛轉垂翠幕，佳麗逶迤隱珠箔。[68]
　　△△　　　　　△△

（四）雙聲疊韻交錯之例

陰鏗〈新城安樂宮〉一首云：

迢遞翔鷗仰，聯翩賀燕來。[69]
△△　　　　△△

謝靈運〈長歌行〉一首云：

變改茍催促，容色烏盤桓。[70]
　　△△　　　　△△

---

[65] 《樂府詩集》，卷 77，頁 1085。

[66] 《樂府詩集》，卷 64，頁 935。

[67] 《樂府詩集》，卷 29，頁 437。

[68] 《樂府詩集》，卷 77，頁 1091。

[69] 《樂府詩集》，卷 38，頁 565。

[70] 《樂府詩集》，卷 30，頁 444。

吳均〈行路難〉四首之一云：

掩抑摧藏張女彈，殷勤促柱楚明光。[71]
　△△　　　　　　　△△

沈約〈春白紵〉一首云：

蘭葉參差桃半紅，飛芳舞縠戲春風。[72]
　△△　　　　　　　△△

（五）對句

對句之技巧，由於梁朝重聲病之說，運用甚為熟練。《宋書‧謝靈運傳》論云：

若前有浮聲，則後須切響。一簡之內，音韻盡殊。兩句之中，輕重悉異。妙達此旨，始可言文。[73]

此說詩必須浮切迭代，輕重相間。漸走向韻律和諧，屬對工穩之法則中，如梁元帝〈洛陽道〉一首云：

洛陽開大道，城北達城西。青槐隨幰拂，緣柳逐風低。[74]

庾肩吾〈隴西行〉云：

借問隴西行，何當驅馬征。草合前迷路，雲濃後暗城。寄語幽閨妾，

---

[71] 《樂府詩集》，卷70，頁1001。

[72] 《樂府詩集》，卷56，頁806。

[73] 《宋書》，卷67，頁1779。

[74] 《樂府詩集》，卷23，頁339。

羅袖勿空縈[75]

　　此種諧律之詩句，若應用於四句二韻之樂府詩，則有類絕句，再逐漸擴展為六句、八句時，遂成為律詩之先驅。此類五、七言八句形式之詩，在南北朝樂府詩中甚多。如徐陵〈折楊柳〉云：

　　嫋嫋池堤樹，依依魏主營。江陵有舊曲，洛下作新聲。妾對長楊苑，
　　君登高柳城。春還應共見，蕩子太無情。[76]

張正見〈關山月〉云：

　　巖間度月華，流彩映山斜。暈逐聯城璧，輪隨出塞車。唐蒙遙合影，
　　秦桂遠分花。欲驗盈虛理，方知道路賒。[77]

　　梁・元帝〈關山月〉敘引《樂府解題》曰：「〈關山月〉，傷離別也。古〈木蘭詩〉曰：『萬里赴戎機，關山度若飛。朔氣傳金柝，寒光照鐵衣。』」
　　又如張正見〈對酒〉、陳後主〈梅花落〉，陳昭〈昭君詞〉等皆諧律嚴整，合乎律詩之規則與體裁。此正表示齊、梁以後，整齊簡短之詩體，逐漸受人重視。而致力於韻律之和諧，對仗之工穩。故唐代八句四韻之律詩，經南北朝之醞釀，技巧日益成熟，逐漸變為定體。雖然尚有徐陵〈折楊柳〉：「江陵有舊曲，洛下作新聲。」[78]等不合格之形式。但大體來說，唐代有完整熟練之律詩，南北朝樂府詩實居篳路之功。

---

[75] 《樂府詩集》，卷37，頁544。
[76] 《樂府詩集》，卷22，頁329。
[77] 《樂府詩集》，卷23，頁335。
[78] 《樂府詩集》，卷22，頁329。

（二）宋詞

詞之起源，自來論說頗多。或言溯諸詩經，或謂寓於古詩，或論定自絕句，或倡合于泛聲，或述樂府之遺，莫可究詰。然詞之產生，並非一蹴而幾，必經長期之醖釀，逐漸演變，方成為一新興詩體。若單言古詩、長短句、泛聲、絕句等，則囿於一偏，未足論詞之大本。

詞與樂府，均係音樂文學，因聲而度辭，審調以節唱，如賀鑄《東山寓聲樂府》，蘇軾《東坡樂府》，張孝祥《于湖居士樂府》，楊萬里《誠齋樂府》等，皆以樂府題名，故詞不稱「作」而稱「填」，填詞之句度聲韻，一依曲拍為準。故元稹《樂府古題序》云：

> 采民㕓者為謳、謠，備曲度者總得為之歌、曲、詞、調，斯皆由樂以定詞，非選詞以配樂也。[79]

元稹言「由樂定詞」，即依曲填詞。填詞須求曲調之吻合，故朱熹主泛聲之說，方成培《香研居詞塵》倡散聲之說。其泛聲、散聲，皆曲中之有聲無辭者，詩人為適應此種聲節，遂長短其句，如王驥德《曲律》引《樂府大全》所載小品譜二段，及世傳《白石道人歌曲》旁譜，皆以一字一音符。可知泛聲、散聲之作，亦為一字一音。元稹《樂府古題要解》序又云：

> 因聲以度詞，審調以節唱。句度短長之數，聲韻平上之差，莫不由之準度。[80]

倚聲填詞，須明聲辭之理，而後可知長短句之來由。若「依拍為句」，「依樂曲而填入長短句」者，即為「詞調」。詞調在中唐後始漸成體，唐初率為絕

---

[79] 《元稹集編年箋注・詩歌卷》，頁688。

[80] 《元稹集編年箋注・詩歌卷》，頁688。

句之擅場。

　　此類絕句，多為豔曲、豔歌。歌辭簡短，綺麗可誦。喬如之〈銅雀妓〉詩云：「哀絃調已絕，豔曲不可長。」宋之問〈春日芙蓉園侍宴應制〉云：「飛花隨蝶舞，豔曲伴鶯嬌。」[81]顧況〈宮詞〉云：「長樂宮連上苑春，玉樓金殿豔歌新。」[82]唐‧陸龜蒙〈子夜警歌〉二首之二：「朱口發豔歌，玉指弄嬌弦。」[83]元積〈春野醉吟十里程〉詩序云：「為樂天自勘詩集，因思頃年城南醉歸，馬上遞唱豔曲，十餘里不覺。」[84]皆可知之。

　　又豔曲可用於筵蓆之間，每歌一曲，則與宴者各飲一杯。白居易〈南園試小樂〉云：「不飲一杯聽一曲，將何安慰老心情。」[85]又〈遊龍門有感而作〉云：「一曲悲歌酒一尊，同年零落幾人存。」[86]若筵席間欲一展歌喉，而倉卒無歌辭以配時，樂人採絕句以應之。胡仔《苕溪漁隱叢話》引《蔡寬夫詩話》云：

　　　大抵唐人歌曲，本不隨聲為長短句，多是五言或七言詩，歌者取其
　　　辭與和聲相疊成音耳。予家有古涼州、伊州辭，與今遍數悉同，而
　　　皆絕句詩也。[87]

　　因之，在詞醞釀期間，絕句應用頗廣，樂人每取之以入樂曲。而當時詩人所作，亦皆是絕句。《樂府詩集》著錄甚多，如〈思歸樂〉、〈醉公子〉、〈破陣樂〉、〈長命女〉、〈河滿子〉、〈玉樹後庭花〉、〈昭君怨〉、〈太平樂〉、〈鷓鴣

---

[81] 《全唐詩》，卷 52，頁 643。

[82] 《全唐詩》，卷 267，頁 2971。

[83] 《樂府詩集》，卷 45，頁 654。

[84] 《元積集編年箋注‧詩歌卷》，頁 913。

[85] 《白居易集箋校》，卷 26，頁 1820。

[86] 《白居易集箋校》，卷 8，頁 1949。

[87] 《苕溪漁隱叢話》，卷 21，頁 140。

樂〉、〈清平樂〉、〈金縷衣〉、〈南歌子〉等為五絕;〈塞姑〉、〈回波樂〉、〈江南三臺〉為六絕;〈水調歌〉、〈楊柳枝〉、〈浪淘沙〉、〈采蓮曲〉、〈蘇幕遮〉、〈步虛詞〉、〈甘州歌〉、〈雨霖鈴〉、〈白紵歌〉、〈千秋樂〉、〈離別難〉等為七絕。至於樂曲較長者,雖不用絕句,但為數甚少。王灼《碧雞漫志》云:

> 〈竹枝〉、〈浪淘沙〉、〈拋毬樂〉、〈楊柳枝〉乃詩中絕句,而定為歌
> 曲。

此類歌調,均源自樂府民歌,如南北朝民間樂府詩中,即多簡短之長短句。如《吳聲歌曲》〈華山畿〉無名氏二十五首之七、十二云:

> 啼著曙,淚落枕將浮,身沈被流去。
> 啼相憶,淚如刻漏水,晝夜流不息。[88]

《西曲歌》中,〈壽陽樂〉無名氏九首之一、四云:

> 可憐八公山,在壽陽,別後莫相忘。
> 辭家遠行去,空為君,明知歲月馳。[89]

《梁鼓角橫吹曲》〈地驅樂歌〉一曲云:

> 月明光光星欲墮,欲來不來早語我。[90]

---

[88] 《樂府詩集》,卷46,頁669、670。

[89] 《樂府詩集》,卷49,頁719。

[90] 《樂府詩集》,卷25,頁367。

〈東平劉生歌〉一曲云：

東平劉生安東子，樹木稀，屋裏無人看阿誰？[91]

上所引者，皆柔美宛轉，清麗可誦，而字句亦有三五五、五三五、三三七、七三七等不同格式，可見已三、五、七字句，長短交錯，亦能表達真摯之情意。

由此可知，樂曲之緩急相間，文字之參差錯落，必能有抑揚頓挫之節，而絕句之形式過於平板，無法配應節奏，故樂工利用泛聲、散聲、重疊，以得其低迴悠揚之音調。故方成培《香研居詞塵》謂：「〈陽關〉詩必至三疊而後成音。」

白居易〈河滿子〉詩云：

世傳滿子是人名，臨就刑時曲始成，一曲四詞歌八疊，從頭便是斷腸聲。[92]

《樂府詩集》〈河滿子〉序曰：

唐白居易曰：「何滿子，開元中滄州歌者，臨刑進此曲以贖死，竟不得免。」《杜陽雜編》曰：「文宗時，宮人沈阿翹為帝舞〈何滿子〉，調辭風態，率皆宛暢。」然則亦舞曲也。

詩中言「一曲四詞歌八疊」，即五言四句，更疊唱和，以求其流麗舒暢耳。南北朝樂府詩，雖具備長短句之句式。然調無定格，字無定數。不能倚

---

[91] 《樂府詩集》，卷25，頁369。

[92] 《樂府詩集》，卷80，頁1133。

聲填詞，依拍入樂。如宋少帝〈中朝曲〉三十六曲、齊謝朓〈隨王鼓吹曲〉
十章，梁武帝、沈約、梁簡文帝之〈四時白紵歌〉等，有數篇長短其句者，
祇與詞近似而已。逮梁武帝天監中，改《西曲歌》作〈江南弄〉七曲，同時
沈約擬作四首，昭明太子蕭統擬作三首，始具備詞之定格。梁武帝〈江南弄〉
七首之一云：

> 眾花雜色滿上林。舒芳耀綠垂輕陰，連手躞蹀舞春心。舞春心，臨
> 歲腴，中人望，採蓮曲。[93]

梁・簡文帝〈龍笛曲〉一曲云：

> 金門玉堂臨水居，一噸一笑千萬餘，遊子云還願莫疏。願莫疏，意
> 何極，雙鴛鴦，兩相憶。[94]

沈約〈江南弄・陽春曲〉一首云：

> 楊柳垂地燕差池，緘情忍思落容儀，弦傷曲怨心自知。心自知，人
> 不見。動羅裙，拂珠殿。[95]

〈江南弄〉七調、蕭統〈龍笛曲〉、沈約〈陽春曲〉，都以七字三句、三
字四句組織成篇。七字三句，句句押韻；三字四句，則隔句押韻；至於第四
句又覆疊第三句之末三字，如上舉三曲中之「舞春心」、「願莫疏」、「心自知」
等即是。

---

[93] 《樂府詩集》，卷50，頁726。

[94] 《樂府詩集》，卷50，頁728。

[95] 《樂府詩集》，卷50，頁729。

　　梁武帝又自製〈上雲樂〉七曲，以代《西曲歌》，周捨、江總、鮑照等人擬之。觀其調格字句皆有一定，並有轉韻，與以往之樂府詩不同，可說已嚴格講求按譜填詞，大開唐宋詞調之發展。

　　由此衍緒而下，填詞作品日多，詞人每有衍用南北朝樂府詩詞句者，如《吳聲歌曲》中，宋武帝〈丁督護歌〉云：「只有淚可出，無復情可吐。」[96]柳永〈雨霖鈴〉則云：「執手相看淚眼，竟無語凝噎。」[97]又如鮑照〈堂上歌〉云：「四坐且勿諠，聽我堂上歌。」[98]辛棄疾〈水調歌頭〉則云：「四坐且勿語，聽我醉中吟。」[99]等，皆語句相仿，意境神似。

　　樂府變為吳趨、越豔、吳歌、西曲，在雜揉北方鼓角橫吹之曲以後，多為文士模擬之作，樂律已失。吳歌、西曲，多言情之作，唐人絕句能師其意，傳唱不絕。律詩亦變為文士抒情敘事之作，無關聲調，只要平仄調諧即可。梁武帝所作〈江南弄〉、沈約〈陽春曲〉等曲，自然轉為「長短句」、「詩餘」。詩窮而變為詞，在文學推衍之趨勢下，文學之洪流，仍將繼續往前推進！

---

[96]　《樂府詩集》，卷 45，頁 659。

[97]　《柳永詞選・雨霖鈴》，頁 41。

[98]　《樂府詩集》，卷 65，頁 943。

[99]　《稼軒詞編年箋注・水調歌頭》，卷 4，頁 441。

第十章　結論

　　南北朝時，南北分治。北方割據中原，建立五胡十六國，征戰不息。歷北魏、北齊、北周三朝，亦長年處在戰亂兵燹中。導致豪門世族，紛紛渡江南遷。南方雖然人文薈萃，文風鼎盛。在政治上，宋劉裕禪晉，蕭道成篡君，蕭衍禪齊，陳霸先代梁。亦在君臣弒奪中，屢更國祚。南北朝兩百年，唯在文學創作上，獲得極高之成就。

　　在樂府詩上，雖上承漢、魏餘緒，但在民間新聲，文士擬作下，以一變漢、魏古風，開創新意。如南朝《清商曲辭》中之《吳聲歌曲》與《西曲歌》，歌辭簡短，風格率真；北朝《橫吹曲辭》中之《梁鼓角橫吹曲》，豪放雄健。北地兒女，放馬草澤。與樸質之漢、魏樂府，迴然不同。

　　推論南北樂府之差異，推其原因，有不同之時代背景，迴異之地理環境，相似之社會因素，歧異之文學潮流激盪下，表現南北不同之風格與發展。當然，這和當時南北民眾生活、氣候、物產、鳥獸、草木等，息息相關。而從樂府詩中，可以找到相關之描述。

　　南朝自劉宋初禪，實行雅樂，而胡音已傳入南方。齊沿襲前宋，雅樂人仍形於廟堂，高帝就常與左右作〈羌胡伎〉作樂，可見胡樂已轉入廟堂。梁承齊祚，君臣競相創作。武帝時，因擅鐘律，定絃音，已與絲聲相應。並備大壯、大觀之舞，禮樂制度，粲然有序。其後侯景之亂，臺城淪陷，工器頗闕，胡戎之音，再度盛行。陳武帝時，詔求前朝雅樂，於郊廟、明堂使用。但宴飲則用羌胡之聲。後主時，自製艷辭，胡音又盛。故南朝時，雅胡之樂已成雜揉之勢。

　　南朝君主，不知擊楫北伐，反而思圖偏安。加上南方富庶，商業鼎盛。君臣上下，豪侈淫靡，好為輕豔浮靡之辭，宮體文學，一時稱盛。此時民間樂府詩，能以清新秀麗之辭，抒寫內在率真之情感。尤其是《吳聲歌曲》與《西曲歌》，不受當時靡麗之風影響，寫出許多至情至性之作品。如《吳聲歌曲》中之〈子夜歌〉無名氏四十二首之三云：

　　　　宿昔不梳頭，絲髮披兩肩。婉伸郎膝上，何處不可憐。[1]

　　《西曲歌》中之〈拔蒲〉無名氏二首之二云：

　　　　朝發桂蘭渚，晝息桑榆下。與君同拔蒲，竟日不成把。[2]

　　北朝不僅戰亂頻仍，且無南朝富裕之地理環境，繁華之商業往還。放眼四顧，黃沙滾滾，牧野蒼茫，一片苦寒之景象。如《雜歌謠辭》〈敕勒歌〉二首之一云：

　　　　敕勒川，陰山下。天似穹廬，籠蓋四野。天蒼蒼，野茫茫。風吹草
　　　　低見牛羊。[3]

　　詩中可以想像塞外、漠北，朔風凜冽下，牧人辛苦放牧之情景。
　　《梁鼓角橫吹曲》是北朝民歌之代表，梁時傳入南方，敘述慕容垂與姚泓時之戰事。為南方輕浮華靡之風，注入豪邁雄健之詩風。如〈折楊柳枝歌〉無名氏四首之一云：

---

[1] 《樂府詩集》，卷44，頁641。

[2] 《樂府詩集》，卷49，頁712。

[3] 《樂府詩集》，卷86，頁1212。

　　上馬不捉鞭，反垃楊柳枝。下馬吹橫笛，愁殺行客兒。[4]

　　此首充滿北國兒女馬上捉鞭，下馬吹橫笛之豪邁風格。

　　南朝君臣，競相華靡。樂府詩在漢、魏之時，本出自民歌。其後文人爭相擬作，風格遂變。其中仍有不隨文學潮流者。如宋・鮑照直摩漢、魏古調，文甚遒麗。

　　南北朝樂府詩在中國飽經戰亂中發展。至隋唐統一時，華夏之鄭聲雅樂，已殘闕不全，音律多乖。胡樂中之〈西涼樂〉、〈龜茲樂〉，皆用之於管弦。隋代開皇時之七部樂，唐武德初之九部樂，太宗時之十部樂，大多是胡樂，總稱燕樂。樂器亦非雅樂之鐘鼓琴瑟，而加入胡人使用之琵琶、三絃、箜篌、箏等，雅樂已名存實亡。

　　南北朝樂府詩中之價值，是民間樂府及文士擬作，皆促使唐詩、宋詞之發展。如王闓運〈論唐詩〉，即言張若虛〈春江花月夜〉為梁西州格調。唐詩中之絕句，源自南朝之《相和》、《清商》和《雜舞曲》。尤其是五言四句，二十字之《吳聲歌曲》，如〈子夜〉、〈前溪〉、〈團扇〉、〈懊儂〉等歌，是絕句之來源。

　　律詩之成熟較晚，律詩五言、七言八句，中間兩聯必須寫對句，故元稹〈敘詩寄樂天書〉中云：「聲勢言順，屬對工穩者為律詩。」[5]律詩必須韻律整齊，對仗工穩。然對句在南朝《吳聲歌曲》中，俯拾即是。且還使用疊字、雙聲、疊韻、雙聲疊韻，以及雙關隱語，對律詩之成熟，有極大之影響。

　　詞在中唐以後，發展快速。但詞與詩不同，是詞須先有曲，再依聲填詞，故詞又稱倚聲。但觀察唐代詞調，均源自樂府民歌。《樂府詩集》中，〈破陣樂〉、〈南歌子〉為五絕，〈蘇幕遮〉、〈浪淘沙〉為七絕。又樂府中簡短之長短句，如《吳聲歌曲》中之〈華山畿〉、《西曲歌》中之〈壽陽樂〉等，皆可知

[4]　《樂府詩集》，卷25，頁370。
[5]　《全唐文》，卷653，頁6634。

樂府詩亦是詞之先驅。

　　南北朝樂府詩經由源流、產生、分類、體制、作者、特色、價值等方面之闡論，可知南北朝樂府詩在中國文學之流變中，應是承繼漢、魏古詩，開創隋、唐之近體詩，及成為唐、宋詞之先驅。因此，探討樂府、古詩、近體詩、詞等衍變時，必須將南北朝樂府詩之諸多問題，一一加以闡論，對研究中國文學之流變，會有莫大之助益。

參考書目

一、古籍部分

1. 〔春秋〕左丘明《國語》，臺北：宏業書局，1980.09。

2. 〔戰國〕荀子《荀子集解》，唐・楊倞，臺北：世界書局，1966.10。

3. 〔漢〕司馬遷《史記》，臺北：鼎文書局，1979。

4. 〔漢〕班固《漢書》，臺北：鼎文書局，1979。

5. 〔漢〕許慎《說文解字》，清・段玉裁注，臺北：藝文印書館，1965.10。

6. 〔南朝・宋〕范曄《後漢書》，臺北：鼎文書局，1979。

7. 〔南朝・宋〕鮑照《鮑參軍集注》，錢仲聯注，臺北：上海古籍出版社，1979。

8. 〔南朝・齊〕謝朓，《謝宣城集注》洪順隆校注，臺北：臺灣中華書局，1969。

9. 〔南朝・梁〕沈約《宋書》，臺北：鼎文書局，1979。

10. 〔南朝・梁〕蕭子顯《南齊書》，臺北：鼎文書局，1979。

11. 〔南朝・梁〕劉勰《文心雕龍》黃叔琳注，臺北：臺灣開明書局，1969.05。

12. 〔南朝・梁〕鍾嶸《詩品》汪中注，臺北：正中書局，1969.07。

13. 〔南朝・梁〕蕭統《昭明文選》，臺北：藝文印書館，1967.10。

14. 〔南朝・梁〕徐陵《玉臺新詠箋注》，徐志平、黃錦珠箋注，臺北：漢京文化事業公司，2009。

15. 〔北朝・北魏〕楊衒之《洛陽伽藍記》楊勇校箋，臺北：正文書局，1982.09。

16. 〔北朝・北齊〕《魏書》魏收，臺北・鼎文書局，1979。

17. 〔北朝・北周〕《庾子山集注》清・倪璠注、許逸民校點，臺北：源流出版社，1983.04。

18. 〔唐〕魏・王弼、韓康伯注，唐・孔穎達等正義《周易正義》，臺北：藝文印書館，

1965.06。

19.〔唐〕漢‧孔安國傳、唐‧孔穎達等正義《尚書正義》，臺北：藝文印書館，1965.06。

20.〔唐〕漢‧毛公傳、鄭玄箋、唐‧孔穎達等正義《毛詩正義》，臺北：藝文印書館，1965.06。

21.〔唐〕漢‧鄭玄注、唐‧孔穎達等正義《禮記正義》，臺北：藝文印書館，1965.06。

22.〔唐〕晉‧杜預注、唐‧孔穎達等正義《春秋左傳正義》，臺北：藝文印書館，1965.06。

23.〔唐〕魏‧何晏等注、宋‧邢昺疏《論語注疏》，臺北：藝文印書館，1965.06。

24.〔唐〕晉‧郭璞注、宋‧邢昺疏《爾雅注疏》，臺北：藝文印書館，1965.06。

25.〔唐〕漢‧趙岐注、宋‧孫奭疏《孟子注疏》，臺北：藝文印書館，1965.06。

26.〔唐〕李百藥《北齊書》，臺北：鼎文書局，1979。

27.〔唐〕令狐德棻等《周書》，臺北：鼎文書局，1979。

28.〔唐〕魏徵、姚思廉《梁書》，臺北：鼎文書局，1979。

29.〔唐〕魏徵、姚思廉《陳書》，臺北：鼎文書局，1979。

30.〔唐〕歐陽詢《藝文類聚》，上海：上海古籍出版社，2010.06。

31.〔唐〕李白《李白集校注》，朱金城箋注，上海：上海古籍出版社，2003.10。

32.〔唐〕白居易《白居易集箋校》，瞿蛻園等校注，臺北：里仁書局，1980。

33.〔唐〕元稹《元稹集編年箋注》，楊軍箋注，西安：三秦出版社，2002.06。

34.〔唐〕李延壽《南史》，臺北：鼎文書局，1979。

35.〔唐〕李延壽《北史》，臺北：鼎文書局，1979。

36.〔唐〕魏徵等《北史》，臺北：鼎文書局，1979。

37.〔唐〕岑參《岑嘉州詩箋注》，廖立箋注，北京：中華書局，2004.09。

38.〔唐〕杜牧《樊川詩集注》，清‧馮集梧注，臺北：漢京文化事業公司，1983.09。

39.〔宋〕劉昫《舊唐書》，臺北：鼎文書局，1979。

40.〔宋〕歐陽修、宋祈編《新唐書》，臺北：鼎文書局，1979。

41.〔宋〕司馬光主編：《資治通鑑》，臺北：鼎文書局，1981。

42.〔宋〕郭茂倩《樂府詩集》，臺北：里仁書局，1984.09。

43.〔宋〕李昉等《太平御覽》，臺北：臺灣商務印書館，1974。

44.〔宋〕李昉等《太平廣記》，臺北：中華書局，2003。

45.〔宋〕胡仔《苕溪漁隱叢話》，臺北：木鐸出版社，1982.08。

46.〔宋〕張敦頤《六朝事蹟編類》，臺北：廣文書局，1970.12。

47.〔元〕脫脫等《宋史》，臺北：鼎文書局，1979。

48.〔明〕張溥《漢魏六朝百三家集》，臺北：文津出版社，1979.08。

49.〔明〕張之象編〔日〕中島敏夫整理，上海：上海古籍出版社，2006.04。

50.〔明〕胡應麟《詩藪》，臺北：正生書局，1973.05。

51.〔明〕周履靖《騷壇秘語》，王雲五主編《叢書集成簡編》，臺北：臺灣商務印書館，1966.03。

52.〔清〕紀昀等《欽定四庫全書總目提要》，臺北：藝文印書館，1989.01。

53.〔清〕嚴可均輯《全上古三代秦漢三國六朝文》，北京：中華書局，1999。

54.〔清〕董誥等《全唐文》，北京：中華書局，2001.06。

55.〔清〕丁福保《全漢三國晉南北朝詩》，臺北：世界書局。1969.08。

56.〔清〕何文煥《歷代詩話》，臺北：漢京文化事業公司，1974。

57.〔清〕丁福保《續歷代詩話》，臺北：藝文印書館，1974。

58.〔清〕顧祖禹《讀史方輿紀要》，臺北：洪氏出版社，1981.01。

59.〔清〕趙翼《陔餘叢考》，臺北：世界書局。1978.04。

60.〔清〕陳沆《詩比興箋》，臺北：藝文印書館，1970.09。

61.〔清〕錢大昕《十駕齋養新錄》，臺北：鼎文書局，1979.09。

62.〔清〕陳夢雷《古今圖書集成》，臺北：鼎文書局，1985。

二、近代著作

1. 楊家駱主編《十通分類總纂》，臺北：鼎文書局，1975.01。

2. 臺靜農《百種詩話類編》，臺北：藝文印書館，1974.05。

3. 張仁青《魏晉南北朝文學思想史》，臺北：文史哲出版社，1986.11。

4. 呂慧鵑等《中國歷代著名文學家評傳》，濟南：山東教育出版社，1997。

5. 楊蔭深《中國文學家列傳》，臺北：臺灣中華書局，1969.10。

6.　林文月《謝靈運》，臺北：河洛出版社，1977.05。

7.　曹道衡、傅剛《蕭統評傳》，南京：南京大學出版社，2001.12。

8.　胡德懷《齊梁文壇與四蕭研究》，南京：南京大學出版社，1997.07。

9.　周勛初《梁代文論三派述要》，臺北：鼎文書局，1977.02。

10.　陳橋驛《酈道元評傳》，南京：南京大學出版社，1997.03。

11.　許東海《庾信生平及其賦之研究》，臺北：文史哲出版社，1984.09。

12.　許志剛《嚴羽評傳》，南京：南京大學出版社，1997.01。

13.　廖蔚卿《六朝文學論》，臺北：聯經出版事業公司，1978.04。

14.　王易《樂府通論》，臺北：廣文書局，1964.07。

15.　王運熙《樂府詩述論》，上海：上海古籍出版社，2006.07。

16.　王運熙《六朝樂府與民歌》，臺北：鼎文書局，1977.02。

17.　蕭滌非《漢魏六朝樂府文學史》，臺北：長安出版社，1976.10。

18.　羅根澤《樂府文學史》，臺北：文史哲出版社，1972.03。

19.　陸侃如《樂府古辭考》，臺北：臺灣商務印書館，1970.09。

20.　江聰平《樂府詩研究》，高雄：復文書局，1978.03。

21.　張壽平《漢代樂府與樂府歌辭》，臺北：廣文書局，1970.02。

22.　陳義成《漢魏六朝樂府詩研究》，臺北：嘉新水泥公司，1976.10。

23.　李純勝《漢魏南北朝樂府》，臺北：臺灣商務印書館，1967.06。

24.　方婷婷《兩漢樂府詩研究》，臺北：學海出版社，1980.05。

25.　張永鑫《漢樂府研究》，南京：江蘇古籍出版社，2000.01。

26.　夏敬觀《漢短簫鐃歌注》，臺北：廣文書局，1970.10。

27.　邱瓊蓀《漢大曲管窺》，臺北：鼎文書局，1977.02。

28.　余冠英《漢魏六朝詩論叢》，臺北：鼎文書局，1977.02。

29.　傅剛《魏晉南北朝詩歌史論》，長春：吉林教育出版社，2006.05。

30.　王仲華《魏晉南北朝史》，臺北：谷風出版社，1987.09。

31.　盧清青《齊梁詩探微》，臺北，文史哲出版社，1984.10。

32.　夏承燾《四聲繹說》，臺北：鼎文書局，1977.02。

33. 詹鍈《四聲五音及其在漢魏六朝文學中之應用》，臺北：鼎文書局，1977.02。

34. 郭紹虞《再論永明聲病說》，臺北：鼎文書局，1977.02。

35. 周建江《北朝文學史》，北京：中國社會科學出版社，1997.06。

36. 譚潤生《北朝民歌》，臺北：東大圖書公司，1997.02。

37. 李士彪《魏晉南北朝文體學》，上海：上海古籍出版社，2005.02。

38. 曾昭岷等編撰《全唐五代詞》，北京：中華書局，1999.12。

39. 唐圭璋彙集《全宋詞》，臺北：明倫出版社，1975.03。

40. 胡才甫《詩體釋例》，臺北：臺灣中華書局，1958.03。

41. 袁行霈主編《中國文學史》，臺北：五南圖書出版公司，2004。

42. 蘇雪林《中國文學史》，臺北：臺中光啟出版社，1970。

43. 劉大杰《中國文學發展史》，臺北：華正生局，1995.07。

44. 葉慶炳《中國文學史》，臺北：臺灣學生書局，1982。

45. 王忠林、邱燮友《中國文學史初稿》，臺北：石門圖書公司，1978.10。

46. 李曰剛《中國詩歌流變史》，臺北：文津出版社，1987.02。

47. 陸侃如、馮沅君《中國詩史》，臺北：明倫出版社，1969。

48. 張敬文《中國詩歌史》，臺北：正中書局，1970。

49. 劉師培《中國中古文學史》，臺北：鼎文書局，1977.02。

50. 詹福瑞《中古文學理論範疇》，保定：河北大學出版社，2000.03。

51. 王瑤《中古文學史論》，臺北：長安出版社，1986.06。

52. 張蓓蓓《中古學術論略》，臺北：大安出版社，1991.05。

53. 徐嘉瑞《中古文學概論》，臺北：鼎文書局，1977.02。

54. 鄭振鐸《中國俗文學史》，臺北：臺灣商務印書館，1986.10。

55. 謝無量《中國大文學史》，臺北：臺灣中華書局，1967。

56. 袁靜芳主編《中國傳統音樂概論》，上海：上海音樂出版社，2000.10。

57. 竺家寧《聲韻學》，臺北：臺灣五南圖書公司，1983.11。

58. 梅益總編輯《中國大百科全書》，臺北：錦繡出版社，1993.06。

59. 張岱年主編《中國文史百科》，杭州：浙江大學出版社，1999.04。

60. 溝口雄三《中國歷史大事年表》,臺北:華世出版社,1986.03。

61. 邱燮友〈吳歌西曲和梁鼓角橫吹曲的比較〉,臺北:《師大國文學報》一期,1972。

62. 邱燮友〈吳歌西曲產生原因及時代背景〉,臺北:《書和人》,第 209 期,1973.04。

63. 邱燮友〈六朝吳歌西曲分布區域的探述〉,臺北:《魏晉南北朝文學與思想學術研討會論文集》,1991.08。

64. 林文月〈南朝宮體詩研究〉,臺北:《文史哲學報》十五期,1967.06。

65. 廖蔚卿〈南北朝樂府與當時社會的關係〉,《中國古典文學論文精選叢刊——詩歌類》,臺北:幼獅文化事業公司,1980.08。

66. 廖蔚卿〈南北朝樂舞考〉,臺北:《文史哲學報》十九期,1969.06。

67. 顧敦鍒〈兩大民歌箋校〉,《古詩集釋等四種》,臺北:世界書局,1969.04。

68. 孫楷第《滄州集》,北京:中華書局,2010.06。

69. 潘重規《樂府詩粹箋》,香港:人生出版社,1963.06。

【附錄】

南北朝樂府詩大事編年簡表

西元年次	北朝大事	南朝大事	補註
385		晉孝武帝太元十年。 此歲宋・謝靈運出生，小名客兒，陳郡陽夏人（今河南太康）。	
396	北魏道武帝拓跋珪皇始元年。		
397	北魏道武帝拓跋珪皇始二年。		
398	北魏道武帝拓跋珪皇始三年、天興元年。 七月，遷都平城，建宗廟，立社稷。 十一月，立官制，協音律、制禮儀、定律令。 十二月。拓跋珪稱皇帝，改元天興。 此歲道武帝拓跋珪徙山東六州人吏，及徙高麗雜夷三十六署，百工伎巧十餘萬口，以充京師。 天興初（A.D. 398），鄧彥海雖奏上廟樂，而樂章缺焉。		北魏建國

西元年次	北朝大事	南朝大事	補註
407	魏道武帝神瑞元年。	晉孝武帝義熙三年。 是歲,宋・謝惠連出生,陳郡陽夏(今河南太康)人。謝靈運族弟。	
415	魏道武帝神瑞二年。	晉孝武帝義熙十一年。 是歲,鮑照出生,字明遠,東海(今山東郯城)人。	
420	魏太宗泰常五年。	宋高祖武皇帝永初元年。 六月,劉裕稱帝,建元永初武帝好文章,天下咸以文采相尚。初,改太始曆為永初曆。 宋武帝定關中之後,盡收其地聲伎,而漢曲舊聲,相和三調,亦隨之入南。又北方《鼓角橫吹曲》〈企喻〉等三十六曲,及樂府胡吹舊曲三十曲,併傳入南方。 此歲,廟祀設雅樂,太常鄭鮮之等各撰新歌。惟王韶之所撰合用。	南朝劉宋建國
421	魏太宗泰常六年。	宋武帝永初二年。	
422	魏太宗泰常七年。	宋武帝永初三年。 五月,宋武帝死,皇太子義符嗣,是為少帝。	
423	魏太宗泰常八年。 十一月,魏太宗明元帝拓跋嗣死,子燾嗣,為世祖太武皇帝。	宋少帝劉義符景平元年。	
424	魏太武帝始光元年。 正月,魏改元始光。	宋少帝景平二年。 宋太祖文皇帝劉義隆元嘉元年。 八月,宋劉義隆即位,改元元嘉。	

西元年次	北朝大事	南朝大事	補註
424		十二月，范曄作《後漢書》。文帝元嘉中，南郊始設登歌，廟舞猶闕。乃詔顏延之造〈天地郊登歌〉三篇，大抵依仿晉曲。 南朝宋文帝改文舞〈正德〉曰〈前舞〉，武舞〈大豫〉曰〈後舞〉。	
425	魏太武帝始光二年。	宋文帝元嘉二年。	
426	魏太武帝始光三年。	宋文帝元嘉三年。	
427	魏太武帝始光四年。 魏太武帝平赫連昌於統萬。獲晉樂懸，未遑創改。工伎相傳，聞有施用。 太武皇帝破平統萬，得古雅樂一部，正聲歌五十曲，工伎相傳，間有施用。 是年，詔尚書吏部郎鄧淵創制宮懸，而鐘管不備。	宋文帝元嘉四年。 十一月，陶潛死。 是歲，宋四廟金石大備。	
428	魏太武帝始光五年。 二月，魏改元神䴥。	宋文帝元嘉五年。	
429	魏太武帝神䴥二年。 四月，魏崔浩等撰國書三十卷。	宋文帝元嘉六年。	
430	魏太武帝神䴥三年。	宋文帝元嘉七年。	
431	魏太武帝神䴥四年。 十月，魏詔司徒崔浩改定律令。 十一月，宋祕書監謝靈運造四部目錄。	宋文帝元嘉八年。	
432	魏太武帝延和元年。 正月，魏改元延和。 是歲，大樂令鍾宗之更調金石。	宋文帝元嘉九年。	

西元年次	北朝大事	南朝大事	補註
433	魏太武帝延和二年。	宋文帝元嘉十年。 是歲，宋・謝惠連卒。其樂府詩極佳，故《詩品》稱其「工為綺麗歌謠。」 宋・謝靈運卒。謝靈運之樂府詩，溯自陸機，新聲麗句，層見疊出，有雕琢之迹，亦不失自然。王士禎《漁洋詩話》評其鈎深極微而漸近自然。沈德潛《古詩源》評其追琢而返於自然。	
434	魏太武帝延和三年。	宋文帝元嘉十一年。	
435	魏太武帝太延元年。 正月，魏改元太延。	宋文帝元嘉十二年。	
436	魏太武帝太延二年。	宋文帝元嘉十三年。	
437	魏太武帝太延三年。	宋文帝元嘉十四年。	
438	魏太武帝太延四年。	宋文帝元嘉十五年。	
439	魏太武帝太延五年。	宋文帝元嘉十六年。	
440	魏太武帝太延六年、太平真君元年。 六月，魏改元太平真君。 是歲，魏太延六年，平河西，得沮渠蒙遜之伎，其伶人服器，擇而存之，賓嘉大禮，皆雜用焉。	宋文帝元嘉十七年。	
441	魏太武帝太平真君二年。	宋文帝元嘉十八年。 是歲，梁・沈約出生，字休文，吳興武康（今浙江武康）人。	
442	魏太武帝太平真君三年。	宋文帝元嘉十九年。	
443	魏太武帝太平真君四年。	宋文帝元嘉二十年。	
444	魏太武帝太平真君五年。	宋文帝元嘉二十一年。 是歲，梁・江淹出生，字文通，濟陽考城（今河南蘭考東）人。	

西元年次	北朝大事	南朝大事	補註
445	魏太武帝太平真君六年。 十二月，宋始備郊廟之樂。 是歲，宋南郊，始設登歌。 詔御史中丞顏延之造歌詩， 廟舞猶闕。	宋文帝元嘉二十二年。	
446	魏太武帝太平真君七年。	宋文帝元嘉二十三年。	
447	魏太武帝太平真君八年。	宋文帝元嘉二十四年。	
448	魏太武帝太平真君九年。	宋文帝元嘉二十五年。	
449	魏太武帝太平真君十年。	宋文帝元嘉二十六年。	
450	魏太武帝太平真君十一年。 魏太武帝南征彭越，遣人就 宋江夏、王義恭等備箜篌、 琵琶、箏、笛等器。此時胡 樂不但東傳，且已成為國 伎。	宋文帝元嘉二十七年。	
451	魏太武帝太平真君十二年、 正平元年。 六月，魏改元正平。	宋文帝元嘉二十八年。	
452	魏太武帝正平二年，魏高宗 文成皇帝興安元年。 二月，魏中常侍宗愛殺魏 帝，立南安王余，改元承平。 十月魏宗愛殺其帝拓跋余， 立拓跋濬，是高宗文成皇 帝。	宋文帝元嘉二十九年。	
453	魏高宗興安二年。	宋文帝元嘉三十年。	
454	魏高宗興安三年、興光元 年。 七月，魏改元興光。	宋世祖孝武皇帝劉駿孝建 元年。 宋孝武帝少機穎，神明爽 發。少讀書，七行俱下，才 藻甚美。 是歲，孝武帝詔議郊廟樂 舞，又使謝莊造《郊廟舞 樂》,《明堂諸樂歌辭》。	

西元年次	北朝大事	南朝大事	補註
454		孝武帝時,又改文舞〈前舞〉曰〈凱容〉,武舞〈後舞〉曰〈宣烈〉。	
455	魏高宗興光二年、太安元年。 六月,魏改元太安。	宋孝武帝孝建二年。	
456	魏高宗太安二年。	宋孝武帝孝建三年。	
457	魏高宗太安三年。	宋孝武帝大明元年。 正月,宋改元大明。 孝武帝大明初,使謝莊造〈明堂歌〉,〈世祖廟歌〉。又使殷淡造〈章廟樂舞歌〉。明帝又自造〈昭太后、宣太后室歌〉。	
458	魏高宗太安四年。	宋孝武帝大明二年。	
459	魏高宗太安五年。	宋孝武帝大明三年。	
460	魏高宗和平元年。 正月,魏改元和平。	宋孝武帝大明四年。	
461	魏高宗和平二年。 魏詔祭百神,使復羣祠。	宋孝武帝大明五年。	
462	魏高宗和平三年。	宋孝武帝大明六年。 正月,宋策秀才、孝廉於中堂。	
463	魏高宗和平四年。	宋孝武帝大明七年。	
464	魏高宗和平五年。	宋孝武帝大明八年。 閏五月,宋孝武帝死,子子業嗣,為前廢帝。 是歲,宋境凡有州二十二、郡二百七十四、縣一千二百九十九,戶約九十四萬。 齊・謝朓出生。字玄輝,陳郡陽夏(今河南太康)人。謝靈運族弟,世稱小謝。因曾任宣城太守,又稱謝宣城。	

西元年次	北朝大事	南朝大事	補註
464		宋孝武帝時，有惠休上人，世祖命使還俗。名惠休，本姓湯，善文。世以綺麗之詩，前有惠休，後有鮑照。梁武帝蕭衍出生，字叔達，南蘭陵中都里（今江蘇常州市武進區）人，齊高帝族孫。	
464	魏高宗和平五年。	宋孝武帝大明八年。	
465	魏高宗和平六年。五月，魏高宗文成皇帝死，子弘嗣，是為顯祖獻文皇帝。六月，魏開酒禁。	宋前廢帝劉子業永光元年、景和元年、宋太宗明皇帝劉彧泰始元年。宋明帝博好文章，才思朗捷，常讀書奏，號稱七行俱下。…於是天下向風，人自藻飾，雕蟲之藝，盛於時。八月，宋改元景和。十二月，宋帝被殺，劉彧即位，改元泰始，是為太宗明皇帝。是歲，柳惲出生，字文暢，河東解（今山西運城）人。	
466	魏顯祖獻文皇帝拓跋弘天安元年。正月，魏改元天安。八月，魏初立郡學，置博士、助教、生員。	宋太宗泰始二年。是歲，鮑照卒。其樂府詩尤佳，《南史》稱其：「嘗為古樂府，文甚遒麗。」沈德潛〈古詩源〉云：「明遠樂府，如五丁鑿山，開人世所未有，後太白往往效之。」齊・王融出生，字元長，琅琊臨沂（今山東臨沂）人。	

西元年次	北朝大事	南朝大事	補註
467	魏顯祖天安二年、皇興元年。 八月，魏改元皇興。	宋太宗泰始三年。	
468	魏顯祖皇興二年。	宋太宗泰始四年。	
469	魏顯祖皇興三年。	宋太宗泰始五年。 吳均出生，字叔庠，吳興故鄣（今浙江安吉西北）人。	
470	魏顯祖皇興四年。	宋太宗泰始六年。 九月，宋立總明觀，置祭酒一人，儒、玄、始、文各十人。	
471	魏顯祖皇興五年、高祖孝文皇帝拓跋宏延興元年。 八月，魏獻文皇帝傳位子弘，改元延興，是為高祖孝文皇帝。 魏高祖討淮、漢，世宗定壽春，收其聲伎。江左所傳中原舊曲，明君、聖主、公莫、白鳩之屬，及江南吳歌、荊楚四聲，總謂清商。至於殿庭饗宴兼奏之。其圜丘、方澤、上辛、地祇、五郊、四時拜廟、三元、 冬至、社稷、馬射、籍田、樂人之數，各有差等焉。	宋太宗泰始七年。	
472	魏孝文帝延興二年。 北齊魏收卒。魏收碩學天才，好聲樂，善胡舞，以文章顯世。《北史·魏收傳》謂其「與濟陰溫子昇，河間邢子才齊譽，世號三才。」其樂府詩多仿效南朝作品。	宋太宗泰豫元年。 正月，宋改元泰豫。 四月宋明帝死。 是歲，齊·陸厥出生。字韓卿，吳郡吳（今江蘇蘇州）人。	

西元年次	北朝大事	南朝大事	補註
473	魏孝文帝延興三年。 正月,宋改元元徽。	宋蒼梧王劉昱元徽元年。	
474	魏孝文帝延興四年。	宋蒼梧王元徽二年。 是歲,吳邁遠卒,生年不詳。	
475	魏孝文帝延興五年。 六月,魏初禁殺牛馬。	宋蒼梧王元徽三年。 是歲,梁‧張率出生,字士簡,吳郡吳(今江蘇蘇州)人。	
476	魏孝文帝延興六年、承明元年。 六月,魏馮太后鴆太上皇,改元承明,以太皇太后復臨朝聽政。	宋蒼梧王元徽四年。	
477	魏孝文帝太和元年。 正月,魏改元太和。	宋蒼梧王元徽五年、宋順帝劉準昇明元年。 七月,蕭道成使人殺宋帝,立安成王準。改元昇明。	
478	魏孝文帝太和二年。	宋順帝昇明二年。	
479	魏孝文帝太和三年。	宋順帝昇明三年。 齊太祖高皇帝蕭道成建元元年。 四月,蕭道成稱帝,改元建元,是為齊太祖高皇帝。殺宋帝,追諡順帝。宋亡。	南齊建國
480	魏孝文帝太和四年。	齊高帝建元二年。 是歲,定郊廟樂歌。 梁‧何遜出生,自仲言,東海剡(今山東郯縣西)人。	
481	魏孝文帝太和五年。	齊高帝建元三年。 是歲,梁‧劉孝綽出生,彭城(今江蘇徐州)人。	

西元年次	北朝大事	南朝大事	補註
482	魏孝文帝太和六年。	齊高帝建元四年。 是歲,梁‧王筠出生,字元禮,一字德柔,琅邪臨沂(今山東臨沂)人。	
483	魏孝文帝太和七年。	齊世祖武皇帝蕭頤永明元年。 正月,齊改元永明。	
484	魏孝文帝太和八年。	齊武帝永明二年。	
485	魏孝文帝太和九年。 正月,魏焚圖讖、秘緯、私藏者死;又禁巫覡、卜筮之不經者。 十月,魏行均田制,有桑田、露田之別。	齊武帝永明三年。 齊復立國學,釋奠孔子用上公禮。	
486	魏孝文帝太和十年。 是歲,魏改中書學為國學。	齊武帝永明四年。 九月,齊作明堂、辟雍。 齊詔驃騎將軍江淹造〈藉田歌〉二章。	
487	魏孝文帝太和十一年 齊永明五年;魏太和十一年。 正月,魏訂樂章,除非雅者。 十二月,魏重修國書,改編年為紀、傳、表、志。	齊武帝永明五年。 是歲,梁‧蕭子顯出生。字景陽,南蘭陵(今江蘇丹陽)人。 梁‧庾肩吾出生。字子慎,南陽新野(今河南新野)人。	
488	魏孝文帝太和十二年。	齊武帝永明六年。	
489	魏孝文帝太和十三年。	齊武帝永明七年。	
490	魏孝文帝太和十四年。	齊武帝永明八年。 十二月,齊張欣泰陳二十條,言當廢毀寺塔。 是歲,齊武帝雩祭明堂,詔謝朓造樂辭。	

西元年次	北朝大事	南朝大事	補註
491	魏孝文帝太和十五年。 十一月，魏大定官品，考核牧守。	齊武帝永明九年。	
492	魏孝文帝太和十六年。 二月，魏改諡孔子為文聖尼父。 是歲，魏置樂官，因無洞曉音律者，樂部不能立。	齊武帝永明十年。	
493	魏孝文帝太和十七年。 九月，魏遷都洛陽。 是歲，魏命高閭草創古樂，閭尋卒，未就其功。故太樂令公孫崇續修遺事，數奏其功。	齊武帝永明十一年。 七月，齊世祖武皇帝死，孫昭業嗣，後被廢。 是歲，齊·王融卒。王融樂府詩婉麗秀遠，冠絕一時。 永明年間，周顒作《四聲切韻》，沈約撰《四聲譜》，王斌著《四聲論》，倡言平仄聲律之說，以平上去入為四聲。 沈約既已四聲作詩，又倡八病（平頭、上尾、蜂腰、鶴膝、大韻、小韻、旁紐、正紐）之說，以求詩律之和諧。	
494	魏孝文帝太和十八年。	齊鬱林王蕭昭業隆昌元年、齊海陵王蕭昭文延興元年、齊高宗明皇帝蕭鸞建武元年。 正月，齊改元隆昌。 七月，齊西昌侯蕭鸞殺齊帝，貶號鬱林王。立新安王蕭昭文，改元延興。 十月，蕭鸞廢齊帝為海陵王，自為皇帝，改元建武。是為高宗明皇帝。	

西元年次	北朝大事	南朝大事	補註
495	魏孝文帝太和十九年。 四月，魏帝如魯，親祠孔子，封孔子後為崇聖侯。 五月，魏立國子、太學、四門小學於洛陽。 北魏溫子昇出生。字鵬舉，其先太原（今山西太原）人。	齊明帝建武二年。 此歲，雩祭，明堂，使謝朓作樂歌。	
496	魏孝文帝太和二十年。	齊明帝建武三年。 是歲，梁・劉孝威出生。彭城（今江蘇徐州）人。	
497	魏孝文帝太和二十一年。	齊明帝建武四年。	
498	魏孝文帝太和二十二年。	齊明帝建武五年、永泰元年。 四月，齊改元永泰。 七月，齊明帝死，皇太子寶卷嗣，後廢，稱東昏侯。	
499	魏孝文帝太和二十三年。 四月，魏孝文皇帝死，子恪嗣，是為世宗宣武皇帝。 魏宣武帝喜愛胡樂。杜佑《通典・樂典》云：「自宣武以後，始愛異域之聲。洎於遷都，屈次琵琶、五絃箜篌、胡鼓、銅鈸。鏗鏘鏜鞳，洞心駭目。」	齊東昏侯蕭寶卷永元元年。 正月，齊改元永元。 是歲，齊・謝朓卒。謝朓之樂府詩，清麗自然。幾乎首首皆為佳構。《詩品》謂朓「意銳而才弱」，不足以駕御長篇，故擅長五言樂府小詩。 是歲，齊・陸厥卒。其樂府詩纖麗雅縟，有漢、魏古風。	
500	魏宣武帝景明元年。 魏於洛陽龍門山造佛龕。 是歲，魏宣武帝定壽春，獲江左聲伎，及中原所傳舊曲，總謂清商。殿庭饗宴，兼奏之。 魏宣武帝景明中，給事中公孫崇上言樂事。	齊東昏侯永元二年。	

西元年次	北朝大事	南朝大事	補註
501	魏宣武帝景明二年。	齊東昏侯永元三年。 齊和帝蕭寶融中興元年。 三月,齊南康王蕭寶融即位於江陵,改元中興,是為和帝。 十二月,齊雍州刺史王珍國殺齊帝,殺齊帝,迎蕭衍。廢齊帝為東昏侯。 是歲,梁‧蕭統出生,字德施,小字維摩,南蘭陵(今江蘇丹陽)人。	
502	魏宣武帝景明三年。	齊和帝中興二年。 梁高祖武皇帝蕭衍,天監元年。 四月,蕭衍稱帝,改元天監。是為梁高祖武皇帝,以齊帝為巴陵王,翌日殺之。 梁武帝定正雅樂,撰為樂書,下詔訪百寮,對樂七十八家,浩蕩其辭。帝素善鐘律,作「四通」,以定弦音;制「十二笛」,以與絲聲相應。	梁建國
503	魏宣武帝景明四年。	梁武帝天監二年。 梁頒新律、令、科。梁簡文帝蕭綱出生,字世纘,南蘭陵(今江蘇丹陽)人。	
504	魏宣武帝正始元年。 正月,魏改元正始。 十一月,魏以地方學校大盛,修國學。	梁武帝天監三年。	

西元年次	北朝大事	南朝大事	補註
505	魏宣武帝正始二年。	梁武帝天監四年。 正月，梁置五經博士各一人，又於州郡立學。 六月，梁立孔子廟。 是歲，備〈大壯〉、〈大觀〉二舞，以宣文武之德，一時禮樂制度，粲然有序。 江淹卒。其樂府詩，清婉秀麗，長於抒情；又因深得擬古之方，頗能肖古人風神。	
506	魏宣武帝正始三年。	梁武帝天監五年。	
507	魏宣武帝正始四年。 是歲，陳・徐陵出生，字孝穆，東海郯（今山東郯城）人。 魏收出生，字伯起，鉅鹿下曲陽（今河北晉西）人。	梁武帝天監六年。	
508	魏宣武帝正始五年、永平元年。 八月、魏改元永平。	梁武帝天監七年。 正月，梁定百官九品十八班之制。 二月，梁定將軍十品，二十四班，不登十品者八班，施於外國者二十四班，凡一百九。 是歲，梁元帝蕭繹出生，字世誠。南蘭陵(今江蘇丹陽)人。梁武帝衍第七子。 梁・任昉卒。	
509	魏宣武帝永平二年。 十一月，魏帝為豬僧及朝臣講佛經。是時佛教大盛，至延昌年間，州郡共一萬三千餘寺。	梁武帝天監八年。 五月，梁詔試通經之士，不限門第授官。	

西元年次	北朝大事	南朝大事	補註
510	魏宣武帝永平三年。	梁武帝天監九年。 三月，梁帝親臨講肆於國子學，令皇太子及王侯之子併入學受業。 梁・費昶，梁武帝天監九年（A.D. 546）前後在世。因善為樂府，又作鼓吹曲，梁武帝重之。其樂府詩，清新工麗，有挺拔之氣。	
511	魏宣武帝永平四年。 五月，魏禁天文學。	梁武帝天監十年。 是歲梁有州二十三，郡三百五十，縣千二十二。	
512	魏宣武帝永平五年、延昌元年。 四月，魏改元延昌。	梁武帝天監十一年。 十一月，梁修五禮成。	
513	魏宣武帝延昌二年。 是歲，北周王褒出生。字子淵，琅邪臨沂（今山東臨沂）人。 北周庾信出生，字子山，南陽新野（今河南新野）人。梁散騎常侍肩吾之子。	梁武帝天監十二年。 是歲閏三月，沈約卒。其詩效法謝康樂，然性情聲色，略遜鮑、謝。淡而有旨，較之蕭氏，亦稱大家。	
514	魏宣武帝延昌三年。	梁武帝天監十三年。	
515	魏宣武帝延昌四年。 正月，魏世宗宣武皇帝死，子元詡嗣。是為肅宗孝明皇帝。 九月，魏胡太后臨朝稱制。	梁武帝天監十四年。	
516	魏肅宗孝明皇帝元詡熙平元年。 正月，魏改元熙平。	梁武帝天監十五年。	
517	魏孝明帝熙平二年。	梁武帝天監十六年。 是歲，梁・柳惲卒。柳惲才藝俱美，詩亦專擅。其樂府詩，流麗華美，頗有可觀。	

西元年次	北朝大事	南朝大事	補註
518	魏孝明帝熙平三年、神龜元年。 二月，魏改元神龜。	梁武帝天監十七年 是歲，顧野王出生，字希馮，吳郡吳縣（今江蘇蘇州）人。	
519	魏孝明帝神龜二年。 是歲，僧慧皎著《高僧傳》。	梁武帝天監十八年。 陳・江總出生，字總持，濟陽考城（今河南省民權縣東）人。	
520	魏孝明帝神龜三年，正光元年。 七月，魏改元正光。	梁武帝普通元年。 正月，梁改元普通。 是歲，梁・吳均卒。其詩多描寫山水景物，風格清新挺拔。時人仿效其體，有「吳均體」之稱。張溥《吳朝請集・題辭》稱其「詩什纍纍，樂府猶高。」	
521	魏孝明帝正光二年。	梁武帝普通二年。	
522	魏孝明帝正光三年。 二月，宋雲、惠生等自西域乾羅國取佛經一百七十部回洛陽。	梁武帝普通三年。	
523	魏孝明帝正光四年	梁武帝普通四年。 是歲，庾肩吾被命與劉孝威等十人，抄撰眾籍，號高齋學士。	
524	魏孝明帝正光五年	梁武帝普通五年。	
525	魏孝明帝正光六年，孝昌元年。 四月，胡太后復臨朝攝政。 六月，魏改元孝昌。	梁武帝普通六年。	
526	魏孝明帝孝昌二年。	梁武帝普通七年	

西元年次	北朝大事	南朝大事	補註
527	魏孝明帝孝昌三年。	梁武帝普通八年，大通元年。 三月，梁武帝捨身同泰寺，改元大通。 是歲，梁‧張率卒。其樂府詩婉轉流麗，見稱於時。是歲，陳‧張正見出生，字見頤，清河東武城（今山東武城）人。	
528	魏孝明帝武泰元年、敬宗孝莊皇帝元子攸建義元年、永安元年。 四月，爾朱榮立長樂王子攸為帝。是為敬宗孝莊皇帝。改元建義。 九月，魏改元永安。	梁武帝大通二年。	
529	魏孝明帝魏永安二年。	梁武帝大通三年、中大通元年 十月，梁改元中大通。	
530	魏孝明帝魏永安三年。 是歲，魏樂庫灰爐，雅樂未能復興。	梁武帝梁中大通二年。	
531	魏節閔帝元恭普泰元年、廢帝元朗中興元年。 二月，爾朱世融等廢魏長廣王，立廣陵王恭為帝，改元普泰，世為節閔帝。 十月，高歡立渤海太守元朗為帝，改元中興。 魏節閔帝詔尚書長孫稚、太常卿祖瑩，理金石，造樂器，改韶舞為崇德，武舞為章烈，總名曰嘉成，斟酌繕修，鐘律煥然大備。	梁武帝梁中大通三年。 是歲，梁‧蕭統卒。其樂府詩麗而不淫，且情意深長。庾信與徐陵，文並綺豔，嗜好「徐庾體」。	

西元年次	北朝大事	南朝大事	補註
531	魏節閔帝平荊州，大獲樂氏樂器，以屬有司，而北周禮樂準之。 魏廢帝詔尚書蘇綽詳正音律，綽得宋尺，以定諸管。		
532	魏節閔帝普泰二年、中興二年、孝武帝元脩太昌元年、永熙元年。 四月，魏高歡廢元朗及節閔帝，立平陽王脩為帝，是為孝武皇帝。改元太昌。 魏改元永興，尋又改元永熙。	梁武帝中大通四年。	
533	魏孝武帝永熙二年。	梁武帝中大通五年。	
534	魏孝武帝永熙三年。 東魏孝靜帝元善見天平元年。 十月，高歡立魏清河王世子善見為帝，改元天平，世為孝靜帝，旋遷於鄴，自是魏分東西。	梁武帝中大通六年。	魏分為東魏、西魏
535	西魏文帝元寶炬大統元年。 東魏孝靜帝天平二年。 西魏宇文泰利南陽王寶炬為帝，視為文帝，改元大統。	梁武帝大同元年。 正月，梁改元大同。 是歲，蕭子顯卒。蕭子顯自言有好詩之癖，其所作詩，特在汩然自至，無暇深思耳。	
536	西魏文帝大統二年。 東魏孝靜帝天平三年。	梁武帝大同二年。 三月，梁・陶弘景卒，	
537	西魏文帝大統三年。 東魏孝靜帝天平四年。	梁武帝大同三年。	
538	西魏文帝大統四年。 東魏孝靜帝元象元年。 正月，東魏改元元象。	梁武帝大同四年。 十二月，梁皇侃上《禮記義疏》。	

西元年次	北朝大事	南朝大事	補註
538	東魏以民多避役出家,禁擅立佛寺。		
539	西魏文帝大統五年。 東魏孝靜帝元象二年,興和元年。 十月,東魏改元興和。	梁武帝大同五年 是歲,梁‧劉孝綽卒。其辭藻為後進所宗,故《梁書‧劉孝綽傳》稱其每作一篇,朝成暮遍,好事者咸諷誦傳寫,流聞絕域。	
540	西魏文帝大統六年。 東魏孝靜帝興和二年。	梁武帝大同六年。	
541	西魏文帝大統七年。 東魏孝靜帝興和三年。	梁武帝大同七年。 十二月,於宮城西立士林館,延集學者。	
542	西魏文帝大統八年。 東魏孝靜帝興和四年。	梁武帝大同八年。	
543	西魏文帝大統九年。 東魏孝靜帝武定元年。 正月,東魏改元武定。	梁武帝大同九年。	
544	西魏文帝大統十年。 東魏孝靜帝武定二年。 是歲,東魏命魏收修國史。	梁武帝大同十年。	
545	西魏文帝大統十一年。 東魏孝靜帝武定三年。	梁武帝大同十一年。	
546	西魏文帝大統十二年。 東魏孝靜帝武定四年。	梁武帝大同十二年、中大同元年。 四月,梁改元中大同。	
547	西魏文帝大統十三年。 東魏孝靜帝武定五年。 是歲,溫子昇卒。其樂府詩深受南方文學之影響。文筆細膩,用字雕琢,與南方作品實無二致。	梁武帝中大同二年,太清元年。 三月,梁武帝捨身同泰寺。 四月,梁改元太清。	

西元年次	北朝大事	南朝大事	補註
548	西魏文帝大統十四年。 東魏孝靜帝武定六年。	梁武帝太清二年。	
549	西魏文帝大統十五年。 東魏孝靜帝武定七年。	梁武帝太清三年。 四月，侯景破臺城。 五月，梁武帝蕭衍卒，皇太子綱嗣，是為太宗簡文皇帝。 蕭衍之樂府詩，多豔曲新調，且敘兒女豔情，而〈子夜歌〉、〈子夜四時歌〉、〈歡聞歌〉，則係模擬《吳聲歌曲》而成。 是歲，梁·劉孝威卒。其樂府詩雖多，然古拙硬健，無婉約之緻。	
550	西魏文帝大統十六年。 東魏孝靜帝武定八年。 北齊顯祖文宣皇帝高洋天保元年。 北齊文宣帝時，尚樂典御祖珽自言舊在洛下，曉知舊樂，因采魏安豐王延明及信都芳等所著樂說，而定正聲，始具宮懸之器，但仍雜西涼之曲，樂名〈廣成〉，而舞不立號，所謂洛陽舊聲，實亦後魏太武帝平赫連昌所得之胡樂。	梁武帝太清四年。 簡文帝蕭綱大寶元年。 是歲，梁·王筠卒。其樂府詩圓美流轉，一如其詩。《南史》引沈約曰：「好詩圓美流轉如彈丸，近見其數首，方知此言為實。」	北齊建國
551	西魏文帝大統十七年。 東魏孝靜帝武定九年。 北齊文宣帝天保二年。 三月，西魏文帝死，子欽立嗣，是為廢帝。	梁武帝太清五年。 簡文帝大寶二年。 八月，侯景廢梁簡文帝為晉安王，逾月殺之。立豫章王棟為帝，改元天正。	

西元年次	北朝大事	南朝大事	補註
551		十一月，侯景稱帝，國號漢，建元太始。廢棟為淮陰王，幽之。 是歲，梁簡文帝死，簡文帝為梁代著名之宮體詩作家。其樂府詩之擬作，皆虛華不實，柔情纏綿。然句調長短自由，實開唐五代詞之先聲。 梁·庾肩吾卒，其樂府詩華麗輕靡，一如簡文帝、沈約、王融等人。	
552	西魏廢帝元欽元年。 北齊文宣帝天保三年。	梁世祖元皇帝蕭繹承聖元年 十一月，梁湘東王蕭繹稱帝於江陵，改元承聖。 梁在侯景稱亂之後，臺城淪沒，樂府不修，風雅咸盡。工人有知音者，並入關中，隨例沒為奴婢。及王僧辯破侯景，諸樂並送荊州，經亂之餘，工器頗闕，元帝詔有司補綴纔備。至於胡戎之音，仍稱盛行。	東魏亡
553	北齊文宣帝天保四年。 西魏廢帝元欽二年。	梁元帝承聖二年。 是歲，陳後主出生，諱叔寶，宣帝頊之嫡長子。	
554	北齊文宣帝天保五年。 西魏廢帝元欽三年，恭帝元廓元年。 西魏宇文泰廢其主欽，立北齊王廓，是為恭帝，去年號，稱元年。 是歲魏收表上《魏書》。	梁元帝承聖三年。 梁元帝燒圖書十四萬卷。	

西元年次	北朝大事	南朝大事	補註
555	北齊文宣帝天保六年。 西魏恭帝二年 六月，發民一百八十萬人築長城，自幽州夏口，西至恒州，九百餘里。 八月，齊令道士皆剃髮為沙門。	梁元帝承聖四年、梁敬皇帝蕭方智紹泰元年、後梁中宗宣皇帝蕭詧大定元年。 正月，梁王詧稱帝於江陵，改元大定，稱藩於西魏，史稱後梁。是為中宗宣皇帝。 十月，陳霸先立晉安王方智惟帝，改元紹泰。 是歲，梁元帝死。其樂府詩清麗委婉，風韻高遠，較其兄蕭綱之輕靡暴露，實遠勝之。	後梁
556	北齊文宣帝天保七年。 西魏恭帝三年。 六月，北齊發丁匠三十餘萬修宮殿。 十二月，齊自西河總秦戍築長城，東至於海，前後所築凡三千餘里，十里一戍，要害處置州鎮二十五。	梁晉皇帝紹泰二年、太平元年。 後梁中宗宣大定二年。 九月，梁改元太平。	
557	北齊文宣帝天保八年。 北周孝閔帝宇文覺元年、世宗明皇帝宇文毓元年。 正月，西魏周公宇文覺稱天王，是為孝閔帝。以西魏恭帝為宋公，尋殺之，西魏亡。 九月，北周晉公護廢天王宇文覺，尋殺之。立寧都公毓為天王，是為世宗明皇帝。 十二月，北齊於長城內築重城，自庫洛拔東至塢紇戍，凡四百餘里。	梁晉皇帝太平二年。 陳高祖武皇帝陳霸先永定元年。 後梁宣帝大定三年。 十月，陳霸先稱帝，改元永定，是為高祖武皇帝。以梁帝為江陰王，尋殺之。 是歲，陳武帝詔求宋、齊故樂。	陳建國。 北周建國。 西魏亡。

西元年次	北朝大事	南朝大事	補註
558	北齊文宣帝天保九年。 北周明帝二年。	陳武帝永定二年。 後梁宣帝大定四年。 陳後主雅尚文詞，傍求學藝，文士煥乎俱集。 五月，陳武帝捨身於於大莊嚴寺。	
559	北齊文宣帝天保十年。 北周天皇武成元年。 八月，周天王始稱皇帝，建元武成。 十月，齊文宣皇帝死，皇太子高殷嗣，是為廢帝。	陳武帝永定三年。 後梁宣帝大定五年。 六月，陳武帝死。兄子臨川王蒨，是為世祖文皇帝。	
560	北齊廢帝乾明十年。 北周天王武成二年。 正月，北齊改元乾明。 四月，北周晉公宇文護殺周明帝，立魯公邕，是為高祖武皇帝。 八月，齊常山王演為帝，改元皇建。	陳世祖文皇帝陳蒨天嘉元年。 後梁宣帝大定六年。 正月，陳改元天嘉。 是歲，陳文帝定圓丘明堂及宗廟樂。造〈七德〉、〈九敘〉之舞。	
561	北齊常山王皇建二年。 北齊世祖武成皇帝高湛霸大寧元年。 北周高祖武皇帝宇文邕保定元年。 正月，北周改元保定。 十一月，北齊孝昭帝死，弟長廣王湛嗣，改元太寧，是為世祖成皇帝。	陳文帝天嘉二年。 後梁宣帝大定七年。	
562	北齊武成帝大寧二年、河清元年。 北周武帝保定二年。 四月，北齊改元河清。	陳文帝天嘉三年。 後梁宣帝大定八年，世宗孝明皇帝蕭巋天保元年。 二月，後梁皇帝死，皇太子巋立，改元天保，是為世宗孝明皇帝。	

西元年次	北朝大事	南朝大事	補註
563	北齊武成帝河清二年。 北周武帝保定三年。 三月，北齊築長城二百里，置十二戍。 四月，北周於太學行養老禮。	陳文帝天嘉四年。 後梁孝明帝天保二年。	
564	北齊武成帝河清三年。 北周武帝保定四年。 是歲，北齊武成帝定四郊宗廟三朝之樂，又沿漢鼓吹改製二十曲，以敘功德。	陳文帝天嘉五年。 後梁孝明帝天保三年。	
565	北齊武成帝河清四年、後主高緯天統元年。 北周武帝保定五年。 四月，北齊武成帝禪位於皇太子緯，改為天統。 北齊後主聘突厥女為后，西域諸國來媵，如龜茲、疏勒、康國之樂，大聚長安，胡人令羯人白智通教習，頗雜以新聲。	陳文帝天嘉六年。 後梁孝明帝天保四年。	
566	北齊後主天統二年。 北周武帝天和元年。 正月，北周改元天和。 北周武帝天河初（A.D. 566），造〈山雲〉之舞，以備六代之樂。南北郊、雩壇、太廟、禘祫，具用之。	陳文帝天嘉七年、天康元年。 後梁孝明帝天保五年。 二月，陳改元天康。 四月，陳文帝死，皇太子伯宗嗣，是為廢帝。	
567	北齊後主天統三年。 北周武帝天和二年。	陳廢帝陳伯宗光大元年。 後梁孝明帝天保六年。 正月，陳改元光大。	

西元年次	北朝大事	南朝大事	補註
568	北齊後主天統四年。 北周武帝天和三年。 十一月，北齊武成帝死。	陳廢帝光大二年。 後梁孝明帝天保七年。 十一月，陳安成王頊廢陳帝為臨海王。	
569	北齊後主天統五年。 北周武帝天和四年。 北齊後主罷掖庭四夷樂。其後帝聘皇后於北狄，得其所獲康國、龜茲等樂，被於鐘石，取周官制以陳之，更雜以高昌之舊，並於大司樂教習焉。	陳高宗宣皇帝陳頊太建元年。 後梁孝明帝天保八年。 正月，陳安成王頊稱帝，改元太建，是為高宗宣皇帝。此歲，陳宣帝定〈三朝樂〉，帝採梁故事，奏〈相和五引〉，各隨王樂，祠用宋曲，宴准梁樂。	
570	北齊後主武平元年。 北周武帝天和五年。 正月，北齊改元武平。	陳高宗太建二年。 後梁孝明帝天保九年；	
571	北齊後主武平二年。 北周武帝天和六年。	陳高宗太建三年。 後梁孝明帝天保十年。	
572	北齊後主武平三年。 北周武帝天和七年、建德元年。 三月，北周改元建德。 七月，北齊撰修文殿御覽成。 是歲，北齊魏收卒。魏收碩學天才，好聲樂，善胡舞，以文章顯世。《北史‧魏收傳》謂其「與濟陰溫子昇，河間邢子才齊譽，世號三才。」其樂府詩，具有南朝唯美之風，	陳高宗太建四年。 後梁孝明帝天保十一年。	

西元年次	北朝大事	南朝大事	補註
573	齊後主武平四年。 北周武帝建德二年。 是歲，北周正定雅音惟郊廟樂，命庾信作〈圓丘〉、〈方澤〉、〈五帝〉、〈宗廟〉、〈大祫〉等歌辭。雖襲六代雅名，實夾以胡聲也。	陳高宗太建五年。 後梁孝明帝天保十二年。	
573	北周武帝造「山雲儛」，以備六代之樂，辭多出自庾信之手。		
574	齊後主武平五年。 北周武帝建德三年。 五月，北周禁佛道二教，毀經像，勒僧道還俗。	陳高宗太建六年。 後梁孝明帝天保十三年。 是歲，陳宣帝定南北郊及明堂用樂儀注。	
575	齊後主武平六年。 北周武帝建德四年。 是歲，陳宣帝定元會用樂儀注，朝儀使肅，宮懸亦備。此時胡樂仍縣延不輟。	陳高宗太建七年。 後梁孝明帝天保十四年。 是歲，張正見卒。張正見之詩，長於五言。其樂府除好用典實，偶有手弱者外，尚稱華麗可觀。	
576	北齊後主武平七年、隆化元年。 北周武帝建德五年。 十二月，北齊改元隆化。 是歲，北周王褒卒。王褒與庾信均以楚才晉用，鬱不得志。且因擅齊、梁宮體，旣事北朝，詩風大變，由浮艷虛誇而為沈鬱悲涼。其樂府詩則多寫邊塞之景象，雄放悽苦。	陳高宗太建八年。 後梁孝明帝天保十五年。	

西元年次	北朝大事	南朝大事	補註
577	北齊幼帝承光元年。 北周武帝建德六年。 正月，北齊後主高緯傳位太子恒，自稱太上皇帝。改元承光。 周師俘太上皇與幼帝，凡州五十、郡一百六十二，縣三百八十，戶三百三萬二千五百，皆入於周，齊亡。	陳高宗太建九年。 後梁孝明帝天保十六年。	北齊亡
578	北周武帝建德七年、宣政元年。 三月，北周改元宣政。 六月，周武帝死，皇太子贇立，是為宣皇帝。	陳高宗太建十年。 後梁孝明帝天保十七年。	
579	北周宣帝宇文贇大成元年，靜帝宇文闡大象元年。 正月，周改元大成。 二月，周宣帝自稱天元皇帝，改元大象。傳位太子闡，是為靜皇帝。 北周宣帝革前代鼓吹，制為十五曲，晨去夜還，恒除鼓吹；又廣召雜伎，增修百戲，魚龍漫衍之伎，常陳殿前，戲樂無度，遊幸無節，終不免淪亡。	陳高宗太建十一年。 後梁孝明帝天保十八年。	
580	五月，周宣帝死，子靜帝宇文闡年幼。楊堅當權。 六月，周復行佛道二教。 十二月，陽堅為隋王，殺周室諸王，是歲周有州二百一十一，郡五百八。 隋代建國，南北朝時代結束。	陳高宗太建十二年。 後梁孝明帝天保十九年。	隋代建國。 南北朝時代結束。

西元年次	北朝大事	南朝大事	補註
581	北周靜帝大象三年。 隋高祖楊堅開皇元年。 二月，周相國楊堅為皇帝，改元開皇，是為隋高祖文皇帝。以周靜帝為介公，周亡。 北周庾信南朝時之作品，因襲宮體之風，淫靡綺豔，故世號「徐庾體」。庾信羈旅北地後，初尚逞其新巧之「徐庾體」，然曠日綿久，內心哀苦，常懷「青山望斷河」之思，故後期詩賦，悲切哀苦，有血有淚。	陳高宗太建十三年。 後梁孝明帝天保二十年。 是歲，陳後主死。後主樂府詩香豔綺麗，極盡輕靡，可謂亡國之音。 陳‧顧野王卒。其樂府詩，以寫景為佳，清新自然。	北周亡
582	隋高祖楊堅開皇二年。	陳高宗太建十四年。 後梁孝明帝天保二十一年。 正月，陳宣帝死，皇太子叔寶即位，史稱後主。	
583	隋文帝開皇三年。	陳後主叔寶至德元年。 後梁孝明帝天保二十二年。 正月，陳改元至德。 是歲，徐陵卒。徐陵文章綺麗，與庾信齊名，世號「徐庾體」。樂府詩則清新簡潔，句法整齊而多對偶，對唐代律詩之發展，貢獻頗大。 陳後主時，耽荒聲樂，自製新詞，綺豔輕薄，亦雜以胡音。 陳後主常遣宮女習北方之簫鼓，謂之《代北》，酒酣則奏之，則鼓吹已施於燕私矣。	

西元年次	北朝大事	南朝大事	補註
584	隋文帝開皇四年。	陳後主至德二年。 後梁孝明帝天保二十三年。	
585	隋文帝開皇五年。	陳後主至德三年。 後梁孝明帝天保二十四年。 五月，後梁孝明帝死。太子 琮嗣。	
586	隋開皇六年。	陳後主至德四年。 後梁蕭琮廣運元年。 正月，後梁改元廣運。	
587	隋文帝開皇七年。 八月隋徵後梁帝入朝，九 月，廢之，後梁亡。	陳後主禎明元年。 後梁蕭琮廣運二年。	後梁亡
588	隋文帝開皇八年。	陳後主禎明二年。	
589	隋文帝開皇九年。	陳後主禎明三年。 正月，隋軍入建康，俘陳後 主，陳亡。陳州三十、郡一 百、縣四百，皆入於隋。	
	隋文帝開皇十四年。	是歲，陳‧江總卒。其樂府 詩皆浮華側艷，盡屬宮體。	

國家圖書館出版品預行編目(CIP) 資料

南北朝樂府詩闡論 / 周誠明著. -- 初版. -- 臺北
　市 : 元華文創, 民107.07
　　　面 ; 　　公分

　ISBN 978-986-393-984-9(平裝)

　1.樂府　2.詩評　3.南北朝文學

820.9103　　　　　　　　　　　　　　107009057

南北朝樂府詩闡論

周誠明　著

發 行 人：陳文鋒
出 版 者：元華文創股份有限公司
聯絡地址：100 臺北市中正區重慶南路二段 51 號 5 樓
電　　話：(02) 2351-1607
傳　　真：(02) 2351-1549
網　　址：www.eculture.com.tw
E - m a i l：service@eculture.com.tw
出版年月：2018（民 107）年 07 月 初版
定　　價：新臺幣 560 元

ISBN：978-986-393-984-9 (平裝)

總 經 銷：易可數位行銷股份有限公司
地　　址：231 新北市新店區寶橋路 235 巷 6 弄 3 號 5 樓
電　　話：(02) 8911-0825　　傳　　真：(02) 8911-0801